ROBERT FERRIGNO

# Bis aufs Blut

*Buch*

Als Sensationsreporter für das Boulevardmagazin *SLAP* in Los Angeles ist Jimmy Gage unerfreuliche Leserbriefe gewohnt. Aber als er eines Tages einen Drohbrief in Form eines Eierkartons bekommt, hält er es doch für angebracht, die Polizei zu verständigen. Denn der anonyme Absender, der sich selbst »The Eggman« nennt, teilt Jimmy auf diesem Wege mit, für sechs bislang unaufgeklärte Morde verantwortlich zu sein. Die Polizei stellt jedoch nach kurzer Zeit die Ermittlungen ein, und die ganze Angelegenheit wird öffentlich als Jimmys eigene Erfindung und Produkt seiner Sensationsgier verurteilt. Jimmys ohnehin zweifelhafter Ruf ist endgültig ruiniert, und er taucht für ein knappes Jahr ab. Als er schließlich nach L. A. zurückkehrt, muss er bald feststellen, dass noch in keiner Weise Gras über die Sache gewachsen ist …

*Autor*

Robert Ferrigno hat bereits etliche, äußerst erfolgreiche Romane veröffentlicht, die alle in dem südlichen Teil Kaliforniens spielen, den er einmal als »das Land der endlosen Sommer und der schmutzigen Luft« bezeichnet hat. Ferrigno selbst bevorzugt bessere Luftqualität und lebt mit seiner Familie in der Nähe von Seattle.

Robert Ferrigno

# Bis aufs Blut

Roman

Aus dem Amerikanischen
von Jörn Ingwersen

GOLDMANN

Die Originalausgabe erschien unter dem Titel
»Flinch« bei Vintage Books
a division of Random House, Inc., New York

*Umwelthinweis:*
Alle bedruckten Materialien dieses Taschenbuches
sind chlorfrei und umweltschonend.

1. Auflage
Deutsche Erstausgabe Juli 2004

Umschlaggestaltung: Design Team München
Umschlagfoto: CORBIS/Benjamin Rondel
Satz: DTP Service Apel, Hannover
Druck: GGP Media, Pößneck
Titelnummer: 45735
Redaktion: Alexander Groß
An · Herstellung: Sebastian Strohmaier
Made in Germany
ISBN 3-442-45735-1
www.goldmann-verlag.de

*Für Richard Marconi*

2—

# Prolog

»Na klar, und ich bin das verdammte Walross.« Jimmy Gage stopfte den Brief vom Eggman und alles andere wieder in den braunen Umschlag, knüllte ihn zusammen und warf die Kugel in hohem Bogen wie übers halbe Spielfeld in den Papierkorb am Ende des Ganges. Er nuckelte an seinem Daumen, weil er sich an einer Heftklammer im Umschlag geschnitten hatte, und schmeckte Blut. Jimmy hatte schon öfter Drohbriefe bekommen, aber der hier war … anders. Er starrte den Papierkorb an, sah die Worte, die sich über das Papier schlängelten, dann tippte er auf der Tastatur herum und rief seine Kritik zu *Dead Flowers* aus dem letzten Monat auf.

> Zehn Jahre haben wir Tarantinos tanzende Killer nun ertragen müssen. Da hätte Hollywood fürs neue Jahrtausend doch sicher einen besseren Outlaw-Helden als den obercoolen Serienkiller erfinden können, oder? Die Rede ist von *Dead Flowers*, Damian Forths neuestem 100-Millionen-Dollar-Streifen mit dem ehemaligen Calvin-Klein-Model Chaz Presley als verführerischem Mega-Raubtier, das mit der Polizei Räuber und Gendarm spielt.
>
> Was für ein Blödsinn. Serienkiller sind picklige Verlierertypen, nutzlose Muttersöhnchen, die sich den Medien an die Brust werfen, keine Meisterverbrecher oder Gourmetköche, die mit Fava-Bohnen Wunderdinge anstellen. Im wahren Leben wurde der Nightstalker von seinen Nachbarn in East L.A. so lange mit Baseball-

schlägern verprügelt, bis er darum bettelte, dass man ihn der Polizei übergab, und David Berkowitz war ein pausbäckiger Postbeamter mit schlechten Zähnen und einem Koffer voller Wichsvorlagen unterm Bett. Allerdings verkauft man mit der Realität keine Kinokarten. Deshalb bekommen wir Chaz Presley als *Vanity-Fair*-Psycho mit Waschbrettbauch, dem ganzen Schrank voll farblich sortierter Hugo-Boss-Klamotten und unablässig glimmender Gauloise an seiner sexy Unterlippe.

*Dead Flowers* ist eine niedliche Rebellion für Platinkarten-Besitzer, die unbehelligt hinter ihren Toren und Bewegungsmeldern sitzen. Wir anderen aber müssen mit den Konsequenzen dieser Killer-Coolness leben, solange minderjährige Möchtegerne ihre Posen vor dem Spiegel üben und sie dann auf dem Schulhof oder im Einkaufszentrum ausleben. Glaubt mir: Anthony Hopkins und Chaz Presley sind keine Serienmörder, sie tun nur so, zwei Stunden lang, dann fahren sie zurück nach Malibu. Da, wo ich wohne, sind die Straßen finster, und die Toten bleiben tot.

– *Jimmy Gage, Kolumne »Medienhure«,*
SLAP-*Magazin*

Jimmy las die Kritik zweimal, dann drehte er sich auf seinem Stuhl in Richtung Fenster, entschlossen, sich nicht einschüchtern zu lassen. Das Redaktionsbüro von *SLAP* bot einen Blick auf den Pier von Newport Beach. Von seinem Platz aus konnte er sehen, wie Bikini-Girls auf Skates an glotzenden Touristen in bunten Bermuda-Shorts vorüberglitten.

*SLAP* war eine aggressive Hochglanz-Zeitschrift, die irgendein Schwachkopf beim Public Radio als »Bikini-Version des *National Enquirer*« bezeichnet hatte, »böswillig und flach, die reine Sensationsgier«. Da *SLAP* beständig in den roten Zahlen war, wurde der Laden aus den tiefen Taschen seines Herausgebers Antonin »Nino« Napitano finanziert, eines schmierigen, europäischen Medienzaren, der in den Süden Kaliforniens gekommen war, um einer Anklage durch die italienischen Steuerbehörden zu entgehen. Napitano war von L.As. karger Sinnlichkeit und obszöner Gier geradezu begeistert gewesen und hatte *SLAP* lanciert, eine glitzernde Hommage an die Stadt seiner Träume. Jimmy wurde einer seiner ersten Angestellten, halb Kritiker, halb Reporter, und er bekam freie Hand, alles zu erkunden, was sein Interesse weckte. »Amüsier mich, mein Junge!«, war die einzige Direktive.

Jimmy hatte einen geldgeilen High-Tech-Piraten mit Zen-Garten in seinem Firmenjet porträtiert und war mit einem Typen von einem Inkassounternehmen auf mitternächtlichen Beutezug gegangen, hatte zeigen müssen, ob er eine Autotür in weniger als zwei Minuten aufbrechen konnte. Er hatte in der Mojave-Wüste an Kriegsspielen von Waffenfreaks teilgenommen und die Story vom prominenten Sprecher eines Sierra-Clubs aufgetan, der fünf Morgen Land seines Anwesens in der Nähe von Vail hatte roden lassen, damit sein Bell-Jet-Helikopter dort landen konnte. Zu fast allem, was er schrieb, bekam er Post, böse Briefe, bis hin zu Morddrohungen, aber die heftigsten Reaktionen brachten ihm seine Filmkritiken ein.

Jimmy beobachtete, wie ein ältliches Pärchen über den Pier schlenderte, Arm in Arm, leuchtend weiß in Yacht-Club-Tracht. Die beiden mussten zwischen vietnamesischen Fischern hindurch, die in dunklen Kleidern an den Rand des Piers gelehnt standen. Ihre langen Angelruten peitschten durch die Luft, als salutierten sie vor dem Kommodore und seiner Frau. Der Anblick war so schön, dass Jimmy fast der Atem stockte. Er blickte ihnen nach, bis sie nicht mehr zu sehen waren. Dann stand er auf, ging hinüber zum Papierkorb und fischte den Brief vom Eggman heraus.

Der Umschlag war ohne Absender gekommen, nur mit Jimmys Namen und dem Postfach darauf, schwarze Plastikbuchstaben aus einer Etikettiermaschine. Die Poststelle schob alles routinemäßig durch den Scanner, suchte nach Rasierklingen oder Hundescheiße, aber dennoch hatte er den Umschlag ins Licht gehalten, bevor er ihn aufmachte, für alle Fälle. Jimmy strich das zerknitterte Ding auf seinem Schreibtisch glatt, dann schüttelte er den Inhalt heraus: einen flachen Eierkarton, an den Rändern zusammengetackert, dazu ein Blatt liniertes Papier, ebenfalls mit einer Etikettiermaschine beschriftet, wobei die gestanzten Buchstaben den Worten eine noch unansehnlichere Gestalt verliehen.

*Lieber Mr. Gage:*
*Hier kommt das halbe Dutzend Eier, das Sie bestellt haben. Rührei (haha). Sie haben gar nichts bestellt? Überlegen Sie noch mal. Ich habe Ihre Kritik zu* Dead Flowers *gelesen und mir gesagt, der Mann bettelt ja geradezu darum, dass man ihm den Kopf gerade rückt. Wenn Sie den Film nicht mochten, gut und schön, aber das ist kein Grund, andere Menschen zu beleidigen. Vergessen Sie nicht, Mr. Gage, dass die Polizei nur Muttersöhnchen und Wichser schnappt, die tief in ihrem Innern bestraft werden wollen, nicht jemanden wie mich, der auf seine Arbeit stolz ist. Um es zu beweisen, habe ich dem Hühnerstall im letzten Monat meine Aufwartung gemacht und mir ein paar 1a-extragroße Schönheiten ausgesucht. Die Bullen haben nichts bemerkt. Sie auch nicht. Also passen Sie auf, was Sie schreiben, denn – wie man so sagt – im Dutzend gibt's alles billiger.*

*Ihr treuer Leser*
*The Eggman*

Noch immer dachte Jimmy, dass dieser Eggman die Melodramen den Profis überlassen sollte, aber er machte sich dennoch am Eierkarton zu schaffen. Vorsichtig bog er die Klammern auf, und schon blutete sein Daumen erneut, als er den Karton aufklappte. Sechs gezackte Zeitungsausschnitte steckten in der Eierpappe, und er sah schon eine resolute Oma vor sich, die mit der Zackenschere die Zeitung durchging und Rezepte, Lebensweisheiten, Coupons für Zahnpasta und »Garfield«-Comics ausschnitt. Er nahm die kleinen Zettel und breitete sie auf dem Schreibtisch aus. Kein »Garfield«, keine Rezepte für Reiskräcker. Stattdessen der Ausschnitt eines Zeitungsberichts über einen Mord am Strand südlich von Laguna. Ein Bandenmord in Santa Ana. Ein Mann erschossen, als er den Müll rausbrachte. Highschool-Leichtathlet beim morgendlichen Training niedergestreckt. Imbissbudenbesitzer nach der Arbeit ermordet. Computerverkäufer tot auf dem Parkplatz eines 24-Stunden-Supermarkts aufgefunden. Ein halbes Dutzend Morde im letzten Monat, von denen Jimmy keiner weiter aufgefallen war. Untergegangen im allgemeinen Getöse, unbemerkt und ungelöst. Genau wie es in dem Brief stand.

Ein Tropfen Blut landete auf dem porösen Pappkarton und breitete sich wie ein roter Seestern aus, während Jimmy den Brief vom Eggman noch einmal las. Dann griff er zum Telefon.

# 1

»Mach nie mit einer Frau irgendwo Urlaub, wo die Kakerlaken größer sind als dein Schwanz«, sagte Jimmy und kritzelte auf seinem Notizblock herum.

»Wir waren in Costa Rica, Mann, im Land des Entzückens«, erwiderte Rollo.

»Das Land des Entzückens ist New Mexico«, korrigierte ihn Jimmy laut über den Jubel der Menge hinweg. »Costa Rica ist das Land, in dem dir deine Braut Bargeld und Reisepass klaut und dich dann achtzig Meilen vom nächsten Telefon entfernt sitzen lässt.«

Nicht dass Jimmy es sich leisten konnte, kluge Ratschläge zu erteilen. Nach seinem Kurztrip mochte Rollo pleite und einigermaßen ratlos sein, aber Jimmy war nach zehnmonatiger Abwesenheit selbst gerade erst wieder zurück, und bei ihm war es noch um einiges schlimmer gelaufen. Ohne jede Vorwarnung hatte er seinen Job bei *SLAP* hingeworfen, und alles andere auch, und er hatte Olivia noch weniger Bescheid gegeben als seinem Vermieter. Die meisten Leute dachten, das Eggman-Fiasko habe ihm schwer zugesetzt, und er habe eilig alle Brücken hinter sich abbrechen und die Stadt verlassen müssen, aber Rollo wusste es besser. Fast hatte es Jimmy überrascht, dass er nicht gefragt hatte, ob er mitkommen durfte.

»Wohnst du immer noch bei diesem Bullen?«, fragte Rollo. »Ich glaub, Desmond mag mich nicht, Mann. Als ich da war, hat er mich angesehen, als wollte er mich filzen.«

»Desmond ist ein guter Menschenkenner«, sagte Jimmy und beobachtete, wie Blaine, der Robo-Surfer, steifbeinig eine Ehrenrunde durch den Ring drehte, wobei der junge Wrestler das Gesicht vor echtem Schmerz verzog und ihm das Blut herunterlief. Er war ein blonder Hüne in bedruckten Bermuda-Shorts, mit silbernem Klebeband um seinen strammen Bizeps, und auf seine rasierte Brust waren mit orangefarbenem Magic-Marker grobe Zeichen gemalt, magische Kraftsymbole. Mit einer Hand hielt er sein Ohr, das Kongo Kid ihm fast abgerissen hatte, um bei dem pummeligen Ring-Girl Eindruck zu schinden. Während der Robo-Surfer seine Ehrenrunde drehte, trug man Kongo Kid unter Buhrufen auf einer Trage hinaus. In der gegenüberliegenden Ecke rückte das Ring-Girl ihr Bikinitop aus Goldlamé zurecht und bekam von alledem nichts mit.

»Guck dir das Ohr an.« Rollo schob seine schwarz gerahmte Brille an der Nase hoch. Er war ein zappeliger Neunzehnjähriger mit wilden Haaren, geflochtenem Hanfband um den Hals und einem zotteligen Bärtchen zwischen Kinn und Unterlippe. »Oh, Mann, ich bin so was von im Arsch.«

Jimmy und Rollo hatten sich vor gut drei Jahren kennen gelernt, nachdem ihm Rollo eine Reihe böser, wenn auch fundierter Briefe zu seinen Filmkritiken geschickt hatte, dazu ein paar jugendgefährdende Zeichentrickfilme, die er in der zehnten Klasse im Fach »Medien« gemacht hatte. Mittlerweile hätte Rollo an der Filmhochschule der USC studieren sollen, hätte Drehbücher raushauen oder ein Praktikum bei Fox absolvieren sollen, aber er saß lieber in seinem VW-Bus und verkaufte geklaute Elektrogeräte. Mit dem Gewinn finanzierte er endlose Dokumentarfilme über Wanderer in Einkaufszentren und Teppichverleger, die nicht mal beim Slamdance gezeigt wurden, ganz zu schweigen vom Sundance Festival. Rollo überzog *immer* den Termin, überzog jedes Budget, steckte immer in Schwierigkeiten. Er war Jimmys bester Freund.

»Mit blutendem Ohr will Blaine bestimmt nicht mit mir reden«, jammerte Rollo. »Er denkt bestimmt nur: Sieht es entzündet aus? Soll ich mich gegen Tollwut impfen lassen …?«

»Hör auf, mich vollzulabern«, sagte Jimmy und machte Notizen, während er sich ansah, wie das Ring-Girl mit ihrem Babyspeck auf High Heels herumstolzierte und ein Schild hochhielt, auf dem stand ALLES KLAR BEI EUCH?. Er war sechsunddreißig Jahre und groß und schlaksig wie ein junger Hengst, mit schwarzen Jeans und einem weiten, grau karierten Hemd, das an ein Fernsehtestbild der Fünfzigerjahre erinnerte. Das Ring-Girl wich dem verspritzten Blut am Boden aus, und ihr Lächeln geriet kurz ins Wanken. Jimmy hörte auf zu schreiben. Nichts an ihr erinnerte auch nur im Entferntesten an Olivia … nur dieses unsichere Lächeln, ein tapferes Lächeln, das sich alle Mühe gab, die Sache durchzustehen. Das reichte schon.

Olivia war mitten in einem süßen Traum gewesen, an jenem Morgen, als er sich auf den Weg zum Flughafen machte, ein leises Lächeln auf dem schlafenden Gesicht, ein nacktes, braunes Bein, das unter der Decke hervorsah. Das Taxi stand schon draußen, aber er war in der Schlafzimmertür stehen geblieben und hatte sie im warmen Licht betrachtet, wie sie dort lag, das Haar auf dem Kissen ausgebreitet, die Lippen leicht geöffnet, als wollte sie gerade etwas sagen, ihn vielleicht bitten, doch zu bleiben. Zehn Monate später fragte er sich noch immer, was er wohl getan hätte, wenn sie aufgewacht wäre.

»Hörst du mir eigentlich zu, Jimmy?«

Der Ring-Ansager stieg durch die Seile, klopfte ans Mikrofon, Test, Test, eins-zwei-drei, aber das Herz in Jimmys Brust schlug so laut, dass er kaum was davon hörte.

»Club Wrestling« war an diesem Sonntagnachmittag in den Süden Kaliforniens gekommen, »Retro Wrestling«, eine dreiste Mischung aus halbprofessionellen Kämpfern, spontanen Gewaltausbrüchen und Cocktail-Service in Netzstrümpfen. Auf den billigen Plätzen drängten sich Buchhalter und Sportstudenten, WWF-Fans und Sesselpupser auf der Suche nach Kämpfen, bei denen es zur Sache ging. Die plüschigen Plätze direkt am Ring der Big Orange Arena waren für die Reichen reserviert, die den neusten Trend spazieren führten: aschblonde Yacht-Club-Bräute mit weichen, nackten Armen und Zigarren-Club-Trottel mit groben Gesichtern und Wurstfingern, aus deren Mündern Infos über Stone Cold Steve Austin und die exakte Größe des unvergessenen Riesen André quollen. Nächsten Monat wäre das obercoole Ding vielleicht der Hahnenkampf, und die Reichen würden beim Verkaufsmeeting am Montagmorgen den Namen ihres Lieblingsvogels fallen lassen und bei Drinks und Tunfischsteaks im Five Feet Café über Titansporen dozieren.

»*Jimmy?* Bist du noch da, Mann?« Rollo suchte in seinem übergroßen, schwarzen Trenchcoat herum – ein Babyface mit einem Superhirn, der komplette Schachspiele in seinem Kopf spielen, aber an der Tankstelle keine Zapfsäule bedienen konnte, ohne sich die Schuhe einzusauen. Schließlich holte er einen fusseligen Palm Pilot hervor, einen kleinen Hand-Computer. »Den wollte ich Blaine als Friedensangebot mitbringen und ihn bitten, bei Pilar ein gutes Wort für mich einzulegen.« Er riss das Preisschild, das am Gehäuse klebte, ab. »Jetzt weiß ich nicht, ob –«

»Ja, wahrscheinlich kann Blaine es kaum erwarten, unserem Senator eine E-Mail zu schicken oder Zugriff auf seine Online-Aktien zu bekommen.« Geschickt fing Jimmy den Palm Pilot auf, als er Rollo aus der Hand glitt, dann stopfte er ihn wieder in dessen Trenchcoat zurück. »Besser wären ein Autogramm vom Rock und ein lebenslanges Abo von *Muscle Mania*.«

Rollo zog den Trenchcoat fester um seine Schultern. »Ich hätte heute Abend gar nicht herkommen dürfen. Du solltest auch nicht hier sein. Beim Reinkommen hab ich Great White gesehen. Der Klotz treibt sich da drüben auf der anderen Seite der Arena rum. Halb hatte ich schon erwartet, dass gleich die Musik vom *Weißen Hai* läuft. Ich denke nicht, dass er mich gesehen hat, aber –«

»Wenn du ihn gesehen hast, hat er dich auch gesehen.«

Rollo lief es kalt über den Rücken. »Manchmal, wenn Great White mich ansieht … habe ich das Gefühl, als könnte er meine Gedanken lesen.«

»Wenn er es könnte, wärst du nicht mehr am Leben. Wir beide nicht.« Jimmy musterte die Menge, bewegte kaum den Kopf dabei. »Keine Sorge. Wer reinen Herzens ist, hat nichts zu fürchten.«

Rollo wischte sich mit dem Handrücken über die Nase. »Was hat das mit dir oder mir zu tun?«

Jimmy grinste.

»Mach ruhig, zeig dein fröhliches Gesicht. Du hast Glück im Leben, was kümmert es dich?« Rollo vergrub sich tiefer in seinem Trenchcoat. »Ich dagegen bin unter dem Stern der Geknebelten und Geknechteten geboren. Jimmy geht spazieren, wenn es Scheiße regnet, und wird nicht mal nass. Während Rollo im Konvoi aus dem Hinterhalt eine Kugel in den Kopf kriegt.«

»Du bist kein JFK«, entgegnete Jimmy. »Ich sehe dich eher als Jackie O, auf dem Weg zur Heckstoßstange, bei dem Versuch, aus dem Schussfeld zu gelangen.« Er sah den Schweiß an Rollos Schläfe. »Wenn du dir um Great White solche Sorgen machst, wieso bist du dann hier?«

»*Du* bist hier, oder? Ich denke, du wirst schon wissen, was du tust?«

»Seit wann das?«

Rollo zupfte an seiner Unterlippe, als klappte er eine Falltür auf. »Great White und Macklen, die beiden waren letztes Jahr die große Paranoia. Das ist vorbei. Aber Pilar, die ist ein echtes Hier-und-heute-Problem.«

Jimmy sah auf, als es zerknüllte Dollarscheine vom Balkon regnete. Das Ring-Girl bückte sich, um sie einzusammeln, und ein paar besoffene Anwälte johlten und winkten mit den Krawatten, deuteten auf ihr Dekolleté. »Wie viel schuldest du ihr?«

»Mehr als ich mir von dir borgen könnte.« Wieder schob Rollo seine Brille die Nase hinauf. »Deshalb habe ich die Chance genutzt, heute Abend herzukommen. Ich dachte mir, ich statte Blaine hinterher in der Garderobe einen Besuch ab und bitte ihn, mit ihr zu sprechen …«

»Blaine nützt dir nichts. Du musst dich direkt an Pilar wenden.«

»Pilar wartet schon länger als mein Vertrauenslehrer darauf, dass ich Scheiße baue. Wenn ich sie besuche …« Rollo schüttelte den Kopf. »Mann, es ist wie im Kakerlaken-Motel: Rollo geht rein und kommt nie wieder raus. Du warst weg, Jimmy. Hier hat sich einiges verändert.«

»Das will ich hoffen.«

»Nein, Mann, es ist *schlimmer* geworden. Erinnerst du dich an diesen Skateboarder, der für Pilar in Venice gebatikte Yogahosen verkauft hat? Er hat sie ein paar Mal abgezockt, also hat sie ihm von Blaine mit der Rosenschere einen kleinen Finger abschneiden lassen. Ist doch krank, oder etwa nicht?«

»Pilar will dir nur Angst einjagen.«

»Ich hab den Finger *gesehen*, Jimmy. Er steht in einem Olivenglas auf ihrem Kaffeetisch, was echt völlig uncool ist.« Rollo leckte sich die Lippen. Beide wussten, was jetzt kam. »Kannst du mir nicht helfen? Pilar mag dich.«

»Pilar mag niemanden.«

»Na ja … du kommst dem so nah, wie es überhaupt geht.«

Jimmy sah sich die Menge an, bewegte kaum den Kopf dabei. Er meinte, Great White auch schon gesehen zu haben. »Ich rede mit ihr.«

Rollo seufzte und sah erleichtert noch erheblich jünger aus. Die Menge johlte, als der Ansager den Schakal vorstellte, einen fleischigen Mann im Kaufhaus-Slip mit Dschungelmuster, der den Gang hinuntersprintete und unbeholfen in den Ring hechtete. »Ich hau hier ab«, sagte Rollo.

»Bitte nicht zu auffällig«, erwiderte Jimmy, übertönt vom Jubel um Blind Man Munz, der sich samt fettem Wanst und dunkler Brille auf der Nase mit seinem weißen Blindenstock einen Weg zum Ring hinunter bahnte. Jimmy wartete, bis Rollo in der Menge abgetaucht war, dann machte er sich langsam auf den Weg zum VIP-Bereich und schnappte sich von einer vorübereilenden Kellnerin eine leere Bierflasche. Diese Flasche stellte er auf die Tischkante und wartete. Als das Klirren den Wachmann kurz ablenkte, schob sich Jimmy an ihm vorbei und nahm die Treppe zum VIP-Balkon.

Der VIP-Balkon war für den Sunset-Beach-Ableger der »Corvette Owners of America« reserviert, und die Tische waren voller gegelter Platzhirsche, die den Kellnerinnen Coronas für zehn Dollar pro Flasche abkauften und versuchten, ihnen die Scheine in den Ausschnitt zu stopfen. Die Luft auf dem Balkon war dick vom Zigarettenqualm, der Teppich verdreckt und fadenscheinig, aber die äußerste rechte Ecke bot einen Ausblick auf alles, was da unten vor sich ging. Als das Big Orange noch ein Punkschuppen gewesen war, hatte Jimmy beobachtet, wie Baby Steve, halb versteckt hinter seinen Drums, Klebstoff in eine Tüte drückte, bevor O. J.s Knife mit ihrem Gig begannen. Als Baby Steve ein paar Monate später an einer Überdosis krepierte, hatte Jimmy den Nachruf schon geschrieben. Von genau dieser Stelle aus hatte Jimmy gesehen, wie George Jones während Big Os kurzer Country-&-Western-Phase als The Rhinestone Club mit der Faust einen Roadie niederschlug. Momentan sah er, wie Rollo in die Lobby hetzte. *Langsamer*, Rollo.

Jimmy beugte sich über den Balkon, mit den Händen am Geländer, und gab sich alle Mühe, nicht öfter als im 5-Minuten-Takt auf seine Uhr zu sehen. In zwei Stunden würde ihn Olivia zu Hause abholen. Er hatte gesagt, er brauche eine

Mitfahrgelegenheit zu Jonathans Party, was gelogen war, denn er wollte gern etwas mit ihr allein sein. Um einiges wieder gutzumachen. Um sie davon zu überzeugen, dass *sie* einen ebenso großen Fehler begangen hatte wie er. Wenn er nur halb so viel Glück hatte, wie Rollo meinte, würden sie es nie bis zu dieser Party schaffen.

*Zum ersten Mal waren sie sich begegnet, als er sie für das* SLAP-*Magazin interviewte – anfangs hatte er den Auftrag gar nicht gewollt, hatte gesagt, er interessiere sich nicht für dahergelaufene Sportskanonen, aber Napitano hatte darauf bestanden. Olivia war Golf-Profi, eine hoch begabte Spielerin, die den Ball 230 Meter über den Fairway schlagen konnte, aber dem Ränkespiel auf dem Putting Green nicht gewachsen war. In ihren drei Jahren auf Reisen hatte sie nicht mal die laufenden Kosten eingespielt. Mittlerweile unterrichtete sie am Rolling Hills in Laguna, einem nagelneuen Country Club für diese großkotzigen, neureichen Dot-Com-Möchtegerns, die mit ihren Golfkarren über den frischen Rasen pflügten und im Fahrwasser leere Corona-Flaschen zurückließen.*

*Eines Morgens hatte er draußen vor dem Clubhaus auf das Interview gewartet, hatte gesehen, wie Olivia vom Übungsgrün in seine Richtung kam, und darüber glatt vergessen, weshalb er gekommen war, hatte sie nur angestarrt, wie sie übers Grün geschlendert kam, mit diesem schwungvollen, selbstsicheren Gang, als merkte sie nicht, dass sie sich seiner ungeteilten Aufmerksamkeit erfreute. Schwer zu glauben, dass man sich in jemanden allein aufgrund des Ganges verlieben konnte, aber Jimmy traute Olivias sehniger Anmut eher als allem, was sie hätte sagen können. Worte konnten lügen, aber der Gang eines Menschen verriet, wie es in seinem Herzen aussah. Sie hatte, als sie näher kam, ihren Golfhandschuh abgestreift, und er stellte sich die Feuchtigkeit in ihrem Nacken vor. Noch heute spürte er ihren Händedruck.*

Irgendeine uralte Queen-Hymne ertönte von oben aus den Lautsprechern, und Jimmy steuerte die Treppe an, schnappte sich im Vorbeigehen von einem der Tische ein 10-Dollar-Bier. Hinter ihm wurden Stimmen laut, aber er ignorierte sie, nahm einen großen, kühlen Schluck, als er sich am arglosen Wachmann vorbeischob.

Blind Man Munz traf den Schakal mit seinem Stock voll im Gesicht, und der Schakal heulte auf. Die Menge buhte missbilligend. Ein fetter Kerl vorn am Ring warf seine brennende Zigarre nach Blind Man Munz, der die Cohiba zurückschlug, als hätte er Radar. Jimmy kannte die genaue Choreografie nicht, aber er erahnte den Ablauf. Blind Man musste sich die Brille von der Nase reißen und zertrampeln lassen, vielleicht wurde ihm sogar sein Stock in der Mitte durchgebrochen, bis ihn der Schakal dann so weit hatte, dass der Gegenschlag losgehen konnte.

Unten in der Arena gab es nur Stehplätze, aber Jimmy schob sich mit Schultertippen und Hüftstößen problemlos durch die wankenden Leiber, suchte instinktiv die Lücken und Ströme in der Menge.

»Jaime!« Ein massiger Homeboy in einem abgeschnittenen »Selena Viva!«-Sweatshirt begrüßte Jimmy wie einen alten Freund. »Lange her, *vato*. Wo bist du gewesen?«

Statt zu antworten, reichte Jimmy dem Homeboy seine Flasche Bier. Er konnte sich beim besten Willen nicht an den Namen des Mannes erinnern. Allerdings kannte er das rote Tränen-Tattoo, das Zeichen für einen Bandenmord.

Der Homeboy legte Jimmy seinen fleischigen Arm um die Schulter, während er das Bier kippte und die leere Flasche an die Rückwand warf. Die Flasche prallte ab, ohne zu zerbrechen, und rollte klirrend über den Beton. Der Homeboy war genervt. Düster sah er Jimmy an, dann spuckte er aus. *»Mala suerte«*, murmelte er und ging davon.

Vielleicht brachte es *wirklich* Unglück, dachte Jimmy, während der Schakal plump im Ring umherlief. Oder vielleicht war es auch einfach nur ein schlechter Wurf gewesen. Blind Man wirbelte seinen Stock herum, während die Menge widersprüchliche Anweisungen rief: »Rechts!« »Links!« »Nicht *da* lang, Magoo!« Der Schakal riss Blind Man Munz die Brille ab und warf sie in die Menge.

Jimmy sah auf seine Uhr. Er fragte sich, was Olivia heute Abend wohl anziehen würde, überlegte, ob sie sich beim Wiedersehen auf den Mund küssen würden. Er war so sehr mit seinen Gedanken bei ihr, dass er fast nicht bemerkte, was hinter ihm passierte, spürte die Bewegung erst im letzten Augenblick. »'n Abend, Great White«, sagte er und zwang sich dazu, weiter geradeaus zu sehen.

»Eines Tages musst du mir erzählen, wie du das machst, Jimmy«, sagte Great White sanft und blies ihm seinen warmen Atem in den Nacken. »Das würde ich wirklich gern mal wissen.«

Jimmy fuhr herum und blickte in diese toten, schwarzen Augen. »Das wird *nie* jemand erfahren.«

Jimmy war groß, aber Great White ragte über ihm auf wie eine Flutwelle im glänzend schwarzen Anzug, mit kahl rasiertem Schädel. Links und rechts am Hals waren Blitze tätowiert. Sie sahen aus wie Kiemen. »Ist schon 'ne Weile her, Jimmy – fast ein Jahr. Ich weiß es, weil Macklen noch im Krankenhaus lag. Du kamst in sein Zimmer und hast ihm eine Flasche Wild Turkey mitgebracht und gesagt, du wolltest am nächsten Tag weg. Der Arzt war sauer wegen der Flasche. Mack kann heute noch nicht richtig trinken, aber ich schätze, die Absicht war wohl entscheidend.«

»Stimmt. Aber woher willst du wissen, was ich gedacht habe?«

Great White, der Weiße Hai, hatte diesen leeren, stieren Blick seines Namensvetters. Die Ränder seiner Augenbrauen schimmerten vor Schweiß, der Schädel glühte von den roten

Ringscheinwerfern. »Diese Sache mit dem Eggman war auch etwa ungefähr vor einem Jahr. Hat er dir noch mal geschrieben?«

Jimmy schüttelte den Kopf. »Die Bullen sagen sowieso, es war eine Ente.«

»Schade.«

*»Schade?«*

»Ein Serienkiller ... die Disziplin kann man doch wohl nur bewundern.« Great White fuhr mit einer Hand über seinen Schädel, schnippte den Schweiß beiseite. »Die Cops ziehen wahrscheinlich den Kopf ein ... ich wette, der Eggman ist noch irgendwo da draußen und schlägt sich auf die Schenkel.«

»Könnte sein.«

»Gehen wir doch rüber ins Büro und überraschen Macklen! Er sitzt nicht mehr im Rollstuhl. Jetzt wedelt er mit diesen orthopädischen Krücken rum wie ein echter Akrobat ... nicht wie dieser beschissene Blender da drüben«, sagte Great White und deutete auf Blind Man, der mit seinem Stock am Ringboden herumtippte. »Komm schon, wir gehen Gewichte stemmen, wie in alten Zeiten! Ich hab ein paar neue Aquarelle an den Wänden, mit Rahmen und allem Drum und Dran. Ich hab Unterricht genommen ...«

»Heute Abend nicht.«

»Du hast ein Date, Jimmy? *Verliebt?*« Great White reckte seinen Hals nach links und rechts, schien mit jedem Knacken seiner Halswirbel ein Stück größer zu werden. »Kenn ich sie?«

Jimmy sah sein Spiegelbild in Great Whites Augen. »Nein.«

»Da war diese eine, mit der ich dich im Ruby's gesehen hab, weißt du noch? Du sahst aus, als wolltest du sie mir lieber nicht vorstellen«, sinnierte Great White. »War sie verheiratet?«

»Ich bin mir nicht sicher, ob ich weiß, wen du meinst.«

»Ein echter Frauenheld. Muss nett sein.« Great White schnippte mit den Fingern. »Olivia, so hieß sie.«

»Ach, die.«

Great White nickte. »Es war kurz bevor du abgehauen bist.«

»Die war okay.« Jimmy klang gelangweilt. »Wir sind nur ein paar Mal ausgegangen.«

»Du bist verwöhnt. Die war doch scharf. Geile Braut. Die hat in ihren Burger gebissen, dass die Soße nur so spritzte.« Great White schmatzte mit den Lippen. »Da würde ich gern mal dran schnuppern. Hast du ihre Nummer noch?«

Jimmy sah sich Great Whites Schädel an. »Diese dicke, blaue Ader da an der Seite ist mir noch nie aufgefallen. Erinnert mich an den Orinoko in der Regenzeit.«

Great White tastete an seinem Kopf herum, suchte nach der Ader. »Oro… was?«

»Ein Fluss in Südamerika, der auf verschlungenen Wegen zum Atlantik fließt.« Jimmy blinzelte Great White an. »Auf der Karte sieht er *genau* wie deine Ader aus.« Er lachte. »Gott im Himmel, ist das eine dreckige Brühe. Man glaubt gar nicht, was da so alles schwimmt: Säcke mit verfaultem Müll, tote Affen, von der Sonne aufgebläht …«

Great White starrte ihn an, und die Blitz-Tattoos an seinem Hals zuckten. »Also, ich war noch nie so gut in Erdkunde. Da werde ich mich wohl auf dein Wort verlassen müssen.«

Blind Man hielt den Schakal am Boden. Jimmy hatte nicht mal gesehen, wie es dazu gekommen war. Der Schiedsrichter schlug mit der flachen Hand auf die Planken. Eins. Zwei. Drei. Dann war alles vorbei, einfach so.

# 2

»Ich werde deinetwegen Ärger kriegen, Jimmy.«

»Das hätte dich früher nicht aufgehalten«, sagte er und öffnete das knarrende Seitenfenster am Poolhaus. Zwar hatte Jonathan das Türschloss ausgewechselt, aber die Fensterriegel schlossen seit zwanzig Jahren nicht mehr. Auf halbem Weg hinein wandte er sich um und sah Olivia im Mondlicht stehen, in ihrem Partykleid von der Farbe frisch geschnittenen Flieders, mit Gänsehaut an den Schultern, obwohl die Nacht doch warm war. »Warte draußen, wenn du Angst hast. Es dauert nicht lange.«

»Ich hab keine Angst!«, fuhr sie ihn an und raffte ihr Kleid, um ihm zu folgen. »Ich bin einfach nicht dafür angezogen, hier im Dunkeln rumzuklettern.«

Es war ein flacher Fenstersims, aber dennoch sah Jimmy weiße Seide blitzen, als sie hinüberstieg. Die rote hatte er lieber gemocht. Aber es gab keinen Grund zur Klage. Sie hatte eine neue Frisur. War ihr das Haar früher auf die Schultern gefallen wie bei der jungen Cher, was ihr schmales Gesicht und die großen Augen hervorhob, kam ihm dieser neue, elegante Bob wie eine Mütze aus Löckchen vor, die sich bis über ihre Wangen schlängelten. Auch ihr Parfüm war neu. Er hoffte, dass sie ihr Nabelpiercing noch hatte. Jetzt standen sie ganz nah beieinander, und keiner von beiden machte Anstalten zurückzuweichen.

»Was ist?«, sagte Olivia.

Nicht nur Kleider und Frisur hatten sich verändert. Etwas Entscheidenderes war geschehen. Die heitere, verspielte Anmut, die ihm vom ersten Moment an so gut gefallen hatte, war Argwohn und Berechnung gewichen. Früher hatte es ihr gefallen, Risiken einzugehen, zu schnell zu fahren, Liebe zu machen, wo sie nichts zu suchen hatten, sie beide so sehr auf einander fixiert, so tollkühn und überdreht, dass sie sich um nichts und niemanden scherten. Es war noch nicht sehr lange her … und doch lange genug.

Angeblich hatte Jimmy Südkalifornien verlassen, um etwas über die Welttournee von Yanks zu schreiben, einer lokalen Band, die mit einer flauen Mischung aus Weißbrot-Hiphop und Techno dreimal Platin eingesackt hatten. Jimmy mochte weder die Band noch die Musik, aber er war der Einladung des Sängers gefolgt. Olivia hatte er gesagt, er komme wieder, sobald die Tour zu Ende sei, sie aber hatte ihm unmissverständlich klar gemacht, dass sie nicht warten würde, mit derart wütendem Blick, dass es aussah, als loderten Flammen hinter ihren Augen. Er sagte, das habe er auch nicht erwartet, und sein Lächeln fiel ihm plötzlich gar nicht mehr so leicht. Hauptsache, du verliebst dich nicht in irgendwen, fügte er hinzu. Vier Monate später hatte sie seinen Bruder geheiratet.

Die milde Brise, die durchs offene Fenster hereinkam, blähte sein Seidenhemd, so dass das schwarzweiße Fischgrätmuster seine magere Gestalt umflatterte. Beim Ringkampf war das Hemd genau richtig gewesen, locker und leger, unverhohlen selbstbewusst. Momentan sah sich Jimmy eher wie ein Piratenschiff, das die weiße Fahne hisste.

»Was ist denn los, Jimmy?«

»Du siehst aus wie eine echte Lady. Mir ist, als müsste ich mich verneigen oder so.«

»Nur zu. Bei der Gelegenheit kannst du mich gleich am Arsch lecken.«

Jimmy grinste. »Stets zu Diensten.«

Darauf reagierte sie nicht. Schon die Fahrt zum Poolhaus war eher trübsinnig vonstatten gegangen, nachdem beide die ersten paar Minuten wild drauflosgeplappert und sich gegenseitig mit Fragen zu gemeinsamen Bekannten bombardiert hatten. Nach der Heirat hatte Olivia ihren Job beim Country Club gekündigt. Sie sagte, sie überlege, sich vielleicht noch mal für die LPGA-Tour zu qualifizieren, aber daran glaubten beide nicht so recht und schwiegen daraufhin, lauschten dem Summen der Straße. Ihr neuer Mercedes besaß heizbare Sitze, Airbags überall und Außenspiegel, die sich automatisch unebenem Terrain anpassten – ein hermetisch abgeschlossener Panzer mit handschuhweichen Ledersitzen. Sie stellte das Radio an, ihr Gesicht flackerte im Licht der entgegenkommenden Scheinwerfer wie ein alter 8-mm-Filmprojektor, und es war, als wäre er nie weg gewesen, als hätte sich überhaupt nichts verändert. Jimmy lehnte sich in seinen Sitz zurück, hörte zu, wie sie bei der Musik mitsang. Hätten sie jetzt einen Frontalzusammenstoß gehabt – er wäre selig gestorben. Stattdessen hatte er sie gebeten, beim Poolhaus anzuhalten.

»Siehst du es?« Olivia blickte sich um. »Was immer du auch so *dringend* suchen musstest?«

»Noch nicht.« Jimmy hängte eines der Malen-nach-Zahlen-Meisterwerke seiner Mutter gerade, ihre Version vom Ausbruch des Mauna Loa, staubige Farbkleckse auf Leinen. Sie hatte das Häuschen während ihrer *Blue-Hawaii*-Periode eingerichtet – den »Tiki Room«, wie sie ihn nannte –, hatte die kleine Hütte mit eselsohrigen Brandungsbildern und Filmplakaten eines lächelnden, blumenbehangenen Elvis gepflastert. Vertrocknete Grasröckchen dienten als Vorhänge, und an der Decke hing ein Fischernetz voller Plastik-Ukuleles. Ein abgewetztes Ledersofa blickte auf den Swimming-Pool, und an der Rückwand standen zwei Tische Stirn an Stirn, neben einem Stapel durchweichter Pappkartons. Er ließ das Licht aus – der Mondschein genügte. In eine Wand waren helle Bleistiftstriche gekratzt, Wachstumsmarken, mittlerweile fast verblasst. Jimmy strich über die Stelle, an der er Jonathan überholt hatte. Es war das letzte Mal gewesen, dass sich sein Bruder hatte messen lassen.

»Mir wäre es lieber gewesen, wenn du was davon gesagt hättest, dass wir hierher kommen«, erklärte Olivia.

»Ich hab doch gesagt, ich wollte was für Jonathan holen …«

»Du hast nicht gesagt, dass du es *hier* holen wolltest.«

»Ich dachte, du würdest gern an den Schauplatz deiner Untaten zurückkehren.«

Sie ging auf ihn zu, genervt, und ihre Manolo Blahniks klapperten über den gefliesten Boden. Jimmy legte als Antwort einen kleinen Stepptanz hin, ging in die Hocke, winkte sie zur Couch herüber, wie ein Flugdeck-Mechaniker, der eine FA-18 startklar machte. War doch egal, ob sie sauer wurde. Stattdessen lachte sie. Er kannte dieses Lachen, und einen Moment lang dachte er, alles würde gut.

Sie hatten sich noch nicht lange gekannt, als Jimmy sie zum ersten Mal mit ins Poolhaus nahm, ohne ihr zu sagen, wohin er sie brachte. Er hatte einen Block entfernt geparkt und sie durch eine Lücke im hinteren Zaun geführt, und beide mussten lachen, weil sie es so eilig hatten. Im Haupthaus flimmerte der Fernseher. Seine Eltern sahen sich im oberen Schlafzimmer *Nightline* an. Nachdem sie durchs offene Fenster geklettert war, hatte es Olivia glatt die Sprache verschlagen, und dann hatte sie – mit Blick auf die Tiki-Deko – gesagt, sie fühle sich wie in Disneyland. Jimmy hatte sie geküsst und geflüstert »Willkommen im Magic Kingdom«, und dann hatte er sie langsam ausgezogen.

Fast hätte Jimmys Vater sie in flagranti erwischt. Es war ein Uhr nachts, als Dr. Gage beschlossen hatte, den Pool zu reinigen. In seinem Paisley-Pyjama lief er am Rand herum, suchte auf dem Wasser nach einem Blatt, einer zappelnden Wespe. Sie hatten ihn erst bemerkt, als das gelbe Pool-Licht anging und sie dort auf dem Sofa anstrahlte, die Arme und Beine schimmernd vor Schweiß. Olivia wollte sich auf den Boden gleiten lassen, aber Jimmy hielt sie fest, und ihre feuchten Leiber bebten vor Lachen, bis ihr Vater wieder ins Haus ging, ohne dass er etwas mitbekommen hatte.

Olivia sah, dass Jimmy die Couch anstarrte, und schüttelte

den Kopf, weil sie wusste, was er dachte. »Mein Gott, ich hatte schon befürchtet, dein Vater würde hier die ganze Nacht rumwerkeln ...« Eine leichte Röte stieg an ihrem Hals empor. »Vielleicht war es ein Fehler, dich zu Jonathans Party einzuladen.«

»Vielleicht.«

»Ich habe Jonathan nichts davon gesagt, dass du kommst. Ich wollte ihn überraschen. Er ... er wird sich freuen, dich zu sehen. Das Ganze war auch für ihn nicht einfach.«

»Kann ich mir vorstellen.« Jimmy ging zu einem der Pappkartons hinüber und riss ihn unsanft auf.

Olivia lehnte sich an einen der Schreibtische. »Man kann sich kaum vorstellen, dass du hier mit Jonathan Schularbeiten gemacht hast.«

»Einer der Geistesblitze meines Vaters.« Jimmy schob den Karton beiseite und machte sich am nächsten zu schaffen. Jonathans einführende Literatur zum Medizinstudium: Anatomie, Physiologie, auf allen Seiten gelbe Textmarkierungen. Er wusste nicht, wonach er suchte, aber danach sicher nicht. »Keine Ablenkung im Poolhaus. Kein Fernseher, keine Musik, kein Telefon ... nur der nackte Wettbewerb. Er fuhr auf die Idee ab, dass wir Kopf an Kopf arbeiten sollten, unermüdlich wie Hamster im Rad.«

»Jonathan sagt, du hast eine Klasse übersprungen und hättest bestimmt noch mehrere überspringen können. Er sagt, du wärst klüger als er.«

»Glaub kein Wort von dem, was Jonathan über mich sagt.« Der nächste Karton war voller Spiele und Spielzeug: Schiffe-Versenken, Monopoly, Risiko, die Magische Kugel.

»Du brauchtest eigentlich niemanden, der dich mit zur Party nimmt, stimmt's? Du wolltest mich nur hierher lotsen.« Olivia trat auf das Feld der *Baltic Avenue* und durchbohrte das billige Grundstück mit ihrem Absatz. »Der Schauplatz meiner Untaten ... Sollte ich hier rührselig und nostalgisch werden?

Vielleicht um der alten Zeiten willen mit dir eine schnelle Nummer schieben?«

Jimmy ging zu ihr, legte seine Hände um ihre Hüften und küsste sie ganz langsam.

Sie erwiderte den Kuss, küsste ihn so lange, dass seine Hoffnung wuchs, dann machte sie sich los. »Die Frau deines Bruders?« Sie hob die Augenbrauen, versuchte sich kühl und gleichgültig zu geben, atmete jedoch etwas zu schwer, um glaubwürdig zu wirken. »Gibt es nicht sogar ein Gebot dagegen?«

»Gebote gibt es eine ganze Menge. Ich kann sie mir nicht alle merken.«

Olivia fummelte ein Päckchen Zigaretten aus ihrer Handtasche und tippte einen dicken Joint heraus, ein mächtiges Horn. »*Du* vielleicht nicht, aber Jonathan.« Das goldene Feuerzeug flammte auf, und sie nahm einen tiefen Zug. »Er kennt sie alle auswendig.«

»Also müsstest du dich hinterher vielleicht kurz übers Knie legen lassen. Das kann nicht so schlimm sein.«

Süßlicher Rauch stieg aus ihrer Nase. »Kommt drauf an.«

Jimmy konnte sich einfach nicht von ihr abwenden. »Du hast mir gefehlt.«

»Das ist schön.« Olivia bot ihm den Joint an, und ihre Finger berührten sich sanft.

Jimmy beherrschte sich und nahm einen Zug. Augenblicklich spürte er das Gras in seinem Hinterkopf, als plötzlich sämtliche Synapsen knisterten und eine warme Woge an seinem Rückgrat hinunterlief. Er nahm noch einen Zug und gab den Joint dann zurück. Er musste sie fragen. Die Frage ging ihm durch den Kopf, seit er zum ersten Mal von der Heirat gehört hatte. »Du und Jonathan … es ging alles so schnell. Hattest du schon was mit ihm, als wir zusammen waren?«

»Nein, da gab es nur dich.«

»Bis Jonathan kam.«

»*Du* warst derjenige, der gegangen ist.« Olivia zog am Joint. »Weißt du, als Jonathan mich das erste Mal angerufen hat, um mit mir auszugehen, dachte ich eigentlich, er wollte mir eine Nachricht von *dir* überbringen.«

Jimmy nahm die Magische Kugel aus dem offenen Karton und schüttelte sie.

»Frag die Kugel, wieso du mich verlassen hast«, sagte Olivia. »Ich weiß, wir hatten Probleme, aber ich dachte, die wären geklärt gewesen. Eben ist noch alles gut, und schon packst du deine Sachen, als müsstest du fürchten, dass sie dich jeden Moment holen kommen. Hattest du wieder Ärger?«

»Ein bisschen.«

»*Ein bisschen*? Ich hoffe doch, du hast mich nicht nur wegen eines kleinen Vergehens sitzen lassen. Ich hatte auf ein Schwerverbrechen gehofft. Schließlich habe ich auch meinen Stolz.«

»Ich hatte keine Angst vor den Cops. Es war erheblich schlimmer, falls dich das glücklich macht. Ich wollte dich nicht mit reinziehen.«

»Der heilige Jimmy.«

Jimmy hörte, wie in einem der Nachbarhäuser plötzlich ein Fernseher laut aufgedreht wurde, dann war wieder alles still, und er warf einen Blick aus dem Fenster, erwartete halb, Great White dort stehen zu sehen.

»Ich war so verletzt … so *wütend* auf dich, als du einfach abgehauen bist.« Olivia zog an dem Joint, und ihre Augen wurden schmal. »Du hast ja keine Ahnung, was ich dir am liebsten alles angetan hätte.«

»Tja, und dann ist dir ein echter Knaller eingefallen.«

»Selbst schuld, Jimmy.«

»Ich weiß.«

Olivia nahm noch einen langen Zug. Es schien überhaupt keine Wirkung auf sie zu haben. »Manchmal denke ich an uns. Ich mochte es, wie du uns immer überall reingebracht hast.

Betreten verboten, Geschlossene Gesellschaft, das war dir alles ganz egal. Ich hängte mich an deinen Arm, und wir stolzierten an den Rausschmeißern und Absperrungen vorbei, als gehörten wir dazu.« Sie tippte die Asche vom Joint, beobachtete, wie diese auf den Fliesenboden fiel, dann sah sie ihm in die Augen. »Du hättest mich fragen sollen, ob ich dich heiraten will, als du die Gelegenheit dazu hattest.«

»Tut mir Leid.«

»Es tut Jimmy Leid. Das ist doch ein Anfang.« Sie atmete eine Rauchwolke aus, hielt ihm den Joint hin.

»Nein, danke.«

»Bist du zum Leichtgewicht mutiert, seit du weg warst?« Olivia nahm noch einen langen Zug, dann küsste sie ihn hart, zwang ihn, den Mund zu öffnen, blies ihm den Rauch tief in die Lungen. Sie hielt seinen Kopf mit beiden Händen, zwang ihn, den Rauch in seinen Lungen zu halten, bis sie seine Erektion spürte und sich an ihm rieb, wobei ihre grobe Intimität Jimmy ebenso berauschte wie das ultrastarke Gras. Schließlich ließ sie ihn los. »Früher hast du nie gezögert«, sagte sie schwer atmend. »Du warst immer bereit. Und *wer* hat jetzt Angst?«

»Vielleicht musste ich an dieses Gebot denken.« Noch immer fühlte er die Wärme ihrer Lippen.

Olivia schüttelte den Kopf. »Ich glaube, du fürchtest dich viel mehr vor der Möglichkeit, dass wir hier miteinander schlafen könnten und ich Jonathan trotzdem nicht verlasse, dass ich vielleicht tatsächlich *glücklich* mit ihm sein könnte. Also, gewöhn dich dran: Ich *bin* glücklich.«

Jimmy drehte die Kugel in seiner Hand, hielt sie hoch. »Die Magische Kugel sagt: ›*Nie* im Leben.‹«

Olivia ließ den Joint fallen, trat ihn am Boden aus. »Ich werde allein zur Party fahren. Du kannst dir ein Taxi nach Hause nehmen.«

Jimmy sah ihr nach, wie sie durch den Raum stolzierte. »Wenn du wusstest, weshalb ich dich hierher gebracht habe, wieso bist du dann mitgekommen?« Sie blieb in der offenen Tür stehen. »Was hätte denn *deiner* Ansicht nach passieren sollen, Olivia?«

Sie knallte die Tür hinter sich zu.

Jimmy lauschte ihren eiligen Schritten, dann trat er nach dem Karton mit den Spielen, kippte ihn um, so dass alles herausfiel. Der Gläserne Mann klapperte über den Boden und blieb rücklings liegen, ein fünfunddreißig Zentimeter hohes, durchsichtiges Plastikmodell eines Menschen, mit allen lebenswichtigen Organen an den entsprechenden Stellen. Ein menschliches Puzzle. Er und Jonathan hatten beide so eine Lernpuppe zu Weihnachten bekommen, dazu je eine Ausgabe von *Gray's Anatomie.* Jimmy hatte seine gleich verloren – er verlor ständig irgendwas –, aber Jonathan hatte seine gut gehütet.

Jimmy hob den Gläsernen Mann auf und lächelte, als er den feinen Schnurrbart sah, den er vor so langer Zeit hineingeritzt hatte. Er wusste noch genau, wie sauer Jonathan gewesen war, als er sah, was Jimmy getan hatte. Er spielte mit der Puppe herum, ließ sie fallen und trat sie versehentlich unter den Schreibtisch. Jimmy fluchte, bückte sich, streckte den Arm aus und stieß gegen etwas Scharfes, als er den Gläsernen Mann hervorholte. Ein Splitter von Jonathans Versteck. Das hatte Jimmy ganz vergessen.

Als sie Teenager waren, hatte Jimmy einmal beobachtet, wie Jonathan unter seinem Schreibtisch ein Geheimfach einrichtete. Danach sah Jimmy alle paar Wochen nach, welche Schätze sich in dem Zigarrenkasten fanden: kleine Scotch-Fläschchen, die sein Vater von Flugreisen mitbrachte, ein Klappmesser, eine Parade von *Playboy*-Centerfolds, wobei Miss Juli 1983 den Rekord für den längsten, durchgehenden Auftritt hielt.

Jimmy langte unter den Schreibtisch, tastete herum und zog den alten Zigarrenkasten hervor. Er stellte ihn auf den Schreibtisch und klappte vorsichtig den Deckel auf, gerade so weit, dass er einen Blick hineinwerfen konnte. Jonathan liebte Tricks und Fallen: Seife, die einen schmutzig machte, erfundene Valentinsgrüße von Mädchen, die noch nie von einem gehört hatten. Mausefallen in der Unterhosen-Schublade. Jimmy sah einen Umschlag in dem Kasten, verschnürt mit ein paar Gummibändern. Eines der Bänder riss und flog quer durch den Raum, als er einen Stapel mit farbigen Polaroids hervorzog.

Jimmy neigte das oberste Polaroid im trüben Licht, um besser sehen zu können. Jonathan war darauf abgebildet. Sein Schwanz steckte im Mund einer jungen Frau, deren Gesicht unter blonden Locken verschwand. Das nächste zeigte ihn mit einer Brünetten in ähnlicher Pose, er mit durchgedrücktem Rücken. Eilig blätterte Jimmy den Stapel mit Jonathans Greatest Hits durch und stellte sich vor, wie sein Bruder nach einem harten Tag im Büro in den Tiki Room kam, die Füße auf den Schreibtisch legte und es sich in seiner Liebeslaube bequem machte. Als er den Stapel Polaroids wieder in den Zigarrenkasten legen wollte, fiel eines der unteren Bilder auf den Schreibtisch. Jimmy starrte das Foto an, dann hob er es auf.

Steve DeGerra lag auf der Aschenbahn der Dillard High School. Er war ein muskulöser, siebzehnjähriger Hürdenläufer gewesen, ein eher mittelmäßiger Schüler, der im Reisebüro arbeiten wollte, wenn er mit der Schule fertig war, damit er umsonst fliegen konnte. Nun hielt er sein Ohr am Boden, mit großen Augen, als horchte er auf etwas, das ihm dicht auf den Fersen war und ihn an diesem frühen Morgen eingeholt hatte. Der Schuss war aus nächster Nähe abgegeben worden, und die Austrittswunde hatte ihm die hintere Schädeldecke weggeblasen, so dass das Blut um seinen Kopf herum eine dunkle Korona bildete und im feinen Kies versickerte.

Jimmy nahm den Stapel Polaroids und fand den Rest des halben Eggman-Dutzends: Philip Kinneson, Denise Fredericks, William Hallberg, Carlos Mendoza, Elice Santos. Jimmy kannte ihre Namen, ihre Geburtstage, ihre Lieblingssendungen im Fernsehen. Er legte sie zurück in den Zigarrenkasten und stand wie versteinert da, verloren in Zeit und Raum, und das Poolhaus füllte sich mit verwüsteten Gesichtern und düsteren Erinnerungen.

Jonathans Polaroids mussten nichts bedeuten. Seit Jahren verkauften Streifenpolizisten und Mitarbeiter aus dem Leichenschauhaus unter der Hand Schnappschüsse ihrer berühmten und berüchtigten Klientel, wobei Prominenten-Selbstmorde und ehemalige Hollywood-Stars, die auf ihren Harleys zu Tode kamen, das meiste Geld einbrachten. Jimmy hatte gesehen, wie Splatter-Fotos auf Partys herumgereicht wurden und man den Coolness-Quotienten der Gäste daran maß, wie sie auf die grässlichen Fotos reagierten. Stumpfe Unbekümmertheit brachte die maximale Punktzahl. Jimmy versagte jedes Mal.

Zahllose Eggman-Bilder hatte Jimmy damals zugeschickt bekommen, Hochglanz-Tatort-Fotos und grobkörnige Instamatic-Vergrößerungen, manche von Leuten, die sich als seine Fans ausgaben und um ein Autogramm baten, aber mehr noch von Wirrköpfen, die sich als der Eggman vorstellten. Nach einer Weile hatte Jimmy die Post gar nicht mehr öffnen wollen, und so war der Stapel immer größer geworden. Allerdings konnte er sich nicht erinnern, jemals Polaroids bekommen zu haben – die wirkten irgendwie persönlicher, intimer, aber andererseits hatte Jonathan schon immer gewusst, womit er ihn treffen konnte.

Jimmy sah sich das Gesicht von Steve DeGerra an, die pubertäre Akne auf der Stirn. Er stellte sich vor, wie Jonathan seine Sammlung im Licht der Taschenlampe durchging, von den Eggman-Fotos ebenso erregt wie von den eigenen, erstarrten Orgasmen, stellte sich vor, wie er die Polaroids in einen Umschlag mit Jimmys Namen steckte und lachte, als er die Gummierung anleckte. Jimmy nahm den Zigarrenkasten vom

Schreibtisch und warf ihn an die Wand, so dass der Inhalt durch die Gegend flog, ein Schneesturm als Blowjobs und Tod.

Er klappte sein Handy auf, so wütend, dass seine Finger drei Anläufe brauchten, bis sie Holts Büronummer richtig eingetippt hatten, denn an irgendjemandem musste er es schließlich auslassen. »Hier spricht Detective Jane Holt«, sagte der Anrufbeantworter. »Ich bin momentan nicht erreichbar. Wenn Sie einen anderen Detective sprechen möchten, drücken Sie die Eins. Wenn Sie eine Nachricht hinterlassen möchten, warten Sie auf den Piepston.«

»Jane, hier ist Jimmy. Als ich letzte Woche angerufen habe, sagten Sie, der Fall sei noch ›nicht abgeschlossen‹, was ein Haufen Scheiße ist, wenn Sie mir die Formulierung verzeihen wollen. Wären Ihre fleißigen Plattfüße nicht so sehr damit beschäftigt gewesen, auf eigene Rechnung Splatter-Polaroids zu verkaufen, hätten sie an den Tatorten vielleicht was Brauchbares finden können – Sie wissen schon: *Beweise* –, aber was versteh ich schon davon? Ich bin ja nur Zivilist.«

Er unterbrach die Verbindung, dann rief er sich ein Taxi, sah sich um, lauschte der Musik in der Warteschleife. Einen Moment lang fühlte er sich versucht, ein paar von den Polaroids mitzunehmen, doch dann nahm er stattdessen den Gläsernen Mann. Schließlich konnte er nicht bei Jonathans Party auftauchen, ohne seinem großen Bruder wenigstens *irgendetwas* mitzubringen.

## 3

Jimmy fuhr mit dem Personalfahrstuhl des Newport Tower bis ganz nach oben, wobei er in einer Hand ein Tablett voller Riesengarnelen hielt. Die Sicherheitsvorkehrungen unten in der Lobby waren streng gewesen, aber im Servicebereich auf der

Rückseite des Gebäudes ging es drunter und drüber. Lieferanten entluden Champagner-Kisten und gekühlte Kanapees, aber keiner passte auf.

Er trat aus dem Fahrstuhl, durchquerte zielstrebig die kleine Küche, stellte die Garnelen ab und ging einfach weiter, ignorierte den Koch am Ausgabetresen, der seine legere Kleidung musterte. Zwei Hilfskellner rauchten heimlich auf dem Gang, steckten die Köpfe aus dem offenen Fenster, wie bei einer Guillotine. Einem Kellner, der ein Tablett mit leeren Gläsern hereintrug, hielt er die Tür auf, dann betrat er die Welt von Perfection Enhancements Inc., eine bessere und schönere Welt, die Luft gekühlt und elektrostatisch gereinigt, der Teppich dick und allergiegetestet.

P.E.I. nahm das gesamte oberste Stockwerk des Gebäudes ein. Jenseits des großen Panoramafensters war die Küste von Lichtern überzogen: Scheinwerfer und Rücklichter fädelten sich auf dem Pacific Coast Highway aneinander, Catalina Island glitzerte im abendlichen Dunst; hinzu kam das rhythmische, rot-grüne Blinken der Ölpumpen draußen vor Long Beach. Der Empfangsbereich war geräumig, der geschwungene Eingang Feng-Shui-korrekt, was positive Energie und Erfolg ausstrahlte, die buttergelben Sofas waren zu intimen Nischen arrangiert, und der Teppich war weicher als ein Putting Green der PGA. Irgendwo spielte eine Live-Band Motown, wenn auch nicht laut genug.

Fotos hingen an den Wänden. Die üblichen Publicity-Bilder, auf denen Jonathan verschiedenen Politikern und Sportlern die Hand schüttelte, aber Jimmy fiel eine Reihe zwangloser Aufnahmen ins Auge, die offenbar während der regelmäßigen Reisen seines Bruders nach Südamerika und Afrika entstanden waren: Jonathan strahlend in seinem knallblauen Kittel, umgeben von Einheimischen im Sonntagsstaat, die unbeholfen und todernst in die Kamera blickten. Jedes Jahr fuhr Jonathan für drei Wochen in arme Länder, um dort karitativ als plastischer

Chirurg zu arbeiten, wobei er das komplette Operationsteam auf eigene Kosten einfliegen ließ. Jimmy sah die Kinder, die sich an Jonathans Hände klammerten, und versuchte, das Bild vom lieben Onkel Doktor mit jenem Bruder in Übereinstimmung zu bringen, mit dem er aufgewachsen war. Es roch nach Sandelholz, was Entspannung und Harmonie bringen sollte. Bei Jimmy funktionierte es nicht.

In eine Innenwand war ein gewaltiges Aquarium eingelassen, in dem schillernde Skalare träge durch die Blasen trieben. Eine schlanke Blondine schlenderte am Aquarium entlang, und einer der Skalare folgte ihr, die feinen Flossen wie ein Hochzeitsschleier. Die Blonde trug ein tief ausgeschnittenes, schwarzes Kleid, das ihre kleinen Brüste hervorhob, und ihr Haar fiel lockig auf die nackten Schultern. Sie gab ihr leeres Sektglas einem Kellner, nahm sich ein neues und kam zu Jimmy herüber. »Proben Sie Ihre Dankesrede für die Oscar-Verleihung?«, fragte sie. Sie sah, dass er nicht begriff, was sie meinte, und nickte zu dem Gläsernen Mann, der unter seinem Arm klemmte.

Jimmy schwenkte das durchsichtige Plastikmodell über seinem Kopf herum. »Ich möchte allen kleinen Leuten danken«, sagte er etwas genervt, weil er so schwer von Begriff gewesen war. »Meinem Agenten, meinem Trainer –«

»Nicht zu vergessen: dem alten Mann da oben.«

»Den hat man letzten Monat vor die Tür gesetzt.«

»Zu viele laute Partys?« Sie musterte ihn mit Hockneyblauen Augen.

Jimmy schüttelte den Kopf. »Hat die Miete nicht bezahlt. Der arme Kerl hat seinen Job verloren.«

Sie lächelte. Ihre Zähne hätten Werbung für Kaugummi oder Soft Drinks oder irgendetwas Minziges machen können. »Ich bin Michelle.«

»Jimmy.« Er riss sich von ihren Augen los. »Haben Sie Jonathan gesehen?«

»Und ich dachte schon, zwischen uns beiden bahnt sich etwas an.«

Jimmy folgte ihr durch die adrett gekleidete Menge, vorbei an Teenagern mit nagelneuen Bevely-Hills-Nasen und fettabgesaugten Hüften, gertenschlanken Fregatten mit zu vielen Diamantarmbändern und grauhaarigen Managertypen, deren Haut ganz weich und laserrosig war. Im ganzen Raum gab es weder ein Gramm Fett noch Unbehagen oder gar Verschämtheit: Jonathans Patienten waren makellos, der Erdanziehung und der Zellermüdung ebenso stets einen Schritt voraus wie der bedrückenden Verfettung aller Lebensformen.

Michelle schnappte sich eine Erdbeere von einem Silbertablett und sah sich um. Sie biss in die Frucht, verzog das Gesicht und warf den Rest in eine Topfpflanze. »Ich kann ihn nirgends sehen, Jimmy.« Ihm gefiel, wie sie seinen Namen aussprach. »Da kommt Kendall«, sagte sie. »Gleich fängt sie wieder von ihren neuen Titten an.«

Kendall war eine hoch aufgeschossene, dürre Brünette mit trübem Blick, trägerlosem, rotem Versace-Kleid und einem Diamantanhänger von der Größe einer Cocktailkirsche zwischen ihren wippenden Brüsten. Sie tat, als küsste sie Michelles Wange, dann sagte sie: »Du solltest dir deine Brüste *wirklich* vergrößern lassen, Kindchen. Wahrscheinlich bist du das einzige Mädchen in ganz Kalifornien, das noch mit der Grundausstattung rumläuft.«

»Lass lieber die Finger davon«, riet Jimmy Michelle. »Es sind Klassiker.«

Michelle prostete ihm mit ihrem Champagner zu.

»Aber es bleibt überhaupt keine Narbe, Michelle, falls dir das Sorgen macht«, sagte Kendall ein wenig irritiert. »Jonathan ist durch meinen Bauchnabel reingegangen. Das Implantat kommt *unter* den Muskel und fühlt sich absolut natürlich an. Und wenn du stillen möchtest – nicht dass du deine beiden Schönheiten an einen Balg verschwenden wolltest, aber *falls* es nötig werden sollte –, kannst du Milch geben wie eine Kuh auf der Weide.«

»Welch hübsches Bild«, sagte Michelle.

»Madonna mit Kalb«, sagte Jimmy.

Kendall kniff leicht verwirrt die Augen zusammen und wandte sich Jimmy zu. Sie spielte mit ihrem Anhänger, und auf ihrer sonnengebräunten Haut schimmerte der Diamant wie eine warme Träne, während sie Jimmy beäugte und sich sein Testbild-Hemd und seine schwarze Jeans genauer ansah. »Wer ist dein neuer Freund, Michelle, und wie ist er überhaupt an den Sicherheitsleuten vorbeigekommen? Da laufen hier überall diese atemberaubenden Menschen herum, und du angelst dir einen, der aussieht, als wäre er noch nicht mal stubenrein.«

»Wuff, wuff«, sagte Jimmy.

Kendall tippte mit dem Fingernagel gegen ihre Vorderzähne und neigte dabei den Kopf, so dass Jimmy das Kokain sehen konnte, das an ihren Nasenwänden klebte. »Mit dem ließe sich was anfangen, Michelle. Vorübergehend, halten würde ich ihn nicht«, meinte sie, »aber trotzdem … Oh, sieh nur, da ist Sarah.« Mit einem Finger winkte Kendall einer stämmigen Frau, die an einer pockennarbigen Marmor-Replik der Venus von Milo lehnte. »Sarah war früher die Diva unter den Top-Maskenbildnern in Hollywood. Ich habe keine Ahnung, wie Jonathan sie von Fox weggelockt hat. Sarah hat mir eine Nachtmaske aus mikropulverisierter Lamm-Plazenta verschrieben, wodurch sich das Gleichgewicht meiner Ph-Werte *radikal* verändert hat.« Sie rückte ihre Brüste zurecht, dann schwebte sie vielversprechenderer Gesellschaft entgegen, wenn auch nicht ohne »und das *mir* … als strikter Vegetarierin« hinzugefügt zu haben.

Jimmy sah, wie Jonathan auf der anderen Seite aus einer Tür trat. »Ich muss gehen, Michelle. War nett, Sie kennen zu –«

»Du hast mich tatsächlich nicht erkannt, was?«

Jonathan war schwer damit beschäftigt, einem Anchorman der Regionalnachrichten die Hand zu schütteln. Der Mann hieß Harrison Lee, ein gepflegt wirkender, weißhaariger Herr mit einer Zwanzigjährigen am Arm. Jimmy drehte sich wieder zu Michelle um, versuchte sie einzuordnen, schüttelte aber schließlich den Kopf.

Michelle grinste. »Dann war es jeden Dollar wert, den ich dafür ausgegeben habe.«

Jimmy starrte sie neugierig an. Dennoch konnte er sich nicht erinnern.

»Wilma Jean, die Trailer Queen«, sang sie, dann zuckte sie zusammen, als hätte sie sich wehgetan.

Jimmy sah sie genauer an. »Wilma? Bist du es wirklich? Du bist so … schön.« Er bremste sich. »Damit wollte ich nicht sagen … mh … was ist denn mit deinem Akzent passiert?«

»Ich hatte die Schnauze voll davon«, leierte sie. »Von meinem Namen auch und von den dreißig Pfund hässlichem Schwabbel, über den sich die anderen Kinder immer lustig gemacht haben.« Mit den Fingern strich sie über ihr Gesicht und führte sich selbst vor wie ein Model. »Ich habe eine Zahnklammer getragen, gebleicht, was zu bleichen war, und den Rest überkronen lassen«, sagte sie in ihrer neuen, kultivierten Sprache. »Ich trage Kontaktlinsen und habe mein Haar aufgehellt. Jonathan hat das harte Liften übernommen. Fast anderthalb Zentimeter hat er von meinem Kinn abgeschabt, meinen Unterkiefer neu eingehängt und die Brauenlinie ein Stück heruntergezogen.« Sie lächelte. »Der Rest bin ich selbst.«

Jimmy nahm ihre Hände. »Ich freue mich, dich zu sehen, Wilma.«

»Michelle«, verbesserte sie ihn. »Und, willst du mich nicht fragen?«

»Was fragen?«

»Woher ich das Geld hatte. Am Ende läuft doch alles immer aufs Geld hinaus, oder?« Sie hatte ein süßes Lachen. Er wusste nicht, ob sie so auch schon auf der Highschool gelacht hatte. Damals hatte er sie nie lachen hören. »Als ich auf dem College war, hatte ich immer zwei Jobs, hab mich von Käsemakkaroni ernährt und bin überall mit dem Bus hingefahren. Jonathan hat mich auf Kredit behandelt. Ich brauchte Jahre, um es abzuzahlen, aber er hat nicht mal Zinsen verlangt. Er sagt, er sei Arzt, keine Bank. Mittlerweile bin ich Anwältin – Familienrecht.« Sie lächelte. »Ich habe Kendall bei ihren letzten beiden Scheidungen vertreten.«

»Das ist besser als eine Leibrente.«

»Vier Jahre auf der Anaheim High« – Michelle sprach immer schneller, so dass in der Eile ihr Akzent wieder zum Vorschein kam – »und in der ganzen Zeit warst du der einzige Junge, der *einzige*, Jimmy, dessen Tür mir offen stand, der einzige, der mich mal gefragt hat, wie es mir ging. Ich wusste, dass du nur nett sein wolltest, aber ich war dir trotzdem dankbar.«

Jimmy erinnerte sich, wie sie immer allein in der Cafeteria gesessen hatte, mit gesenktem Blick, das Gesicht hinter einem Buch verborgen.

»Mein Gott, hab ich auf dich gestanden!«, sagte Michelle. »Wenn man eher unscheinbar ist, erzählen einem die Leute dauernd was von innerer Schönheit, aber *glaub* mir, Jimmy, innere Schönheit kann nicht mithalten, wenn es drauf ankommt.«

»Tja, jetzt hast du beides.«

Michelle lief rot an. »Hör mal, Jimmy, ich weiß, dass du meinetwegen in deinem Abschlussjahr von der Schule geflogen bist, und ich möchte dir danken.«

»Ich weiß nicht, was du meinst.«

Michelle starrte ihn an, bis er befürchtete, dass er gleich dahinschmelzen würde. »Ich glaube doch.«

»Das ist alles lange her.«

»So lange nun auch wieder nicht.« Michelle fummelte in ihrer Handtasche herum. »Ich weiß, du möchtest mit Jonathan sprechen, aber solltest du mal Lust haben, dich mit mir zu treffen, auf einen Drink oder irgendwas …« Sie zückte eine Visitenkarte, schrieb etwas darauf und gab sie ihm. »Hier ist meine Privatnummer.«

»Danke.« Jimmy schob die Karte in seine Tasche. Nach wie vor war Jonathan mit dem Fernsehmann beschäftigt. »Ich muss gehen.« Abrupt blieb er stehen, als Olivia bei Jonathan ankam und ihm einen Kuss gab. Das hatte er noch nie gesehen. Olivias Lachen hallte durch den Raum. Es war wie ein Schlag ins Gesicht.

Michelle sah sich nach Jimmy um. »Tut mir Leid«, sagte sie leise. »Ich hab gehört, was mit euch beiden passiert ist. Deshalb war ich so überrascht, dich heute hier zu sehen. Ich dachte, du wärst vielleicht … darüber hinweg.«

Jimmy beobachtete, wie Olivia mit Jonathan plauderte, ihm über sein Revers strich. Die beiden schienen sich köstlich zu amüsieren.

Michelle legte eine Hand auf seinen Arm. »Bist du okay?«

»Ich muss gehen, Wilma … *Michelle*«, korrigierte sich Jimmy.

»Natürlich.«

»Es war wirklich nett, dich wiederzusehen.« Auf der anderen Seite des Raumes bemerkte ihn Olivia und erstarrte plötzlich. Jimmy dachte daran, wie sie in der Tür zum Poolhaus ausgesehen hatte, erschrocken, zu erschüttert, als dass sie ihm eine Antwort geben konnte. Er legte den Gläsernen Mann auf ein vorüberschwebendes Tablett, das sich auf dem Weg in die Küche befand, platzierte ihn zwischen Garnelenresten und leeren Sektgläsern. Er musste Jonathan kein Geschenk mitbringen: Jonathan hatte alles, was er brauchte. Mühelos bahnte sich Jimmy einen Weg durch die Menge, denn die Fluten teilten sich, als er das glückliche Paar ansteuerte.

Jonathan sah ihn kommen und hörte auf zu reden. Er war siebenunddreißig, ein Jahr älter als Jimmy, sah gut aus, mit weichen, faltenlosen Zügen wie ein Mannequin, die Haut so blass, dass sie wie gebleicht schien. »James.« Er zeigte sein großes Gebiss.

»Jonathan.« Jimmy bleckte die Zähne.

»Ich wusste gar nicht, dass du wieder da bist.« Jonathan wandte sich Olivia zu. »Liebling, wusstest du …«?«

»Ich wollte dich überraschen«, sagte Olivia und warf Jimmy einen warnenden Blick zu.

»Na, das ist dir jedenfalls gelungen, und welch hübsche Überraschung es ist!« Jonathan trug einen mitternachtsblauen Smoking, der seine schlanke Gestalt umhüllte, eine Armbanduhr am Handgelenk, flach wie eine Hostie, der ganze Mann eine Studie in lässiger Eleganz – hätte Jimmy es nicht besser gewusst, wäre er der vornehmen, aristokratischen Erscheinung, die sein Bruder pflegte, glatt auf den Leim gegangen. »Willkommen, James.« Sein Händedruck war kühl und trocken, anhaltend, eher eine Einschätzung als eine Begrüßung, als würde er bei einem Patienten Fieber messen. *»Willkommen.«*

»Du wiederholst dich«, erwiderte Jimmy. »Hebt der eine Gruß den anderen auf?«

Jonathan lachte leise. »Ganz und gar nicht. Es ist schön, dich zu sehen.«

»Wie schön ist es denn?«, fragte Jimmy. »So schön wie ein Eis mit heißen Früchten? Besser als ein Blowjob?«

Jonathan starrte ihn an. »Heute Abend hierher zu kommen … das kann für dich nicht leicht gewesen sein.«

Jimmy zuckte mit den Schultern. »Wer bin ich, mich der Liebe in den Weg zu stellen? Und das war es doch, oder nicht?«

»Es war Liebe.« Jonathan warf Olivia einen Blick zu. »Wahre Liebe.«

»Du wiederholst dich schon wieder«, sagte Jimmy. »Langsam mache ich mir Gedanken um dich.«

»Was ist denn los?«, fragte Harrison Olivia, und die Leute in der Nähe flüsterten schon. »Streiten die beiden?«

»Ganz und gar nicht«, erwiderte Jonathan. »Nur ein kleiner Wettstreit der Worte.« Er neigte seinen Kopf dem Nachrichtenmann zu. »Harrison, ich möchte Ihnen gern meinen –«

»Wir kennen uns schon«, sagte Jimmy.

Jonathan hob die Augenbrauen. »Ja, natürlich.«

Der Brief vom Eggman hatte die Auflage des *SLAP*-Magazins auf eine bis dato unerreichte Höchstmarke getrieben und aus Jimmy einige Wochen lang so etwas wie einen halben Prominenten gemacht – Jay Leno hatte ihn in einem seiner Monologe erwähnt, *USA Today* brachte sein Foto in der »Newsmakers«-Rubrik, und Harrison Lee hatte für seine ultrapopuläre Sendung ein schleimiges Interview geführt, bei dem er mehrmals fragte, ob Jimmy denn nicht um seine Sicherheit besorgt sei, und ein Riesengetöse um die »Furcht einflößende Verantwortung« der Presse machte. Zwei Wochen später beschuldigte Harrison Lee Jimmy, den Eggman-Brief selbst verfasst zu haben, um seiner Karriere auf die Sprünge zu helfen. Lee hatte sogar die Staatsanwaltschaft eingeschaltet, um diese »ungeheuerliche Verletzung des öffentlichen Vertrauens« untersuchen zu lassen.

»Nett, Sie wiederzusehen, Jimmy«, sagte Harrison Lee und reichte ihm die Hand.

Jimmy ignorierte die Hand, ignorierte den ganzen Harrison Lee. »Jedes Mal wenn ich dich sehe, bist du noch blasser als zuvor, Jonathan. Inzwischen bist du weiß wie der Tod ... ist das der Look, der dir vorschwebt?«

Jonathan klopfte dem Nachrichtenmann auf die Schulter, wobei er Jimmy ansah. »Sie müssen meinen Bruder entschuldigen.«

»Du solltest dich nicht für mich entschuldigen«, entgegnete Jimmy, »und ich werde es auch für dich nicht tun.«

»Jetzt ist es offiziell: keine Entschuldigung mehr«, sagte Olivia mit angestrengter Heiterkeit.

»Mächtig großen Laden hast du hier«, sagte Jimmy zu Jonathan. »Perfection Enhancements Inc. Endlich habe ich den Stoff gesehen, aus dem die Träume sind.«

»Ist bei dir alles in Ordnung, James?«

»Am liebsten mag ich die Fotos von dir auf deinen Goodwill-Missionen«, sagte Jimmy. »Die große, weiße Vaterfigur im Arztkittel, umringt von seinen Bewunderern. Ich hatte einen richtigen Kloß im Hals.«

Jonathans Blick war so kühl wie sein Händedruck.

»Schick mir eine Karte, wenn du dich mal wieder auf den Weg machst, die Welt zu retten. Du weißt, wie gern ich Post bekomme.«

Für einen Augenblick erblühte ein Hauch von Farbe auf Jonathans blassen Wangen, dann war er wieder verflogen. »Ich hoffe, du lässt Olivia gegenüber etwas Rücksicht walten, James. Das Ganze war sehr schwer für sie. Es gab eine Menge unangenehmer Kommentare, als wir die ersten Male miteinander ausgingen. Selbst Mutter und Vater fanden es nicht sehr passend.«

»Ich hätte auch noch ein paar Kommentare anzubringen. Möchtest du sie hören?«

»Bitte nicht, Jimmy«, flehte Olivia. *»Bitte.«*

»Es tut sehr weh, dich so zu sehen«, sagte Jonathan. »Faselnd, zerzaust, nörglerisch. Früher hattest du einen so feinen, scharfsinnigen Verstand. Von Zeit zu Zeit hast du mich immer wieder in Erstaunen versetzt.«

»Wann genau war das?« Jimmy wurde übermütig. »Hilf mir mal.«

»Selbstver*ständlich* hilft Jonathan dir gern. Er ist dein Bruder.« Mrs. Gage drängte aus der Menge hervor und küsste ihn auf die Wange. Die Mutter der beiden war eine mollige unterwürfige Frau, die früher einmal schlank gewesen war. »Richard! Sieh nur, wer da ist«, sagte sie und winkte.

»Ich bin nicht blind«, erwiderte Dr. Gage säuerlich. Sein Blick fiel auf die Freundin des Nachrichtenmannes, und er strich sein feines, graues Haar glatt – hundert Bürstenstriche jeden Abend –, putzte sich für sie heraus, ein Dandy am Rande der Senilität.

»Jimmy ... wie schön, dich zu sehen, oh wie *schön*!« Mrs. Gage tupfte mit einem Tuch an ihren Augen herum, dann wusste sie nicht, wohin damit. »War es deine Idee, Jonathan? Was für eine wundervolle, *wundervolle* Überraschung! Wir alle hier zusammen –«

»Das Lob geht an Olivia«, sagte Jonathan und legte ihr einen Arm um die Hüfte.

»Ist das nicht wundervoll, Richard?«, schwärmte Mrs. Gage.

»Wundervoll«, sagte Dr. Gage.

»Bleibst du jetzt da, Jimmy?«, fragte Mrs. Gage. »Bitte, sag ja.«

Jimmy antwortete nicht.

»Dein Bruder veranstaltet hier ein ganz schönes Theater, was?«, sagte Dr. Gage, wobei er diesen leicht britischen Akzent annahm, mit dem er in Gesellschaft sprach. »Körbeweise Orchideen, eingeflogen aus Brasilien, schwarze Trüffel-Pastete, *pfundweise* ...« Eine goldene Nadel der Harvard Medical School blitzte an seinem Revers. Da er sich seiner unbedeutenden Alma Mater schämte, hatte er die winzige Sichel per Mail-Order-Katalog bestellt. Er sah, dass Jimmy die Nadel anstarrte. »Jonathan erkennt Qualität, wenn er sie sieht«, murmelte er, was wie eine Drohung klang.

Nach wie vor hielt Jonathan seinen Arm um Olivias Hüfte. Sie schmiegte sich an ihn, und Jimmy wandte sich ab, umarmte seine Mutter. Sie hatte dreißig Pfund zugelegt, seit er ein kleiner Junge gewesen war, aber noch immer fühlte er ihren Herzschlag, wenn sie sich in den Armen hielten. »Gute Nacht, Mom.«

»Geh nicht«, flehte Mrs. Gage und klammerte sich an ihn. »*Immer* gehst du.«

»Lass ihn los«, sagte Dr. Gage.

»Gute Nacht, Olivia«, sagte Jimmy. Sie antwortete nicht.

»Sei nicht so ungeduldig«, sagte Jonathan. »Ich weiß, die Situation ist nicht einfach, aber gib ihr eine Chance. Es fängt doch gerade erst an.«

Jimmy lächelte.

## 4

Das schwere Vorhängeschloss an seinem extrabreiten Lagerraum war genauso, wie er es zurückgelassen hatte, was bedeutete, dass Rollo an diesem glorreichen Montagmorgen, während die Sonne aufging und die Vöglein zwitscherten, wirklich so im Arsch war, wie er befürchtet hatte. Auf der Fahrt wäre es ihm fast gelungen, sich einzureden, dass Nikki den Lagerraum nicht *wirklich* ausgeräumt hatte, dass er letzte Woche einfach nicht ganz bei sich gewesen war. Malaria vielleicht, oder Denguefieber – irgendein fieser Bazillus, den er sich eingefangen hatte, als er mit ihr in Costa Rica gewesen war, ein Parasit, der ihm die Großhirnrinde angenagt hatte. Leider war das nicht der Fall.

Rollo schüttelte sich das Haar aus den Augen. Das Schloss war noch an Ort und Stelle, aber er sah die schmale Lücke in der Kette, wo sie durchgesägt worden war. In der Werbung für das Schloss zeigten sie, wie das Ding selbst einer Pistolenkugel standhielt, aber heute machte sich niemand mehr mit einer Schusswaffe an einem solchen Schloss zu schaffen – nur noch in Cowboyfilmen, in denen der Schurke das Safeschloss mit einem einzigen Schuss knackt und das Geld im Wind verweht. Heutzutage verwenden die Bösewichte Motorsägen mit einem Diamantsägeblatt, das selbst durch gehärteten Stahl wie durch Tofu schneidet.

Von Nikki beklaut zu werden glich vielleicht wieder aus, was er und Jimmy mit Macklen und Great White abgezogen hatten, so etwas wie eine verspätete Revanche. Nur dass es ganz allein Jimmys Idee gewesen war, Macklen mit den High-Speed-Speicherchips übers Ohr zu hauen, und Rollo jetzt mit leerem Lager dasaß und fürchten musste, dass Pilar demnächst an seinen Fingern und Zehen herumschnippelte. Und Jimmy interessierte sich nur dafür, ob er wieder mit seiner alten Freundin zusammenkam. Wo blieb dabei das verdammte Gleichgewicht von Yin und Yang?

Rollo hatte solche Angst vor Pilar, dass er letzte Woche eine schwere Dummheit begangen hatte. Jimmy wäre stinksauer, wenn er es wüsste, aber Rollo brauchte Geld, und nachdem Nikki ihn ausgenommen hatte, waren ihm nur die Speicherchips geblieben. Rollo kriegte nicht mal viel dafür, verbrannte sich nur die Finger. Die Chips zu verkaufen, war riskant, okay, aber Pilar wollte ihr Geld *sofort*, und es war ja nicht so, als wären Great White und Macklen noch auf der Suche nach den Chips. Das Ganze war inzwischen ein Jahr her. Alte Zeiten. Da könnte genauso gut der Tyrannosaurus Rex einen Prozess gegen diesen Meteor anstrengen, der die Dinosaurier platt gemacht hatte.

Der frühmorgendliche Verkehr kroch am AAA-Best-Storage Center vorbei, plärrende Hupen, Lastwagen mit knirschendem Getriebe – eine Sinfonie der Lohnaffen. Schon stank die Luft nach Dieselabgasen und dem Fett von Taco Bell an der Ecke. Scheiß La Palma. Zu weit im Landesinneren, als dass man das Meer riechen konnte, zu weit abseits von L.A., von der Szene, ein voll gestopfter Vorort mit mehr Beton als Rasenflächen. Auch keine guten Kinos, nur Multiplexe mit Leinwänden von Heftpflaster-Größe und plüschigen Sitzen mit monströsen Becherhaltern. Das hätte Rollo gerade noch gefehlt ... sich das letzte Jet-Li-Meisterwerk anzusehen, mit Debby und Donny La Palma im Nacken, die ihre 4-Dollar-Dr.-

Peppers schlürften und stritten, weil Debby Donny nichts davon gesagt hatte, dass der Film mit Untertiteln lief.

Rollo hasste La Palma und die Leute dort. Hier war er aufgewachsen, hatte sein Skateboard von den Bullen konfiszieren lassen, weil sie vor dem Gerichtsgebäude durch die Gegend flogen, war verprügelt worden, weil er einen albernen Namen hatte, war von der La Palma Junior High geflogen, weil er im Geschichtsunterricht *Glory* gegen *Evil Dead 2* ausgetauscht hatte. *Glory* war scheiße, *Evil Dead 2* rockte. So einfach war das. Aber in La Palma gab es eine Menge Läden, in denen man seine Habe einlagern konnte – doppelt breite Schließräume für Familien, deren Zeug nicht mehr in die Garage passte, und Zellen für mobile Singles, die ihren Knautschsessel einlagern mussten, wenn sie bei ihrem aktuellen Traumpartner einzogen. Und auch Lagermöglichkeiten für Leute wie Rollo – Händler, die Platz für ihre Ware brauchten, und einen sicheren Ort, an dem sie arbeiten konnten. *Sicher:* wenn das kein Witz war.

Seinen gesamten Warenbestand zu verlieren, war schlimm genug – die ganzen Videorecorder und Notebooks und die neuen, tragbaren Sharp-DVD-Player (elfhundert Dollar pro Stück im Einzelhandel!) –, aber außerdem hatte er den Rohschnitt seines jüngsten Films im Lagerraum gehabt, dazu einen kompletten Schneidetisch. Bei ihrem dritten Date hatte er Nikki hierher gebracht, hatte sie einen Blick durch seine Lieblingskamera werfen lassen, eine Canon GL 1 Mini-DV, ein absolut anbetungswürdiges Stück Technik. Er hatte ihr die ersten zwei, drei Stunden des Films *Coma Patient* gezeigt, wobei die beiden auf dem kleinen Sofa saßen, Popcorn aus der Mikrowelle knabberten und dann wie die Irren übereinander herfielen.

Rollo hatte sie am Set eines Pornodrehs im Valley kennen gelernt, wo er Standbilder machte, und Nikki war eins von den neuen Mädchen gewesen, wild entschlossen, ihr Gesicht auf Zelluloid zu bannen. Sie hatte die Figur dafür, hart und natürlich, aber ihre Haut war etwas unrein und ihre Nase vielleicht ein wenig zu groß. Rollo war das egal. Er hatte selbst reichlich Akne und versprach ihr, die besten Perspektiven für ihre Nahaufnahmen zu suchen. Wenn sie nicht gefilmt wurde, trug sie eine Brille, sogar dieselbe Stärke wie er. Es war erstaunlich.

Er war verrückt nach Nikki gewesen, wenn auch nicht wie ein vertrauensseliger Fan, der darum bettelte, abgezockt zu werden. Er hatte ihr auf dem Weg die Augen verbunden, was beide so richtig geil fanden. Nie im Leben hätte sie das Schließfach wiederfinden können. Hatte sie aber. Sie hatte es gefunden und leer geräumt. Die Ware war ersetzbar, aber *Coma Patient* ... dieser Verlust würde in die Geschichte der verlorenen Kinoklassiker eingehen, gemeinsam mit den fehlenden fünf Rollen von Stroheims *Gier*.

Der einzige Lichtblick im endlosen Desaster seines Lebens war, dass der Rest seiner Filme – einundfünfzig Dokumentarfeatures – in den bewachten, temperaturkontrollierten Tresoren des Santa Monica Secure Deposit lag. Hinter dem ganzen Stahl und Beton konnten sie sogar einen Atomschlag überstehen. Er starrte das aufgesägte Schloss an der Tür zu seinem Lagerraum an. Nikki hatte *Coma Patient* nicht mal sonderlich gemocht.

Rollo sah sich um. Er hätte sich schon vor Stunden aufs Ohr hauen sollen, aber er war zu aufgedreht, um nach Hause zu gehen, und sowieso zu nervös, die Augen zuzumachen. Nachdem er Jimmy bei dem Wrestling zurückgelassen hatte, war er in ein paar Läden gewesen, um ein bisschen Ware umzusetzen. Zweimal hatte man ihn rausgeworfen, weil sein gefälschter Ausweis den Barkeeper nicht überzeugen konnte, aber schließlich hatte er einem ganzen Tisch voller Automechaniker im Cap'n Jack's in Sunset Beach die letzten seiner Palm Pilots präsentieren können.

Rollo hatte den Club der Schraubendreher schon in dem Moment gesehen, als er reinkam, die vier Mechaniker über ihre Biere gebeugt, mit Blick auf die Babes am Tresen. Wahrscheinlich unsicher wegen ihrer schwarzen Fingernägel. Rollo verkaufte die Palm Pilots viel zu billig, aber einer der Mechaniker legte einen Satz runderneuter Reifen für den Van obendrauf, und außerdem war Rollos alter Herr selbst Schrauber gewesen, ein echt trauriger Fall mit blutigen Knöcheln und Pech an den Hacken. Die Mechaniker wollten nicht mal einen Probeflug der Palm Pilots. Sie wollten die Dinger nur am Tresen herumzeigen und bei den Mädels Eindruck schinden. Wenn es um Frauen ging, waren Männer Vollidioten. *Testosteron Nation*, Heimat der hirnlosen Ständer. Und Rollo war ihr König.

Er trat gegen die Tür zu seinem Lagerraum, und das Schloss flog davon. Rollo warf die Tür auf, knipste das Licht an. Nichts hatte sich verändert. Der Raum war noch immer leer, bis auf ein paar Verlängerungskabel – Nikki hatte sogar das Sofa mitgenommen. Wahrscheinlich wollte sie es bei ihrem nächsten Film verwenden. Er blinzelte, trat ein, ging bis ganz nach hinten durch, konnte noch immer nicht glauben, was er sah. *Coma Patient* war sauber und ordentlich auf dem nackten Beton gestapelt, vierundvierzig halbstündige Digitalfilm-Päckchen. Er rieb sich die Augen, konnte es nicht verhindern. Mann, jetzt wurde er weich. Ans kahle Holz der Rückwand war ein Herz gemalt, ein kleines, rotes Herz, ein Lippenstiftherz mit den Initialen *RB + CT. RB* stand für Rollo Boyce, aber *CT*, das stand für Clara Thomas. Nikki hatte ihren richtigen Namen benutzt, nicht ihr Pseudonym.

Zärtlich strich Rollo über das Herz, sah sich den wachsigen Fleck an seinem Zeigefinger an. Es war ihre Farbe. Sie hätte seinen Film nicht zurückbringen müssen. Sie hätte kein Herzchen malen müssen. Sie hätte ihren richtigen Namen nicht benutzen müssen. Er war im Arsch, was Pilar anging, *mehr* als im Arsch, und das hatte er Nikki zu verdanken – aber auf seltsam schräge Weise war seine Begegnung mit Clara den ganzen Ärger beinahe wert.

## 5

Es war fast noch etwas zu früh, um bei Desmond aufzutauchen, denn erst allmählich kam die Sonne zwischen den Palmen hervor, und da und dort nahmen automatische Sprinkleranlagen ihre Arbeit in den Gärten auf. Ein nagelneuer Pick-up rumpelte den Block entlang, mit zwei kambodschanischen Jungen auf der Ladefläche, ins Gespräch vertieft, während sie dicke Ausgaben der *Times* auf den Gehweg warfen. Stundenlang war Jimmy nach Jonathans Party durch die Gegend gefahren und schließlich im Harbour House Café gelandet, wo er auf seinem Notebook den Artikel übers Retro Wrestling zu Ende schrieb. Gegen vier Uhr morgens überspielte er seinen Text per Handy auf den Rechner der *Times* und fuhr nach Hause.

Ein blauer Taurus parkte in Desmonds Auffahrt. Jimmy sah den Bar-Code-Sticker einer City-Garage an der Heckscheibe, als er am Straßenrand hielt. Wahrscheinlich ein alter Kollege aus Desmonds Truppe.

Vor fünf Jahren etwa, lange bevor Jimmy ihn kannte, hatte sich Desmond Terrell vom Newport Police Department in den Vorruhestand versetzen lassen, nachdem er zum dritten Mal angeschossen worden war. Er hatte den vollen Rentensatz beantragt, aber seine Vorgesetzten hatten argumentiert, wenn er vielleicht auch nicht mehr fit genug sei, im Streifenwagen mitzufahren, könne er doch sicher noch am Schreibtisch sitzen. Desmond hatte kein Interesse daran, Anrufe entgegenzunehmen und seinem Chief den Squash-Platz zu reservieren. »Drei

Treffer reichen mir«, hatte er gesagt. Man hätte annehmen sollen, dass das Department – nach all den Auszeichnungen, den Tapferkeitsmedaillen und dem Umstand, dass er der erste afroamerikanische Polizeibeamte beim NBPD gewesen war – schlechte Publicity vermeiden wollte, aber Desmond hatte kein Interesse daran, seinen Joker mit der Hautfarbe auszuspielen, und ging schlussendlich auf das jämmerliche Angebot seines Chefs ein, ihm nur die Hälfte seiner Pension auszuzahlen. An seinem letzten Arbeitstag hatte er dem Stellvertretenden Polizeichef drei Strafzettel verpasst, bevor sich der Mann aufs Revier retten konnte – das erste für überhöhte Geschwindigkeit, das zweite, weil er am Stoppschild nicht gehalten hatte und das dritte, weil er sich der Verhaftung widersetzen wollte. Seine Abschiedsparty war die größte, an die sich irgendwer erinnern konnte, und die Cops kamen aus drei Countys angefahren, um Whiskey zu trinken und Geschichten zu erzählen.

Jimmy wich dem Sprühregen der Sprinkleranlage aus, lief den Plattenweg entlang und spürte den feuchten Nebel im Gesicht. Desmond hatte den Sprinkler auf sechs Uhr morgens eingestellt, um dem Gras ordentlich was zum Trinken zu geben, bevor die Morgenhitze alles verdampfen ließ. »Verschwende nichts, dann fehlt dir nichts« war eins von Desmonds Lieblingsmottos. Ein anderes war »Wer Scheiße sät, wird Fliegen ernten«, ein südafrikanisches Sprichwort, das Nelson Mandela so sehr liebte. Eben wollte Jimmy ums Haus herum zu seiner Einliegerwohnung gehen, als Desmond auf die Terrasse trat.

»Hier drinnen sitzt jemand, der mit dir reden möchte«, sagte Desmond und hielt dabei einen Kaffeebecher mit der Aufschrift D.A.R.E. in der Hand.

»Wer denn?«

Desmond nahm einen Schluck, musterte Jimmy über den goldenen Draht seiner Brille hinweg und ließ sich mit der Antwort Zeit. Er war ein gepflegter Mann von Anfang fünfzig, mit breiter Nase und hoher Stirn, in einem frischen, mintgrünen Polohemd, Khaki-Shorts und Leder-Slippern, das kurze Haar ergraut. Mit einer Papierserviette tupfte er an seinem Mund herum. »Jane Holt.«

»Oh, *sehr* gut.« Holt hatte wohl heute Morgen beim Aufstehen ihren Anrufbeantworter im Büro abgehört. Vermutlich war sie gekommen, um ihm mitzuteilen, dass es verboten war, auf einem Anrufbeantworter des Departments gotteslästerliche Worte zu hinterlassen. Oder um ihm seine grammatikalischen Fehler vorzuhalten.

Die Task Force, die sich mit den Eggman-Morden beschäftigte, war vom Sheriff's Department in Orange County zusammengestellt worden, aber Detective Holt hatte die Ermittlungen geleitet, zum Teil weil Jimmy sie damals wegen des Eggman-Briefes angerufen hatte, vor allem aber, weil sie in bürokratischen Dingen hartnäckig war und keine Angst hatte, sich Feinde zu machen. Sie besaß bereits einen Abschluss in Jura, als sie vor elf Jahren zum Laguna Beach P.D. kam. Sie hatte ihr Examen als Zweitbeste abgelegt, was sie sich noch immer nicht verzieh. Sie war schnell aufgestiegen, hatte ein paar haarige Fälle gelöst, hatte – wie all die anderen Heißsporne – Seminare an der FBI-Akademie in Quantico belegt, Doppelschichten übernommen und sich nie beklagt. Nichts von alledem hatte ihr beim Eggman-Fall geholfen.

»Komm rein und trink ein Glas Orangensaft mit uns«, sagte Desmond. »Jane war so nett, vor ihrer Schicht vorbeizuschauen, und da könntest du ruhig mal etwas höflich sein.« Desmonds Stimme klang melodisch und gelassen, und wie stets mied er die Sprache der Straße. Er kam Jimmy entgegen, stieg die Stufen herunter, damit er im Wohnzimmer nicht mehr zu hören war. »Was hast du *jetzt* schon wieder angestellt?«

»Überhaupt nichts.«

»Du bist ja genauso mitteilsam wie Holt.« Desmond trank einen Schluck Kaffee, und seine braunen Augen blickten wachsam über den Becherrand hinweg. »Olivia hat dich gestern Abend abgeholt, aber zwei Stunden später bist du mit dem Taxi nach Hause gekommen, um deinen Wagen zu holen. Du hättest mich anrufen können, wenn dich jemand abholen sollte, statt dein Geld aus dem Fenster zu werfen. Ich hätte auch nicht weiter nachgefragt.« Er nahm noch einen Schluck. »Allerdings hatte ich dir schon vorher prophezeit, dass sie nicht wieder zu dir zurückkommt.«

»Ich habe nie behauptet, dass ich klug wäre, Desmond. Ich hab immer nur gesagt, dass ich charmant bin.«

Desmond schüttete seinen Rest Kaffee ins Gras. »Jane Holt ist ein Eins-A-Cop. Mit Charme kannst du bei der nichts bewegen.« Er marschierte über den Rasen, hob den Deckel einer Plastikflasche auf und schüttelte den Kopf. Die Welt fuhr mit Höchstgeschwindigkeit zur Hölle, und Desmond maß diese Geschwindigkeit an der Menge des Mülls, den man ihm in den Garten warf.

»Wieso hast du ihr nicht gesagt, sie soll später wiederkommen?«, fragte Jimmy. »Die Börse müsste doch jeden Moment aufmachen. Ich möchte dich nicht stören.«

Seit seiner Pensionierung handelte Desmond nebenbei mit Aktien – in seinem Wohnzimmer gab es drei Computerbildschirme, einen High-Speed-DSL-Zugang und Datek – »*Real Time Streaming Quotes*«, was immer das bedeuten mochte. Gewöhnlich saß er jeden Morgen um 6:30 Uhr – das war 9:30 Uhr an der Wall Street – am Schreibtisch und tippte Angebote, kaufte und verkaufte.

»Montagmorgen ist immer unruhige See«, sagte Desmond. »Ich halte mich von der Strömung fern, bis ich weiß, wohin sie fließt. Schütze dein Kapital, das ist Regel Nummer eins. Die einzige Regel.« Er hielt die Tür auf. »Komm rein, bring es hinter dich.«

Holt saß mit übereinander geschlagenen Beinen auf einem Stuhl mit hoher Lehne, eine hübsche Frau von Ende dreißig, mit hohen Wangenknochen und müden Augen. Selbst im Süden Kaliforniens, wo jeder medienbewusste Detective maßgeschneiderte Anzüge und Designer-Sonnenbrillen trug, war sie der bestgekleidete Cop, den Jimmy je gesehen hatte. An diesem Morgen trug sie einen knielangen, blaugrauen Kaschmir-Rock mit passendem Blazer, der sie vermutlich zwei Monatsgehälter gekostet hatte. Nicht dass sie von ihrem Gehalt leben musste. Die echte Perlenkette um ihren Hals war vermutlich schon seit der *Mayflower* im Besitz ihrer Familie. Nur die bequemen Schuhe an ihren Füßen kündeten von den Notwendigkeiten ihres Berufes. Sie sah auf ihre Uhr, zog eine Augenbraue hoch. »Ich hatte damit gerechnet, dass Sie um diese Uhrzeit im Bett liegen«, sagte sie, die Stimme ausdruckslos, nasal. »Ich war schon darauf eingestellt, mich entschuldigen zu müssen, weil ich so früh auftauche.«

»Von wegen«, erwiderte er. Holt hatte sich auf die ausgeklügelste aller Polizeitaktiken eingeschossen, die Kunst des kultivierten Eindringens. Gern tauchte sie unangekündigt auf, entweder spätabends oder frühmorgens, bat vielmals um Verzeihung, während sie dastand und durch einen hindurch sah, in der Hoffnung, den Beweis dafür zu finden, dass man irgendwas Illegales getan, Heroin verschnitten oder Anthrax-Bomben gebastelt oder ungestempelte Briefmarken doppelt benutzt hatte – auch kleine Vergehen waren ein Ansatz, und *irgendwas* hat jeder auf dem Kerbholz. Jimmy schenkte ihr sein charmantestes Lächeln. »Ich bin derjenige, der sich entschuldigen sollte, Jane. Sie gestern Abend anzurufen … ich hab mich zum Idioten gemacht.«

Holt stellte beide Füße auf den Boden, widersprach ihm nicht. Sie glaubte seiner Entschuldigung genauso wenig wie er ihrer.

Desmond lachte leise, als er sich in seinem Ledersessel

niederließ und die Börsenzeitung in die Hand nahm. »Übrigens, Jane«, sagte er, wobei er seine Lesebrille aufsetzte und mit dem Finger an den klein gedruckten Spalten entlangfuhr, »erzählen Sie doch Ihrem Daddy, dass meine Aktien im letzten Jahr um siebenundsechzig Prozent gestiegen sind. Fragen Sie ihn mal, wie sein Hedge-Fonds läuft.«

»Ich spreche mit meinem Vater niemals über Geld«, erwiderte Holt.

»Ich auch nicht«, stimmte Jimmy zu. »Mir scheint, wir sind uns ähnlicher, als Sie dachten, Jane.«

Desmond raschelte mit seiner Zeitung.

Holt und Jimmy hatten während der Ermittlungen zu den Eggman-Morden anfänglich viel Zeit miteinander verbracht, als beide hofften, der Killer würde sich noch einmal melden. Jimmy wohnte damals in einem winzigen Häuschen abseits der Laguna Canyon Road, eigentlich eher eine Hütte. Holt tauchte zu jeder Tages- und Nachtzeit auf, immer mit einer Ausrede, wieso sie nicht vorher angerufen hatte. Sie war freundlich, stellte dieselbe Frage auf vier verschiedene Weisen, kam Minuten später auf seine Antworten zurück, als wäre ihr gerade erst etwas eingefallen … »Was mich wirklich verwirrt, Jimmy, ist die Frage, wieso dieser Eggman Kontakt mit *Ihnen* aufnimmt, um seine Botschaft loszuwerden. Ich habe noch nie gehört, dass ein Serienmörder wegen einer Filmkritik mordet.« Jimmy war nicht gekränkt. Er war Reporter und wendete selbst einige dieser Taktiken an. Er wusste, dass sie seine Mitarbeiter, seine Nachbarn befragt und einen Blick auf sein Bankkonto geworfen hatte. Schließlich hatte er ihren Background ebenso gründlich gecheckt. Noch heute lachte er bei dem Gedanken an ihr Gesicht, als er ihr erzählt hatte, er sei ein wenig – nun ja – schockiert von ihrer schlechten Zensur in Statistik am Bryn Mawr.

Mit seiner Zustimmung hatte Holt das Privattelefon ebenso abhören lassen wie seinen Anschluss bei der Arbeit, und die beiden hatten zwei, drei Nächte pro Woche auf seinem Sofa gesessen, sich die Zeit mit Scrabble – fünf Dollar Einsatz pro Spiel – vertrieben und darauf gewartet, dass das Telefon klingelte. Holt trank ihren eigenen Darjeeling, brachte losen Tee und ein silbernes Tee-Ei von zu Hause mit und wurde immer ärgerlicher, weil er ein Spiel nach dem anderen gewann. Einmal, als er kurz draußen gewesen war, erwischte er sie dabei, wie sie die Spielsteine betastete, auf der Suche nach aufgerauten Rändern an den Steinen mit hoher Punktzahl, kaum merkliche Manipulationen, mit deren Hilfe er vielleicht betrügen konnte. Nie fand sie irgendwas.

Holt stand auf. »Können wir hier irgendwo reden?« Es war eigentlich keine Frage.

Jimmy ging in Richtung Küche, hörte hinter sich ihren Stuhl knarren. Es war eine kleine Küche, und Holt lehnte sich an die Spüle, so nah, dass er ihr Parfüm riechen konnte – ein feiner Duft, frisch, nicht blumig. Holt hatte für seinen Geschmack zu viele Ecken und Kanten. Wenn er sich vorstellte, mit ihr im Bett zu landen, musste er dauernd daran denken, wie ihre Knie und Ellenbogen aneinander schlugen. Trotzdem … sie roch gut. »Wie haben Sie mich gefunden, Jane?«

»Ich war überrascht, als ich feststellen musste, dass Sie bei Desmond wohnen«, sagte Holt, ohne auf seine Frage zu antworten. »Ich hätte nicht gedacht, dass Sie Freunde auf der *anderen* Seite der Front haben.«

»Nur Desmond … und jetzt Sie«, sagte Jimmy und nahm den Krug aus dem Kühlschrank. »Wahrscheinlich lassen wir beide etwas nach, Jane.«

Holt zeigte ihre Zähne, bot einen Blick auf ihren leichten Überbiss. Altes Geld war immer zu erkennen. Reiche Leute haben es nicht auf ein Covergirl-Lächeln abgesehen, sondern wollen, dass ihre Kinder den Ölgemälden ihrer Großonkel und Großtanten ähnlich sehen, die in der Bibliothek, im Wintergarten oder in irgendeinem dieser anderen Räume hängen, die man heutzutage eigentlich nur noch bei Agatha Christie findet. Jimmy mochte diesen Überbiss und die Art und Weise, wie sie ihren Darjeeling umrührte, ohne mit dem Löffel den Rand der Tasse zu berühren, und ganz besonders mochte er, wie sie ehrlich verblüfft war, wenn er über ihre Witze lachte. Vielleicht wussten die Cops, mit denen sie arbeitete, ihren trockenen Humor nicht zu schätzen.

Nach einigen Wochen in seiner Hütte hatte Holt tatsächlich ihre Schuhe ausgezogen, nun ernstlich außer Dienst, und die beiden gingen zu Jamaika-Rum über, einander ebenbürtig, Glas für Glas, und spielten Scrabble in Kinder-Geheimsprache. Es war der Abend gewesen, an dem Olivia beschlossen hatte, spontan hereinzuschauen. Nachdem sie sich einander vorgestellt hatten, folgten ein paar Minuten gestelzter Konversation, bis Holt einfiel, dass noch Berichte abzuheften waren. Als sie weg war, stritten Jimmy und Olivia über alles Mögliche, nur nicht über Holt, und brachten einander zum Schweigen, indem sie miteinander ins Bett gingen. Es klappte. Das war damals normalerweise so. Holt war noch öfter zu Besuch gekommen, zog aber nie wieder ihre Schuhe aus. Der Eggman hatte ihn nicht zu Hause angerufen. Und auch nicht in der Arbeit. Er hatte ihm nie mehr geschrieben. Vor einem Jahr dann hatte ihm Holt einen Scheck über 285 Dollar Scrabble-Schulden ausgestellt. Seitdem hatte er sie nicht wieder gesehen. Bis jetzt.

»Sind Sie für eine Revanche vorbeigekommen?« Jimmy schenkte sich ein Glas Orangensaft ein, dann hob er den Krug an, aber sie schüttelte den Kopf. Sie sah gestresster aus, als er sie in Erinnerung hatte, mit Sorgenfalten, eingegraben um ihre Mundwinkel. »Kommen Sie, ich binde mir auch meinen halben Wortschatz hinter den Rücken.«

»Sie haben meinen Scheck nie eingelöst. Schlechtes Gewissen?«

»Vielleicht wollte ich nur Gentleman sein.« Jimmy trank einen Schluck Orangensaft. »Herr im Himmel, Desmond«, ächzte er und schüttete das Glas in den Ausguss. »Kaufst du den O-Saft auf dem Flohmarkt?«

»Wenn du so freundlich wärst, mir nicht zu erzählen, wie ich einzukaufen habe«, kam die Antwort aus dem Wohnzimmer.

Jimmy wischte mit einem Papierhandtuch über seine Zunge. »Wenn du von mir mehr Geld für die Haushaltskasse brauchst, musst du es nur sagen, Desmond.«

»Bei Ihrem Anruf gestern Abend haben Sie von Polaroids gesprochen«, sagte Holt. »Die würde ich gern sehen.«

»Ich hab sie nicht bei mir.« Jimmy schob sich an ihr vorbei ins Wohnzimmer. Jonathan war ein Ekel, aber das war kein Verbrechen. Und auch nicht der Besitz von Splatter-Fotos.

»Diese Polaroids«, beharrte Holt, »war eins von Philip Kinneson dabei?«

»Sie waren alle da.« Jimmy blickte zu Desmond hinüber. »Was meinen Sie, Sergeant Terrell, fällt das jetzt schon unter polizeiliche Schikane?«

Desmond sah nicht von seiner Zeitung auf, mit der Lesebrille auf der Nasenspitze. »Du weißt doch gar nicht, was Schikane ist.«

»Ich kann Ihnen die Fotos aufs Revier bringen, wenn es so wichtig für Sie ist«, sagte Jimmy und machte die Haustür auf. »Jetzt werde ich erst mal duschen gehen und dann ein bisschen schlafen.«

»Verbrauch nicht das ganze heiße Wasser!«, rief ihm Desmond nach.

# 6

Jimmy konnte hörten, dass sich Desmond und Holt unterhielten, als er hinten ums Haus herum zu seiner Wohnung ging, einem kleinen Anbau mit hartem Bett und engem Bad. An den Wänden hingen Poster, die Samuel, Desmonds Sohn, zurückgelassen hatte, als er vor neun Jahren ausgezogen war – Eddie Murphy und Malcolm X, Chris Rock und Tyra Banks. Desmond hatte sie nicht abgenommen, und auch Jimmy hatte nichts dergleichen vor. Als er an seinem ersten Morgen dort aufgewacht war, hatte er – noch im Halbschlaf – gesehen, wie Malcolm X finster auf ihn herabsah, und war so schnell hochgeschreckt, dass er ein leichtes Schleudertrauma davontrug. Jimmy grinste, als er daran dachte. Er hatte ohnehin nicht lange bleiben wollen, ein paar Monate vielleicht, nur so lange, bis er Miete und Kaution für eine Bude irgendwo am Strand beisammenhatte. Desmond weigerte sich, von ihm Mietgeld anzunehmen, bat lediglich um den halben Anteil für Einkäufe und laufende Kosten. Jimmy stellte die Dusche an und zog sich aus.

Er gab sich seiner Erschöpfung hin, mit geschlossenen Augen, entspannte sich unter dem harten Wasserstrahl. Er schlief schon halb im Stehen, als er Holts Parfüm durchs Wasser roch, nur einen Hauch ihres markanten Duftes, eine angenehme Erinnerung an ihre Nähe in der Küche.

Ein Jahr war es inzwischen her, dass er sie von *SLAP* aus angerufen hatte, mit dem Brief vom Eggman in der Hand, unschlüssig, was er dazu sagen sollte. Wahrscheinlich hatte sie sämtliche Geschwindigkeitsbegrenzungen auf ihrem Weg von Laguna übertreten und die Security-Leute einfach ignoriert, mit derart zusammengebissenen Zähnen, dass Jimmy sich schon fragte, ob ihr abends wohl der Unterkiefer wehtat. Ihr Gespräch hatte eben erst begonnen, als zwei Cops vom örtlichen Revier auftauchten, da sie offenbar von jemandem bei der Zeitschrift einen Tipp bekommen hatten.

Die Detectives hatten mächtig Druck gemacht und versucht, Holt den Brief abzunehmen, denn sie bestanden darauf, die Zuständigkeit liege bei *ihrem* Department. Cranston, der ranghöhere Detective, hatte seinen Arsch auf Jimmys Schreibtisch gepflanzt und ihr erklärt, von nun an würden sie den Fall übernehmen. »*Miss*«, wobei er die Hand ausstreckte und sich kaum beherrschen konnte, mit den Fingern zu schnipsen. Holt zitierte ganz ruhig eine Passage aus dem kalifornischen Strafgesetzbuch, während sie den Brief an sich nahm und in ihre Handtasche steckte. Sie sah Jimmy an, schlug vor, sich mit ihm in einen Konferenzraum zurückzuziehen, um seine Aussage aufzunehmen, und machte auf dem Absatz kehrt, bevor er überhaupt reagieren konnte. Jimmy ließ die schäumenden Newport-Cops zurück und folgte Holts schmalen Hüften.

Nun, als ihm das warme Wasser über Brust und Rücken lief, holte er tief Luft und stutzte. Holts Duft war immer deutlicher geworden. Er schlug die Augen auf, wischte sich das Haar aus dem Gesicht. »Jane?« Auf dem Duschvorhang waren helle Tropenfische abgebildet, und er konnte Holt nur verschwommen erkennen, wie unter Wasser. »Wollen Sie einen kleinen Blick riskieren, Jane?«

»Das könnte Ihnen so passen.«

Jimmy trat vom Vorhang zurück unter den Wasserstrahl. »Wieso gehen Sie nicht nach nebenan? Ich bin gleich fertig.«

»Schamgefühle?« Holt rührte sich nicht von der Stelle. »Ich bin überrascht.«

Jimmy verteilte Shampoo auf seinem Kopf, und Schaum rann über seine Schultern, während er schrubbte und das Gefühl zu ignorieren versuchte, dass sie ihn musterte. »Ich lass mich nicht gern hetzen. Ich bin nicht verpflichtet, Ihnen zu helfen. Ich müsste nicht mal mit Ihnen reden.«

»Ich will nur die Polaroids sehen. Meinen Sie, das könnten Sie *möglicherweise* schaffen?«

Jimmy fuhr herum, ließ sich das Wasser in den Nacken prasseln. Wenn ein Cop einen um etwas bat und versprach, er wolle nur das eine, konnte man sicher sein, dass damit die Forderungen erst *anfingen*. Er war ihr dankbar, dass sie dem Wort *möglicherweise* einen leicht verächtlichen Unterton gegeben hatte. Das war ein hübscher Schachzug. »Wozu die Aufregung?«, sagte er, und seine Stimme hallte von den Kacheln wider. »Und was wäre, wenn ein Cop die Schnappschüsse macht, um sie in seiner Stammkneipe rumzuzeigen? Vielleicht stehen die Bullengroupies drauf, vielleicht verdient er was daran. Was kümmert es Sie?«

Holt kam näher heran, und einen Moment lang dachte Jimmy, sie wollte zu ihm unter die Dusche steigen. »Warum sind Sie so störrisch?«, fragte sie.

»Warum sind Sie so beharrlich?« Feuchte Tropfen rannen über den Vorhang zwischen ihnen. »Vielleicht war es ja gar kein Cop, der diese Polaroids aufgenommen hat. Ich bin selbst schon an Tatorten gewesen. Da sind reichlich Leute von der Spurensicherung, die kommen und gehen …«

»Die forensischen Mitarbeiter fotografieren digital.«

»… oder Zeitungsfotografen, die von außerhalb der Absperrung Aufnahmen machen …«

»Diese Polaroids, waren das Nahaufnahmen?«

»Ja, *viel* zu nah.«

»Dann können sie auch nicht von jemandem *außerhalb* der Absperrung aufgenommen worden sein, oder?«

»Und wieder ein Punkt für den Kapitän des Debattierclubs. Ich sage ja nur, dass da draußen viele Splatter-Fotos unterwegs sind, offizielle und inoffizielle. Weshalb also sind *diese* so wichtig?«

»Bei allem gebotenen Respekt, Jimmy. Es steht mir nicht zu, Details über laufende Ermittlungen preiszugeben.«

Jimmy drehte das Wasser ab, so dass es plötzlich still war. »Bei allem gebotenen Respekt, Jane: Es *gibt* keine laufenden Ermittlungen. Die Task Force hat den Laden schon lange zugemacht.«

»Am Kinneson-Mord wird noch gearbeitet«, sagte Holt knapp. »Solche Entscheidungen werden nicht von der Task Force getroffen. Die treffe *ich*.« Sie fummelte an ihren Perlen herum, wartete auf seine Reaktion, wobei das lauteste Geräusch im Raum das tropfende Wasser des Duschkopfs war, bis auch das langsamer wurde und schließlich verstummte. »Philip Kinneson wurde in Laguna gefunden. Das ist *mein* Tatort. Ich habe alle Fotos an mich genommen, die an jenem Morgen aufgenommen wurden, aber es war schon fast halb acht, als der Fund gemeldet wurde. Als ich eintraf, hatte sich bereits ein ganzer Trupp Surfer um die Leiche versammelt, Kids von der Junior High, die den Sand zertrampelt und den Tatort beschädigt hatten.« Sie schüttelte energisch den Kopf. »Wenn Sie ein Polaroid von Kinneson gesehen haben, wurde es von jemandem aufgenommen, der *vor* mir da gewesen sein muss, als der Tatort noch unangetastet war – einer von den Surfern vielleicht oder ein Gaffer beim Morgenspaziergang.«

»Oder einer von diesen Fotografen, die den ganzen Tag rumfahren und Polizeifunk hören. Sie haben sie selbst schon gesehen, Jane. Die sind bei jedem Unfall, bei jeder Schießerei vor Ort. In der Hälfte aller Fälle sind sie schneller als die Polizei. So sind die Polaroids vermutlich auf dem freien Markt gelandet. Laut und grell verkauft sich schnell. Darf ich jetzt wieder unter meine Dusche?«

Holt schüttelte den Kopf. »Ich interessiere mich nicht für die Polaroids *per se*. Ich interessiere mich dafür, *wer* sie aufgenommen hat. Diese Person könnte etwas oder jemanden gesehen haben. Er oder sie könnte noch weitere Fotos gemacht haben, Bilder von anderen Leuten am Strand … von Zeugen oder sogar Verdächtigen.«

»Klingt ziemlich unwahrscheinlich.« Jimmy sah ihren Gesichtsausdruck durch den Duschvorhang. »Sie haben sonst nichts anderes in der Hand, oder?«

Holt strich ihren Rock glatt. »Die Task Force mag zum nächsten Fall übergegangen sein, ich aber nicht. Jemand hat Polaroids von meinem Tatort, und ich möchte wissen, woher sie kommen.«

»Okay, Jane.« Ohne sich dessen bewusst zu sein, hatte Jimmy einen Entschluss gefasst. Er berührte mit der Hand den Duschvorhang. »Ich bring Sie hin, sobald ich mir was angezogen habe.«

Holt drehte sich um. Vielleicht war doch sie diejenige, die Schamgefühle hegte.

## 7

»Können Sie was sehen?«, fragte Holt.

Jimmy spähte durchs Fenster in den Tiki Room, hielt seine Hände an die Scheibe, um der Spiegelungen Herr zu werden. Holt stand neben ihm. Die Polaroids lagen noch immer am Boden verstreut, der zertrümmerte Zigarrenkasten lag in der Ecke, wohin er ihn geworfen hatte. Jimmy wandte sich vom Fenster ab, und die Bohlen der Veranda knarrten, als er an den Rand trat. Ein Holzflugzeug hing an zwei rostigen Ketten von den Deckenbalken, die blaue Farbe größtenteils abgeblättert. Er sah über den trockenen Swimming-Pool hinweg zum Haupthaus, das seit dem letzten Erdbeben nicht mehr bewohnbar war; das Fundament war geborsten, das Dach hing durch. Eines der Küchenfenster war eingeschlagen.

Die umstehenden Häuser waren vom Erdbeben verschont geblieben, sahen aber genauso schäbig aus: abblätternde Farbe, die Rasenflächen von Löwenzahn überwuchert. Dr. Gage war Allgemeinarzt gewesen, verbittert, weil er auf eine Spezialausbildung, die ihm das große Geld gebracht hätte, hatte verzichten müssen, ein Mann mit grandiosen Visionen und ohne Geschäftssinn. Das Haus in Anaheim mit dem Swimming-Pool und der kleinen Hütte hatte ein Statusobjekt und eine clevere Investition werden sollen, und der Immobilienmakler hatte ihm versichert, das Viertel sei »im Aufwind, ein Magnet für Selbstständige mit Sinn für echte Werte«. Der Immobilienmakler hatte gelogen. Als Jimmy auf der Highschool war, gab es regelmäßig Smogalarm, und fast jede Nacht flogen die Polizeihubschrauber, deren Scheinwerfer auf dem Wasser des stets gepflegten Swimming-Pools glitzerten.

»Sind sie *das da*, Jimmy?«

Holt besaß keinerlei Befugnis, den Tiki Room zu betreten, es war keine Gefahr im Verzug, sie hatte keinen Durchsuchungsbefehl dabei. Er musste sich nur weigern, und schon würde sie umkehren und das Grundstück verlassen müssen, aber hatte er die Tür erst aufgemacht … »Jonathan ist mein Bruder. Ich will ihm keine Schwierigkeiten machen.«

»Ich habe es Ihnen doch gesagt: Ich will nur wissen, woher er die Polaroids hat.«

Eigentlich machte er sich nicht ernstlich Gedanken um Jonathan, eher um Olivia. Jimmy hatte Holt erzählt, er sei gestern Abend allein im Tiki Room gewesen, aber wenn Detective Holt erst an der Sache dran war, würde es schwierig werden, Olivia herauszuhalten. Schwer zu sagen, wie Jonathan die Nachricht aufnehmen würde, wenn er hörte, dass sie mit Jimmy allein gewesen war.

»Sie müssen nicht mit reinkommen«, sagte Holt. »Sie haben nichts damit zu tun.«

Jimmy fielen die Drohbriefe wieder ein, das Gekritzel mit dem roten Filzer, das ihm die Schuld an den Morden in die Schuhe schob, ihm vorwarf, sich an den Verbrechen zu bereichern. Er sah das adrette Briefpapier noch vor sich, das nur so überquoll vor Obszönitäten und Stoßgebeten, man möge ihn und alle, die ihm nahe standen, mit dem Teppichmesser aufschlitzen.

Holt stieß ihn mit dem Finger an. »Verdammt, Jimmy, Sie haben gesagt, Sie wollen mir *helfen.*«

Die Intensität ihrer Reaktion überraschte ihn. Holt war stolz auf ihre Selbstbeherrschung, aber jetzt atmete sie schwer, und ihre Wangen zeigten rote Flecken. Jimmy ließ sich auf der Verandaschaukel nieder, sank auf das weiche, abgewetzte Holz. »Kommen Sie, entspannen Sie sich, Jane. Die Polaroids können uns nicht davonlaufen.« Er rutschte zur Seite, um ihr Platz zu machen, aber Holt rührte sich nicht vom Fleck. Das hatte er auch nicht ernstlich erwartet. Er schaukelte ein wenig vor sich hin. Der Tag hatte warm begonnen, aber jetzt rollten dunkle Wolken vom Meer heran, schoben sich vor die Sonne, und der Wind war kühler.

»Machen Sie sich manchmal Vorwürfe?«, fragte Holt.

»Ich habe die gleiche Pressemitteilung der Task Force gelesen wie Sie. Der Eggman war eine Ente.«

»Sie glauben nicht daran. Ich auch nicht.«

»Nein, ich mache mir keine Vorwürfe.« Die Schaukel knarrte, als Holt sich neben ihn setzte, und wieder roch Jimmy ihr Parfüm, fragte sich, wo ihr Puls schlug. Sie war eigentlich nicht sein Typ, und er *wusste,* dass er nicht ihr Typ war, und sie hatten nichts gemeinsam, abgesehen von sechs Toten, und doch gab es eine gewisse Anziehungskraft zwischen ihnen, unausgesprochen und ungenutzt. »Ihnen mache ich auch keine.«

»Philip Kinneson wurde auf seinem Nachhauseweg vom Paradise ermordet, einer Schwulenbar mit Blick aufs Meer«, murmelte Holt mit starrem Blick, während die Kette knarrte. »Es war Montagabend, es gab Football, ein Spezial-Büfett, billige Drinks, und Kinneson war Stammgast. Der Barkeeper sagte, er sei nach dem Spiel gern am Strand nach Hause gelaufen, obwohl man ihn gewarnt hatte, dass es gefährlich sei, weil sich unten auf den Felsen Skinheads rumtrieben.« Sie wandte sich zu Jimmy um. »Ich habe diese Möglichkeit nicht ausgeschlossen. In den ersten paar Tagen habe ich viel Zeit damit zugebracht, allen Spuren nachzugehen. Ich habe mit den Detectives im Bandendezernat gesprochen. Ganze Nächte habe ich mir in der Datenbank des County Schwulenhasser angesehen ...«

»Ich weiß.«

»Philip Kinnesons Vater hat mich einmal in der Woche angerufen, um zu fragen, ob ich schon weitergekommen war«, sagte Holt bedrückt. »In letzter Zeit ruft er nur noch einmal im Monat an. Er ist ein alter Mann, und es scheint zu Ende zu gehen. Früher hatte ich Angst vor seinen Anrufen, aber ich fürchte, jetzt wird er sich bald gar nicht mehr melden, denn er dürfte wohl sterben ... oder aufgeben.«

»Mich hat er auch angerufen.«

»Das war mir nicht bewusst.«

Jimmy wünschte sich, er würde lernen, in ihrer Gesellschaft den Mund zu halten. »Ich weiß nicht, ob der Eggman-Brief eine Finte war oder nicht. Ich weiß nur ... manchmal denke ich an diese sechs Menschen, mehr nicht.«

»Ich auch«, sagte Holt. »Ich weiß nicht, weshalb ich mich so sehr auf diesen Fall ... eingeschossen habe. Ich hatte schon schlimmere Mordfälle zu bearbeiten, gewalttätigere Übergriffe. Der FBI-Profiler sagte, die Morde zeichneten sich durch eine gewisse Leichtigkeit aus, sauber, fast klinisch, was eigentlich gegen einen Serienkiller spricht. Keine sexuellen Aktivitäten, keinerlei Verstümmelungen, nur ein einziger Schuss ...«

»Ein Schuss, der ihnen den halben Schädel weggeblasen hat. Dieser FBI-Agent war ein Penner.«

Die Eggman-Opfer waren allesamt mit einem 38er Revolver erschossen worden. Ein 38er hatte normalerweise keine so große Durchschlagskraft, aber der Mörder hatte *Glaser Safe-*

*ty Slugs* verwendet, Geschosse, die sich beim Aufprall verformen. Das Ergebnis war verheerend, und es war praktisch unmöglich, ballistische Vergleiche anzustellen.

Holt stieß die Schaukel an. »Haben Sie sich je gefragt, wieso sich anscheinend keines der Opfer gewehrt hat? Der Schuss kam aus nächster Nähe, aber keiner hat auch nur gezuckt, keiner hat die Hand erhoben.« Sie schaukelte weiter. »Lawrence Sacks sagte, er dachte, Philip Kinneson hätte dort am Strand geschlafen, als er über ihn stolperte. So friedlich sah er aus.«

Larry Sacks war ein Strandgutsammler, ein pensionierter Maschinenschlosser mit einem Bauch wie ein Bierfass, ein rotgesichtiger Mann, der an jenem Morgen derart konzentriert auf seinen Metalldetektor gelauscht hatte, dass er beinahe über Kinnesons Leiche gefallen wäre. Er war am Ende seiner täglichen Strandtour. Fast hätte er schon Feierabend gemacht, um sich im Café ein Frühstück zu genehmigen, aber er war weitergelaufen, hatte mit stierem Blick und Kopfhörern auf den Ohren seinen Metalldetektor hin- und hergeschwenkt. Zwei Jahre zuvor hatte er genau dort unten einen goldenen Siegelring von einer Highschool in Iowa gefunden, gleich hinter den Felsen. An diesem Morgen fand er Philip Kennison.

»Mr. Sacks hat mir erzählt, dass Sie nur wenige Tage, nachdem Sie den Brief bekommen hatten, bei ihm vor der Tür standen«, sagte Holt mit Blick über den Garten. »Mit keinem anderen Reporter hat er gesprochen, auf meinen Rat hin, nur mit Ihnen.«

»Ich habe ihm ein Sixpack von seinem Lieblingsbier gekauft: *Dixie*, das Frühstück für Leute, die meinen, Bratensoße gehöre zu den Grundnahrungsmitteln. Ich glaube, außerhalb der Südstaaten wird es kaum verkauft.«

»Wie um alles in der Welt haben Sie rausgefunden, was er trinkt?«

Jimmy zuckte mit den Schultern. »Dixie gibt es immer noch

mit Aufreißflaschen. Es ist wohl so was wie ein Cowboy-Ding, sie sich über die Schulter zu werfen.«

»Was Bier betrifft, bin ich mit der Semiotik nicht vertraut, aber er hat gesagt, Sie könnten gut zuhören.«

Jimmy dachte daran, wie Sacks mit seinem Sixpack auf dem Schoß vor ihm gesessen und – während er redete – eine Dose nach der anderen aufgerissen und das Zeug inhaliert hatte, als wäre es Ambrosia. Er hatte Jimmy mal probieren lassen – nur probieren, keinen ganzen Schluck, verdammt. Das Zeuge schmeckte wie Pferdepisse.

»Sie haben nie was davon gesagt, dass Sie bei ihm waren«, bemerkte Holt und schaukelte etwas schneller. »Wir haben so viel Zeit gemeinsam verbracht, Jimmy, und Sie haben nie ein Wort darüber verloren.«

»Hatte man mich vielleicht zum Hilfssheriff ernannt, und ich habe nichts davon mitbekommen?«

»Erst nachdem Sie nicht mehr in der Stadt waren, habe ich rausgefunden, dass Sie sämtliche Familien der Opfer befragt hatten. Sie haben auch mit den Streifenpolizisten geplaudert und dem Labor sogar Marmeladen-Donuts mitgebracht.«

»Hat Ihnen der Gerichtsmediziner auch erzählt, dass ich in seinen Papierkorb gereihert habe?«

»Dr. Chakabarti sagte, die meisten Reporter seien weniger mitfühlend als Sie.« Holt musterte ihn. »Auf den ersten Blick wirken Sie so … unkoordiniert, aber eigentlich sind Sie ganz fleißig. Wahrscheinlich unterschätzen die Leute Sie ständig.«

»Nicht, Jane.«

»Was ›nicht‹?«

»Hören Sie mal kurz auf, Polizistin zu sein, nur einen Augenblick. Wieso gehen wir nicht frühstücken und vergessen das mit den Polaroids? Rufen Sie Ihren Sergeant an, sagen Sie ihm, Sie kommen eine Stunde später. Ich erzähle Ihnen was von dem Kampf, den ich gestern gesehen habe, und wir lachen ein bisschen und –«

Holt stand auf. »Aber ich *bin* Polizistin, Jimmy.«

Jimmy stand ebenfalls auf, dann ging er los und öffnete ihr die Tür. Die war nicht verriegelt, genau so, wie er sie zurückgelassen hatte. »Nach Ihnen, *Officer*.«

Holt zog ein Paar Gummihandschuhe über, und während sie es tat, wurde Jimmy ganz flau im Magen. Nun unterstand das Poolhaus nicht mehr seiner Kontrolle. Er wartete in der Tür, während sie langsam den Raum durchquerte, sich alles ansah, die Palmwedel und das Netz an der Decke, den *Blue-Hawaii*-Elvis und die Malen-nach-Zahlen-Vulkane. Sie sah sich nach Jimmy um, zog eine Augenbraue hoch, dann ging sie dorthin, wo die Polaroids verstreut am Boden lagen. Sie sah gewaltig fehl am Platz aus, mit ihrer Perlenkette und den Gummihandschuhen in dieser staubigen Hütte.

»Ignorieren Sie die meisten einfach«, rief Jimmy ihr nach.

Holt warf einen flüchtigen Blick auf die Bilder, dann bückte sie sich und schob die Polaroids mit der Spitze ihres Kugelschreibers hin und her. Schließlich hob sie eines auf, hielt es an den Rändern fest. Sie wandte sich zu ihm um, starrte ihn an, dann legte sie das erste Polaroid beiseite und hob ein anderes auf, dann noch eins. Angewidert kniff sie den Mund zusammen.

Jimmy verstand ihre Reaktion. Die Prominenten-Fotos, die er auf Partys gesehen hatte, waren schlimm genug, aber Stars verkauften auch ihre Hochzeitsfotos an die Regenbogenpresse, boten Illustrierten Fotos ihrer Babys an – tot oder lebendig. Deren Bilder waren nur eine Ware. Die Eggman-Polaroids waren was ganz anderes. Diese sechs Menschen waren Zivilisten, ganz normale Leute, deren Gesichter nur in die Zeitung kamen, wenn sie ermordet wurden. Sie hatten etwas Besseres verdient, als im Zigarrenkasten von irgendeinem kranken Hirn zu landen. Er sah, wie Holt immer ärgerlicher wurde, während sie die Bilder durchsah, und er rückte näher, fast als wollte er sie beschützen, was albern war, aber er tat es trotzdem.

Holt warf die Polaroids auf den Boden zurück, sah Jimmy düster an. »Hat irgendjemand von der Task Force Sie dazu angestiftet? Ist das vielleicht Imekis Vorstellung von einem Scherz?«

»Imeki?« Jimmy sah sich die Polaroids an, fand nur Jonathans Blowjob-Sammlung.

Holt streifte ihre Handschuhe ab, warf sie in den Papierkorb neben dem Schreibtisch. Puder glitzerte an ihren Fingern. »Sollte ich in Ohnmacht fallen, wenn ich diese Bilder sehe, Jimmy? Mir Luft zufächeln wie die Heldin einer dieser Liebesromanzen, wenn die Schwermut sie heimsucht?«

Panisch suchte Jimmy unter dem Schreibtisch nach den Eggman-Fotos, sah ein Polaroid, das zwischen Schreibtisch und Wand gefallen war. Er schob seine Hand in den Spalt, bekam es mit Daumen und Zeigefinger zu fassen und zog es heraus. Auch dieses war nur ein Fellatio-Bild. Eine Frau mit weißer Schwesternhaube lächelte kokett in die Kamera, mit Jonathan im Mund.

»Was haben Sie davon?«, wollte Holt wissen. »Ich kann es einfach nicht –«

»Glauben Sie allen Ernstes, ich hätte Sie in eine Falle gelockt?« Jimmy legte ihr die Hand auf die Schulter.

Sie schlug ihn so fest, dass er beinahe zurückgeschlagen hätte. »*Fassen* Sie mich nicht an!«

Jimmy wollte etwas sagen, aber sein Gesicht tat weh.

»Na los, melden Sie es ruhig«, sagte Holt mit großen Augen. »Zeigen Sie mich wegen Körperverletzung an, wenn Sie wollen. Wahrscheinlich können Sie sogar eine Zivilklage anstrengen. Ich kann Ihnen einen guten Anwalt empfehlen. Ist mir echt egal.«

»Ich störe zwei Turteltäubchen wirklich nur ungern …« Jonathan stand in der Tür. »Ach, James, ich hätte wissen sollen, dass du es bist.«

# 8

Ein Mann stand in der Tür, in einem Anzug von der Farbe des Himmels an einem schönen Sommertag, aber Holt sah, dass ihn der Wind umpeitschte und kleine Blätter wie Insekten über den Fliesenboden huschten. Er wäre als gut aussehend durchgegangen, hätte er nicht so einen arroganten Zug an sich gehabt. Er erinnerte sie an die Arbitragehändler im New Yorker Büro ihres Vaters, diese aalglatten Raubtiere mit ihren Platin-Manschettenknöpfen in Form von Dollarzeichen und diesem freudlosen, todbringenden Lachen.

»Ich hätte dir das Geld fürs Hotel leihen können, James«, höhnte der Mann. Seine Haut war weiß und rein, fast durchscheinend. »Die Ledercouch ist zerschlissen und alles verstaubt, aber andererseits gibt es wohl kaum etwas Aufregenderes als die Rückkehr an den Schauplatz seiner Untaten.«

An dieser Bemerkung hatte Jimmy schwer zu kauen, mehr noch als an Holts Ohrfeige. Nie hatte Holt im Dienst ihre Waffe ziehen müssen, und sie hatte es auch nicht vor, aber jetzt plötzlich spürte sie ihre Pistole überdeutlich.

»James hat ein Faible für diesen tristen Bau«, erklärte ihr der Mann. »Er bringt alle seine Freundinnen hierher, erzählt ihnen die Geschichte seiner Kindheit und führt Mutters *außergewöhnlich* groteske Einrichtung vor. Ich habe nie so recht verstanden, woran es liegt, aber es scheint zu funktionieren.«

»Wo sind sie, Jonathan?«, fragte Jimmy.

Jonathan ignorierte ihn und musterte stattdessen Holt. »Kennen wir uns?«

Nachdem sie Detective geworden war, hatte Holt ihre Marke in der ersten Zeit fast reflexartig gezückt, nicht um anzugeben, sondern um sich selbst zu versichern, dass sie Männern, die älter waren als sie, sagen durfte, was sie zu tun hatten, Männern, die ihre gewählte Ausdrucksweise und die guten Manieren hassten. Heute zeigte sie ihre Marke nicht mehr vor. »Ich bin Detective Jane Holt.«

Der Mann versuchte, seine Überraschung zu verbergen. »Ich bin Jonathan Gage. *Dr.* Jonathan Gage«, sagte er, als vertraute er ihr einen kleinen Scherz an. Sein Lächeln wurde breiter. »Haben Sie meinen Bruder in Gewahrsam genommen, Detective?« Sein Lächeln sank in sich zusammen, als er die verstreuten Polaroids bemerkte. Er lief rot an, sammelte dann hektisch die Polaroids ein und drückte sie an seine Brust, als wollte er sie verbergen. »Das ist *ungesetzlich.* Sie haben kein Recht, in meine Privatsphäre einzudringen, absolut kein Recht.« Falls sein Schock gespielt sein sollte, fand Holt, dass er seine Sache ganz gut machte, aber Jimmy kaufte es ihm nicht ab.

»Bist du hergekommen, um dich über mich lustig zu machen?« Jimmy stieß ihn, und die Polaroids glitten Jonathan aus den Händen. »Das ist nicht komisch.«

Jonathan musterte ihn. »Was willst du damit …?« Er schreckte zurück, als Jimmy die Faust ballte.

»Schluss damit«, befahl Holt.

»Danke, Detective.« Jonathans Miene war ohne Ausdruck, ohne Emotion, aber nach wie vor glühten seine Wangen. »Mein Bruder ist ein Mensch voller Ressentiments, und er gibt mir die Schuld an seinen Schwierigkeiten. Wenn Argumente keine Wirkung zeigen, greift er zur Gewalt, und wenn die Gewalt dann scheitert …« Er schüttelte den Kopf.

Holt sah zu, wie Jonathan die Polaroids erneut einsammelte und sie auf den Schreibtisch legte, wobei es ihm in seiner Eile ganz egal zu sein schien, welche Seite oben lag. Es gab eine gewisse Ähnlichkeit zwischen den Brüdern, doch Jonathan wusste sich eher zu benehmen. Er wirkte beherrschter, seine sanften Züge schienen von Schmerz und Zweifel unbehelligt und deshalb nicht so interessant. Jimmy war ernsthafter, rauer, aber irgendwie auch *gelassener.* Sie dachte daran, wie er unter der Dusche gestanden hatte, überrascht zwar, aber nicht gewillt, sich einschüchtern zu lassen, und so hatte er versucht, der Situation etwas Spielerisches zu geben. Eine solche Haltung bewunderte sie sehr und hatte ihn am Ende länger als beabsichtigt durch den Vorhang beobachtet.

»Was geht hier eigentlich vor, Detective?« Jonathan entfernte sich vom Schreibtisch, rückte ein Stück von Jimmy ab. »Muss ich meinen Anwalt anrufen?«, spottete er.

»Das bleibt Ihnen überlassen. Ich bin nur auf der Suche nach ein paar Polaroids, von denen Jimmy sagt, er hätte sie gestern Abend hier gefunden.«

»Gestern Abend?« Jonathan spitzte die Lippen und sah Jimmy an. »Na, da warst du aber ein fleißiges, kleines Bienchen, was?«

Holt lehnte sich an den Schreibtisch und schmuggelte heimlich eines der Polaroids in ihre Jacke, während die beiden Brüder einander gegenüberstanden.

»Früher warst du doch nicht so eine Plaudertasche«, tadelte Jonathan. »Leider ein weiterer Beweis für den fortschreitenden Verfall deines Charakters.« Er wandte sich Holt zu. »Zwar kann ich eine gewisse, peinliche Verlegenheit nicht verhehlen, Detective, aber die Frauen in diesen … sexuellen Situationen wussten sehr genau, dass sie fotografiert wurden. Sie hatten sogar ihren Spaß daran. Und sie waren allesamt volljährig, falls das Ihre Sorge sein sollte.«

»Wir sind wegen der Eggman-Polaroids hier«, sagte Jimmy.

»Jimmy sagt, er hätte gestern Abend hier Tatort-Fotos gefunden«, erklärte Holt. »Der Besitz von solchen Aufnahmen verstößt gegen kein Gesetz, Doktor, falls *das* Ihre Sorge sein sollte. Allerdings könnten mir die Bilder bei meinen Ermittlungen zu den Eggman-Morden weiterhelfen. Falls Sie sie also haben, würde ich die Bilder gern sehen.«

»Der Eggman.« Jonathan nickte Holt zu. »*Da* habe ich Sie schon mal gesehen. Sie sind die Polizistin, die sich letztes Jahr im Fernsehen über James' Serienmörder ausgelassen hat. Ich dachte, die Sache hätte sich als schlechter Scherz entpuppt.« Er sah Jimmy an. »Damit hast du sie hierher gelockt? Indem du ihr erzählt hast, hier wären Fotos, die sie haben will?«

»Ich habe sie gesehen, Jonathan.«

»Versuchst du schon wieder, mich zu erniedrigen?« Jonathan klang eher gekränkt als ärgerlich. »Gestern Abend auf meiner Party eine Szene zu machen, reichte noch nicht. Jetzt holst du die Polizei ins Boot. Natürlich wird Detetcive Holt deinen Anschuldigungen nachgehen müssen, also wird sie auch Olivia zu diesen angeblichen Tatortfotos befragen, und eine Frage führt zur nächsten, und schon findet sich eine Gelegenheit, meinen kleinen Stapel an ... Souvenirs zu erwähnen.«

»Olivia?« Holt spürte, wie es in ihrem Nacken warm wurde. Die Ehefrau. Natürlich. Sie hatte die Hochzeitsanzeige auf den Gesellschaftsseiten gesehen, aber die neue Mrs. Jonathan Gage nicht mehr mit der Frau in Verbindung gebracht, der sie letztes Jahr bei Jimmy begegnet war.

»Glaubst du ernsthaft, Olivia kehrt zu dir zurück, weil ich gewisse ... erotische Erinnerungen aufbewahre? Es tut mir Leid, dich enttäuschen zu müssen, James, aber das wird nicht funktionieren.« Jonathan wischte Staub von seinem Revers. »Die Polaroids wurden vor meiner Heirat aufgenommen. Ich bekenne mich einer gewissen narzisstischen Neigung für schuldig, aber ich glaube kaum, dass das allein –«

»Warum sind Sie hier, Doktor?«, fragte Holt. »Dieses Haus ist offensichtlich nicht bewohnt.«

»Nein, ist es nicht.« Jonathan wirkte nervös. »Ich treffe mich heute Morgen mit einem Bauunternehmer. Er soll mir ein Angebot unterbreiten, was es kosten würde, das alles hier abzureißen. In diesem Viertel sollen Apartmenthäuser entstehen, und ich versuche, meinen Vater davon zu überzeugen ...« Dann erstarrte sein Gesicht. »Ich glaube nicht, dass *ich* derjenige bin, der hier seine Anwesenheit erklären muss, Detective.«

Holt entdeckte etwas am Boden, bückte sich und hielt den Rest eines Joints zwischen Daumen und Zeigefinger. Roch daran. »Wem gehört das?«

»Mir«, erwiderte Jimmy.

»Es überrascht mich, dass du mir das Ding nicht auch noch anhängen willst«, sagte Jonathan. »Du hättest Detective Holt erzählen können, dass ich damit handle, so ein Drogenboss, der im Jumbo-Jet durch die Gegend fliegt.« Sein Lächeln war halbherzig. »Vielleicht besteht doch noch Hoffnung für dich.«

»Nein, glaub ich nicht«, entgegnete Jimmy.

Holt betrachtete den Joint, dann ließ sie ihn in einen kleinen, durchsichtigen Plastikbeutel für Beweismittel fallen, den sie versiegelte. »Tut mir Leid, dass wir Sie belästigt haben, Doktor. Wir gehen jetzt.«

»Was reden Sie da?«, sagte Jimmy. »Sie *glauben* ihm?«

Die Tür ging auf, und es erschien ein fleischiger Mann im Kord-Jackett, die Hände in die Hüften gestemmt. »Wer von Ihnen ist Doc Gage?«

»Lassen Sie sich von ihm nicht täuschen«, sagte Jimmy, noch bevor Holt den Wagen angelassen hatte. »Er muss rausgefunden haben, dass ich gestern Abend da war. Er ist hergekommen, hat die Unordnung gesehen und die Eggman-Polaroids mitgenommen.«

Holt schrieb sich im Vorbeifahren das Kennzeichen am Truck des Bauunternehmers auf. Es fing an zu regnen. Die Wischer verschmierten die Windschutzscheibe. Sie hätte die Gummis schon vor Wochen erneuern sollen. Alles entglitt ihr. »Das Marihuana, das ich gefunden habe … es roch sehr stark.«

»Ja, war es auch. Ich war gestern Abend total stoned. Sie

hätten mal sehen sollen, wie ich mitten auf dem Highway gestanden und nackt den Verkehr gelenkt habe.«

Holt nahm das Beweistütchen aus ihrer Jacke und ließ es vor seiner Nase baumeln. »An diesem Joint ist Lippenstift. Sie waren gestern Abend nicht allein. Sie waren mit der Frau Ihres Bruders dort. Anderenfalls hätten Sie mich nicht belogen.«

Jimmy antwortete nicht.

»Hat Olivia die Polaroids gesehen? Die Eggman-Polaroids, meine ich, nicht diese … anderen.«

»Nein. Sie war schon weg.«

Holt sah zu ihm herüber.

»Ich sagte *nein*!«

Holt nahm die Auffahrt zum Freeway, schlängelte sich geschickt durch den Verkehr. Auf der Straße schimmerten Regenbogen aus Öl und Benzin.

»Jonathan hat die Eggman-Fotos mitgenommen. Er ist nach der Party zum Poolhaus gefahren und –«

»Woher sollte er wissen, dass Sie dort waren? Sie haben ihm nichts gesagt. Würde Olivia es ihm erzählen?«

»Nie im Leben.«

»Vielleicht hatte sie ein schlechtes Gewissen? Eine verheiratete Frau, die sich mit ihrem Ex-Lover zum Kiffen trifft …«

»Da war nichts, weswegen Olivia ein schlechtes Gewissen hätte haben müssen. Ich wünschte, es wäre anders gewesen.« Jimmy kurbelte seine Scheibe ein Stück herunter, ließ die feuchte Luft herein. »Möglich, dass Jonathan es uns auf der Party angesehen hat … an der Körpersprache vielleicht.«

»Das erklärt noch immer nicht, wieso er sich veranlasst fühlen sollte, zum Poolhaus zu fahren.«

Jimmy zögerte. »Olivia und ich … wir haben uns oft im Poolhaus geliebt. Es war für uns ein ganz besonderer Ort. Jonathan wusste das. Vielleicht hat er geahnt, dass wir dort landen würden.«

»Verstehe.« Inzwischen war der Regen heftiger geworden.

Holt beobachtete, wie die Scheibenwischer hin und her gingen, hin und her. »Jetzt verstehe ich wenigstens, warum Sie sich so gesträubt haben, mich heute hierher zu bringen. Sie wollten sie beschützen. Das spricht für Sie.«

»Ja, ich bin ein echter Held.«

Darauf ging Holt nicht ein. Sie spürte ihn dort neben sich, ganz eingesunken auf seinem Sitz, spürte die Hitze seines Zorns. »Es tut mir Leid, dass ich Sie geschlagen habe.«

»Es war nicht das erste Mal, dass mich jemand geschlagen hat.«

Holt verfluchte den Volvo-Kombi vor ihnen, hielt so wenig Abstand, dass der Fahrer schließlich auf die rechte Spur wechselte. Wäre sie bei der Verkehrspolizei gewesen, hätte sie sich selbst einen Strafzettel verpasst. In der Ferne war ein Blitz zu sehen. »Nach allem, was zwischen Jonathan und Olivia geschehen ist, nach dem Verrat, den Sie empfunden haben müssen ... und dann diese ... Sexfotos zu finden ... Niemand würde Ihnen einen Vorwurf machen, wenn Sie gesehen hätten, was Sie sehen wollten. Ich habe den Lichtschalter ausprobiert. Der Strom im Poolhaus ist abgestellt, also muss es da drinnen gestern Abend dunkel gewesen sein.«

»Die Eggman-Fotos *waren* da! Jonathan hat sie mitgenommen.«

»Wieso?« Holt trat das Gaspedal durch. »Wozu sollte er die Eggman-Polaroids mitnehmen und die anderen liegen lassen? Wieso hat er nicht einfach *alle* mitgenommen?«

»Ich weiß es nicht.« Jimmy schüttelte den Kopf. »Jonathan ... er spielt gern Spielchen. Sie würden nicht glauben, was wir als Kinder alles so abgezogen haben. Auch damals ist er nie erwischt worden.«

»Sie beide sind keine Kinder mehr.«

»Ja, aber Jonathan spielt *immer* noch Spielchen. Warten Sie es ab, sobald ich wieder einen geregelten Job bei einer Zeitung oder Zeitschrift habe, irgendwas mit einem Postfach, werde ich wieder Liebesbriefe bekommen – vielleicht eine Snoopy-Grußkarte mit einem Splatter-Foto drinnen und den Worten: ›Ich denke oft an dich. Dein Freund *The Eggman.*‹«

»Könnten Sie bitte …« Holt wurde bewusst, was er da eben gesagt hatte. »›*Wieder?*‹ Sie haben noch weitere Post vom Eggman bekommen?«

»Fotos, Briefe, Karten – aber nichts davon war *wirklich* vom Eggman.«

»Das habe *ich* zu entscheiden.«

»Ich kann den Eggman-Stil erkennen, Jane. Ich kenne seine Phrasen, den Tonfall. Keiner der Briefe und keines der Fotos kam in einem braunen Umschlag oder war mit einer Etikettiermaschine beschriftet. Es war Junk-Mail. Krank …«

»Sie glauben, Jonathan war verantwortlich für diese … Junk-Mail?«

»Wahrscheinlich. An solchen Sachen hat er seine Freude. Wenn ihm die Eggman-Polaroids ausgehen, würde er mit seinen tollsten Blowjobs weitermachen, damit ich Bescheid weiß, was er so treibt. Jonathan achtet immer darauf, dass er gewürdigt wird. Sie sollten die Fotos sehen, mit denen er sein Büro gepflastert hat.«

»Hat man Ihnen irgendwelche Polaroids geschickt?«

»Ich glaube nicht.« Jimmy blickte starr aus dem Fenster. »Ich habe mir nichts mehr angesehen, nachdem ich ein großformatiges Farbfoto von Denise Fredericks unter einer Autopsielampe bekommen hatte, ausgebreitet wie auf einem Feinkosttresen. GEHÖRT IHNEN DAS HIER? war mit grünem Magic-Maker quer darüber geschrieben.«

»Das hätten Sie mir erzählen sollen.«

Jimmy lehnte seinen Kopf an den Sitz und schloss die Augen. »Ich hätte so vieles tun sollen.«

# 9

*Jimmy trat Ray Cullen so richtig in den Arsch – vielleicht waren es ein paar Glückstreffer, oder vielleicht war der Furcht einflößende Ray Cullen nicht ganz auf der Höhe, aber wie auch immer: Jimmy versohlte ihm den Hintern. Eben erst war Jimmy einem von Ray Cullens wilden Schwingern ausgewichen, als Darryl Amaluca von hinten mit einem Geometrie-Buch der 8. Klasse auf ihn einschlug, ihm das Ding so fest an den Kopf knallte, dass es in seinen Ohren klingelte, so fest, dass Jimmy Ray Cullens nächsten Schlag nicht kommen sah. Den Schlag, der seine Lippe wie eine Cocktailtomate platzen ließ, so dass ihm das Blut vorn über sein Jetsons-T-Shirt spritzte.*

*Benommen vor Schmerz taumelte Jimmy rückwärts und fiel ins Unkraut auf dem unbebauten Grundstück. Er rieb sich gerade den Sand aus seinen Augen, als Ray Cullen angriff und seine fleischigen Fäuste schwang. Sein rotes Haar flog, als er sich auf Jimmys Brust setzte. Rays linkes Auge halb zugeschwollen zu sehen, als wäre der Typ ein irrer Zyklop, machte Jimmy noch mehr Angst als der Augenblick, in dem Ray Cullen in der Bibliothek zu ihm gekommen war und ihm – ohne jeden Grund – versprochen hatte, ihm nach der Schule die Fresse zu polieren. Aber Ray Cullen brauchte eigentlich nie einen Grund.*

*Im verzweifelten Versuch, dem stieren Auge zu entkommen, rammte Jimmy Ray Cullen ein Knie in den Rücken, was diesem die Luft nahm, dann packte er ein Haarbüschel und befreite sich von ihm. Es hörte sich an, als wäre überall um ihn herum wildes Geschrei, und Jimmy konnte nicht sagen, ob es von Ray Cullen kam oder von ihm selbst. Fast stand er wieder auf den Beinen, als Darryl Amaluca noch einmal mit dem Geometriebuch auf ihn einschlug, diesmal mit beiden Hän-*

*den, und dann konnte Jimmy nichts mehr hören, nur noch den Sturm, der durch seinen Schädel toste, als er sich erbrach.*

*Ray Cullen lag zusammengekrümmt am Boden, brüllend, während Darryl ihn anschrie: »Steh auf, du Flasche, steh auf!«*

*Jimmy wollte sich nicht mehr prügeln, er wollte nur noch weg. Er hob sein rotes Fahrrad auf, als er Jonathan halb versteckt im Schatten eines Olivenhains erblickte. Jonathan saß auf seinem Stingray-Rad, stützte sich auf den hohen Lenker, betrachtete ihn mit ruhiger Miene, als blicke er durch sein Mikroskop.*

*Jimmy wollte ihn rufen, und dann – wie die langsamste Zeitlupe der Welt – lächelte Jonathan, und Jimmy wusste, dass er die ganze Zeit dort gewesen war, dass er seit Schulschluss im kühlen Schatten darauf gewartet hatte, dass Ray Cullen ihn auf dem Heimweg einholte.*

*Jimmy sprang auf sein Rad und fuhr in die entgegengesetzte Richtung, fuhr auf dem Baugrund herum, noch immer mit diesem Klingeln in den Ohren, und er weinte zum ersten Mal, seit diese Schlägerei begonnen hatte. Rotz und Tränen liefen ihm über die Wangen.*

## 10

Jimmy stand auf dem Gehweg, sah Holt wegfahren, ignorierte das Gewitter, den tropisch warmen Regen, der ihm aus den Haaren tropfte. Holt und er hatten die letzte Viertelstunde in dückendem Schweigen verbracht, und beide hatten darauf gewartet, dass der andere etwas sagte. Die meisten Frauen nahmen es als Herausforderung, wenn man ihnen sagte, dass man nicht reden wollte, aber *sie* nicht. Wenn man Holt sagte, dass man nicht reden wollte, ging sie damit um, als wäre dies das Problem des anderen, nicht ihres. Nur das gleichmäßige

Geräusch der Scheibenwischer unterbrach die Stille. Holt brauchte neue Wischerblätter, was ein Zeichen mangelnder Aufmerksamkeit war, das genauso wenig zu ihr passte wie eine Laufmasche im Strumpf. Er fragte sich, womit sie so sehr beschäftigt war.

Am Ende des Blocks bog sie links ein, und Jimmy sah einen Wagen an der Ecke stehen, den er nicht kannte, einen massigen, silbernen Geländewagen mit getönten Scheiben, dessen Motor lief. Jimmy blickte zum Haus hinüber und merkte, dass Desmond ihn vom Wohnzimmerfenster aus beobachtete, mit sorgenvoller Miene und den Händen hinterm Rücken. Jimmy winkte, dann wandte er sich wieder zur Straße um. Er sollte ausziehen, bevor Desmond noch etwas zustieß. Als Jimmy aus Europa zurückgekommen war, hatte er weder einen Job noch ein Dach über dem Kopf gehabt und kaum genug Geld, um seinen Wagen bei der Mietgarage auszulösen. Von Rollo hatte er ein Notebook und ein Handy bekommen, und Desmond hatte ihm Samuels altes Zimmer angeboten und darauf bestanden, dass er dort einzog. Aus dem Augenwinkel beobachtete Jimmy den Geländewagen. Wie schön es doch war, Freunde zu haben. So lange sie deinetwegen nicht Gefahr liefen, ermordet zu werden.

Jimmy wollte eine eigene Wohnung beziehen, sobald er genug für Mietvorauszahlung und Kaution beisammenhatte. Desmond war zu nichts verpflichtet. Er fühlte sich nur schuldig, weil Jimmy etwas wegen Samuels Mord unternommen hatte, er selbst aber nicht. Zwei Jahre lag die Beerdigung nun schon zurück, und noch heute schämte sich Desmond dafür, dass er sich wie ein Polizist und nicht wie ein Vater benommen hatte. Eigentlich hätte Jimmy die Schuldgefühle haben sollen. Hatte er aber nicht.

*Ich möchte Desmond Terrell dafür danken, dass er mir erlaubt hat, heute ein paar Worte zu sagen. Ich kannte Samuel nicht sehr lange, nur ein paar Tage, fast gar nicht eigentlich … aber das genügte.*

*Ich bin von Natur aus neugierig. Wenn ich etwas sehe, was nicht an seinem Platz liegt, lege ich es nicht wieder zurück, zumindest nicht gleich. Ich halte es in der Hand und sehe es mir an und überlege, wer es wohl genommen hat, frage mich, was er oder sie damit vielleicht vorhatte. Manchmal wünschte ich mir, ich könnte die Finger davon lassen, aber es geht nicht, und ich bin eigentlich froh darüber, denn wäre ich ein anderer Mensch, hätte ich Samuel nie kennen gelernt. Er hat mich in diesen wenigen Tagen sehr berührt, er hat mich verändert … ich denke, er dürfte auf Sie alle eine ähnliche Wirkung gehabt haben, sonst wären Sie nicht hier.*

*Vor zwei Wochen etwa kam ich frühmorgens nach Hause kurz vor Sonnenaufgang, als ich einen Mann sah, der in seinem Wagen schlief. Ich hatte in der Nähe meiner Wohnung geparkt und wollte gerade die Straße überqueren, als ich diesen Mann zusammengesunken am Lenkrad eines verbeulten Toyota mit verschiedenfarbigen Türen sitzen sah. Ich beobachtete ihn ein paar Minuten, versuchte mir zu sagen, dass ich mich um meine eigenen Angelegenheiten kümmern sollte, aber schließlich ging ich doch zu ihm hinüber, versuchte behutsam zu sein, denn ich wollte ihn ja nicht erschrecken. Wenn man jemanden aus dem Schlaf holt, kann man nicht vorhersagen, was er tut. Es ist kein übles Viertel, aber es ist auch keine besonders gute Gegend, und selbst in den besten Gegenden wachen die Menschen nachts von Schüssen auf.*

*Es war ein warmer Abend gewesen, und die Scheibe auf der Fahrerseite stand offen. Ich sah ihn mir eine Weile an, hörte ihn schnarchen. Als ich sicher war, dass er noch lebte, wollte ich gehen, doch da schlug er die Augen auf. Er zuckte nicht zusammen. Und er schrie auch nicht. Er wirkte nicht mal verblüfft. Er richtete sich nur langsam auf, sah mich an, ganz ruhig, und sagte: »Ich hab keine Angst zu sterben.«*

»Ich *schon«, erwiderte ich.*

*Er lächelte. Er hatte schlechte Zähne, ungepflegt und faulig, aber sein Lächeln war wunderschön. Ich weiß nicht, wie ich es erklären soll. »Vielleicht sollten Sie mal in der Bibel lesen«, sagte er und hob die Heilige Schrift auf seinem Schoß an, ein mit Klebeband zusammengehaltenes Exemplar aus dem Nachtschrank irgendeines Hotels.*

*»Ich komm schon klar.« Ich wünschte mir, ich wäre auf direktem Weg zu meiner Wohnung gegangen.*

*»Wenn Sie mit dem lieben Gott klarkommen, dann haben Sie keine Angst mehr vor dem Tod.«*

*»Ich glaube kaum, dass ich mit Gott klarkomme.«*

*Wieder lächelte er mich an. »Das schaffen Sie schon«, versicherte er mir ohne den leisesten Hauch der üblichen Selbstgefälligkeit wiedergeborener Christen.*

*»Ist Ihnen das Benzin ausgegangen oder was?«, fragte ich, um das Thema zu wechseln. »Ich könnte Sie zu einer Tankstelle bringen.«*

*»Ich bin genau da, wo ich hingehöre. Vielen Dank.«*

*»Tut mir Leid, wenn ich Sie gestört habe.«*

*Er war natürlich ein junger Schwarzer – das hätte ich vielleicht gleich eingangs sagen sollen. Ich wohne in Fountain Valley, das so ziemlich zu gleichen Teilen von Latinos, Weißen und Asiaten bewohnt ist. Nur Schwarze gibt es nicht viele in Fountain Valley, im ganzen Orange County nicht, wie Sie sicher wissen werden. Ich denke nicht, dass das der Hauptgrund war, weshalb er dort schlafend in seinem Wagen fehl am Platz wirkte, aber vermutlich war es wohl einer der Gründe.*

*»Kennen Sie meine Frau?«, fragte er mich dann. »Angela Marx. Blonde Lady. Nicht viel auf den Rippen, aber hübsch.«*

*»Ich glaube nicht. Ich wohne hier erst seit ein paar Monaten.«*

*»Wir haben eine kleine Tochter. Die ist fünf.«*

*»Okay.«*

*»Sie heißt Halley. Halley Terrell. Angela hat ihren Namen behalten, aber ich habe darauf bestanden, dass Halley meinen bekommt.« Er sah mich an, und das Weiße in seinen Augen sah aus wie eine Straßenkarte aus geplatzten Äderchen. »Ich heiße Samuel Terrell«, sagte er und reichte mir die Hand durchs Fenster.*

*Sie fühlte sich an wie trockenes Laub. »Ich bin Jimmy.«*

*»Nur Jimmy, ja?« Wieder lächelte Samuel, diesmal noch breiter. »Sie geben nichts preis, oder?«*

*Jetzt war ich an der Reihe zu lächeln. »Jimmy Gage.«*

*»Ist schon in Ordnung, Jimmy Gage. Ich war früher genauso.«*

*»Warten ... warten Sie auf Ihre Frau?« Ich sah zu dem blauen Haus hinüber, vor dem ich manchmal ein kleines Mädchen auf dem verwilderten Rasen spielen sah. Plötzlich machte ich mir Sorgen um den ausgemergelten Mann mit dem freundlichen Lächeln. »Sie wollen doch nicht etwa eine Dummheit begehen, oder?«*

*Samuel starrte das blaue Haus an. »Nein, meine Dummheit habe ich schon vor Jahren begangen.«*

*»Ihre kleine Tochter ... Sie sollten ihr keine bösen Erinnerungen mit auf den Weg geben«, sagte ich vorsichtig.*

*Samuel sah mich an. Seine Wangen waren dunkel und eingefallen, kaum noch von dieser Welt, aber seine Augen ... er sah aus, als hätte er Mitleid mit mir. »Es ist nichts dergleichen.«*

*»Ich wollte nur –«*

*»Trotzdem vielen Dank für Ihre Sorge«, sagte Samuel. »Güte ist eine Gabe Gottes.«*

*Ich wartete, wusste noch immer nicht, was er dort machte. »Wollen Sie vielleicht einen Kaffee trinken? In ungefähr einer Stunde dürfte es hier ziemlich laut werden. Da werden Sie nicht mehr viel Schlaf bekommen.«*

*Samuel warf einen Blick auf seine Uhr, sah zu mir auf und*

*nickte. »Ich kann nicht lange weg. Ich muss hier sein, wenn er kommt.«*

*Ich habe ihn nicht gefragt, was er meinte. Manchmal findet man mehr heraus, wenn man nicht fragt, sondern die Leute von selbst erzählen lässt, was man wissen möchte. Ein paar Blocks weiter gab es einen Donut-Shop, der rund um die Uhr geöffnet hatte, aber wir gingen auf einen Kaffee rauf in meine Wohnung. Normalerweise lade ich keine Fremden zu mir nach Hause ein, aber bei ihm hatte ich so ein Gefühl, das mein angeborenes Misstrauen außer Kraft setzte. Kein besonders gutes Gefühl. Er hatte so etwas Verbrauchtes an sich, eine Aura vergeudeten Talents, bei dem mir unwohl wurde, weil es mich an mein eigenes Versagen erinnerte. Vielleicht fühlte ich mich von seiner Courage angezogen: Samuel war ein leckgeschlagenes Boot, das in See stach, weil es wusste, dass es dort draußen, wo die Sonne unterging, gebraucht wurde, und wild entschlossen war, dem Sturm zu trotzen. Sagen wir einfach, ich mochte ihn. Ich weiß nicht, wieso.*

*Ich kochte eine Kanne starken Kaffee und sah ihm dabei zu, wie er vier Teelöffel Zucker in seinen Becher gab – ein Junkie mag seine Droge aufgeben, aber den Appetit auf Süßes wird er nie verlieren. Wir saßen an meinem Küchentisch mit Blick auf die Straße, und ich habe ihm meine Geschichte erzählt und er mir seine. Wahrscheinlich war er ehrlicher als ich. Wie Samuel schon sagte: Ich gebe nichts preis.*

*Samuel sagte, er sei Musikproduzent gewesen. Er hatte das College geschmissen, seinen Studentenkredit in ein Büro in Studio City investiert und einen Mercedes gemietet. Dann hatte er jeder Vorband in allen Clubs der Stadt seine Visitenkarte gegeben, Toningenieuren Honig um den Bart geschmiert und seine Runde gedreht. Er war ein smarter Junge mit einem guten Ohr und einer schwangeren Frau, und tatsächlich lief es eine Weile ganz okay. Er konnte ein paar Bands bei kleinen Labels unterbringen und besorgte einem seiner Künstler einen halbwegs regelmäßigen Gig bei* Moesha, *und eine Hip-Hop-Band, die er selbst zusammengestellt hatte, landete auf dem Soundtrack zu* Homeboys in Paradise II, *wurde aber in letzter Minute rausgeschnitten. Allerdings hatte er eine Menge Unkosten – Restaurantrechnungen und jeden Monat tausend Dollar Telefongebühren von Anfang an, und dann später das Heroin.* H *ist ein teures Frühstück.*

*Aus dem Büro in Studio City wurde ein Postfach, und aus dem Mercedes wurde ein Buick Regal – »nur geliehen«, wie er den Parkplatzwächtern versicherte. Dann war auch der Buick weg. Es dauerte nicht lange, und er war ein typischer, ausgemergelter Loser, dürr wie ein Kleiderbügel, und ihm fielen die Haare aus. Er hatte weder das Geld noch die Verbindungen, um an die Charlie-Sheen-Suite in der Entgiftungsklinik ranzukommen, und wahrscheinlich wäre er auch gar nicht dort geblieben. Von seiner Mutter Geld zu leihen, wenn der Vater nicht zu Hause war, entsprach eher seinem Stil, und als die Keksdose leer war, hat er ihr das silberne Besteck geklaut, fast wie im Fernsehen. An dem Tag, an dem sie zu Grabe getragen wurde, hat er das Haus leer geräumt, während sein Vater bei der Beerdigung war.*

*Einige Zeit später – er war nicht sicher, wie lange genau – ist Samuel auf Entzug gegangen. Er wurde religiös, und zwar nicht die Sonntagmorgen-Nummer, sondern richtig, einer von diesen Hundertfünfzigprozentigen, die vom Blute Christi getrunken haben. Samuel rührte kein Heroin mehr an. Tagsüber arbeitete er in der Union Gospel Mission, verteilte heißen Gemüseeintopf und das Glaubensbekenntnis. Nach einer Weile, als er sich stark genug fühlte, besuchte er seine Frau und brachte seiner kleinen Tochter die Weihnachtsgeschenke mit, auf die sie drei Jahre lang hatte verzichten müssen.*

*Allerdings wurde es keine Postkartenidylle – seine Tochter erkannte ihn nicht wieder, und seine Frau hing nach wie vor an der Nadel, nahm am Methadon-Programm teil und holte ihrem Dealer für jeden Morgenschuss einen runter. Samuels Hand zitterte so sehr, als er mir davon erzählte, dass er beinahe seinen Kaffee verschüttete. Er sah aus meinem Küchenfenster, starrte das blaue Haus gegenüber an. Eben ging die Sonne auf.*

*»Meine Tochter kriegt alles mit. Angie schickt sie nicht mal zum Spielen vor die Tür«, sagte Samuel. »Früher war meine Frau so hübsch …« Er senkte den Blick. »Ich hatte ihr gesagt, man kann nicht abhängig werden, solange man die Finger von der Nadel lässt.«*

*Samuel erzählte mir, dass er vor ein paar Tagen bei Angies Haus geparkt hatte, und als sich der Dealer gegen zehn Uhr seine Morgengabe holen wollte, hatte er ihn zur Rede gestellt.*

*Der Dealer hatte seine Hand in die Jacke geschoben. »Was willst du, Sportsfreund?«*

*Samuel hatte seine Bibel hochgehalten und dem Mann erklärt, er sei ein wiedergeborener Christ und könne nicht tolerieren, was in dem blauen Haus dort vor sich ging.*

*Natürlich hat ihm der Dealer ins Gesicht gelacht, hat ihn beiseite geschoben und ist ins Haus spaziert, wo er es Angela gegeben hat, und zwar so, dass man sie noch auf der Straße schreien hörte. Als der Dealer eine halbe Stunde später wieder herauskam, hat Samuel ihn abgefangen und ihm – Samuel mit seiner eingefallenen Brust und Armen wie Pfeifenreiniger – gedroht, er würde in seinem Wagen kampieren, direkt vor dem Haus, mitten auf der Straße, und wenn der Dealer wiederkäme, würde er hupen, bis die ganze Nachbarschaft vor die Tür käme, um nachzusehen, was vor sich ging.*

*Der Dealer stand nur da, mit einer Nelkenzigarette mit Schokoladenaroma im Mundwinkel, und blinzelte im duftenden Rauch. »Scheißidee, Sportsfreund.«*

*Ich habe Samuel gesagt, das hätte er nicht tun sollen. Er hätte die Polizei rufen sollen, habe ich gesagt, aber Samuel hat nur gelächelt und gemeint, er wüsste, was die Polizei tun könne und was nicht. Er sagte, ich müsste nicht versuchen, ihn zu retten, er sei bereits errettet, aber er dankte mir für das Mitgefühl. Dann stand er auf, spülte seinen Becher aus, stellte ihn neben die Spüle und ging.*

*Ich habe dann die Polizei angerufen, aber der Officer, der den Anruf entgegennahm, sagte, sie könnten nichts machen. Höchstens Samuel wegen unerlaubten Parkens drankriegen.*

*In den folgenden drei Tagen saß Samuel in seinem Wagen. Hin und wieder kam er zu mir, auf einen Kaffee oder um die Toilette zu benutzen, aber meist machte er seine kurzen Pausen im Donut-Shop. Ich glaube, zu mir kam er hauptsächlich, um zu sehen, welche CDs ich hörte, wobei er manchmal den Kopf schüttelte und sagte, er wüsste gar nicht, ob ich nun eigentlich einen schlechten Geschmack oder nur einen Hörfehler hätte. Immer sagte er »Gott schütze dich«, wenn er ging. Daran erinnere ich mich, weil ich wusste, dass es ihm ernst war. Ich glaube, ich war eins von Samuels Projekten. Vermutlich hat er sich für manchen von uns interessiert. Einige von Ihnen, die hier heute zusammengekommen sind, werden sicher wissen, was ich meine.*

*Am frühen Morgen des vierten Tags bog ich um die Ecke in meine Straße ein, sah die blinkenden Blaulichter und wusste, was passiert war. Ich kam so nah heran, dass ich Samuel zusammengesunken über dem Lenkrad sah, die Bibel aufgeschlagen auf dem Beifahrersitz – er sah genauso aus wie beim ersten Mal, nur dass auf den Bibelseiten Blut war. Ein Detective kam aus dem Haus seiner Frau. Ich kannte ihn.*

*Der Detective erklärte mir, Angela Marx sei Samuel Terrells Exfrau. Sie habe gesagt, ihr Leben sei gerade wieder in Ordnung gewesen, als Samuel vor einer Woche aufgetaucht sei und Geld von ihr verlangt habe. Am Morgen habe sie nichts Besonderes gehört, bis die Polizei an ihre Tür klopfte. Sie erklärte ihnen, vermutlich habe Samuel einen anderen Junkie abgezockt, ständig habe er andere übers Ohr gehauen. Bei der*

*Autopsie wurden bei Samuel weder Alkohol noch Drogen festgestellt, aber trotzdem beharrte seine Exfrau darauf, sie wisse nicht, wer ihn ermordet habe.*

*Ich machte meine Aussage dem Detective gegenüber, erklärte ihm, was meiner Ansicht nach passiert war, nur hatte ich nichts in der Hand, was den Ermittlungen geholfen hätte, da Samuel mir gegenüber den Namen des Dealers nie erwähnt hatte, und ich wusste nicht mal, ob der Mann jung oder alt war, weiß oder schwarz oder sonst was. Ich wusste nur, dass er Nelkenzigaretten rauchte. Ich hätte mehr für Samuel tun sollen. Dafür möchte ich mich bei seiner Familie entschuldigen. Ich wünschte, Angela Marx wäre heute hier, damit sie sehen könnte, was sie verloren hat. Damit sie sehen könnte, was wir alle verloren haben. Ich wünschte auch, ihre Tochter wäre hier, damit sie sehen könnte, wie vielen Leuten ihr Vater etwas bedeutete.*

*Ich kannte Samuel nur wenige Tage, aber ich muss ständig an ihn denken. Ich mag meine Wohnung. Die Miete ist billig, und sie liegt nicht weit vom Freeway entfernt, aber ich ziehe nach Laguna. Ich kann es nicht mehr ertragen, vor meinem Küchenfenster dieses blaue Haus zu sehen. Ich bin Filmkritiker, und in meinem Job bekomme ich viele so genannte Helden zu sehen, stählerne Muskelprotze, bewaffnet, gefährlich, unverwundbar, zumindest auf der Leinwand, aber Samuel Terrell war der einzige Held, dem ich je begegnet bin, und er wird mir fehlen.*

In der Ferne zuckten Blitze, und Jimmy zählte im Geiste die Sekunden, berechnete, wo das Gewitter war. Der Geländewagen am Ende des Blocks stand nicht mehr da. Wahrscheinlich war gar nichts los, aber Jimmy hatte nicht gesehen, wie der Wagen losgefahren war, und seine mangelnde Aufmerksamkeit bereitete ihm mehr Sorge als das fremde Fahrzeug selbst.

Der Regen war kälter geworden. Mittlerweile klapperten

Jimmys Zähne. Er zog die Schultern hoch, dachte an das Poolhaus am Morgen und daran, wie Jonathan ihn einmal mehr vorgeführt hatte. Wieder zuckte ein Blitz, näher diesmal, und die Luft summte vor Elektrizität, und noch immer sah er Holt neben sich am Steuer sitzen. Sie hatte unmissverständlich klar gemacht, dass sie daran zweifelte, was Jimmy am Abend vorher angeblich gefunden hatte, dass sie ihm misstraute, seine Motive in Frage stellte, sogar seinen Geisteszustand. Wenn Jane denn meinte, Jonathan sei der Leidtragende, wenn sie denn glaubte, es gäbe keine Eggman-Fotos, wieso hatte sie dann eines der Blowjob-Bilder mitgenommen, als sie glaubte, keiner würde es sehen? Jane *klaute*? Es musste etwas zu bedeuten haben. Jimmy machte sich auf den Weg zu seinem Zimmer, blickte stur geradeaus, spürte, dass Desmond ihn noch immer durch das regennasse Fenster beobachtete.

Wo seid ihr denn alle? *(deadboy69)*
Hey! Ist da jemand? *(deadboy69)*
Diese Seite ging früher echt ab. Jetzt ist sie nur noch scheiße. Ist euch das eigentlich egal? *(deadboy69)*
Ich hasse euch ALLE, ihr Pisser!!!!!!!!!!!!! *(deadboy69)*

Jimmy gähnte, als er *eggmanrules.com* verließ und nur noch der grüne Cursor auf seinem Bildschirm blinkte. Wenn er eine Bestätigung brauchte, dass der Eggman-Fall im Koma lag, dann hatte er sie im Internet gefunden. Von den siebenundzwanzig Websites, die sich ausschließlich mit dem Serienkiller befassten, existierten zehn nicht mehr, und der letzte Besucher der verbliebenen siebzehn Seiten war vor zwei Monaten dort gewesen, hatte sich als *deadboy69* bei *eggmanrules.com* eingeloggt und festgestellt, dass er allein war.

Nachdem er aus seinen nassen Sachen gestiegen war, hatte Jimmy ein Dutzend Mordseiten im Web gecheckt, von *thrillingmurder.com* bis zu *PSYCHOKILLERrUS.com*. Diverse Tatortfotos vom Eggman wurden zum Verkauf angeboten, aber keine Polaroids. Kein einziges. Jonathan musste die Bilder, die Jimmy in dem Zigarrenkasten gefunden hatte, irgendwo anders herhaben. Jonathan eine Lüge nachzuweisen, sollte ihm nicht so wichtig sein, aber auch Jimmy spielte gern seine Spiele. Wieder dachte er an Holt hinter dem Steuer, wie sie freundlich angedeutet hatte, dass Jimmy zu stonend gewesen war, um zu wissen, was er am Abend vorher gesehen hatte, während die ganze Zeit über dieses Polaroid in ihrer Tasche steckte. Er war nicht sicher, weshalb sie es genommen hatte, aber er wusste, dass sie das Spiel nun zu dritt spielten.

Jimmy hatte auf jeder Website, die er besuchte, Anfragen nach Eggman-Polaroids hinterlassen, wobei er klarstellte, dass der »Preis kein Thema« sei, und den Namen *mad4eggman* benutzte. Nach einer halben Stunde hatte er drei Antworten bekommen. Niemand hatte Fotos zu verkaufen, aber *lustykillbitch* bot »gefilmte Inszenierungen eines Serienkillers Ihrer Wahl, in den Hauptrollen ich und mein Freund«, und *deadboy69* wollte wissen, ob *mad4eggman* Geld für die Herstellung eines Eggman-Comic-Heftes spenden wollte. Jimmy beschloss, so bald er konnte, rüber nach L. A. zu fahren und bei Gallery Inferno nachzufragen, sich bei Cleo und Ian nach Eggman-Polaroids zu erkundigen. Wenn es um Mord und Totschlag ging, waren die beiden Experten. Er wusste gar nicht, wie lange er den blinkenden Cursor auf dem Bildschirm angestarrt hatte, als sein Handy summte. »Hallo?«

»Ich habe deine Nachricht bekommen«, sagte Michelle. »Ich freue mich, dass du dich gemeldet hast – nach unserer Begegnung auf Jonathans Party. Ich dachte schon, ich hätte dich verschreckt. In fünf Minuten habe ich einen Termin, und der ganze Nachmittag ist prallvoll, aber vielleicht könnten wir heute Abend essen gehen?«

»Ich rufe nicht an, weil ich mir einen netten Abend machen möchte.« Jimmy spürte förmlich, wie sie ein Stück zurückwich. »Nachdem ich die Party verlassen hatte … hast du da noch mit Jonathan gesprochen?«

»Ich wünschte, wir könnten auch mal ein Gespräch führen, das sich nicht um Jonathan dreht. Augenblick, bitte.«

Jimmy hörte, wie sie mit ihrer Assistentin sprach, ruhig und beschwichtigend. Die harten Trailer-Park-Ecken waren abgeschliffen. Für Klienten, die mit dem Schmerz und der Verunsicherung der Scheidung konfrontiert waren, musste es wohl tröstlich sein, aber ihm wäre es lieber gewesen, wenn sie etwas von Wilma Jeans Tennessee-Slang behalten hätte. Vielleicht ließ sie den noch heraus, wenn sie für sich allein war, oder bei einem Lover, wenn ihr warm und wohlig zumute war und es sie nicht kümmerte, ob jemand hörte, dass sie aus der Provinz kam.

»Wo waren wir gerade?«, sagte Michelle.

»Ich hatte dich nach der Party gefragt. Erinnerst du dich noch an diese durchsichtige Plastikfigur in meiner Hand, als wir uns getroffen haben? Bei der man die inneren Organe sehen konnte?«

»Dein Oscar?«

»Der Gläserne Mann. Hast du ihn Jonathan gegenüber erwähnt?«

Michelle schnaubte. Offenbar hatte Jonathans Talent seine Grenzen. »Weshalb hätte ich das tun sollen?«

Holt hatte den Schluss gezogen, dass Jonathan die Eggman-Polaroids nicht mitgenommen haben konnte, weil er nicht wusste, dass Jimmy im Poolhaus gewesen war. Sollte Jonathan allerdings gehört haben, dass Jimmy mit dem Gläsernen Mann herumspaziert war, hätte er gewusst, woher dieser stammte. »Bist du *sicher*?«

»Was ist denn los?«

»Ich streite mit jemandem darüber.«

»Vielleicht erzählst du mir eines Tages auch den Rest.«

»Vielleicht.«

»Ich werde auf den Wetterbericht achten«, sagte Michelle. »Früher oder später *muss* die Hölle doch einfrieren.«

»Wir gehen Schlittschuhlaufen, wenn es so weit ist.«

»Ich wünschte, du wärst länger auf der Party geblieben. Als du weg warst, brach alles auseinander. Ich konnte sehen, wie deine Mutter und dein Vater sich gestritten haben, und Olivia war ein komplettes Wrack. Ich habe sie zufällig auf der Damentoilette getroffen, und sie war außer sich, hat den ganzen Boden abgesucht. Sie sagte, sie hätte einen ihrer Diamantohrringe verloren. Ich habe ihr beim Suchen geholfen, aber wir konnten ihn nicht finden. Ich glaube, deinetwegen war sie noch aufgebrachter als wegen des Ohrrings. Du hast ihnen *beiden* die Party verdorben, Jimmy. Ich habe gesehen, wie sich Jonathan rausgeschlichen hat, kaum eine Stunde, nachdem du weg warst. Er hat sich nicht mal von seinen Gästen verabschiedet.«

Jimmy fiel beinahe der Hörer aus der Hand. »Sag das noch mal.«

»Er hat einen Privatfahrstuhl, der direkt vom Behandlungsraum zur Tiefgarage führt. Manche Patienten möchten nach der Operation nicht gern gesehen werden, denn die Bandagen können … unansehnlich sein.« Michelle räusperte sich. »Normalerweise nimmt es Jonathan mit der Etikette sehr genau. Dass er einfach so verschwunden ist … du scheinst ihn schwer getroffen zu haben. Ich muss zu meinem Meeting, aber ich hoffe, ihr zwei könnt die Wogen wieder glätten. Ihr seid *Brüder*, Jimmy.«

Jimmy sagte: »Auf Wiederhören«, dann klappte er sein Handy zu. Jonathan war von seiner eigenen Party verschwunden, war einfach kommentarlos abgehauen. Offenbar war ihm zwischen Olivia und Jimmy etwas aufgefallen, was ihn nachdenklich gestimmt hatte. Das Poolhaus war nicht weit vom Büro entfernt, so dass Jonathan verschwinden und wiederkommen konnte, bevor ihn überhaupt jemand vermisste. Jimmy stand erschöpft von seinem Schreibtisch auf und reckte sich, um zu sich zu kommen. Jonathan hatte im Poolhaus vermutlich nach Hinweisen auf ein Schäferstündchen gesucht, aber nur die Polaroids am Boden verstreut vorgefunden. Er wünschte, er hätte das Gesicht seines Bruders sehen können.

Jimmy ging zu dem Foto von Samuel Terrells Schulabschlussfeier hinüber, auf dem Samuel mit Hut und Umhang steif und unbeholfen aussah, mit rastlosem Blick, bereit, die Beine in die Hand zu nehmen. Als Jimmy ihm begegnet war, hatte er zwanzig Pfund weniger auf den Rippen gehabt, schlaffe Haut und schlechte Zähne, aber aus seinen Augen hatte Freude gesprochen, ein innerer Friede, der auf diesem Foto gänzlich fehlte.

Er konnte hören, wie Desmond auf der anderen Seite der Wand herumklapperte. Jimmy fand die Geräusche beruhigend, aber er fragte sich, was Samuel wohl gedacht hatte, wenn er hier in seinem Bett lag, was er gehört hatte. Desmond hatte die Augen und Ohren eines Streifenpolizisten, war immer auf der Hut. Er wusste, wann er Jimmy in Ruhe lassen musste, wann er keine Fragen stellen durfte, aber mit Samuel war er sicher strenger umgegangen, fordernder. Vermutlich hatte es Samuel gar nicht erwarten können, aus diesem Zimmer herauszukommen. Es war wirklich schade, dass er zu Desmond keinen Kontakt mehr gehabt hatte, bevor er ermordet wurde, aber zum Glück hatte er Jimmy auf den Mann aufmerksam gemacht, der ihn auf dem Gewissen hatte.

*Es war ungefähr ein Jahr nach Samuels Ermordung, und Jimmy hatte diesen Job bei* SLAP *an Land gezogen, schrieb Filmkritiken, machte Interviews. Ein Auftrag über die neueste Wiedererstehung von Country & Western führte ihn im Orange County zu einem Laden namens The Rhinestone Cowboy, wo er oben auf dem Balkon stand und sah, wie Anwälte in*

*Reithosen mit Strandhäschen, die pinkfarbene Cowboyhüte trugen, den Texas Two-Stepp tanzten. Ihm war, als hätte er schlechtes Acid genommen. Dann ging er nach hinten ins Büro, um ein Interview mit Lee Macklen, dem neuen Besitzer, zu führen. Er roch die Mischung aus Tabak, Schokolade und Nelken, noch bevor er die Tür aufgemacht hatte.*

*»Nenn mich Mack ... Lee heißen nur Schwuchteln«, sagte Macklen und schüttelte ihm die Hand, als suchte er eine Kraftprobe. Da hatte Jimmy schon das Gefühl gehabt, dass der Mann ihm irgendwie bekannt vorkam. Macklen setzte sich auf seinen Stuhl und pflanzte die Cowboystiefel auf den Schreibtisch, ein semmelblonder Schlägertyp mit knorrigen Muskeln und schmalem, grausamem Mund. »Hey, schreib das bloß nicht, Sportsfreund. Ich mach nur Witze.«*

*»Sportsfreund«. So hatte der Dealer Samuel genannt. Jimmy starrte Macklen an, als der sich einen Schoko-Bidi anzündete, eine aromatisierte Zigarette aus Indien. Der Dealer hatte dieselbe Sorte geraucht. Zwar hatte Samuel gesagt, der Dealer sei bestimmt kein Junkie, dafür sei er viel zu muskulös, aber er mochte Süßes – wie ein Junkie.*

*»Was ist?«, fragte Macklen, und seine Augen wurden schmal. »Du bist doch wohl keiner von diesen Ökofuzzies, die allergisch gegen Rauch sind, oder?«*

*»Ich bin gegen überhaupt nichts allergisch«, erwiderte Jimmy und erinnerte sich, dass er Macklen aus seinem alten Viertel kannte. Er war sich ganz sicher. Er hatte den Mann nur einmal gesehen, als er die Straße entlang stolziert war, einige Wochen bevor Samuel auftauchte, aber er hatte ihn nie mit dem Mord in Verbindung gebracht. Jimmy warf sein Notizbuch auf Macklens Schreibtisch und ließ sich auf das Sofa fallen, wusste bereits, dass er etwas würde unternehmen müssen. »Hast du ein Bier, Mack? Wenn man schon arbeiten muss, sollte man auch ein wenig Spaß haben.«*

Jimmy zuckte zusammen, als es an seiner Tür klopfte, und wandte sich von Samuels Foto mit Hut und Umhang ab, dachte an den Geländewagen am Ende des Blocks und daran, was einem zustoßen konnte, wenn man nicht aufpasste. Wieder klopfte es. Jimmy trat neben die Tür, wünschte, er hätte eine Waffe oder wenigstens einen Türspion. Er riss die Tür auf, die freie Hand zur Faust geballt.

Draußen stand Desmond mit zwei weißen Bechern in Händen. Verächtlich warf er einen Blick auf Jimmys Faust.

## 11

Olivia sah auf, als Jonathans dunkelgrüner BMW die Auffahrt nahm und sich neben ihren Mercedes schob. Er kam früh nach Hause. Der Regen dampfte auf der Motorhaube, und einmal mehr fragte sie sich, wozu die Eile gut sein sollte. Er war von jeher ein forscher Fahrer gewesen, hielt die Hände am Lenkrad immer vorschriftsmäßig in Zehn-vor-zwei-Stellung, blieb auf dem Freeway in allen Kurven auf der Ideallinie, suchte jede Lücke im Verkehr, bremste kaum, hupte nie. Auch Jimmy fuhr ab und zu gern schnell, war aber unberechenbarer, trat aufs Gas, schaltete wild herum, bremste, wenn er sich verschätzt hatte. Meist reichte es Jimmy, mit heruntergekurbelten Scheiben den Pacific Coast Highway entlangzuschleichen, an den Ampeln die Leute zu beobachten, den Radios der anderen zu lauschen. Kein Wunder, dass er es nie zu irgendwas brachte. Sie fragte sich, wie lange sie die beiden wohl noch miteinander vergleichen würde.

Jonathan stieg aus seinem Wagen, streifte die ledernen Handschuhe ab. Er winkte. Sie nicht. Er stand bei seinem Wagen, fummelte mit den Schlüsseln herum, sein blauer Anzug voller Regentropfen.

Miguel hielt ihr den Schirm, während sie ihre Golftasche aus dem Kofferraum holte. »Lassen Sie mich die Tasche tragen, Señora, *por favor*«, flehte er sie leise an.

Geübt schwang Olivia die schwere Tasche über ihre Schulter. Jeden Tag hatte sie mit Miguel die gleiche Diskussion. Noch immer konnte sie sich nicht daran gewöhnen, dass Lupe, seine Frau, die Mahlzeiten zubereitete, das Haus putzte und die Blumen arrangierte, die Miguel hinten im Gewächshaus züchtete. Die beiden hatten ihre eigene Wohnung in einem Anbau des Haupthauses, doch Olivia empfand Personal als störend und angenehm zugleich. Sie hatte mit Jonathan darüber gesprochen und vorgeschlagen, den beiden die Arbeitszeit zu kürzen oder sie wenigstens woanders unterzubringen, aber er sagte, das komme nicht in Frage. Es gab so vieles, was für Jonathan nicht in Frage kam.

»Wieso bist du nicht in der Praxis?«, fragte Olivia.

Jonathan warf Miguel einen bösen Blick zu. »Wieso trägt die Lady ihre Tasche?«

»Weil ich darauf bestanden habe«, fuhr Olivia ihn an und machte sich bereits auf den Weg zum Haus, wobei Miguel ihr auf den Fersen blieb und den Schirm hielt. »Gib nicht Miguel die Schuld.«

»Natürlich nicht, Darling.« Jonathan folgte ihr, rutschte in der Eile beinahe auf den feuchten Steinen aus, dem italienischen Marmor, der für Nässe nicht gemacht war.

Olivia stellte ihre Schläger im Foyer ab, damit Miguel sie putzen und polieren konnte – auch wenn es da nicht viel zu tun gab, denn nach sechs Löchern hatte sie wegen Regens abbrechen müssen, und das, obwohl sie gerade ein paar Birdies nacheinander geschlagen hatte, ihr bester Start seit Wochen. »Was ist los?«, fragte sie Jonathan.

Er wartete, bis Miguel mit den Schlägern gegangen war. »Ich … ich muss mit dir reden.« Sein Gesicht war noch blasser als sonst.

Olivia hängte ihren Anorak an die Garderobe, damit er auf den Terrazzo-Boden tropfen konnte, dann ging sie in die Küche, um Lupe zuvorzukommen und sich aus dem Kühlschrank ein Mineralwasser zu holen. Die Aufschläge ihrer Khakis waren schlammig. Wenn es nach ihr gegangen wäre, hätte sie draußen im Regen gewartet und sich am weichen Rasen erfreut, dem Duft nach frischem Gras, aber die anderen Frauen aus dem Quartett fürchteten die Blitze, fürchteten um ihre Frisuren. Sie hatte vorgehabt, nach Hause zu fahren und sich in aller Ruhe einen Joint anzuzünden. Stattdessen würde sie mit Jonathan reden müssen, ein *dringendes* Gespräch. Sie hätte das Risiko mit den Blitzen auf sich nehmen sollen.

»Olivia? Können wir unter vier Augen sprechen? Es ist … *wichtig.*«

Olivia ging ins Wohnzimmer, zog die gläsernen Schiebetüren auf, so dass der Raum vom Rauschen des Regens erfüllt war. Kalter Wind vom Pazifik ließ die Zeitschriften auf dem Kaffeetisch rascheln, *Vanity Fair, Harper's Bazaar, House & Garden*, und die Cover flatterten in einem Sturm aus hübschen Gesichtern und hübsch dekorierten Räumen. Sie liebte Gewitter, die Spannung in der Luft, das Knistern und Summen der Elemente, die nackte Gewalt. Sie stellte den gasbetriebenen Kamin an, stieg aus ihrer nassen Hose und warf sie in die Ecke, freute sich über Jonathans offensichtliches Missvergnügen an ihrem ruppigen Benehmen. Zwei Jahre war sie mit Jimmy gegangen, aber bei ihm hatte sie diese Miene nie gesehen.

Sie seufzte, als sie sich in ihrem Slip auf dem Sofa einrollte und die Wärme der künstlichen Scheite an ihren Beinen genoss. Durch die offenen Türen konnte sie das Meer sehen, die schiefergrünen Wellen mit ihren Schaumkronen.

Jonathan schloss die Türen, die zum Rest des Hauses führten, lief auf und ab und setzte sich dann vorsichtig neben sie ans Ende des Sofas. Er wartete auf Blickkontakt, aber sie hatte es nicht eilig. »Du warst schon beim Aufwachen gereizt«, sagte er. »Ich könnte mir vorstellen, dass du verschnupft bist, weil ich James gestern Abend so behandelt habe ...«

»Ich war in meinem ganzen Leben noch nicht ›verschnupft‹«, erwiderte Olivia. »Ich war wütend, ich war stinksauer, und einmal hab ich am elften Loch des Doral Country Club ein Achter-Eisen um eine Pappel gewickelt, aber ›verschnupft‹ war ich noch *nie*.«

»James wollte etwas stören, was für uns ein wundervoller Abend werden sollte, und es ist ihm gelungen«, sagte Jonathan. »Ich weiß, du hast ihn eingeladen, weil du mich überraschen wolltest, und ich weiß deine Idee zu schätzen, aber hättest du mich gefragt, hätte ich eine andere Gelegenheit für unsere ... Familienzusammenführung vorgeschlagen.«

»In Zukunft werde ich selbstverständlich alle Fragen hinsichtlich der Gästeliste meinem Gatten unterbreiten«, sagte Olivia. »Siehst du, Jonathan? Ich kann wie eine Lady sprechen, wenn ich möchte. Also, wieso bist du nicht in der Praxis? Ich dachte, du wärst den ganzen Tag mit Falten, Saugen und Liften beschäftigt.«

Jonathan weinte. Allen Ernstes. Er wandte sich ab, versuchte, die Tränen in seinen Augen zu verbergen.

Olivia richtete sich im Schneidersitz auf.

»Ich möchte mich entschuldigen. Es tut mir so Leid, Olivia.«

»Was hast du angestellt?«

»Ich liebe meinen Bruder.« Jonathan zitterte, sein himmelblaues Hemd umflatterte ihn. »Ich liebe James, und dass er so was tut ... Mein Gott, er muss mich verachten.«

»So war das nicht ...«, begann Olivia, wollte sich eben erklären, denn sicher hatte Jonathan herausgefunden, dass sie am Abend zuvor mit Jimmy zusammen gewesen war. Sie stockte, als Jonathan einen großen Umschlag aus seinem Jackett nahm und ihn auf den Kaffeetisch legte. Sie griff nach dem Umschlag, aber er nahm ihre Hände.

»Bitte, Liebes, noch nicht.« Jonathan holte tief Luft. »Ich werde dir alles zeigen, aber vorher müssen wir reden.« Böen wehten Regen durch die offenen Fenster herein, feuchten Dunst, der an der Glasscheibe vor dem Kamin knisterte. Er sah zu den Fenstern hinüber, machte jedoch keine Anstalten, sie zu schließen. »Heute Morgen war ich beim Haus meiner Eltern, um mich mit einem Bauunternehmer zu besprechen.« Er schüttelte den Kopf. »Ich kann es immer noch nicht fassen.«

»Hör auf, rumzuschwafeln. Sag mir, was passiert ist.«

Verlegen wischte sich Jonathan mit der Hand über die Augen. »Unser kleines Geheimnis. *Du* bist die Starke. Manchmal vergesse ich das.«

Der Regen knisterte und knackte am Kamin. Es klang richtig echt. Jemand klopfte zögerlich an die Tür.

»Jetzt nicht«, bellte Jonathan, ohne sich von Olivia abzuwenden. »Ich habe heute Morgen laute Stimmen aus dem Poolhaus gehört, bin reingegangen und habe James und diesen weiblichen Detective bei einem Disput angetroffen. Ich weiß nicht, was er gesagt oder getan hatte, aber sie hat ihn offenbar geschlagen.«

Olivia gab sich alle Mühe, ihren Schock zu verbergen. »Jane Holt?«

»Ja … ich glaube.« Jonathan rückte näher. »Kennst du sie?«

»Wir sind uns einmal begegnet.« Olivia erinnerte sich daran, wie sie damals in Jimmys Wohnung in Laguna hereingeplatzt war. Die beiden hatten es sich auf dem Sofa bequem gemacht und taten, als spielten sie Scrabble.

»Es ist mir egal, ob Jonathan das Poolhaus in einen Puff verwandeln will, aber es gefällt mir nicht, dass er es auf meine Kosten tut.« Er gab dem braunen Umschlag einen Stoß. »Er hatte Detective Holt dazu bewegt, heute Früh mit ihm dorthin zu gehen, indem er ihr erzählte, er hätte bestimmte … Fotos, die sie vielleicht interessieren könnten. Offenbar war er gestern Abend dort, hat rumgeschnüffelt und meine Sachen durchsucht.«

Olivia beobachtete ihn. Ihre Haut prickelte von der Hitze.

»James hatte ihr erzählt, er hätte Tatortfotos gefunden, die mir gehörten – gruseliges Zeug, das Werk seines Serienkillers. Natürlich war es nur ein Vorwand, um sie dorthin zu locken. Da waren keine Tatortfotos, aber ... andere Bilder, an denen sich Detective Holt ergötzen konnte.« Jonathan fuhr mit der Hand durch sein makellos gekämmtes Haar. »Ich fürchte, ich hab Mist gebaut.« Er nahm ihre Hände, klammerte sich an sie. »Ich liebe dich. Das habe ich immer getan. Ich weiß noch, wie ich dich zum ersten Mal gesehen habe: James brachte dich zu Mutters Geburtstagsparty mit, und ich konnte den ganzen Abend nicht den Blick von dir abwenden. Du warst so ... heiter, und dein Lachen – niemand amüsiert sich jemals auf unseren Familienfeiern, aber als wir hörten, wie viel Spaß du hattest, waren wir alle wie verzaubert. Ich glaube, schon an diesem Abend habe ich mich in dich verliebt.« Er ließ ihre Hände los, starrte den braunen Umschlag an. »Ich kann nur hoffen, dass du das nicht vergisst.«

»Red nicht um den heißen Brei herum.«

»Bin ich so leicht zu durchschauen?« Jonathan errötete, als er in den Umschlag griff und einen Stapel Polaroids herausnahm. »Das hier hat James in meinem Schreibtisch gefunden. Sie gehören mir, ich will dich nicht belügen. Ich habe sie gemacht, als ich noch Single war, lange bevor ... wir zusammengekommen sind. Das sind die Fotos, die James Detective Holt in Wahrheit vorführen wollte.«

Olivia nahm ihm die Polaroids aus der Hand. Das oberste Foto zeigte eine pummelige Brünette im tief ausgeschnittenen Cocktailkleid mit Jonathans Penis im Mund.

»Ich hätte sie schon vor Jahren wegwerfen sollen ... ich bin selbst schuld, dass ich sie behalten habe«, stammelte Jonathan. »Meine Junggesellen-Schätze in einer Zigarrenkiste aufzubewahren, wie ein kleiner Junge seine Baseball-Bildersammlung ... wie jämmerlich. Mein Gott, du hättest sehen sollen, wie die beiden darüber hergefallen sind. Allein schon der Ausdruck auf ihren Gesichtern.«

Der Lippenstift der pummeligen Brünetten war verschmiert. Olivia legte das Foto auf den Küchentisch. Auf dem nächsten Polaroid war eine nackte Asiatin zu sehen. Olivia tippte mit dem Fingernagel auf die verdächtig großen Brüste der Frau. »Eine Patientin?«

»Ich schäme mich so ...«

»Schäm dich nicht«, sagte Olivia. »Scham ist so ... durchschnittlich. Sagst du das nicht immer?«

»Ich schäme mich dafür, dass ich die Bilder nach unserer Hochzeit nicht weggeworfen habe. Es tut mir so Leid, dir wehzutun. Das werde ich James *niemals* verzeihen. Niemals.«

Olivia starrte das nächste Polaroid an, auf dem Jonathan zurückgebeugt dastand und vor ihm eine Frau in abgeschnittenen Jeans am Boden kniete. »Ich denke, jetzt seid ihr quitt, Jimmy und du.«

»Ich verstehe nicht, was –«

Olivia warf das Foto in seine Richtung. »Dich in Verlegenheit zu bringen, war seine Rache dafür, dass du mich geheiratet hast. Erniedrigst du ihn, erniedrigt er dich. Jimmy ist ein Kämpfer. Er verliert nicht gern. Das hat mir an ihm immer gefallen.« Das nächste Foto zeigte Jonathan unter zwei identischen Blondinen. Wahrscheinlich hatte Holt es genossen. Olivia stellte sich vor, wie Jimmy und diese Frau die Polaroids durchforsteten und ein professionelles Interesse vortäuschten, das beide nicht empfanden. Sie fügte die Blondinen dem Stapel auf dem Kaffeetisch hinzu. »Komisch, ich dachte, ich würde dir mehr bedeuten als *das* hier.«

»Es tut mir so Leid, dass du dieses ... Zeug sehen musstest, aber vielleicht ist es besser, dass du es von mir erfährst und nicht von jemand anderem.«

»Ja, es von dir zu hören, hat mir alles ungemein erleichtert.«

»Hätte ich James und diese Frau nicht überrascht, wären die Fotos vielleicht konfisziert worden«, sagte Jonathan. »Vermutlich hätte sie dich übermorgen besucht und gefragt, ob du die Tatortfotos kennst, von denen ihr James erzählt hat, und früher oder später wären meine Polaroids zum Thema geworden. Sie hätte sicher einen Grund gefunden, sie dir vorzuführen. Die Polizei nutzt jede Gelegenheit, Menschen zu verunsichern, um die Wahrheit aus ihnen herauszubringen.«

»Bei dir hat es gewirkt, was? Nur deshalb führst du mir das hier vor.«

Jonathan rührte sich nicht. Sein Gesicht war wie eine Porzellanmaske. Die auffallende Blässe hatte sie bei ihrer ersten Begegnung sowohl fasziniert als auch abgeschreckt. Ihre Haut war dunkel und nach endlosen Stunden in der Sonne immer dunkler geworden. Mehr als einmal hatte sie, wenn sie mit Jonathan im Bett lag, das Gefühl gehabt, als liebte sie ein Gespenst.

»Du sagst mir nur die Wahrheit, um dem Unvermeidlichen zu entgehen.« Olivia wollte ihn aus dem Gleichgewicht bringen, seine zerbrechliche Ruhe erschüttern. »Mit Ehrlichkeit hat das nichts zu tun.«

»Du hast Recht«, sagte Jonathan so leise, dass sie ihn bei dem Regen kaum verstehen konnte. »Ich hätte die schlafenden Hunde lieber nicht geweckt, aber James ließ mir keine Wahl.«

Olivia tippte gegen den kleinen Haufen Polaroids und lächelte. »Wohl eher *Hündinnen.*« Sie fuhr mit den Fingern durch sein seidig braunes Haar. »Vielleicht ist es gar nicht so schlimm. Es heißt, eine Beichte sei gut für die Seele. Vielleicht ist sie noch für etwas anderes gut.« Sie zog seinen Kopf auf ihren Schoß und spürte, wie er sie mit seinen Armen umschlang, während sie in die Flammen starrte. »Wahrscheinlich hat Jimmy die Polizei ins Spiel gebracht, um es in den Zeitungen ausschlachten zu können, in den Klatschspalten, damit er was gegen dich in der Hand hat. Fotos von Sex und Toten ... man könnte dich ohne weiteres makaber finden, Jonathan. Nicht gerade ein Charakterzug, den sich die Leute bei einem Schönheitschirurgen wünschen.«

»Da *waren* keine Fotos von Verbrechen.«

»Es wäre egal. Jimmy weiß, woher man Splatter-Fotos kriegt, wenn er welche haben will.«

Jonathan nahm ihre Hand. »So hat James sie im Poolhaus auch genannt, als er wissen wollte, was ich damit gemacht hatte. Er war außer sich. Ich weiß nicht, wie es Detective Holt ging, aber fast hätte ich selbst ihm geglaubt.«

Der Wind schlug an die Scheiben, wehte die Polaroids vom Tisch. Überall sah Olivia nur Lippen, Haare und Pink, Jonathans Miene vor Schmerz und Lust verzerrt.

»Ich habe dir nicht wirklich gebeichtet«, sagte Jonathan. »Es war keine echte, bereitwillige Beichte aus tiefstem Herzen, aber dennoch bitte ich dich um Verzeihung.« Wieder drückte er ihre Hand, diesmal fester. »Vergibst du mir?«

Olivia dachte an Jimmy, als sie ihn küsste, und Jonathan ging selig darauf ein, verwechselte ihren Zorn mit Lust.

## 12

Desmond starrte Jimmys geballte Faust an. »Darf ich reinkommen oder willst du mir erst eine verpassen?«

Jimmy trat beiseite, und der Regen wehte herein. »Ich wusste nicht, dass du es bist.«

Desmond trat seine Schuhe an der Matte ab und reichte Jimmy im Vorbeigehen einen der dampfenden Becher. »Ich dachte mir, du hättest vielleicht Verwendung dafür. Wer im Regen steht, braucht alle Hilfe, die er kriegen kann.«

Jimmy roch an dem Becher, nahm einen Schluck. Der Inhalt war körnig, aber warm.

»Instant-Kakao mit Instant-Marshmallows«, erklärte Desmond. »Das Geheimnis besteht darin, dass man zwei Päckchen pro Becher nimmt. So mochte Samuel es immer am liebsten.« Er sah sich im Zimmer um, betrachtete die Poster und die Fotos. »Ich hab dir schon mal gesagt, du kannst ruhig deine eigenen Bilder an die Wände hängen und umräumen, wenn du willst.«

Jimmy trank noch einen Schluck. »Ich mag es so.«

Desmond nahm Samuels Schulfoto. »Ich auch.« Er schüttelte den Kopf. »Ihm wurde ein Baseball-Stipendium der UCLA angeboten, aber er hat es abgelehnt. Er meinte, er hätte andere Pläne.«

»Er wollte für sich sein. Seinen eigenen Weg gehen.«

»Hätte ich ihm gesagt, er soll das mit dem Baseball lassen, hätte er sich auf sein Stipendium gestürzt. So war das zwischen uns.«

Jimmy ließ sich aufs Bett fallen und deutete auf den Schreibtischstuhl. »Wieso machst du es dir nicht bequem?«

Desmond zog den Stuhl näher ans Bett und setzte sich, so dass sich ihre Knie beinahe berührten. Mit seiner dunklen Hose und dem dunklen Hemd sah er wie ein Banker aus, mit Perlmuttknöpfen an der Weste, aber er musterte Jimmy mit starrem Polizistenblick, dem nichts entging. »Ich wollte dich fragen, wie die Sache mit Detective Holt heute Morgen ausgegangen ist. Sie sah nicht gerade glücklich aus, als sie dich hier abgesetzt hat, und du machtest auch nicht eben einen begeisterten Eindruck. Sieh dich vor mit ihr. Sie ist eine gute Polizistin.«

»Was soll das denn bedeuten?«

»Du weißt, was es bedeutet.« Desmond wärmte seine Hände am Becher. »Kann ich dir irgendwie helfen?«

»Sehe ich aus, als hätte ich Probleme?«

Desmond zog die Augenbrauen hoch.

»Ich kann auf mich selbst aufpassen.«

»Das hat Samuel auch immer gesagt.«

Jimmy spürte die Last des Ermordeten auf seiner Brust und wusste, dass auch Desmond von der gleichen Trauer erfüllt war. »Ich weiß dein Angebot zu schätzen ...«

»Du sollst es nicht zu schätzen wissen, du sollst es annehmen. Ich möchte dir helfen.«

»Du bist mir nichts schuldig.«

»Kleiner, erzähl mir nicht, was ich dir schuldig bin und was nicht.«

Das Bett knarrte unter ihm, als Jimmy sein Gewicht verlagerte. Er redete nicht, er sagte nichts, aber er vertraute dem älteren Mann. Auch Desmond konnte ein Geheimnis für sich behalten.

»Du hast den gleichen verlorenen Gesichtsausdruck wie damals, als wir uns zum ersten Mal begegnet sind«, sagte Desmond lachend. »Du bist bei der Beerdigung zu mir gekommen, hast dich vorgestellt und gefragt, ob du etwas sagen dürfest, und ich dachte: Wer ist dieser nervöse Weiße, der vor einer Kirche voller Fremder aufsteht und etwas über meinen Jungen sagen möchte?«

»Ich war wirklich nervös.«

»Du hattest auch allen Grund dazu. In der Kirche saßen nur Polizisten und ehemalige Drogenabhängige, und alle wirkten starr, versteinert. Dann bist du aufgestanden, und die Leute fingen an zu nicken und sagten ›Amen‹, und es war, als wäre Samuel dort unter uns. Ich bin kein religiöser Mensch, aber ich habe seine Gegenwart gespürt. Wie wir alle.« Desmond neigte seinen Kopf ein Stück zu Jimmy herüber. »Dafür war ich dir sehr dankbar.«

Einen Moment lang lauschten die beiden dem Regen.

»Mir ist heute Früh mit Holt was Seltsames passiert«, sagte Jimmy dann. »Wir waren im alten Poolhaus meiner Eltern, um ein paar Fotos abzuholen, die ich gestern Abend gefunden hatte … Polaroids von Eggman-Opfern. Die wollte sie für ihre Ermittlungen haben.«

»Woher hattest du sie?«

»Es waren nicht meine, es waren Jonathans.«

»Was macht *er* damit?«

»Ich bin nicht sicher.« Jimmy nahm noch einen Schluck von seiner heißen Schokolade, dann stellte er den Becher auf das Nachtschränkchen neben dem Bett. »Entscheidend ist, dass die Polaroids heute Morgen nicht mehr da waren. Jonathan hat sie gestern Nacht abgeholt. Aber er hat ein paar andere Polaroids liegen gelassen, private Bilder, um Verwirrung zu stiften. Und es hat auch funktioniert. Holt konnte sich nicht entscheiden, ob ich mir das Ganze ausgedacht hatte, oder ob ich unter Wahnvorstellungen leide.«

»Da kommt ihre Ausbildung ins Spiel. Als Erstes lernt man an der Akademie, *niemals* einem Augenzeugen zu trauen. Nicht, dass Augenzeugen lügen würden –«

»Heute Morgen im Poolhaus hat Holt eins von Jonathans privaten Fotos eingesteckt, als sie dachte, ich würde es nicht merken.«

Desmond starrte ihn an.

»Ich habe es gesehen, Desmond. Sie hat es eingesteckt.«

Desmond tupfte mit dem Zeigefinger an seinen Mundwinkeln herum, penibel wie eine große Katze. »Das ist nicht nur illegal, das ist schlechte Polizeiarbeit. Alles, was sie vom Tatort mitnimmt, kann als Beweismittel nicht mehr verwendet werden.« Er zupfte an seiner Unterlippe herum. »Wieso sollte jemand, der so schlau ist wie Jane Holt, etwas derart Dummes tun?«

Jimmy schüttelte den Kopf.

»Wieso hast du sie nicht einfach gefragt?«, wollte Desmond wissen.

»Hättest du sie gefragt?«

Desmond lächelte. »Nein … ich hätte es auch für mich behalten. Vorerst.«

»Ich dachte, vielleicht wollte sie das Polaroid auf Fingerabdrücke untersuchen lassen«, sagte Jimmy, »aber sie wusste ja, dass es Jonathan gehörte, denn er war auf dem Foto abgebildet. Wozu also?«

»Vielleicht wollte sie es jemandem zeigen, um zu sehen, ob er oder sie ihn identifizieren kann?«

Jimmy dachte an die Blowjob-Polaroids, auf denen Jonathan vor Lust das Gesicht verzog. »Es gibt von Jonathan Fotos, auf denen er besser zu erkennen ist. Schließlich hat er seinen eigenen PR-Mann. Ich weiß nur: Wenn Holt gegen die Vorschriften verstößt, muss sie dieses Polaroid für wichtig halten. Sie muss mir doch glauben, oder?«

»Es ist ganz egal, was ein Cop glaubt. Nur die Beweise zählen.« Desmond leerte seine heiße Schokolade und kam langsam auf die Beine. »Wie gesagt: Sieh dich vor mit ihr.«

## 13

Holt trat ihre Schuhe gleich hinter der Wohnungstür von den Füßen und steuerte die Küche an. Ihre Füße waren so müde wie der Rest. Sie legte ihre Handtasche an die gewohnte Stelle auf den Tresen, schnallte ihre 9-Millimeter ab und legte sie neben die Tasche, dann zog sie das Jackett aus und hängte es über eine Stuhllehne. Je erschöpfter sie war, desto mehr baute sie auf die Routine, damit ihr keine Fehler unterliefen. Eisiger Dunst strich über ihre Wange, als sie die Kühlschranktür aufmachte und das wartende Martini-Glas sah. Sie schnappte sich eine Dose *Schweppes Gin Martini Extra Dry* aus dem Kühlschrank, schüttelte kurz und riss sie auf. Ihre Mutter sagte, nur James Bond und Leute, die »Martuunis« sagten, bestellten ihre Drinks geschüttelt statt gerührt, aber ihre Mutter konnte sich auch keine Welt vorstellen, in der man Cocktails in Dosen kaufen konnte.

Holt schenkte ihr Glas voll und gab eine große Olive hinein, was ein paar Tropfen über den Rand laufen ließ. Unwillkürlich leckte sie ihre Knöchel ab, fühlte sich augenblicklich schuldig. Früher war sie so stolz auf ihre Selbstbeherrschung gewesen. Aber jetzt ... sie schloss die Augen, um den ersten Schluck zu trinken, schlug sie beim zweiten wieder auf. Es war kein Vergleich mit den Martinis, die ihre Mutter machte, aber immerhin benutzte sie noch Großmutters Kristallglas.

Sie trat ans große Fenster und blickte bewusst an ihrem Spiegelbild vorbei, musste nicht daran erinnert werden, wie abgespannt sie aussah. Der Ausblick von ihrer Wohnung direkt am Meer – sonst so spektakulär – war trist und öde, genau wie sie sich fühlte. Es regnete in Strömen, und der Pazifik war ein dunkles, aufgewühltes Grau. Selbst an einem Sonnentag hatte das Meer zu dieser Jahreszeit nur etwa siebzehn Grad, zu kalt, um ohne Neopren-Anzug hinauszuschwimmen. Wenn Wintergäste nach Laguna Beach kamen, waren sie immer überrascht, hielten einen Zeh ins Wasser und rannten wieder auf den Strand zurück. Wie auf dem Sticker stand: WILLKOMMEN IN KALIFORNIEN – UND JETZT KEHRT MARSCH. Anfangs hatte ihr diese Haltung widerstrebt, als sie von Rhode Island hergezogen war, aber inzwischen war sie ebenso intolerant wie die Einheimischen, was die Touristen anging, die sich in der kleinen Strandgemeinde drängten, die Bikinis begafften und *chile relleños* falsch aussprachen. Sie warf einen Blick auf ihr Spiegelbild und schreckte zurück. Sie sollte sich dringend Gedanken um eine Feuchtigkeitscreme machen.

Der Tag hatte so viel versprechend begonnen. Wie üblich hatte sie ihre Nachrichten gecheckt, als der Wecker klingelte, hatte gehört, wie Jimmy etwas von Polaroids sagte, und war aus dem Bett gesprungen, wobei sie schon ihren Schlachtplan formulierte. Ihren *Schlachtplan*: Gott, was war los mit ihr? Sie versuchte, sich von paramilitärischem Slang und Sportmetaphern fern zu halten, deren sich die anderen Detectives befleißigten, aber es war schwierig. Natürlich kannte sie Jimmys Adresse, denn er hatte sie vor ein paar Wochen angerufen, um sich nach dem Stand der Eggman-Ermittlungen zu erkundigen, und dank einer Ausnahmegenehmigung hielt das Department automatisch Uhrzeit und Telefonnummer jedes eingehenden Anrufs fest. Sie war überrascht, als sie feststellte, dass Jimmy von Desmond Terrells Haus aus angerufen hatte. Auf der Fahrt dorthin war sie so voller Hoffnung gewesen, was die Enttäuschung im Poolhaus nur noch bitterer machte. Noch immer wusste sie nicht, was Jimmy gestern Abend im Poolhaus gesehen hatte, aber sie wusste auch, dass sie es nicht einfach abtun durfte.

Holt nahm einen Schluck von ihrem Drink und sah, wie die Lichter entlang der Küste angingen. Sie stellte sich Familien beim Abendessen vor, Männer und Frauen, die sich gegenseitig fragten, wie der Tag gelaufen war, und vielleicht gab es da auch Kinder … aber sie hatte keine Ahnung, was die Kinder sagen würden. Keinen blassen Schimmer. Sie fischte die Olive aus ihrem Drink, zerkaute sie langsam. Früher hatte sie ihren Job nicht gehasst. Sie kam früh und ging spät, diktierte ihre Notizen beim Autofahren, ein vollendeter Profi. Der Mord an Philip Kinneson war nur ein Fall unter vielen gewesen, bis Tage nach der Entdeckung der Leiche ein kleines Mädchen beim Sandburgenbauen am Strand ein Polaroid zwischen den Steinen fand und weinend zu seiner Mutter lief. Die wiederum hatte sofort die Polizei angerufen.

Holt wandte sich wieder ihrem Drink zu und spürte, wie ihr der Gin die Kehle hinunterlief, das Gefühl von Heiß und Kalt so eng verwoben wie DNA-Moleküle. Sie sah in die Dunkelheit hinaus, fühlte sich alt, wartete darauf, dass der dumpfe Schmerz im Hinterkopf nachließ. Sie trank nicht *mehr*, seit die Task Force aufgelöst worden war, aber sie trank schneller. Sie erinnerte sich, wie ihr Vater an manchen Abenden aus dem Büro nach Hause gekommen war, nach einem besonders brutalen Tag am Markt, und die Martinis kippte, als würde er innerlich brennen.

In den drei Tagen in der Sonne und der salzhaltigen Luft war das Polaroid verblasst, aber Holt hatte Philip Kinneson dennoch gleich erkannt. Anfangs hatte sie noch vermutet, einer ihrer Uniformierten hätte die Aufnahme gemacht, und im Stillen hatte sie bereits überlegt, wer wohl am ehesten für einen Verstoß gegen ihre Anweisungen in Frage kam, aber etwas war daran seltsam: Die Zähne und freiliegenden Knochen hatten einen hohen Kontrast, der Rest war überbelichtet. Es sah nicht wie die anderen Kinneson-Tatortfotos aus. Die meisten Detectives hätten den Unterschied – falls ihnen überhaupt etwas aufgefallen wäre – auf das Sonnenlicht geschoben. Holt nicht. In dem Alter, in dem die meisten Mädchen selbstverliebt durch ihre Zimmer tanzten, hatte sie sich eine eigene Dunkelkammer eingerichtet und stundenlang im roten Licht Fotos entwickelt. Sie hatte ein gutes Auge, und das Polaroid, das dieses Kind am Strand gefunden hatte, sah für sie aus, als wäre es mit einem Blitz aufgenommen worden.

Kinneson war kurz nach Mitternacht ermordet worden, und die Leichenstarre hatte bereits eingesetzt, als man ihn am nächsten Morgen fand. Sämtliche Polizeifotos und Digital Scans waren bei Tageslicht entstanden. So ein Polaroid mit einem Blitz aufzunehmen, macht einzig und allein Sinn, wenn es *Nacht* war. Holt erinnerte sich noch genau an den Moment, als ihr bewusst geworden war, was ihre Nachforschungen bedeuteten. Sie hatte nicht laut aufgestöhnt. Ihre Hände hatten nicht gezittert. Sie erinnerte sich an die stille Freude, von der sie erfüllt gewesen war. Der Impuls, sein Werk zu dokumentieren, war eines der Kennzeichen eines Serienmörders. Holt stellte sich vor, wie der Wind den ersten Versuch des Killers wegwehte, wie das Polaroid in der Dunkelheit verschwand. Maria Sinoa von der Spurensicherung brauchte nur ein paar Minuten, bis sie ihr bestätigte, dass das Foto bei Nacht aufgenommen worden war. Das FBI-Labor benötigte fast drei Wochen, bis es sich um das Polaroid kümmern konnte und eigene Tests durchführte, aber die Ergebnisse stimmten mit Sinoas Feststellungen überein.

Lieutenant Diefenbacher – Holts Chef – war skeptisch gewesen und hatte erklärt, selbst wenn Kinnesons Mörder das Polaroid geschossen habe, müsse das noch lange nicht heißen, dass ein Serienmörder am Werk sei. »Polizeiarbeit heißt vor allem, Hufgetrappel zu hören und zu denken, dass es Pferde sind«, hatte Diefenbacher ihr erklärt. »Hufgetrappel zu hören und zu glauben, dass es Zebras sind, ist die reine Effekthascherei. Einen solchen Ruf kann sich unser Department nicht leisten. Und Sie auch nicht.« Holt wusste, dass er sie nur schützen wollte, aber es gefiel ihr nicht, dass er mit ihr wie mit einem Grünschnabel redete.

Einen Monat nachdem das Polaroid aufgetaucht war, hatte Jimmy Gage angerufen, sich vorgestellt und gesagt, er habe einen Brief von jemandem bekommen, der behauptete, er habe Philip Kinneson ermordet – und nicht nur den. Holt hatte glatt ihren Tee verschüttet, als sie nach ihrem Notizbuch griff, um sich *SLAPs* Adresse aufzuschreiben.

Sie trank ihren Martini aus, ging in die Küche und schenkte sich nach, dann nahm sie wieder ihren Posten am Fenster ein. Zwei waren ihr Limit, ihr absolutes Limit.

Sie war am Aufbau der Eggman-Task-Force beteiligt gewesen, aber von Anfang an hatte es Widerstand gegeben, da die anderen Bezirksleiter darauf beharrten, sie bräuchten eine definitive Verbindung zwischen den Morden, irgendeinen soliden, forensischen Beweis. Die ballistischen Untersuchungen jedoch führten zu keinem schlüssigen Ergebnis, und bei der großen Bandbreite der Opfer und Tatorte war kein Muster zu erkennen. Als die Task Force aufgelöst wurde, glaubte sie als Einzige nicht daran, dass Jimmys Brief ein Schwindel gewesen war. Die Existenz des Laguna-Polaroids wurde verschwiegen.

Diefenbacher war ein ehemaliger Marine und um die Taille etwas fülliger geworden, hatte sich aber den Bürstenschnitt und die eiserne Haltung eines Kriegsveteranen bewahrt. Anfangs war er einer von Holts größten Förderern gewesen, hatte ihr zu einer Blitzkarriere als Detective verholfen und für diese Entscheidung auch Kritik geerntet. Sie sei klug, hart und *gewissenhaft*, makellos gepflegt, habe aber keine Angst, sich auch mal die Hände schmutzig zu machen, hatte er den Veteranen erklärt. Die Art und Weise, wie Holt den Kinneson-Mord behandelte, ihre Weigerung, Anweisungen entgegenzunehmen, hatte Zweifel an seiner Entscheidung geweckt. Er fürchtete, sie wolle aus Karrieregründen aus einem simplen Schwulenmord einen Serienkiller-Fall stricken und steckte mit einem fragwürdigen Journalisten unter einer Decke, um sich vor den Medien zu produzieren. Er hatte ihren Glauben an sie verloren, und beide wussten es.

Vielleicht hatte sie sich tatsächlich in Effekthascherei verloren. Anfangs nicht. Bei Beginn der Ermittlungen war sie sich ihrer Motive ganz sicher gewesen, doch als der Fall dann monatelang brachlag und ihr FBI-Kontakt ihre E-Mails zu ignorieren begann, hatte sie Abkürzungen genommen, war – nun ja – kreativer geworden, was die Vorschriften anging. Diefenbacher hatte versucht, ihr Zügel anzulegen, anfangs mündlich, später schriftlich, und ihr den Befehl erteilt, weder weitere Zeit noch Mittel in die Eggman-Ermittlungen zu investieren, aber sie hatte nach Feierabend weiter an dem Fall gearbeitet und sogar einen pensionierten Kriminalbeamten aus eigener Tasche bezahlt, damit er ihre Nachforschungen überprüfte.

Der Regen prasselte so laut ans Fenster, dass Holt zurückwich, erschrocken über die Wucht des Sturmes. Sie hatte ihren zweiten Martini ausgetrunken, ohne es gemerkt zu haben.

Früher – vor dem Eggman-Fall – hätte Holt für einen Polizisten, der persönlichen Empfindungen so großes Gewicht einräumte und das Gesetz auslegte, wie es ihm gefiel, nur Verachtung übrig gehabt. Früher hätte sie sich nie vorstellen können, ein für Ermittlungen entscheidendes Foto, ein nicht inventarisiertes Polaroid, einfach mitzunehmen. Da hätte sie es ja gleich stehlen können. Und doch hatte sie genau das heute Morgen getan, und zwar fast ohne zu zögern. Das Foto könnte nützlich sein, und das allein zählte. *Könnte* nützlich sein. Sie hatte die Absicht gehabt, es Maria Sinoa zum Test unterzuschieben, aber Diefenbacher hatte sie auf Trab gehalten.

»Schön, dass Sie kommen konnten, Detective«, hatte Diefenbacher gesagt, als sie am Morgen zu spät dran war, hatte ihr die Aufgaben für den Tag auf den Schreibtisch gepfeffert, dass ihre ordentlich sortierten Bleistifte durch die Gegend flogen. Er hatte den nächsten Power-Bar ausgewickelt und ihr beim Lesen zugesehen. Er sagte, falls ihr das alles zu viel werden sollte, würde er sie liebend gern zur Abteilung Öffentlichkeitsarbeit versetzen lassen. »Sie könnten im Gartenclub Vorträge halten, die alten Damen warnen, dass sie ihre Türen und Fenster verriegeln sollen. Es ist nicht so ruhmreich wie die Jagd auf einen Killer, aber es ist ehrliche Polizeiarbeit.«

Der Großteil ihrer Schicht war für eine Serie von Autoaufbrüchen draufgegangen, inklusive Befragungen von angetrunkenen, allein erziehenden Müttern und Tagesschicht-Managern, die sich zwischen ihren Antworten kratzten. Der Rest des Nachmittags verging mit der Aussage eines hyperventilierenden Innenausstatters an der Main Street, der nicht davon abzubringen war, dass eine Zigarette, die jemand auf einem schauderhaften Gemälde mit Seemotiv ausdrückte, einen Akt des Vandalismus darstellte, nicht so sehr das Werk eines marodierenden Kunstkritikers. Als Holt wieder auf dem Revier war, hatte Sinoa schon Feierabend gemacht.

Langsam kehrte Holt in die Küche zurück, ging vorsichtig,

stolz darauf, dass sie nie schlurfte oder torkelte. Selbst wenn sie ihr Limit überschritten hatte, konnte sie das Alphabet aufsagen und mit dem Finger ihre Nasenspitze berühren. Erst vor einer Woche hatte sie es sich in ihrem Wohnzimmer bewiesen, einen Moment lang selig, dann beschämt, weil sie es für nötig befunden hatte, sich zu testen.

Eine Weile stand sie vor dem Kühlschrank, dann machte sie ihn auf und holte noch eine Dose Martini heraus. Es gab auch kaltes Huhn und Spargelspitzen. Frische Himbeeren. Sie sollte etwas essen. Oder vielleicht ein bisschen fernsehen. Sie hatte die komplette BBC-Serie *The Singing Detective* auf Video. Die Tretmühle wartete in der Ecke des Wohnzimmers, neben dem Bauchmassagegerät und dem Stair-Master. Sie hatte ihr Gästezimmer geopfert und die Bücher und Fitnessgeräte ausgeräumt, um Platz für die ausschweifenden Eggman-Akten, die Fotos und Karten zu schaffen. Im Wohnzimmer war es jetzt eng, aber sie bekam nicht oft Besuch. Oder besser: Sie bekam *überhaupt* keinen Besuch mehr, seit Eric einmal zu oft angedeutet hatte, sie nähme ihre Arbeit etwas zu ernst.

Holt schenkte sich einen frischen Drink ein, ließ ihn aber auf dem Küchentresen stehen, unangetastet. Sie musste ihre Selbstbeherrschung wahren. Jimmy zu ohrfeigen war der völlige Zusammenbruch ihrer professionellen Haltung gewesen. Er hatte so eine Art, sie aus der Fassung zu bringen, sie mit einem Blick oder einer Bemerkung zu provozieren. Sie hatte seinen Background sorgfältig recherchiert, was der vorschriftsmäßige Umgang mit Leuten war, die behaupteten, Kontakt zu einem Mörder zu haben. Seine Akte war ein Sammelsurium widersprüchlicher Einträge: hohe Intelligenz, statt eines Highschool-Diploms nur ein Abgangszeugnis, eine finanzielle Vorgeschichte am Rande der Zahlungsunfähigkeit und eine polizeiliche Führungsakte wegen geringfügiger Delikte während seiner Highschool-Zeit.

In der neunten Klasse war Jimmy ins Griffith-Observatorium eingebrochen und hatte seine Naturkunde-Klasse auf einen spontanen Ausflug mitgenommen. Es folgte eine Reihe von Autodiebstählen, wobei die Fahrzeuge jedes Mal wieder auf ihren Parkplatz zurückgestellt wurden, wenn auch mit so leerem Tank, dass sie auf den letzten Metern vermutlich von ihren Auspuffgasen angetrieben wurden. Als Erwachsener war er nur einmal verhaftet worden, und zwar mit neunzehn, nachdem er sich zur Oscar-Verleihung ins Shrine Auditorium geschlichen, strengste Sicherheitsvorkehrungen überwunden und bereits damit begonnen hatte, Filmstars zu ihren Plätzen zu begleiten, mit einer echten Platzanweiser-Plakette am Smoking. Dafür bekam er zwei Monate im County-Gefängnis, aber sein Artikel über diesen Auftritt erschien im *GQ* und brachte ihm seinen ersten Scheck als Autor ein. Holt lächelte. Er war gut. Sie hatte jeden Artikel, jede Kolumne, jedes Wort gelesen, das er je geschrieben hatte.

Sie war froh, dass in Jimmys Akte nichts von Gewalttaten gestanden hatte. Rein gar nichts. Er besaß Alibis für drei der Eggman-Morde. In zwei Fällen hatten ihn Zeugen bei Filmvorführungen gesehen, und als Carlos Mendoza erschossen wurde, war Jimmy auf der Suche nach Locations für einen jungen Filmemacher namens Rollo Boyce gewesen, einen minderjährigen Aussteiger, der bei seiner eidesstattlichen Erklärung auffällig geschwitzt hatte. Holt traute den beiden Lügendetektor-Tests mehr als jedem Zeugen, aber vor allem vertraute sie – was Jimmy betraf – ihrem Instinkt.

Holt ging zu ihrer Handtasche, klappte sie auf und zog das Fellatio-Foto im Beweismittelbeutel hervor – ein »Cop-Kondom«, wie einer ihrer Ausbilder auf der Akademie die Beutel genannt hatte. Der Ausdruck war nie treffender gewesen. Sie drückte das durchsichtige Plastik gegen das Bild, um es besser erkennen zu können, und sah Dr. Jonathan Gage in seiner ganzen Pracht. Der Mann holte sich selbst einen runter, mit jedem Atemzug. Wozu brauchte er eine Frau? Das lange Haar der Blonden fiel über die Wölbung seiner Oberschenkel, das Haar im Blitzlicht silbern, eingefangen im Augenblick höchster Erregung. Holt würde nie, nie, nie zulassen, dass jemand sie so fotografierte – sie grinste –, es sei denn, das Foto bliebe in ihrem Besitz. Sex war das eine, Vertrauen etwas ganz anderes.

Über Jonathan Gage wusste sie nicht wirklich viel. Mit Jimmys Hintergrund hatte sie sich ausgiebig beschäftigt, sich aber nur am Rande um seine Verwandtschaft gekümmert, und was sie gefunden hatte, weckte weder ihr Interesse noch ihr Misstrauen. Beiläufig strich Holt über ihre Wange, während sie das Polaroid betrachtete und ihr die Sehnen an Jonathans Hals auffielen. Die Verzückung in seiner starren Pose war nicht zu verkennen. Sie rückte das Polaroid auf dem Schreibtisch zurecht, strich sanft darüber.

Sinoa hatte ihr erklärt, dass man Polaroids, die mit derselben Kamera aufgenommen waren, erkennen konnte. Die winzigen Staub- und Sandkörnchen im Mechanismus der Kamera und auf der Walze hinterließen mikroskopisch kleine Kratzer auf der Filmemulsion, einzigartige Mängel, verlässlich wie ein Fingerabdruck. Sinoa hatte im vergangenen Jahr Dutzende von Polaroids für Holt getestet, alle, die diese schreckliche Frau von Gallery Inferno hatte auftreiben können, alle, die Holt selbst finden konnte. Keines hatte mit dem Laguna-Polaroid übereingestimmt. Und selbst wenn sie mit diesem Bild Glück haben sollte, konnte Holt es vor Gericht nicht verwenden, denn ein guter Verteidiger würde sie auseinander nehmen, weil sie die Beweiskette unterbrochen hatte, aber es wäre egal. Wenn das Foto passte, würde Holt den Fall zum Abschluss bringen.

Holt nahm ihren Martini und trank einen großen Schluck, der ihr Glück bringen sollte. Warte, bis Sinoa das Polaroid von Jonathan gesehen hat. Maria Sinoa war die einzige Kollegin, bei der Holt sicher sein konnte, dass sie das Polaroid prüfte, ohne Diefenbacher oder Dr. Chakabarti, dem Chef der Spurensicherung, etwas davon zu sagen. Natürlich würde sie es eintragen, denn Sinoa wollte schließlich keinen Verweis riskieren, aber sie würde dafür sorgen, dass die Akte verlegt wurde. Sinoa nahm es mit den Vorschriften immer sehr genau, aber sie war auch praktizierende Katholikin, eine Frau, die an etwas glauben konnte, was irreal und doch offenkundig war.

Sorgsam steckte Holt das Fellatio-Foto wieder in ihre Handtasche zurück. Sie glaubte nicht, dass Jimmy sie absichtlich in die Irre führen wollte, was die Eggman-Polaroids anging, was wiederum bedeutete, dass er entweder zu stoned gewesen war, um klar denken zu können, oder sie tatsächlich gesehen hatte. Draußen vor dem Fenster blitzte es, aber sie reagierte kaum. Morgen, sobald sie Maria Sinoa das Polaroid gegeben hatte, würde sie Erkundigungen über Dr. Gage einziehen.

## 14

»Du glaubst nicht, was ich eben für einen Anruf hatte, Mack.« Great White trat aus dem Büro der Big Orange Arena, zog seinen Kopf ein, um durch die Tür zu passen, und seine schweren Schritte hallten auf dem leeren Flur. Für den Abend war keine Veranstaltung vorgesehen. »Mack?« Er fand Macklen am leeren Tresen, wo er Sodawasser trank und sich im Fernsehen David Letterman ansah. Donner ließ die Fenster beben, während er hinüberschlenderte, die Schultern eingezogen, als liefe er draußen durch den Regen. Er mochte zwar am Hals Blitze tätowiert haben, aber Great White hasste Gewitter. Es gab ihm das Gefühl, klein zu sein. Er zeigte auf den Bildschirm, wo Robin Williams sein Gummigesicht vor der Kamera verzog. »Robin Williams ist Jude. Wusstest du das?«

Unverwandt starrte Macklen den Fernseher an. »Robin Williams ist kein jüdischer Name.«

»Das ist seine Masche.«

»Über Robin Williams kann ich mich schlapp lachen. Ist mir egal, was er ist«, sagte Macklen.

Great White hatte nicht vor, mit ihm zu diskutieren. »Ich hatte eben einen Anruf von Vorcek. Endlich verkauft jemand die Speicherchips.«

Macklen schwang eine seiner Krücken über den Tresen und stellte den Fernseher ab. »Wieso sagst du das nicht gleich, anstatt mir irgendwas zu erzählen, wer Jude ist und wer nicht?«

»Kein Grund zur Eile. Vorcek hat den Deal letzte Woche gemacht. Er sagt, er hat fünfzig Stück gekauft. Mehr hatte der Typ nicht.«

»Die rote Ratte hat sich mit dem Anruf ganz schön Zeit gelassen«, sagte Macklen, stand auf und steuerte sein Büro an, wobei er erstaunlich schnell vorankam. »Vielleicht ist er wie du und streitet darüber, ob Oprah eine Lesbe ist oder Mr. Rogers ein Marsmensch.«

»Oprah ist keine Lesbe. Die ist ein Nigger.«

»Wer hat meine Chips verkauft?«, knurrte Macklen.

»Du kennst Vorcek. Er will erst seine Belohnung.«

Macklen keuchte, nicht vor Erschöpfung, sondern vor Aufregung, und seine kleinen Augen waren hell und hart. Wie ein Bergarbeiter war er gebaut gewesen, bevor man auf ihn geschossen hatte, mit muskelbepackten Armen und kräftigen Handgelenken. Mittlerweile strotzte er wieder vor Kraft. Sicher, Great White musste ihm die Beine gerade halten, aber Macklen schaffte immerhin zweihundert Liegestütze, ohne zu schwitzen. Er stand vor Great White, ließ seine Stiefelspitzen am Boden schleifen, schwankte auf seinen Krücken, ein bedrohliches Bündel unterdrückter Gewalt.

Great White ragte über ihm auf. »Was willst du machen, Mack?«

»Was glaubst du denn?«, erwiderte Macklen. Es donnerte, und er musste einen Moment warten, damit er zu hören war. »Zieh deinen Kopf aus dem Arsch und ruf Vorcek zurück. Sag ihm, wir haben sein Geld.«

## 15

Fisher blickte von seinem leeren Schreibtisch im Altrosa-Pflaume-Alkoven (positive Energie, Wohlstand) auf, hielt die Hände auf der Unterlage gefaltet. Als Rollo ihn zuletzt gesehen hatte, was inzwischen wohl über einen Monat her sein musste, hatte Fisher ganz genauso dagesessen. »Rollo, welch angenehme Überraschung. Schon was Neues vom Film?«

Rollo stand fast noch in der Tür von ChromoGenesis. Regen tropfte von seiner Jacke auf den umbrafarbenen Teppich (Läuterung, Neubeginn). »Noch nicht. Es gibt, na ja, Vertriebsprobleme.«

Fisher nickte, ein schwammiger Mann mit weichem Kinn, Tränensäcken und dem Gesicht eines intellektuellen Bassets. »Ich weiß es zu schätzen, dass du mir helfen willst, den Namen ChromoGenesis zu verbreiten, aber manchmal ist die Welt noch nicht bereit für Erneuerer.«

»Yeah ... na, scheiß drauf, oder?«

»Allerdings«, sagte Fisher, und sein Wort war wie ein Wattebäuschchen.

Als ihm nach dem Tod seiner Mutter vor etwa einem Jahr ein bescheidenes Aktienpaket in den Schoß gefallen war, hatte er seinen Job als Hundefriseur gekündigt, die Aktien veräußert und den gesamten Erlös in eine Kette psychospiritueller Heilbäder – ChromoGenesis – investiert, deren kahle Räume so angelegt waren, dass sie verschiedene emotionale Zustände auslösten, und zwar allein durch die Verwendung bestimmter

Farben. Der lavarote Raum stimulierte die Lethargiker, der rosarote Raum beruhigte gewalttätige Charaktere, der reinweiße Raum förderte intellektuelle Klarheit.

Die Idee für ChromoGenesis war Fisher bei dem Versuch gekommen, einen sexuell aggressiven Standard-Pudel für eine Show zu frisieren. Als er dem Tier seine pinkfarbene Sonnenbrille aufgesetzt hatte, verlor es augenblicklich jegliches Interesse daran, auf sein Bein einzurammeln, und wurde ganz zahm. Fisher konnte nicht erklären, wie er darauf gekommen war, dem Pudel die Sonnenbrille aufzusetzen. Er hielt die Idee für einen dieser Zufallstreffer, die sich in der Geschichte der Wissenschaft immer wieder finden.

Rollo hatte einen siebenstündigen Film über Fisher und ChromoGenesis gedreht, als Teil seiner Don-Quichotte-Reihe über hoffnungslose Visionäre. Er hatte ihn bei vierzehn verschiedenen Filmfestivals eingereicht und war in Omaha und Little Rock angenommen worden, aber bisher hatte es ihm weder Preise noch Presse oder einen Anruf von Miramax eingebracht. Schöne Scheiße.

Fisher seufzte, und eine Wolke aus feinen Tropfen vernebelte die Luft. »Ist das ein privater Besuch, oder willst du noch was filmen?«

»Ich brauch was zum Wohnen.«

»Ah.«

»Ich steck in Schwierigkeiten. Großen, riesengroßen Schwierigkeiten.«

»Na, dann vielleicht der azurblaue Raum«, sagte Fisher und formte mit den Fingern eine Kirchturmspitze. »Harmonie und Entspannung. Himmlischem Blau wohnt reine zeitlose Seligkeit inne.«

»Ich möchte in die zeitlose Seligkeit einziehen, Mann. Trag mich für die nächsten neunundneunzig Jahre ein.«

Fisher nickte. »Ich wohne selbst schon eine Weile im azurblauen Raum.«

»Hey, Mann, ich will dich nicht aus deinem Bett vertreiben ...«

»Nein, ich sollte sowieso in den reinweißen Raum umziehen. Ich muss ein paar Entscheidungen treffen.« Fisher starrte seine Hände an. »Du bist der erste Mensch, der durch diese Tür gekommen ist, seit ... na ja, seit du gegangen bist. Langsam frage ich mich, ob ich mit meiner Einschätzung richtig lag.«

Vor zehn Monaten hatte Fisher ChromoGenesis ins Leben gerufen und im Orange County vier Filialen eröffnet. Er hatte keine Kosten gescheut. Um die genauen Farbtöne zu treffen, waren manchmal zehn bis fünfzehn Anstriche nötig gewesen, die Teppiche waren allergiegetestet, die Luft dreifach gefiltert. Allerdings zeigte die Öffentlichkeit keinerlei Interesse an ChromoGenesis' spartanischen, unmöblierten Räumen. Die Leute wollten blubbernde Jacuzzis, bequeme Sofas, Seetangpackungen, Salzmassagen und Kräuter-Darmspülungen. Drei der Bäder waren bereits geschlossen. Dieses hier, gleich an der Main Street in Seal Beach, war das Letzte, das ihm noch geblieben war.

»Vielleicht war ich etwas zu ehrgeizig«, murmelte Fisher. »Ich habe im Salon gute Arbeit geleistet, sinnvolle Arbeit. Die Hunde hatten Respekt vor mir ... Vielleicht habe ich meinem Ego allzu freien Lauf gelassen. Zu viel Zinnoberrot, das war mein Fehler.«

»Hey, Fisher, jedes Arschloch kann sein Leben damit verbringen, die unteren Gattungen zu entlausen. Du hast dein Bestes gegeben, Mann. Davor habe ich Respekt.«

»Das bedeutet mir sehr viel«, sagte Fisher leise. »Mancher Filmemacher hätte sich meiner Arbeit mit einer gewissen ... amüsierten Geringschätzung genähert, mit so einer Freak-Show-Mentalität. Ich weiß es zu schätzen, dass du mir nicht herablassend begegnest.«

»Ich mag ja Preisschilder im Supermarkt austauschen, Mann, aber wenn es um meine Arbeit geht, betrüge ich nicht.«

Fisher senkte den Blick. »Vielleicht hättest du größeren kommerziellen Erfolg, wenn du es tätest.«

»Ich mach genau die Filme, die ich machen will. Künstler und Unternehmer, Mann, wir schreiten kühn voran, so sind wir nun mal.«

»Du bist ein wirklich außergewöhnlicher Mensch.« Fisher stand auf, strich seinen lilafarbenen Anzug glatt und führte Rollo durch den Bau, durchschritt schweigend Farbzonen, den großen, ultimativen Tuschkasten, und kam schließlich zur offenen Tür des azurblauen Raumes.

»Wow.« Rollo blickte sich um. Die Wände, die Decke und der Teppich waren alle vom selben, satten Himmelblau, das totale Blau, so weit das Auge reichte. Hier war vom Gewitter nichts zu hören. Kein Blitz. Kein Donner.

»Ist das besser?«, fragte Fisher.

Rollo setzte sich auf den Teppich, atmete das Blau ein, spürte, dass die Ruhe ihn wie steigende Fluten umfing, die Horrorbilder von Blaine umspülte, der sich mit seiner Rosenschere in der Hand über ihn beugte, von Great White, der ihn mit diesen leeren, schwarzen Augen anstarrte, ein unzertrennliches Team seiner tiefsten Ängste. Rollo konzentrierte sich auf das Blau, überließ es der Farbe, die Stimmen in seinem Kopf zum Schweigen zu bringen, ließ sich von der kühlen, blauen Stille durchfluten.

»Bleib so lange du möchtest«, sagte Fisher und schloss die Tür hinter sich.

Rollo legte sich hin und sah zur blauen Zimmerdecke auf, schwebte, im Frieden mit sich und der Welt. Es war, als hätte er Librium eingeworfen.

# 16

Jimmys nackte Füße versanken im weichen, feuchten Sand, als er zum Wasser ging, mit den Schuhen in der Hand, im ersten Licht des frühen Morgens. Er hatte Jonathan überraschen wollen, im Bett, hatte ihm mal zeigen wollen, wie das war, aber die Haushälterin, die sich durch die Gegensprechanlage meldete, hatte gesagt, Jonathan sei ausgegangen. Die Frau war nicht bereit gewesen, Olivia zu stören, sagte aber, Jonathan sei zum Strand gegangen.

Jonathans Anwesen am Meer lag ein Stück südlich von Newport. Im Laufe des Vormittags drängten sich die Einheimischen dort am Strand unterhalb der teuren Häuser, aber noch war alles menschenleer. Der Sturm am Abend hatte den Strand mit Plastikflaschen, Styroporbrocken und braunen Tangklumpen übersät. Ein einzelner Tennisschuh schaukelte am Flutsaum hin und her, tanzte lautlos für die Ertrunkenen dieser Welt. Weit hinten am Strand sah Jimmy Jonathan in der Brandung stehen, und der Sonnenaufgang landeinwärts über den Hochhäusern ließ ihn aussehen, als wäre er aus Gold.

Jimmy ging in seine Richtung, lief mit den Füßen durch das seichte Wasser, aber das Meer war eisig kalt, und eilig zog er sich zurück, fragte sich, wie Jonathan die Kälte ertragen konnte.

In seiner schneeweißen Badehose für morgendliche Yoga-Übungen stand Jonathan auf einem Bein, hielt das andere mit einer Hand hinter dem Rücken, reckte sich dem Himmel entgegen. So stand er perfekt ausbalanciert, während die Wellen um seine Oberschenkel schwappten.

Der bloße Anblick jagte Jimmy einen Schauer über den Rücken. Er sollte zu Hause sitzen, mit Desmond lausigen Kaffee trinken und Zeitung lesen, während Desmond darauf wartete, dass der Aktienmarkt öffnete, und Jimmy sich fürs Klinkenputzen bereitmachte, um ein paar Aufträge an Land zu ziehen. Doch das würde warten müssen. Jimmy hatte keine Nacht mehr richtig geschlafen, seit ihm im Poolhaus diese Eggman-Polaroids in die Hände gefallen waren. Blutige Bilder flatterten durch seine Träume, als regneten sie vom Himmel, und das Aufwachen bereitete dem kein Ende. Zu viele unschöne Möglichkeiten gingen ihm durch den Kopf, und nur Jonathan kannte die Antworten.

Mit fließenden Bewegungen löste sich Jonathan aus seiner Königspose, sank auf die Knie, das kalte Wasser nun am Kinn, dem Horizont zugewandt, die Augen geschlossen, so entspannt, als nähme er ein warmes Bad.

»Bleib so, bis die Flut kommt«, sagte Jimmy.

Jonathan schlug die Augen auf, dann kam er bedächtig auf die Beine und wandte sich Jimmy zu, sein straffer, kompakter Körper ebenso weiß wie die Badehose und praktisch haarlos. In seinen Augen glitzerte das Wasser, und nur die harten, winzig kleinen Brustwarzen und die roten Ränder seiner Ohren verrieten, wie kalt es war. »Wie hast du mich gefunden? Hat Olivia dir gesagt, dass ich hier bin?«

»Würde es dir was ausmachen?«

»Es würde mich überraschen. Seit deinem rüpelhaften Benehmen auf der Party ist sie nicht gut auf dich zu sprechen.« Eine Möwe schrie, und Jonathan beobachtete mit ausdrucksloser Miene, wie sie ins Wasser tauchte und mit einem Fisch im Schnabel wieder abhob. »Was willst du, James?«

Jimmy blieb am Wasser stehen. Er sah die kleine, geschwungene Narbe neben Jonathans Bauchnabel.

Jonathan berührte die Narbe, als könnte er seine Gedanken lesen. »Eine deiner zahlreichen Gaben.«

»Du hast gezuckt.«

»Ich habe *geatmet.*«

»Du hättest nicht atmen dürfen.«

Jonathan war damals dreizehn gewesen, Jimmy erst zwölf,

und die beiden hatten »Schisser« gespielt, eines ihrer heimlichen Spiele, so eine Art Mutprobe. Jonathan hatte einen Wettstreit verloren – eine Rechenaufgabe vielleicht oder er hatte nicht jeden zweiten Präsidenten aufsagen können –, und da er verloren hatte, musste er regungslos stehen bleiben, während Jimmy mit einem Teppichmesser vor ihm herumfuchtelte, wobei Jimmy tänzelte, antäuschte und tat, als wollte er zustechen. Jonathan durfte nur gleichgültig ins Leere starren. An jenem Morgen hatte Jimmy ihn attackiert und so getan, als stolperte er mit dem Messer in der ausgestreckten Hand, und Jonathan hatte gezuckt. Er hatte nicht geschrien, als das Messer ihn traf, hatte nur zischend Luft eingesogen. Mit fünfzehn Stichen musste er genäht werden, aber damit war das Spiel nicht zu Ende. Es hatte sich in unterschiedlicher Ausprägung weiterentwickelt.

»Was willst du?«, wiederholte Jonathan.

»Ich habe mich gefragt, ob wir noch immer Schisser spielen. Du solltest es mir sagen. Es ist nicht fair, ohne mich anzufangen.«

»Ach ... *fair.*« Jonathan berührte eine andere Narbe, eine kleinere an seiner Schulter. »Überall trage ich diese Spuren, aber du bist unangetastet geblieben, James. Was sagt uns das über Fairness?«

»Mir sagt es, dass du gezuckt hast und ich nicht.«

»Vielleicht hattest du größeres Vertrauen zu mir als ich zu dir.« Jonathan strich über seinen flachen, muskulösen Bauch. »Ich weiß noch, wie wir mal am Ende der Sommerferien gespielt haben, kurz bevor die Schule wieder losging. Ich war an der Reihe und habe mit Mutters Hackbeil vor deiner Kehle herumgefuchtelt. Das Beil war so schwer, dass ich es mit beiden Händen halten musste, um es vor deiner Luftröhre hin und her zu schwingen. Du standest da, hast geschwitzt und nicht mit der Wimper gezuckt. Beide hatten wir in diesem Augenblick die absolute Selbstbeherrschung. Unser beider Leben war im Gleichgewicht … es war einer der schönsten Momente unserer Jugend. Du warst einfach grandios. Was ist aus dir geworden, James?«

Jimmy starrte ihn an. »Du hast Angst vor mir. Ich weiß nicht, wieso, aber das hast du.«

Jonathan faltete die Hände und lehnte sich langsam zurück, bis sein Kopf das Wasser berührte, blieb in dieser Haltung, bis es ihm ins Gesicht schlug, dann richtete er sich ebenso langsam wieder auf. »Mir gefällt die Präzision, die Selbstbeherrschung, die beim Yoga nötig ist, die Disziplin von Geist und Körper. Du solltest es mal versuchen.«

»Ich mag alles Greifbare. Ich mag es heiß und saftig, mit 'ner doppelten Portion Pommes. Ich würde es nicht transzendieren wollen.«

»Schade.« Jonathan atmete tief aus, verneigte sich vor dem neuen Tag, dann kam er aus dem Wasser. Sonnenlicht glitzerte auf seiner feuchten Haut, und sein Gesicht war eine Maske. »Perfektion, James, die fehlt dir. Perfektion – beim Yoga ebenso wie bei der Chirurgie – erlangt man durch Selbstbeherrschung und endlose Wiederholungen.«

»Scheiß auf die Perfektion. Gestern Nacht hatte ich einen Traum: Du warst in meinem Zimmer und hast dich über mich gebeugt.«

Jonathan neigte seinen Kopf, war neugierig geworden. »Deshalb bist du hier? Weil du schlecht geträumt hast?«

»Es war so real – selbst dann noch, als ich wach war. Ich hatte schon erwartet, dich irgendwo im Dunkeln zu sehen.«

»Ich weiß nicht mal, wo du wohnst.« Jonathan schüttelte den Kopf, und das Wasser, das ihm über seine Schultern rann, schimmerte wie Perlen. »Du hast mich diese Woche bereits beschuldigt, Polaroids verschwinden zu lassen, von denen ich gar nichts wusste. Heute wirfst du mir vor, ich würde durch verschlossene Türen schweben – du schließt deine Tür doch ab, oder? Wieso dichtest du mir solche Kräfte an?«

»Spielen wir hier ein Spiel, Jonathan? Sag es mir einfach. Ich spiel alles mit, das weißt du.«

»Ja, ich weiß.« Jonathan ging ein Stück nach oben, wo Handtuch und Bademantel zusammengefaltet bereitlagen. »Das ist wirklich eine deiner ansprechendsten Qualitäten.«

»Woher hattest du die Eggman-Polaroids?« Jimmy folgte ihm. »Ich habe mich umgehört. Die sind schwer zu kriegen.«

Jonathan zog seinen Bademantel mit Kapuze über und wandte sich zu ihm um. »Wie geht es der liebreizenden Miss Holt denn so?«, fragte er und wickelte sich in den dicken, weißen Frotteestoff. »Ich bin etwas enttäuscht, dass du sie heute Früh nicht mitgebracht hast, aber andererseits ist sie dir nach deinem Auftritt am Montagmorgen vielleicht gar nicht mehr so sehr gewogen.«

»Ich gebe erst auf, wenn ich es rausgefunden habe.«

Jonathan schob die Hände in die tiefen Taschen seines Mantels. »Das will ich auch hoffen. Mir war nicht klar, wie sehr ich unsere gemeinsame Zeit vermisst habe, James ... deine Auffassungsgabe, die Herausforderung, die du darstellst. Da kommt im Grunde keiner mit.«

»Holt gibt auch nicht auf. Sie ist clever, Jonathan.«

Jonathan seufzte. »Du siehst erschöpft aus. Du musst wirklich besser auf dich Acht geben. Sogar Mutter sagt das.«

Jimmy rückte ihm auf den Pelz, aber der Sand unter seinen Füßen gab nach, und er geriet aus dem Gleichgewicht.

»Pass auf, wo du hintrittst«, warnte Jonathan. »Du bist ganz und gar nicht in der Position, in der du zu sein glaubst.« Er duckte sich, als eine Möwe auf sie herabstieß und mit den Flügeln schlug. »Die muss hier irgendwo ihr Nest haben«, sagte er mit dem Blick auf die Möwe, die über ihnen kreiste. »Instinkt ist eine so gewaltige Kraft, so überwältigend und elementar wie die Erdanziehung. Wer von uns hätte diesem Ruf widerstehen können?«

»Hast du es getan?«

»Was getan?

»*Hast* du?«

»Du wiederholst dich«, sagte Jonathan. »Das hast du auf der Party zu mir gesagt – und warst reichlich selbstgefällig, wie ich hinzufügen möchte. Du hast gesagt, eine Wiederholung mache die ursprüngliche Aussage unwirksam. Was also hast *du* getan, James?«

»Ich?«

»Ich sehe dich immer in Verbindung mit Blut. Seltsam, nicht?«, sinnierte Jonathan. »Vielleicht weil du mich so oft verletzt hast, oder vielleicht ist es auch nur eine Metapher: Blut ist dicker als Wasser.«

Jimmy merkte, dass Jonathan ihn weiterhin lenkte und auf den Moment wartete, in dem er sich zum Narren machte. Noch Jahre später würde Jonathan die Geschichte erzählen, besorgt natürlich, würde den Kopf schütteln über den Verfall von Jimmys Geisteskräften, der einst so scharfe Intellekt nun der Fantasie und Paranoia preisgegeben.

Schon immer war Jonathan total verdreht gewesen, hatte schon als kleiner Junge gemeine Spitznamen erfunden, die ewig an den Kindern hängen blieben, hatte Gerüchte in die Welt gesetzt, die man nie bis zu ihm zurückverfolgen konnte. Auf der Highschool hatte Jimmy einmal festgestellt, dass die Versuchsergebnisse für Physik in seinem Ordner fehlten, als er sie abgeben sollte. Als er die folgenden zwei Monate zur Sommerschule radeln musste, waren die Seiten seiner Arbeit auf dem Weg an die Bäume genagelt. Jimmy hatte seinen Eltern nichts davon gesagt, niemandem. Es hätte nichts geändert. Es gab den guten Sohn und den bösen Sohn, den guten Bruder und den bösen Bruder, und sie wussten beide, wer was war.

»Es tut mir Leid zu hören, dass du immer noch mit Albträumen zu kämpfen hast«, sagte Jonathan mitfühlend. »Du hattest so schlimme Träume, als wir Kinder waren, hast im Schlaf geschrien. Ich hatte gehofft, das hätte sich gegeben.«

»Ich auch.«

Jonathan lächelte. »Ich habe mich oft gefragt, was du siehst, wenn du die Augen schließt, aber du hast es mir nie erzählt.«

»Du weißt, was ich gesehen habe.«

Jonathan zuckte mit den Schultern. »Du solltest es wirklich mit Yoga versuchen. Es hat so viele Vorteile, psychischer und physischer Natur, aber für mich ist das Beste daran, dass es das innere Chaos glättet. Diese wirren Gedanken, die endlose Mühsal, die *Sinnlosigkeit* des Seins …« Er schloss die Augen, während er durch die Nase ein- und langsam durch den Mund ausatmete. Seine Augen waren wieder geöffnet, strahlender diesmal. »Yoga beruhigt den Geist und gibt einem die Möglichkeit, sein wahres Gesicht zu erkennen.«

»Siehst du wirklich hin? Du musst ein mutiger Mann sein.«

Jonathan wollte sich nicht ködern lassen. »›Mutig‹? So würde ich mich selbst nicht bezeichnen. Ein entschlossener Mann, diszipliniert und vielleicht auch mit leisen Schuldgefühlen, weil ich dir wehgetan habe – unabsichtlich natürlich, aber dennoch. Hätten Olivia und ich nicht geheiratet –«

»Gib nicht Olivia die Schuld.«

»Wenn du meinst.«

»Ich weiß, dass du deine Party vorzeitig verlassen hast«, sagte Jimmy, um seinem Bruder das selbstgefällige Grinsen vom Gesicht zu reißen. »Es muss etwas Dringendes gewesen sein, wenn man seine Gäste so allein lässt.«

Jonathan beobachtete ihn mit ausdrucksloser Miene. »In deiner Branche spricht man da von einem *Knüller*, nicht?«, sagte er schließlich lachend. Er klatschte in die Hände, aufrichtig entzückt. »Ich habe dich vermisst. Du warst viel zu lange weg.«

»Jetzt bin ich wieder da, Jonathan.«

»Wunderbar.« Jonathan neigte den Kopf. »Ich muss mich jetzt für die Arbeit fertig machen, aber die Operngilde gibt am

Samstagabend einen Wohltätigkeitsball, und ich möchte dich gern einladen. Dann können wir unser Gespräch fortsetzen.«

»Ich weiß nicht.«

»Bitte, komm doch mit. Ich habe einen ganzen Tisch gekauft.« Jonathan schlug den Kragen an seinem Mantel hoch. »Ich halte dir einen Platz an meiner Seite frei.« Inzwischen stand die Sonne hinter Jonathan, und so sehr sich Jimmy auch bemühte, er konnte dessen Augen nicht sehen.

## 17

Die beiden Gärtner blickten auf, als das schmiedeeiserne Tor summte, dann rupften sie weiter das Unkraut aus Pilars Blumenbeeten und stritten dabei auf Spanisch, während sie mit den Händen geschickt zwischen hellroten Zinnien und gelben Ringelblumen jäteten. Die Nachbarhäuser waren ungepflegt, die Auffahrten standen voller Moto-Cross-Maschinen, die Gärten waren braun und zugewachsen. Pilars Doppelgrundstück war eine adrette Oase mit ordentlichen Beeten und Obstbäumen weiter hinten. Das gesamte Anwesen war von einem zweieinhalb Meter hohen Zaun umgeben, mit Stacheldraht und Kameras, die jede Bewegung auf der Straße verfolgten.

Die Gärtner diskutierten immer noch, als Jimmy die verschlungene Auffahrt entlang lief. Die beiden stritten herum, ob der Camaro ein besserer Pussy-Magnet war als ein Buick Crown Royal. Es war die grundlegende philosophische Kluft, auf die es in der Liebe stets hinauslief: Herzklopfen oder Manövrierbarkeit. Der Camaro hatte einen etwas derben, verwegenen Charme, aber der Crown Royal bot ein geräumigeres, bequemeres Fahrvergnügen. Jimmy wollte dem Camaro-Mann schon sagen, dass er auf seiner Seite war, doch in dem Moment ging die Haustür auf.

»Alter!« Blaine, der Robo-Surfer, füllte den gesamten Türrahmen aus, ein hübscher, blonder Schläger in Totenkopf-Hosen, die ihm bis zu den Kniescheiben reichten, auf der nackten Brust noch die magischen Symbole vom Samstagabend.

Jimmy hob eine Hand. »*Gor, klaatu barata nikto.*«

Blaine zog ein Gesicht, verdutzt, dann umarmte er Jimmy eifrig, erstickte ihn förmlich mit seinen Python-Armen, hob ihn von den Beinen. »Diese Geschichte, die du heute Morgen in der *Times* hattest, war *supercool.* Ich wusste nicht mal, dass du bei dem Kampf warst.« Sanft setzte er Jimmy ab. »Als ich dich eben auf der Minicam gesehen habe, hab ich zu Pilar gesagt, du willst mich wahrscheinlich interviewen, aber sie hat nur gelacht. Ich glaub, sie ist neidisch, weil ich jetzt berühmt bin.«

»Ruhm ist eine Hure.« Jimmy konnte die dunklen Stiche sehen, den Zickzack über Blaines rechtem Ohr, wo Kongo Kid zugebissen hatte. Blaine hatte ins Licht der Scheinwerfer geheult und dem Jungen dann das Bein gebrochen – wie einen Zahnstocher. Die Menge war einen Augenblick ganz still gewesen, bevor sie vor Begeisterung tobte. »Was macht dein Ohr?«

»Es juckt«, sagte Blaine und zupfte an seinem Ohrläppchen. »Du kennst Mr. Macklen, oder? Er hat den Wrestlern gesagt, dass wir jeder ein Video von unserem Kampf kriegen, aber ich hab keins gekriegt. Ich hab Great White gefragt, aber der sagt, das ist nicht seine Baustelle, als würde es ihn einen Dreck interessieren. Ich dachte, vielleicht könntest du mit Mr. Macklen sprechen ... Jimmy? Hey, warte auf mich.«

Jimmy schob sich an Blaine vorbei ins Haus, schlenderte an den aztekischen Samtgemälden und den gefälschten Dalí-Drucken entlang, die in großer Zahl an der Wand lehnten, durch Räume, in denen sich so viele Kartons mit Küchenmixern und Espressomaschinen, CD-Playern und Apple-Computern stapelten, dass die beiden seitwärts gehen mussten. Er fand Pilar im Wohnzimmer, im Schneidersitz auf dem Sofa vor dem Fernseher, mit einem Diät-Hühnchen »Teriyaki« aus der Mikrowelle auf dem Schoß. Sie war eine kleine, stiernackige Latina Ende vierzig in silbernietenbesetzter Lederhose mit passender Weste, die ihre kräftigen Arme zur Geltung brachte. Ihr schimmerndes, schwarzes Haar war zu einem Ducktail gekämmt, die Spitzen gesprayt. Eine große Papiertüte mit Orangen von ihren eigenen Bäumen stand am Boden

Pilar warf einen Blick auf Jimmy, dann wandte sie sich wieder ihrem Fernseher zu. Was ein schlechtes Zeichen war. Pilar hatte ihm zur Begrüßung schon eine Dose Eistee an den Kopf geworfen, hatte ihn mit Flüchen und Beleidigungen in Empfang genommen, und einmal, als sie im Club Marengo voll auf Specil K war, hatte sie ihm allen Ernstes einen Kuss auf die Wange gegeben und dann den ganzen Abend über den rot verschmierten Lippenstift gelacht. Noch nie hatte sie Desinteresse vorgetäuscht. Jimmy wollte sich schon wieder verabschieden und die Tür ansteuern, aber er hatte Rollo etwas versprochen.

»Willst du mit nach hinten kommen, um das Interview zu machen?« Blaines sanfte, runde Augen machten ihn noch jünger. »Ich hab ’ne Menge zu erzählen. Meine Philosophie, meine Trizeps-Übungen … alles Mögliche.«

»Ein andermal.« Jimmy klopfte Blaine auf die Schulter – der Junge war stabil wie ein Ackergaul –, schlenderte zum Sofa hinüber und setzte sich neben Pilar. »*Hola, chica.*«

Pilar hielt eine Orange hoch. »Willst du eine?«

»Später vielleicht.«

Pilar warf die Orange wieder in die Tüte. »Später biete ich dir vielleicht keine mehr an.«

»Das Risiko geh ich ein.«

Pilar nickte. »Scheint so.« Sie hatte ein breites Gesicht, die dunkelbraunen Wangen waren pockennarbig. »Du hast lange damit gewartet, dir dein Geld zu holen, Jimmy«, sagte sie mit leichtem Akzent, sprach seinen Namen wie »Shimmy« aus.

»Anscheinend konntest du es gar nicht erwarten, aus Kalifornien rauszukommen.«

»Vielleicht ist es mir ganz lieb, wenn du mir was schuldig bist.« Jimmy legte seine Füße auf den Teakholz-Kaffeetisch zwischen die Orangenschalen, einen Schuhkarton von Keds, eine Mossberg-Pumpgun, eine Fernbedienung für den Fernseher, eine Riesenflasche Pepsi Light und das Olivenglas, von dem Rollo ihm erzählt hatte. Ein halbfertiges *Drei Engel für Charlie*-Puzzle nahm den halben Tisch in Anspruch. Er tippte gegen die Mossberg. »Was ist mit der Uzi passiert?«

Pilar verzog das Gesicht. »*Esstúpido* ist im Kino eingeschlafen und hat sie liegen lassen. Die Mossberg ist doppelt so groß. Soll er versuchen, *die* zu vergessen.«

»War nicht meine Schuld«, grummelte Blaine. »Ich war bei einer *Rocky*-Filmnacht.«

»Es war Mr. Ts Goldmedaille in *Rocky II*«, sagte Jimmy. »Starr *nie* auf die Medaille!«

»Wow.« Blaines Adamsapfel zuckte, und Jimmy stellte sich vor, wie die Zeichen auf seiner Brust ganze Arbeit leisten mussten, während er versuchte, die Information zu verarbeiten.

Pilar langte in den Schuhkarton, nahm einen Stapel Hunderter heraus, zählte zehn Scheine ab und legte sie auf den Tisch. »Damit sind wir quitt. Es war übrigens eine echte Schwachsinnswette. Kein normaler Mensch kann alle Namen des Dreckigen Dutzends aufsagen.«

»Jeder vergisst Jiménez.« Jimmy rührte das Geld nicht an.

Pilar tippte auf die Scheine. »Willst du Armdrücken? Doppelt oder nichts?«

Jimmy betastete ihren Bizeps, schüttelte den Kopf.

»*Maricón.*« Ein Armreif aus winzig kleinen, roten Blumen war um beide Handgelenke tätowiert, was etwas Unschuldiges, Mädchenhaftes hatte. Vermutlich hatte sie es sich vor langer Zeit machen lassen. »Möchtest du was frühstücken?«

»Nein, danke. Ich kann nicht lange bleiben.«

»Jimmy kann nicht lange bleiben, Jimmy ist ein viel beschäftigter Mann.« Pilar sah ihn an. Ihre Augen gehörten ins Reptilienhaus im Zoo. »Du hast doch aber Zeit, über Rollo zu reden. Ja?«

»Genau.«

»Eine ehrliche Antwort, aber andererseits ist Jimmy immer ehrlich, wenn Ehrlichkeit nicht wichtig ist.«

»Rollo ist ziemlich fertig. Er ruft mich zwei-, dreimal am Tag an, um zu fragen, ob ich schon mit dir gesprochen habe. Du machst ihm Angst.«

Pilar rutschte auf dem Sofa herum, dass ihre Lederhose knarrte. »Rollo *sollte* auch Angst haben.« Sie kratzte am Boden ihres Styroportabletts herum, dann leckte sie die Gabel ab. »*Esstúpido*, hol mir noch so eins. Diesmal Lasagne.« Sie sah Blaine nach, der langsam in die Küche schlurfte. »Weißt du, wie lange es gedauert hat, bis ich den da abgerichtet hatte? Jetzt ist alles umsonst. Dieser Artikel, den du da geschrieben hast, hat ihm seine Konzentration genommen, seine Wildheit ... seinen *Biss*. Jetzt redet er nur noch von der WWF und davon, ob Vince McMahon angerufen hat, und ob ich glaube, dass er bei einem Texas Death Match mitmachen könnte, obwohl er aus Kalifornien ist.«

Jimmy lachte laut auf. Er hoffte, Pilar würde mit einstimmen, aber so einfach ging das nicht.

»Die ganze Nacht war er wach und hat im Umkreis von fünf Meilen sämtliche Kästen der *L.A. Times* ausgeräumt ... Blaine!«, rief Pilar in Richtung Küche. »Wie viele Zeitungen mit Jimmys Artikel hast du gekriegt?«

Blaine schob seinen Kopf aus der Küche. »Dreihundertacht.« Er leckte sich die Lippen. »Du hast wahrscheinlich ... du solltest daran denken, mich Robo-Surfer zu nennen, okay?« Er nickte Jimmy zu. »Besonders ... du weißt schon, vor der Presse.«

Pilar packte Jimmys Handgelenk, als er Farrahs braun gebrannten Leib ein Puzzlestück hinzufügen wollte, verdrehte ihm die Hand, bis er das Stück fallen ließ. »Bei den anderen Engeln kannst du meinetwegen helfen, aber Farrah rührst du mir nicht an.« Sanft passte sie das Stück in Farrahs Hüfte ein, strich es glatt. »Wenn du wirklich helfen willst, sag mir, wo ich Rollo finde.«

»Ich weiß es nicht. Er ist immer unterwegs.«

»Er ruft dich an, er bittet dich, mit mir zu sprechen,« – Pilar schüttete Pepsi Light in sich hinein, schmatzte mit den Lippen – »aber du weißt nicht, wo er ist?«

»Stimmt genau.«

»Wie loyal! Du solltest als Heiliger in der Kirche auf einem Sockel stehen, Jimmy. Frauen mit schwarzen Kopftüchern könnten Kerzen für dich anzünden und beten, dass ihre Männer so treu sind wie du. Wirklich schade, dass du so wenig Loyalität zurückbekommst.« Pilar prüfte ihre manikürten Fingernägel. »Ich hab gehört, deine Freundin hat deinen Bruder geheiratet.« Lachend schlug sie auf den Tisch und warf das Olivenglas um. »Deinen *Bruder*?«

»Wir sind nächste Woche in der Talk-Show bei Jerry Springer«, sagte Jimmy, während das Olivenglas langsam in seine Richtung rollte. »Vielleicht solltest du es aufnehmen.«

»Tapfer gesprochen, aber ich weiß, dass es wehtun muss.«

Jimmy fing das Olivenglas auf, als es vom Tisch rollte, und sah einen menschlichen Finger in der trüben Flüssigkeit, einen faltigen, weißen Finger, leicht gekrümmt, lockend. Er sah Pilar an.

»*Beep-beep!*« Blaine kam aus der Küche, übte seine Roboterbewegungen, in der einen Hand die Mikrowellen-Mahlzeit. Er stellte sie auf den Kaffeetisch.

Pilar schälte den durchsichtigen Plastikdeckel von ihrer Lasagne und beobachtete den Dampf, der wie Nebel darüber aufstieg. »Nimm dein Geld, Jimmy. Ich bin dir nicht gern was schuldig.«

»Behalt es als Anzahlung für Rollos Schulden. Er will nur nach Hause, ohne gleich eins über die Rübe zu kriegen. Wenn er keine Geschäfte machen kann, kann er dir auch nichts zurückzahlen –«

Pilar stach Jimmy ihre Gabel in den Arm. »Erzähl mir nicht, was ich tun soll.« Sie stach noch einmal, fester diesmal, so dass in seiner Haut Abdrücke zurückblieben. »*Comprende?*«

»Ich hab 'ne Idee, Pilar«, sagte Blaine. »Vielleicht könnte ich Kongo Kid ein paar Blumen ins Krankenhaus schicken, und Jimmy könnte mit einem Fotografen dabei sein, um den Fans zu zeigen, dass ich nicht sauer bin wegen dem, was er mit meinem Ohr gemacht hat.«

»Bist du stolz auf dich?«, zischte Pilar Jimmy an. »Mit deinem Artikel hast du Blaine eingeredet, er könne denken.« Sie nahm die tausend Dollar vom Tisch und stopfte die Scheine in seine Hemdtasche. »Ich bezahle meine Schulden. Sag Rollo, er soll seine auch bezahlen.«

Jimmy rieb an seinem Arm herum, wo sie ihn gestochen hatte, und spürte, wie sich Pilars Laune leicht verschob. Er stand auf, versuchte nichts zu übereilen.

»Bring Jimmy zur Tür, Blaine.« Pilar nahm eine Gabel voll Lasagne. »Aber bevor er geht, zeig ihm noch ein paar von diesen Würfen, die du immer übst.«

»Er ist untrainiert, Pilar, kein Profi. Ich könnte ihm wehtun.«

Pilar lächelte, nahm einen Bissen.

Blaine blockierte die Tür, als Jimmy sich um ihn herumdrücken wollte. »Pilar?«, sagte er unsicher, wusste nicht, was er machen sollte. »Der Boden hier gibt nicht nach. Jimmy könnte sich was brechen … du weißt schon, was Wichtiges.«

»*Pobrecito*«, kicherte Pilar.

Jimmy schlug Blaine mitten ins Gesicht, dann schlug er noch mal zu, so fest er konnte. Blaine, der eher enttäuscht als verletzt aussah, packte ihn urplötzlich und warf ihn an die Wand. Als er abprallte, trat ihm Blaine gegen die Brust, und

Jimmys Kopf schlug rückwärts gegen die Wand, dass der Putz abblätterte.

Pilar sah zu, kaute mit offenem Mund.

»Ich hab's doch gesagt«, stöhnte Jimmy. »Ich weiß nicht, wo Rollo ist.«

Pilar war wieder mit ihrem *Drei Engel für Charlie*-Puzzle beschäftigt. »Es geht hier nicht um Rollo.« Sie rollte ein Puzzlestück zwischen den Fingern herum. »Zeig Jimmy deinen Spezialwurf, Blaine. Wie heißt er? *Big Kahuna Drop?*«

Blaine hob Jimmy über den Kopf, machte den Jubel der Zuschauer nach, während er ihn dort oben hielt, und dann – »Kowa … BONGA!« – ließ er ihn auf sein angewinkeltes Knie fallen.

Jimmy lag am Boden, zuckte, versuchte zu atmen.

»Ziemlich cool, oder?«, sagte Blaine.

»Du schlägst zu wie ein Mädchen«, keuchte Jimmy.

Blaine tat, als hätte er es nicht gehört. »Ich bin gleich wieder da. Geh nicht weg.«

Pilar passte mit der flachen Hand ein Puzzlestück ein, während Blaine hinauslief. »Blaine ist von Natur aus viel netter, als gut für ihn ist, und deshalb ist es wichtig, den Jungen hin und wieder blutgeil zu machen, um ihn auf Herz und Nieren zu prüfen. Er mag dich so sehr … es war genau der richtige Test. Ich glaube, jetzt kommt er zurecht.«

»Schön … schön, dass ich helfen konnte.«

Pilar lächelte ihr Puzzle an. »Sag Rollo, er soll mich anrufen, und wir vereinbaren was.«

»Einfach so? Alles vergeben und vergessen?«

Pilar zuckte mit den Schultern. »Rollo ist ein Goldesel.«

Eilig kam Blaine mit einer Zeitung hereingelaufen und kniete neben Jimmy nieder. »Gib mir ein Autogramm, okay?« Er hielt ihm einen Stift hin. »Wie wär's mit ›Für Robo-Surfer, den zukünftigen Champion‹?« Er lief rot an.

Die Zeitung zitterte in Jimmys Hand. Die *Times* hatte seinen Artikel mit einem Foto gebracht, wie der Robo-Surfer dem Kongo Kid das Bein brach. Blaine war ganz benommen, triumphierend im Licht der Scheinwerfer. Jimmy kritzelte seinen Namen.

»Ich kann's gar nicht erwarten, das meiner Mom zu zeigen«, sagte Blaine, wobei er die Zeitung vorsichtig zusammenfaltete. Er beugte sich vor. »Du hattest Recht vorhin – ich hab nicht richtig zugeschlagen«, flüsterte er. »Aber sag Pilar nichts davon, okay?«

»Halt den Mund, Blaine«, befahl Pilar. »Ich hab einen Rat für Jimmy.«

»Keinen Rat«, sagte Jimmy.

»Dann betrachte es als Geschenk, ein mexikanisches Sprichwort, das dein wundes Herz trösten soll«, erwiderte Pilar. »Dir wurde eine Frau genommen, eine Frau, die du für einzigartig hältst, eine Königin, die niemals zu ersetzen ist, aber Jimmy«, sie wackelte mit dem Zeigefinger in seine Richtung, »*todas son reinas en la oscuridad* – ›im Dunkeln sind alle Königinnen‹. Jede Einzelne.«

## 18

»Guten Morgen, Donna«, sagte Holt munterer als beabsichtigt. Sie widerstand dem Impuls, über ihre Schulter hinweg einen Blick zur Tür der Spurensicherung zu werfen. »Ich wollte mir einen Zwischenbericht über die Fingerabdrücke zu den Autoaufbrüchen vom Vortag abholen.«

Donna blickte von der neuesten *Cosmo* auf, eine plumpe Wasserstoffblondine, die ihren pfauenblauen Lidschatten so dick auftrug, dass man sich fragte, wie sie die Augen offen halten konnte. »Da ist eine lange Schlange vor Ihnen, Detective. Bei uns wird niemand bevorzugt.«

Holt zwang sich zu einem Lächeln. »Natürlich nicht. Das verstehe ich.« (Du verlogene Schlampe, dachte sie, erzähl das Bartoli mit seinem Schnurrbart und den dicken Muskeln, wenn er dich das nächste Mal bittet, seiner Akte einen kleinen Schubs zu geben.) »Aber versuchen kann man es ja mal, oder?« Sie sah zwei Techniker an einem Leuchttisch arbeiten, während Maria Sinoa gegenüber an ihrem Schreibtisch saß und durch ein Mikroskop blickte.

»Noch was?«, sagte Donna. »Ich hab hier zu tun.«

»Ist dieser Kaffee frisch?«, fragte Holt zuckersüß.

»›Kaffeekoster‹ gehört nicht zu meinem Job«, erwiderte Donna und widmete sich wieder ihrer Zeitschrift.

»Na, er kann nur besser sein als die Brühe, die wir oben kriegen«, sagte Holt an Donnas Frisur gewandt.

»Vergessen Sie nicht, einen Quarter in die Dose zu werfen«, murmelte Donna, als Holt den Raum durchquerte. »Ihr Detectives kommt dauernd hier runter, trinkt unseren Kaffee und bezahlt nicht dafür.«

Holt schob sich langsam weiter, froh, dass Sinoa aufgeblickt hatte, um nachzusehen, was im Vorzimmer der Spurensicherung eine solche Unruhe auslöste. Holt ließ sich Zeit mit ihrem Kaffee, dann stopfte sie mit großer Geste eine Dollarnote in die leere Kaffeedose, in der das Geld gesammelt wurde. Dr. Chakabarti war hinter der Glaswand seines Büros zu sehen, saß am Computer, arbeitete vermutlich an einem wasserdicht recherchierten Artikel für eine der Fachzeitschriften, in denen er regelmäßig veröffentlichte.

Holt pustete an ihrem Kaffee herum. Sie war früh erschienen, in der Hoffnung, Lieutenant Diefenbacher voraus zu sein, und hatte laut geflucht, als sie seinen blitzsauberen roten Ford Explorer auf dem Parkplatz stehen sah. Sie war überzeugt davon, dass er sie im Auge hatte und wahrscheinlich schon eine Akte über sie anlegte. Diefenbacher hatte die Order ausgegeben, sie dürfe ohne seine vorherige Genehmigung in der forensischen Abteilung keine Anfragen im Zusammenhang mit dem Eggman-Fall einreichen. Sie nahm einen Schluck von ihrem Kaffee, der tatsächlich viel besser war als der, den sie oben hatten, und sah noch mal zur Tür.

Sinoa richtete ihr Mikroskop neu ein, tat, als würde sie arbeiten, während sie Holt im Auge behielt. Sinoa, eine kleine, ältere Frau mit Bäuchlein, bedächtiger Miene und den schlanken Fingern einer Konzertpianistin, war seit fast dreiunddreißig Jahren Spurensicherungsexpertin. Beim Mittagessen hatte sie Holt eines Nachmittags gestanden, dass sie sich zu Beginn ihrer Laufbahn um eine Prüfung als Detective beworben hatte, angelockt von der intellektuellen Herausforderung, aber damals lenkte man Frauen – und besonders hispanische Frauen – eher in die technischen Bereiche der Strafverfolgung, nicht so sehr in die Ermittlungsarbeit. Sinoa nahm es mit den Vorschriften sehr genau, war eine gründliche Wissenschaftlerin, die nie mit ihren Überstunden schummelte oder sich auch nur einen Tag krankschreiben ließ, wenn es nicht wirklich nötig war, aber wenn Holt sie um Hilfe bat, tat sie ihr den Gefallen.

»Mir scheint, Sie haben einen neuen Dodger-Ball, Maria«, sagte Holt auf dem Weg zu Sinoas Schreibtisch. Sie hob den Baseball auf und tat, als würde sie die Autogramme lesen.

»Mein Cousin Ernesto hat ihn letzte Woche gefangen«, sagte Maria etwas zu laut.

Donna blickte von ihrer Zeitschrift auf, dann machte sie sich wieder ans Lesen.

Noch einmal sah Holt zur Tür, dann legte sie das Fellatio-Polaroid im Plastikumschlag auf Sinoas Tisch.

Sinoa hielt das Foto in Händen, starrte es nicht an, betrachtete es nur, sog das Bild mit ihren dunklen Augen in sich auf. Sie zeigte keine Reaktion, zog lediglich eine ihrer dichten Augenbrauen hoch. Sie schob das Polaroid unter ihr Mikroskop und beugte sich vor, wobei ein kleines, goldenes Kruzifix von ihrem hübschen, braunen Hals baumelte, während sie das Foto untersuchte, und Holt fragte sich, was Dr. Jonathan Gage wohl zu ihrer weichen Haut gesagt hätte. Sinoa strich ihr graues Haar zurück, als reagierte sie unbewusst auf die zerzauste Frisur der Frau auf dem Foto. »Ich kann es jetzt nicht testen. Harrison braucht das Scanning-Mikroskop den ganzen Morgen.«

Holt legte den Baseball zurück.

Das Polaroid verschwand in Sinoas Schreibtisch, und sie beugte sich wieder über ihr Mikroskop.

»Danke«, flüsterte Holt und wollte wieder gehen. Sie hatte sich etwas Zeit freigehalten, um am späteren Vormittag bei Olivia Gage vorbeizuschauen. Sie wollte wissen, was auf der Party am vergangenen Sonntag vorgefallen war, und ob Olivia ihrem Mann gegenüber angedeutet hatte, dass sie am frühen Abend mit Jimmy zusammen gewesen war.

Holt hatte gerade das Labor verlassen, als sie Lieutenant Diefenbachers schwarze Schnürstiefel die Treppe herunterkommen sah. *Verdammt.* Sie legte einen Zahn zu und hatte sich fast schon in die Damentoilette gerettet, als er sie entdeckte.

»Da sind Sie ja, Jane! Ich hab mich schon gefragt, wo Sie wohl stecken.«

Jane stand da, hielt die Tür zur Damentoilette auf.

Diefenbacher marschierte auf sie zu, mit makellos eckigem Bürstenschnitt. »Ich wollte mich für meine schlechte Laune in letzter Zeit entschuldigen. Ich hab vom Chef reichlich Druck bekommen, was unseren Trupp angeht … zu viele Überstunden, und uns stehen böse Kürzungen bevor.«

»Sie … Sie müssen sich nicht entschuldigen, Sir.«

»Ich weiß. Deshalb ist es ja so schön, das Kommando zu haben.« Diefenbacher grinste, dann wurde er ernst. »Ich denke immer noch, Sie könnten die Beste in unserer Abteilung sein, Jane. Wenn ich Ihnen in letzter Zeit im Nacken gesessen habe, dann nur, weil ich dachte, Sie gefährden Ihre Karriere mit diesem Eggman-Unsinn. Ich habe schon erlebt, wie sich Leute wegen eines vermurksten Falles vollkommen verausgaben, und ich möchte nicht, dass es Ihnen auch so ergeht.«

»Das weiß ich zu schätzen«, erwiderte Holt, fühlte sich von seiner Offenheit etwas vor den Kopf gestoßen.

»Gut.« Diefenbacher wollte sich schon an ihr vorbeischieben, blieb dann aber stehen. »Was haben Sie eigentlich hier unten gemacht?«

»Ich habe mich nach den Autoaufbrüchen erkundigt. Ich wollte mal sehen, ob die Spurensicherung was mit den Fingerabdrücken anfangen konnte.«

»Herr im Himmel, Jane. Das ist genau das, was ich meine«, schimpfte Diefenbacher. »Sie haben das Memo bekommen. Die Spurensicherung hinkt mindestens eine Woche hinterher. Erwarten Sie wirklich, dass diese Leute für einen kleinen Autobruch alles stehen und liegen lassen?«

»Ich versuche, mit meiner Arbeit immer einen Schritt voraus zu sein, Lieutenant, genau wie Sie es wollten.«

»Verkaufen Sie mich nicht für dumm. Ich werde nicht zulassen, dass einer meiner Detectives Chakabartis Zeitplan durcheinander bringt. Das Allerletzte, was ich brauchen kann, ist eine weitere E-Mail, in der er sich über die Arbeitsanforderungen beklagt, mit je einer Kopie an den Chef und den Etatdirektor. Jane, Sie sollten aufhören, sich als unabhängige Ermittlerin zu betrachten, und einsehen, dass Sie Teil eines Teams sind.«

»Ja, Sir«, sagte Holt und versuchte, die Predigt abzukürzen, bevor jemand aus der Spurensicherung kam. Es war keine gute Idee. Ihre Unterwürfigkeit weckte sein Misstrauen. Er kniff die Augen zusammen. »Haben Sie auf Ihrem Tisch meinen Bericht über diesen Bel-Air-Raub gefunden?«, fragte sie.

Noch immer kämpfte Diefenbacher mit seinem Misstrauen. »Ja, ich habe den Bericht bekommen.« Er rückte seine Krawatte mit dem Muster aus nautischen Flaggen zurecht. Er selbst segelte nicht, aber der Chef. »Sie fangen mit dem *Clothestime*-Diebstahl an?«

»Der Laden öffnet nicht vor elf.«

Demonstrativ checkte Diefenbacher seine rostfreie Taucheruhr. Beim Anblick der rotblonden Haare, die sich an dem dicken Handgelenk um sein Armband kräuselten, wurde Holt ganz übel. »Vielleicht wäre es eine gute Idee, früher da zu sein, die Geschäftsführerin in Empfang zu nehmen, wenn sie kommt, und ihr zu zeigen, dass Sie bei der Arbeit sind.«

Holt ließ sich nicht einschüchtern, stand genauso aufrecht und unerschütterlich da wie Diefenbacher. »Ich fang gleich damit an.«

Diefenbachers Miene entspannte sich, und er stieß die Tür zur Damentoilette weit auf. »Machen Sie weiter, Jane. Eins nach dem anderen.«

## 19

»Ich hab eben mit Pilar gesprochen«, sagte Jimmy in den Hörer. »Alles okay.«

»Was ist mit deiner Stimme los?«, fragte Rollo.

»Ich hatte eine kleine Rempelei mit Blaine.«

»Oh.« Rollo überdachte diese Information eine Nanosekunde lang, dann war er wieder bei der Sache. »Bist du sicher, dass mit Pilar alles wieder okay ist? Sie ist nicht mehr sauer auf mich?«

»Sie will nur ihr Geld. Du solltest sie anrufen.« Jimmy legte auf und trat aus der Telefonzelle. Er schüttelte sechs Kopfschmerztabletten aus der angebrochenen Schachtel und zerbiss sie mit den Zähnen, spülte den bitteren Geschmack mit einem langen, kühlen Schluck Bier hinunter, während er langsam zu seinem Wagen humpelte, schlaksig wie Karloff als Mumie.

Eine junge Mutter, die mit ihrem Sohn im Schlepptau aus dem kleinen Laden kam, machte einen großen Bogen um Jimmy, versuchte, ihrem Kind den Anblick zu ersparen.

Jimmy sah sich in der gläsernen Ladenfront: Das Haar zerzaust, der Kragen verknittert, morgens um zehn eine Dose Bier in der Hand ... sein Spiegelbild machte ihm selbst Angst. Er nahm noch einen Schluck. Tu dir nicht selbst Leid, Jimmy. Du lebst in Südkalifornien, der Heimat Disneylands und der dekorativen Ölbohrinseln, dem Geburtsort von McDonald's, Jelly-O-Shots und ledernen Steinschlagmasken für Autos. Du hast einen Teilzeitjob, ein kostenloses Zimmer und eine Gehirnerschütterung ganz für dich allein. Du solltest dir ein Lotterielos kaufen, Jimmy. Heute ist dein Glückstag. Er hätte gelächelt, aber er hatte seine Lektion bereits gelernt.

Er suchte nach seinen Autoschlüsseln. Einen Block weiter sah er Blaines Wagen stehen, mit einem Rad auf dem Gehweg. Es war nicht einfach, in einem metallic-goldenen Corvette-Cabrio den Unsichtbaren zu spielen, aber Blaine besaß Gottvertrauen. Das war zumindest eine mögliche Erklärung. Jimmy trank noch einen Schluck Bier und fühlte sich etwas besser. Er hatte nichts dagegen, dass Blaine ihm folgte ... dann konnte Blaine ihn wenigstens nach Hause bringen, falls er in Ohnmacht fiel. Wobei er sich vermutlich den ganzen Weg über entschuldigen würde. Bei Pilar hatte Blaine ihn bis zu seinem Wagen begleitet, hatte ihn halb getragen und gesagt, falls er ein paar Tage Blut pissen sollte, müsse er sich keine Sorgen machen. Das passiere ihm andauernd. Da hatte er doch was, worauf er sich freuen konnte.

Blaine stieg aus der Corvette, mit nackter Brust, kam ihm entgegen, mit einem Montiereisen in der Hand.

Jimmy ließ die Dose fallen und machte seine Fahrertür auf.

Blaine blieb am Zeitungskasten der *L.A. Times* stehen,

brach ihn mit der Eisenstange auf, dann kam er zu Jimmy herüberspaziert, mit einem Stapel Zeitungen unter dem Arm, klapperte mit seinen Flip-Flops auf dem Gehweg. »Dir ist dein Bier runtergefallen, Mann.«

Jimmy hob die Dose auf. Sie war noch nicht ganz leer.

»Pilar hat gesagt, ich soll dafür sorgen, dass du sicher nach Hause kommst, aber du lässt dir ja reichlich Zeit, und ich will eigentlich noch ein paar von meinen Techniken üben. Ich muss bereit sein, falls die WWF anruft.«

Jimmy rieb sich den Nacken. »Ich glaub, du bist so weit.«

Zwei Teenager schoben sich aus dem 7-Eleven, in sackförmigen Hosen und weiten Hemden, bis ganz oben zugeknöpft. Vorsichtig näherten sie sich Blaine, umkreisten ihn. »Du *bist* es, oder?«, fragte der dürre weiße Junge mit dem Stachelkopf.

»Du bist der Robo-Surfer, oder?«, sagte der dürre, schwarze Junge.

Blaine ging in Positur, und die Zeitungen fielen unter seinem Arm heraus.

»Kowa-BONGA!«, riefen die Teenager im Chor und klatschten sich ab.

Blaine strahlte Jimmy an, aber der starrte auf den weißen Jungen mit dem kleinen weinroten Muttermal hinterm Ohr, mit dem er wie Steve DeGerra aussah, mit einem Loch im Kopf, tot auf der Aschenbahn. Jimmy dachte daran, wie er das Polaroid im Poolhaus in der Hand gehalten und sich das Mondlicht darauf gespiegelt hatte, und jetzt fragte er sich, ob Jonathan sein Spiegelbild im Foto gesehen hatte, sein wahres Gesicht, das ihm – wie er beteuerte – erst durch Yoga eröffnet worden war.

»Wann kommst du im Fernsehen, Mann?«, fragte der Schwarze, während der Weiße für Blaine die Zeitungen einsammelte. »Bist du bei *Slapdown*?«

»Ich warte auf den Anruf«, antwortete Blaine und gab beiden ein Autogramm auf eine Zeitung. »Hängt nicht auf der

Straße rum!«, riet er ihnen, als sie sich verkrümelten, mit den Zeitungen vor der Brust.

Jimmys Handy piepte, als sich Blaine gerade schwerfällig auf den Weg gemacht hatte. Fünf Minuten vorher hatte es nicht funktioniert, weil die Fassung beim Kahuna Body-Slam zerbrochen war, aber plötzlich ging es wieder. Die Nummer auf dem Display kannte er nicht. »Hallo?«

»Hast du schon zu Mittag gegessen, mein Junge?« Die Stimme gurrte förmlich.

»Nino?« Jimmy rieb sich den Nacken, stöhnte auf, als ihm der Schmerz durchs Rückgrat fuhr.

Der Verleger des *SLAP*-Magazins musste lachen, als er Jimmy stöhnen hörte, ein kurzes, dreckiges Lachen von einem kurzen, dreckigen Mann. »Ich hoffe, ich störe nicht bei fleischlichen Genüssen.«

Jimmy rieb an seinem Nacken herum. »Schön wär's …« Er heulte auf.

»Steck einen für mich mit rein«, sagte Napitano. »Begrüße den neuen Morgen mit eisenharter Erektion, mein Junge, aber spritz nie ab, bevor die Arbeit getan ist. *Niemals.* Man verliert seinen Killer-Instinkt schon mit dem ersten Zucken, und wozu ist man dann noch nütze?«

»Ich hab immer das Gefühl, ich müsste mein Telefon desinfizieren, wenn ich mit dir gesprochen habe, Nino.« Eigentlich mochte Jimmy Napitano. Er bewunderte seinen Verstand und seine Beharrlichkeit, seine Bereitschaft, alle Brücken hinter sich abzubrechen, seine unverbesserliche Fleischeslust. Nachdem er seine europäischen Medien-Holdings liquidiert hatte, um den italienischen Steuerbehörden zu entkommen, war Napitano nach Los Angeles gezogen, nachdenklicher zwar, aber entschlossen, grandioser und einflussreicher als je zuvor wieder aufzutauchen – »genau wie Aphrodite, die jeden Morgen mit neuem, unberührtem Jungfernhäutchen aufwacht«, wie Nino es formulierte.

*SLAP* war sechs Monate später mit einer kostspieligen Party im Hollywood Bowl aus der Taufe gehoben worden, wobei man das Amphitheater für diesen Abend zum römischen Kolosseum umgebaut hatte, mit Vegas-Showgirl-Gladiatoren und dem US-Olympia-Wasserballteam, verkleidet als wilde Tiere. Berühmte, einflussreiche Gäste in kostenlosen Kaschmir-Togas hatten heftig applaudiert, als Pavarotti die Bühne betrat und der dicke Mann bei *E lucevan le stelle* aus der *Tosca* schwitzte, während das Fuji-Luftschiff über allem schwebte und blinkend *SLAP! Love Hurts!* verkündete. Die Gesellschaftskritikerin der *Times* bezeichnete es als das »Debüt des Jahres«, und monatelang hatte L.A. ihn bei jedem gesellschaftlichen Ereignis von Rang gefeiert. Großzügig hatte er für die richtigen Wohltätigkeitseinrichtungen gespendet, war ins Wohlfahrtskomitee des Bürgermeisters berufen worden und darüber hinaus Gastgeber einer Post-Oscar-Party in seiner Villa oben auf dem Hügel gewesen, die mehr Oscar-Gewinner anlockte als die *Vanity Fair*-Fete im Morton's.

Napitano war von L.A. ganz besessen gewesen, aber wie bei allen seinen Liebesaffären langweilte er sich schon bald und wies das Personal bei *SLAP* an, sich genau die Leute vorzunehmen, die er bis eben noch gepflegt hatte. Prominente, die es gewöhnt waren, dass ihren leeren Worten zum Thema Obdachlosigkeit stets eine demütige Berichterstattung folgte, sahen sich plötzlich mit Busladungen voller Bettler vor ihren Villen in Malibu konfrontiert. Bestechliche Fernsehexperten mussten feststellen, dass man ihre College-Referate veröffentlichte. Politiker, die gegen institutionalisierten Sex wetterten, wurden fotografiert, wenn sie aus Strip-Clubs kamen, die Gesichter halb verdeckt, im Blitzlichtgewitter der Paparazzi. *SLAPs* Anzeigenabteilung ging in die Knie, und es kamen auch keine Einladungen zu Partys mehr, aber die Feindseligkeit schien Napitano nur noch weiter anzutreiben, und er erblühte wie eine Lilie im Schlamm.

»Was kann ich für dich tun, Nino?«

»Ich biete dir ein gutes Essen. Vitamine und Mineralien, Spurenelemente, die auffüllen sollen, was du sorglos vergeudest –«

»Du hast mich gefeuert. Schon vergessen?«

»Du wolltest dich beurlauben lassen«, hielt Napitano dagegen. »Was sollte ich machen?«

»Ich hatte einen Buchvertrag.«

»Ah, ja ... aber leider ist kein Buch erschienen.« Napitano gab schlürfende Geräusche von sich. Der kleine Mann mit dem unersättlichen Appetit gönnte sich morgens und nachmittags ein Dutzend rohe Austern und vier Unzen schwarzen Beluga-Kaviar. »Geh mit mir essen, Jimmy.« Wieder dieses Schlürfen, und Jimmy stellte sich vor, wie das Muschelfleisch seinen Schlund hinunterglitt. »Ich habe deinen Artikel heute Morgen in der *Times* gesehen, diese Abscheulichkeit.«

»Deshalb rufst du mich an? Du bist sauer, weil ich für jemand anderen arbeite?«

»Die *Times* hat deine Arbeit geschlachtet«, sagte Napitano. »Billige Fotos, unfähiges Layout ...« Er schnaubte verächtlich. »Komm mit mir frühstücken, und wir sprechen über deine Zukunft.«

Jimmy sah den beiden Teenagern nach, die mit ihren signierten Zeitungen davonschlurften. Der weiße Junge mit dem Muttermal drehte sich um, weil er Jimmys Blicke spürte, und deutete mit dem Finger auf ihn. »Nicht heute«, erklärte er Napitano.

»Dann bis morgen, und bring Appetit mit, mein Junge.«

# 20

»Darf ich Sie *Jane* nennen, Detective?« Jonathan lächelte. »Da wir beide Feierabend haben, hatte ich gehofft, wir könnten uns die Formalitäten vielleicht sparen.«

»Was war so wichtig, dass Sie jetzt mit mir sprechen mussten, Doktor?«

»Bitte, nennen Sie mich Jonathan«, sagte er sanft, bewegte kaum die Lippen, und seine samtene Stimme war die eines Mannes, der niemals laut wurde. »Ich weiß, wir hatten einen schlechten Start im Poolhaus …« Seine blasse Haut errötete, und Holt sah nichts von der Arroganz, die am Montagmorgen so überdeutlich gewesen war. »Ich möchte mich dafür entschuldigen, dass ich Sie in eine peinliche Situation gebracht habe.«

»Es war mir nicht peinlich.«

Sie saßen auf der Veranda des L'Hermitage, eines feinen französischen Restaurants in einem historischen Strandhaus von Newport. Jonathans angestammter Tisch bot einen spektakulären Blick auf den Sonnenuntergang und den Hafen, wobei man vor direkter Sonne gut geschützt war. Der Doktor trug einen hellblauen Anzug mit vanillecremefarbenem seidenem Polohemd, und der Wind vom Meer fuhr durch sein weiches Haar. Er hatte eine jungenhafte Eleganz an sich, die ihre Wirkung auf Holt verfehlte, aber bei den Yachtclub-Gattinnen am anderen Ende der Veranda kam er gut an, drei Blondinen, die heimlich Blicke herüberwarfen, tuschelten und an ihrem Schmuck herumspielten.

»Ich freue mich, das zu hören. Manchmal sind James' Vorstellungen, was Scherze angeht, von bemerkenswerter Geschmacklosigkeit. Nicht dass ich besser wäre. Ich habe ihm in der Vergangenheit schon Streiche gespielt, die nicht minder unfair waren.« Jonathan streckte die Hand aus und stieß mit seinem Glas an ihres, das noch unberührt war. Er trank seinen Martini mit einer kleinen Jalapeñoschote an Stelle einer Olive. »Sind Sie sicher, dass Sie nicht lieber einen Cocktail möchten? Fernando macht einen ausgezeichneten Cajun-Martini.«

»Ich trinke nicht.« Holt nahm einen kleinen Schluck von ihrem Tonic.

»Lobenswerte Selbstbeherrschung, aber ich glaube, dass die stressreduzierenden Aspekte des Alkohols die leicht austrocknende Wirkung auf die Haut mehr als ausgleichen.« Jonathan lächelte erneut. »Hören Sie mich an, wie ich Ihnen Vorträge halte. Es *ist* schwer, das Büro hinter sich zu lassen, *n'est-ce pas?* Menschen wie wir nehmen ihren Job überall mit, wohin wir auch gehen.« Er strich sein zerzaustes, hellbraunes Haar zurück. »Ich bin Ihnen wirklich dankbar, dass Sie mich zurückgerufen haben. Als ich es beim Department versucht habe, sagte die Frau in der Zentrale, Sie seien die nächsten zwei Wochen nicht zu erreichen. Ich wusste nicht …«

»Mein Lieutenant hat darauf bestanden, dass ich meinen Urlaub nehme. Er sagt, sonst sprenge ich sein Überstundenkontingent.« Holt rührte das Eis in ihrem Glas um. Ein Blick auf Lieutenant Diefenbachers Gesicht hatte genügt, als sie in sein Büro zitiert wurde, und sie hatte gewusst, was kommen würde. Er sagte, es sei schlimm genug, dass sie sich seinen Befehlen widersetzte, indem sie schon wieder eines ihrer »verfluchten Polaroids« in die Spurensicherung gebracht hatte, aber dass sie ihn deswegen *belogen* hatte, sei unerträglich. Er sagte, bezahlter Urlaub sei die beste Lösung, bis entschieden sei, ob sie vom Dienst suspendiert werde. Er sah nicht wütend aus, als er es sagte. Er sah enttäuscht aus. Sie kannte das Gefühl. Und was alles noch viel schlimmer machte, war der Umstand, dass Maria Sinoa zu beschäftigt gewesen war und gar nicht feststellen konnte, ob es eine Übereinstimmung zwischen Jonathans Fellatio-Polaroid und dem Bild gab, das der Eggman am Strand liegen gelassen hatte. Mittlerweile stand

Sinoa unter derart aufmerksamer Beobachtung, dass es vermutlich Tage dauern würde, bis sie sich an ihrem Chef vorbeistehlen konnte. Verdammt, verdammt, *verdammt*. Holt trank ihr Tonic und wünschte, es wäre Gin. »Sie sagten, Sie hätten was Wichtiges mit mir zu besprechen?«

»Ja … also gut, ich sehe, die Floskeln haben wir hinter uns.« Jonathan fuhr mit der Fingerspitze am Rand seines Glases entlang. »Ich mache mir Sorgen um James. Ich weiß, Sie beide hegen mehr als nur ein berufliches Interesse füreinander …«

»Ich glaube, Sie überbewerten die Situation, Doktor.«

Jonathan sah aus, als wollte er ihre Anrede korrigieren, doch er hielt sich zurück. »Vielleicht habe ich da was missverstanden. Ich habe gesehen, wie Sie ihm im Poolhaus ins Gesicht geschlagen haben, und vermutet, dass eine gewisse … emotionale Verstrickung im Spiel sein könnte.«

»Was Sie gesehen haben, war eine Überreaktion darauf, dass ich die Polaroids nicht finden konnte, die mir Jimmy angekündigt hatte«, erklärte Holt. Der Wind kam über den weißen Strand gefegt und wirbelte den Staub um sie herum auf. »Ich habe mich bei ihm entschuldigt und ihn darüber in Kenntnis gesetzt, dass er das Recht hat, beim Department eine offizielle Beschwerde gegen mich einzureichen.«

»Oh, das würde James nie tun. *Niemals.*« Jonathan roch an seinem Martini. »Selbst als Kind hat James nie gepetzt. Ich persönlich bin der Ansicht, dass es einen Zeitpunkt gibt, an dem man die Wahrheit sagen sollte, aber er war von seinem Schweigen niemals abzubringen, ungeachtet der persönlichen Konsequenzen. Nein, ich denke nicht, dass Sie von James etwas zu befürchten haben.«

»Ich habe nicht gesagt, dass ich mich fürchte.«

»Nein, natürlich nicht … Aber jetzt habe ich Sie verletzt.« Geknickt schüttelte Jonathan den Kopf.

»Haben *Sie* Angst vor Jimmy, Doktor?«, fragte Holt interessiert.

»Sie sind sehr scharfsinnig, oder ich bin leicht durchschaubar.« Jonathans Augen waren von einem derart hellen, wässrigen Blau, dass es schien, als wäre die Farbe extrem verdünnt worden. »Um auf Ihre Frage zu antworten: ja.«

Holt verbarg ihre Überraschung. »Hat Jimmy Sie je bedroht?«

Jonathan zögerte.

»Wenn Sie glauben, Jimmy könnte Ihnen körperlichen Schaden zufügen, sollten Sie Kontakt zum örtlichen Polizeirevier aufnehmen. Nicht zu *mir.*«

»So einfach ist es nicht.« Jonathan wirkte leicht verärgert. »Ich habe Ihnen gesagt, dass James eine Aversion dagegen hegt, das Vertrauen anderer zu verraten, und doch hat er Sie zum Poolhaus gebracht und meinen privatesten Besitz einer Ermittlung unterzogen –«

»Er hat es nicht bedenkenlos getan. Ich war sehr beharrlich.«

»James tut nichts, was er nicht tun möchte. Dass Sie meine Sachen durchwühlt haben, diese ganze wilde Geschichte, dass ich noch andere Fotos besitze …« Jonathan wandte sich ab, sah zum Sonnenuntergang hinüber, der die Segelboote in kleine Flammen verwandelte. Deren Hitze entsprach etwa der Farbe seiner Wangen. Dann drehte er sich wieder zu ihr um. »James und ich haben uns von jeher Streiche gespielt. Ich dachte, der Vorfall im Poolhaus sei nur ein besonders schlechter Scherz gewesen, seine Art, mir zu zeigen, dass die üblichen Grenzen nicht mehr gelten.«

»Ich denke nicht, dass Jimmy einen Scherz gemacht hat.«

»Ich auch nicht.« Jonathan befeuchtete seine Lippen. »Haben Sie Freud gelesen? Dem guten Doktor nach zu urteilen, ist Humor nichts als verdeckte Gewalt. Ich bin der Erste, der gern zugibt, dass ich in dieser Hinsicht ebenso schuldig bin wie James.«

Der Kellner kam mit einer neuen Runde Drinks und deutete auf den Tisch der Yachtclub-Gattinnen am Ende der Veranda. Die Blondinen hoben ihre Gläser zum Gruß, und Jonathan winkte zurück. Er hatte wunderschöne Hände.

»Es scheint, als hätten Sie einen Fanclub, Doktor.«

»Nur Bewunderer meiner Arbeit.« Jonathan wandte sich von den Blondinen ab. »Ich hatte erwartet, dass James wegen meiner Heirat verbittert sein würde. Das ist verständlich. Aber ich hatte gehofft, wenn sich der Schock erst gelegt hätte, würde er hinnehmen, dass Olivia und ich verheiratet sind. Da bin ich mir jetzt nicht mehr sicher.« Er beugte sich zu ihr herüber. »Heute Morgen hat mich James am Strand zur Rede gestellt, wilde Anschuldigungen ausgestoßen, mich angeschrien und wirres Zeug geredet.«

»Da ich keine Verbotsverfügung erwirken kann, weiß ich wirklich nicht, was ich Ihnen raten soll.«

»Mir scheint, dass sein Verhalten eskaliert. Am Sonntag hat er mir auf meiner Praxisparty eine Szene gemacht, und dann beschimpft er mich heute Morgen am Strand.« Jonathan räusperte sich. »Einer der Stewards im Clubhaus sagt, James sei letzte Woche dort gewesen, habe in der Lounge am Fenster gesessen und Olivia auf dem Übungsgrün beobachtet.« Er zog eine Grimasse. »James ist nicht mal Mitglied.«

Holt lachte. Es war die Art Bemerkung, die auch von ihrem Vater hätte kommen können. Sie dachte an seine Reaktion, als in ihre Hütte in den Berkshires eingebrochen worden war und ihr Vater nicht nur schimpfte, dass der Dieb hundert Jahre alte Decken gestohlen, sondern auch, dass er vergessen hatte, sich die Schuhe abzutreten.

Jonathan presste die Lippen zusammen. »Ich weiß nicht, wie gut Sie James eigentlich kennen …« Er hielt inne, dann zwang er sich fortzufahren. »Als wir aufwuchsen, gab es einige … Probleme. Man hat mich damals nicht in die Details eingeweiht, denn wir waren beide noch zu jung, aber ich weiß, dass wir mindestens einmal umgezogen sind, um dem Ärger in der Nachbarschaft zu entgehen. Ich erinnere mich daran, dass meine Eltern stritten … meine Mutter weinte.«

Holt sah ihn an, wusste, dass er noch nicht fertig war.

»Es gab einen Zwischenfall, als er auf der Highschool war, eine gewalttätige Auseinandersetzung mit ein paar Mitschülern. Soweit ich weiß, traf sich eine junge Frau, an der James Interesse hatte, mit einem Footballspieler. Der Sportler landete im Krankenhaus, und James wurde für den Rest seines Abschlussjahres der Schule verwiesen.«

»Ich habe die Akte Ihres Bruders gelesen, Doktor. Von einem solchen Zwischenfall war nicht die Rede.«

»Mein Vater hat viel Geld dafür bezahlt, dass der Polizeibericht zurückgehalten wurde. Unser Anwalt hat Druck auf die Familie des verletzten Jungen und die Schulleitung ausgeübt, bis sie kooperierten. So etwas kommt bei jugendlichen Straftätern doch vor, oder?«

»Gelegentlich.«

»James sollte sich in Behandlung begeben, aber ich glaube nicht, dass es dazu gekommen ist. Mein Vater hatte keinen Respekt vor Psychiatern.« Jonathan senkte den Blick. »Ich habe versucht, mit James darüber zu sprechen, wenn auch nicht sehr eindringlich.« Er sah Holt an. »Ich fühle mich, als hätte unsere Familie James im Stich gelassen – und ich am allermeisten. Er ist mein Bruder, und ich … ich habe den Draht zu ihm verloren.«

Holt blickte aufs Meer hinaus, tat, als würde Jonathans Geschichte sie nur am Rande interessieren, beobachtete ein Partyboot, das noch den Rest des Sonnenuntergangs auskosten wollte. Laute Musik hallte übers Wasser. Sie hatte sich Jimmys Vorgeschichte sehr genau angesehen. Sie wusste von seinen Verhaftungen wegen Autodiebstahls und unbefugten Betretens, aber es gab keine Unterlagen zu einem gewalttätigen Zwischenfall auf der Highschool. Überhaupt keinen einzigen Hinweis auf Gewaltbereitschaft.

»James scheint davon überzeugt zu sein, dass ich ihn am Montagmorgen im Poolhaus hinters Licht geführt habe, und das macht mir Angst. Er war schon immer ein schlechter Verlierer. Wenn er glaubt, dass ich ihn zum Narren gehalten habe, und dann auch noch vor Ihnen ... nun, Sie können meine Sorge sicher verstehen.«

Holt antwortete nicht.

»Ich möchte, dass Sie mit ihm sprechen ... als Freundin«, sagte Jonathan. »Lassen Sie ihn wissen, dass ich ihm nichts Böses will. Vielleicht hört er auf Sie.«

»Ich bezweifle wirklich, dass Jimmy –« Doch plötzlich schrie sie auf.

»Was ist?«

Sie hielt ihr rechtes Auge zu. Es fühlte sich an, als hätte ihr jemand einen Eispickel in die Hornhaut gebohrt.

Jonathan nahm ihre Hand vom Auge. »Sie machen es nur schlimmer«, sagte er mit fester Stimme. »Ich sehe es mir mal an.« Er tunkte eine Ecke seiner Stoffserviette in sein Wasserglas und rückte mit dem Stuhl näher heran. »*Ruhig*, ganz ruhig«, sagte er mit einer Stimme wie ein Wattebausch, während er ihr sanft den Kopf in den Nacken legte. Sie zwinkerte wie verrückt, rang die Panik nieder, und Tränen rannen über ihre Wange. Er strich über die Haut unter ihrem Auge, und sie spürte, wie sie sich unwillkürlich entspannte, dann öffnete er die Lider mit einer Hand und fuhr mit der feuchten Ecke der Serviette sanft über ihr Auge, damit das Sandkorn nach innen glitt. »Hab es gleich, Jane. Warten Sie. Fast ... *da*.« Er zeigte ihr das Korn, das an der Serviette hängen geblieben war. »Hat sich vermutlich wie ein Felsbrocken angefühlt«, sagte er, während er ihr Gesicht noch mit den Händen hielt. »Schließen Sie einen Moment die Augen. Wir wollen sichergehen, dass ich alles herausbekommen habe. Machen Sie nur, ich tue Ihnen nichts.«

Holt schloss die Augen und fühlte, wie seine Fingerspitzen

sanft über das Lid strichen. So zärtlich war sie im Leben noch nicht mal geküsst worden.

»Sie können sie jetzt wieder aufmachen, Jane.«

Zwinkernd schlug Holt die Augen auf.

Jonathan sah besorgt aus. »Besser?«

Holt nickte, zwinkerte noch immer. »Danke ... Doktor«, sagte sie unbeholfen. »Wo waren wir?«

»Sie dachten, ich würde überreagieren, weil James in meine Privatsphäre eindringt, weil er meiner Frau nachstellt ... da waren wir stehen geblieben.«

»Ich mache Ihnen keinen Vorwurf, dass Sie aufgebracht sind, aber: Ja, ich denke, dass Sie überreagieren.«

»Im Zweifel sprach schon immer alles für James.« Jonathan seufzte. »Es muss großartig sein, wenn einem die Menschen instinktiv vertrauen und einen mögen. Ich glaube nicht mal, dass er sich dessen bewusst ist.« Er fingerte an seinem Drink herum. »Haben Sie Geschwister?«

»Nein.«

»Dann haben Sie auch keine Ahnung, wie es zwischen mir und James steht.« Jonathan fischte die Jalapeño aus seinem Martini und schlang sie mit kaum verhohlenem Zorn hinunter. »Unter Brüdern gibt es keine Demokratie. Es gibt niemals gleiche Teile. Familie ist Darwinismus in Reinform. Ich weiß nicht, wer damit angefangen hat, aber James und ich sind einander an die Kehle gegangen, seit er auf der Welt ist. Ich mag der ältere Bruder sein, aber die meiste Zeit musste *ich* ihn einholen.«

»Das kann ich nur schwer glauben, Jonathan.«

»Ach ja?« Jonathan warf ihr einen düsteren Blick zu. »Natürlich. Der anerkannte Chirurg, der bei seinesgleichen angesehen ist, und der kleine Schreiberling, der kaum die Miete zusammenbringt ... so sehen Sie uns, ja?«

»Ich kann mir einfach nicht vorstellen, dass Sie sich von jemandem übertrumpfen lassen.«

»Lassen Sie sich von den Insignien des Erfolgs nicht täuschen … Sie müssen genauer hinsehen.« Jonathan streckte die Hand aus. »Darf ich?« Er wartete nicht auf Holts Einwilligung und strich sanft über die winzigen Fettpölsterchen unter ihren Augen. »Hier ist die Haut dünner als fast irgendwo sonst. Deshalb zeigt sich Erschöpfung zuerst unter den Augen und richtet sich in unseren dunklen Schatten ein.« Liebevoll strichen seine Finger über ihre Stirn, und zu ihrem eigenen Entsetzen ließ sie es geschehen. »Die hier nennt man Sorgenfalten. Sie haben feine, aristokratische Züge und eine klassische Knochenstruktur, aber bei einer Frau in Ihrem Beruf, der sich von Stress und Misstrauen nährt, graben sich die Falten täglich tiefer ein.«

»Ich war nicht davon ausgegangen, dass Sie mich einer medizinischen Analyse unterziehen wollen«, sagte Holt und wich zurück, ärgerlich, dass sie seine Worte an sich heranließ.

»Sie verstehen nicht«, erwiderte Jonathan. »Keats stellt Schönheit und Wahrheit auf eine Stufe, aber er irrt. Schönheit ist *Oberfläche,* Jane. Sie ist alles andere als die Wahrheit. Schönheit ist ein Nest aus weggelaserten Runzeln, eine Brust, die mit einem Salzwasserkissen vergrößert wurde, ein Schenkel, den man abgesogen und geglättet hat. Schönheit reicht kaum bis unter die Haut. Für die meisten Menschen geht das tief genug, aber nicht für Sie. Lassen Sie sich nicht von meinem Haus und meinem Wagen täuschen, von den Auszeichnungen an den Wänden meines Büros. Das ist alles nur Show. Wenn ich Ihnen sage, dass ich mich mein Leben lang James unterlegen gefühlt habe, können Sie mir ruhig glauben. Wenn ich Ihnen sage, dass ich mir Sorgen mache, weil er etwas anstellen könnte, können Sie mir auch das ruhig glauben.«

Holt sah ihn an.

»Jane … ich habe ein Geständnis abzulegen.« Jonathan rutschte auf seinem Stuhl herum, schien zu schrumpfen, und seine blassblauen Augen schwammen in Tränen. Er veränderte die Position seines Stuhls, so dass er den anderen Gästen seinen Rücken zuwandte, und starrte Holt an. »Ich bin nicht so edel, wie ich zu sein vorgebe. Meine Angst vor James … ist nicht rein physischer Natur. Wenn ich ganz, *ganz* ehrlich zu mir selbst bin, fürchte ich auch, dass Olivia es sich mit unserer Ehe anders überlegen könnte.« Sein Lächeln war traurig. »Wer könnte es ihr verdenken?«

»Haben Sie und Olivia Probleme?«

»Erst seit James wieder da ist. Aber ich … ich meinte es nicht so, wie es klang.«

Holt legte die Hand auf seinen Arm. Gewöhnlich mied sie den Körperkontakt in beruflichen Situationen, aber so wie er ihr Gesicht berührt hatte, diese Sensibilität …

Jonathan richtete sich auf. »Ich möchte mich für mein Benehmen entschuldigen. Bitte verzeihen Sie mir. Es war nicht richtig, Sie mit hineinzuziehen. Das ist eine Sache zwischen James und mir.« Er versuchte zu lachen, aber es wollte ihm nicht gelingen. »Vielleicht bin ich derjenige, der eine Therapie braucht.«

## 21

»Ich dachte mir schon, dass ich dich hier finde.« Jimmy setzte sich neben Desmond ins struppige Gras auf dem Center Field. Es war mitten in der Nacht, und sie waren allein.

»Es war mal wieder so ein Tag«, sagte Desmond mit den Ellbogen auf den Knien und dem Blick aufs Home Base. Der Himmel war bedeckt, von Sternen nichts zu sehen, die Unterstände lagen im Schatten.

»Ist der Markt abgestürzt?«

»Nein, das ist es nicht.«

Da begriff Jimmy. »Möchtest du, dass ich ausziehe?«

Desmond schüttelte den Kopf. »Ich wünschte, du hättest Samuel damals sehen können«, sagte er. »Er war kein Überflieger, aber er war beständig, hat jahrein, jahraus über dreiundfünfzig geschlagen und war *schnell.*« Wieder schüttelte er den Kopf. »Hat in seinem ersten Jahr in der Schulauswahl siebenundzwanzig Bases geschafft, und drei Homeruns. *Drei Stück.* Ist heute noch Rekord an der Fountain Valley High. Ich habe oft gesehen, wie er krampfhaft versuchte, still zu stehen, als könnte er es gar nicht erwarten, loszulegen.« Er lächelte, als der Wind durch sein kurzes, eisengraues Haar fuhr. »Gott, er war wunderbar.«

Jimmy nickte.

»Er hätte zu mir kommen sollen, damit ich ihm mit diesem Drogendealer helfe.« Desmond zupfte an einem Grashalm. »Ich war sein Vater. Er hätte zu mir kommen sollen. Nicht zu dir.«

»Er ist nicht zu mir gekommen, um mich um Hilfe zu bitten. Wir haben nur ein paar Mal zusammen Kaffee getrunken. Samuel war wild entschlossen, die Sache auf seine Weise zu regeln.«

»Ja, so war Samuel. Stimmt schon.«

»Mich hat heute mein alter Verleger angerufen. Ich glaube, er will mir meinen Job bei der Zeitschrift wieder anbieten.«

Desmond hörte nicht zu. Er fuhr mit den Händen durch das satte, grüne Gras, fühlte den weichen Boden, und ein reifer, sauberer Duft umwehte die beiden wie die Erinnerung an einen schönen Sommertag.

Das »Samuel Terrell Memorial Baseball Field« stand Jungen und Mädchen jeden Alters offen, und es war bis in alle Ewigkeit mit Liga- und Freundschaftsspielen ausgebucht. Mietfrei. Desmond hatte das Gelände wenige Wochen nach der Beerdigung erworben, fast drei Morgen Land in einem gutbürgerlichen Viertel, hatte einen Rasen und ein Spielfeld anlegen lassen und mit Hilfe einer Stiftung, die er eingerichtet hatte, sogar Zuschauertribünen gebaut. Die Kids, die das Spielfeld nutzten, mähten den Rasen, arbeiteten gemeinsam mit Eltern und Trainern. Allein der Grund und Boden war über zwei Millionen Dollar wert, aber Desmond hatte Amazon bei der Erstemission gekauft, bei eBay für unter vier Dollar pro Anteil angeboten, dann gesplittet und alles verkauft, bevor der Tech-Markt in die Knie ging. Im Supermarkt kaufte er nach wie vor Hühnchen im Sonderangebot und sammelte eifrig Rabattmarken.

Desmond ließ den Blick langsam über das Spielfeld schweifen. »Die halten den Platz hier gut in Ordnung, nicht? Graffitis übermalt, Grundlinien gerade, Werferhügel streng nach den Regeln.«

»Ich sollte ausziehen, Desmond. Es ist nicht fair –«

»Es hat keine Eile. Ich hab es dir gesagt, als du eingezogen bist. Außerdem brauch ich deine Miete.«

»Ich zahl gar keine Miete.«

»Stimmt. Hatte ich vergessen.« Desmond pflückte einen Grashalm und kaute nachdenklich darauf herum. »Du willst doch einen alten Mann mit seinem lückenhaften Gedächtnis nicht etwa allein lassen, oder? Vielleicht vergesse ich, den Herd abzustellen, oder ich schließ mich im Badezimmer ein.« Wieder sah er zum Homebase hinüber. »Hast du rausgefunden, wieso Detective Holt das Polaroid von deinem Bruder mitgenommen hat?«

»Noch nicht.«

»Ich hab mich nur gefragt, wieso du plötzlich so dringend deine Sachen packen willst«, sagte Desmond. »Ich dachte mir, dass sie vielleicht dieser Sache auf die Spur gekommen ist, die du mit Lee Macklen abgezogen hast. Ihre Zuständigkeit mag ja in Frage stehen, aber ein guter Cop kann immer –«

»Ich dachte, wir wollten darüber nicht mehr reden.«

»Ich muss nur manchmal daran denken.« Desmond atmete tief den süßen Duft des Grases ein, die Augen im Dunkeln halb geschlossen, sah wahrscheinlich Samuel vor sich, wie er um den Platz lief, wie er rannte, mit rudernden Armen. »Als Polizist lernt man zuallererst, nicht überrascht zu sein, denn Menschen sind zu allem fähig. Und doch sehe ich dich manchmal an, so entspannt und unbeschwert, und ich denke daran, was du getan hast … und ich kann es immer noch nicht fassen.«

»Du weißt nicht, was ich getan habe, Desmond.«

»Das stimmt. Du hast nie was zugegeben, und dafür bin ich dir auch dankbar. Wenn ich es sicher wüsste, müsste ich dich verhaften, ob pensioniert oder nicht.«

»Das müsstest du wohl.«

Desmond setzte sich auf, und seine Knie knackten. »Hilfst du mir, das Infield zu harken? Das letzte Team hat es ordentlich hinterlassen, aber ich mag die Arbeit.« Jimmy folgte ihm hinüber zum Geräteschuppen und beobachtete, wie er geschickt das Kombinationsschloss öffnete. »Morgen Früh findet hier ein Spiel statt. Girl's Little League, Cheetahs gegen Tigers.«

Jimmy sah sich um, während Desmond beschäftigt war, aber sie waren allein auf dem Feld. In der letzten Zeit sah er sich noch öfter um als sonst.

Desmond betrachtete den offenen Schuppen, prüfte die ordentlich arrangierten Harken und Schaufeln, Streukarren und Schiedsrichtermasken. Er reichte Jimmy eine Bambusharke und behielt eine für sich, dann gingen die beiden aufs Infield hinaus. »Hast du jemals daran gedacht, zur Polizei zu gehen?«

Jimmy lachte nur.

»Du hast Talent dafür«, sagte Desmond. »Ich war schon im Ruhestand, als Samuel beerdigt wurde, aber ich habe jeden Gefallen eingelöst, den mir jemand schuldig war, hab mich höchstpersönlich in der Nachbarschaft umgehört und trotzdem nichts über diesen Dealer rausgefunden. Dem Detective, der den Fall bekommen hatte, erging es auch nicht besser.« Er wischte mit der flachen Hand übers Homebase. »Selbst als ich diese Angela in Florida aufgetrieben habe, wo sie inzwischen bei einer Cousine lebt, und hingeflogen bin, um mit ihr zu sprechen, hat es nichts gebracht. Ich schicke ihr noch immer jeden Monat einen Scheck, und sie schickt mir Fotos von meiner Enkelin, wenn ihr danach zumute ist, aber erzählen will sie nichts. In meinem ganzen Leben habe ich niemanden gesehen, der solche Angst hatte.«

Jimmy folgte Desmond, harkte in konzentrischen Kreisen vom Homebase aus. Die beiden blieben nah beieinander. Ihre Harken fuhren leicht über den rötlichen Belag, glichen die winzigen Mulden und Dellen aus, ließen die Zinken übers Feld streichen, wo sie lange, gleichmäßige Spuren hinterließen.

»Ich konnte den Dealer, der meinen Jungen ermordet hat, nicht finden, aber *du* konntest es«, sagte Desmond. »Wann war das? Ein Jahr nach der Beerdigung hast du mich angerufen und einen Namen genannt. Lee Macklen.«

Jimmy stützte sich auf seine Harke. »Ich hab doch gesagt, es war nur Glück.«

»Ich glaube nicht an Glück«, erwiderte Desmond. »Ich bin dreimal angeschossen worden – hatte ich Pech, weil ich getroffen wurde, oder Glück, weil ich überlebt habe? Dass du nach so langer Zeit zufällig auf Macklen gestoßen bist und ihn wiedererkannt hast, das war kein Glück.«

»Jedenfalls nicht für ihn.«

Desmond sammelte Kaugummipapier vom Boden auf und steckte es in die Tasche. »Ich habe mir Macklens Akte angesehen, nachdem du mir den Namen genannt hattest, und es sah aus, als käme er für den Mord an Samuel in Frage. Ein paar Jahre zuvor wurde er zwei Mal verhaftet, weil er Heroin verkauft hatte, aber nie verurteilt. Zeugen schienen sich kurz vor dem Prozess in Luft aufzulösen, waren plötzlich wie vom Erdboden verschwunden. Aber damals war er nur ein Geschäftsmann unter vielen mit einer Alkohol-Lizenz und Rechnungen, die bezahlt werden wollten.« Er legte Jimmy eine Hand auf die Schulter. »Du harkst zu fest«, sagte er und zeigte ihm die richtige Technik. »Immer in Eile. Genau wie mit Macklen. Früher oder später hätte ich etwas gefunden, was ich ihm anhängen kann. Wenn man lange genug wartet, macht *jeder* einen Fehler.«

»Sein Fehler war es, Samuel zu ermorden.«

»Das stimmt, und dann hat er noch einen Fehler gemacht, als er eines Abends diese drei Gangster reingelassen hat. Früher oder später kriegt man für alles seine Quittung. Ich weiß noch, dass ich das gedacht habe, als ich sein Bild am Morgen in der Zeitung sah und das von dem fehlgeschlagenen Überfall im Rhinestone Cowboy am Abend zuvor las. Ein Massaker, hieß es. Die drei Punks, die versucht hatten, die Abendeinnahmen mitzunehmen, waren tot, als die Polizei kam, und der arme Macklen hatte vier 9-mm-Geschosse im Bauch. Interessantes Timing, wie du zugeben musst: Eben erzähle ich dir, dass es keine Möglichkeit gibt, den Mann zu verhaften, und wenige Wochen später liegt er auf der Intensivstation und hat kein Gefühl mehr in den Beinen.«

»Inzwischen sitzt er nicht mehr im Rollstuhl.«

»Meinst du, du wärst der einzige, der sich auf dem Laufenden hält? Er braucht zwar keinen Rollstuhl mehr, aber er ist noch immer nicht wiederhergestellt.«

Die Gangster waren ein Trio vietnamesischer Psychos gewesen, die sich selbst »VC Boyz« nannten, ein echtes Rollkommando, das verdächtigt wurde, an zwei Dutzend Raubüberfällen und mindestens vier Morden beteiligt gewesen zu sein. Great White hatte alle drei mit bloßen Händen getötet, hatte ihnen die Knochen gebrochen und die Schädel eingeschlagen. Eine Woche nach dem Überfall hatte der Bürgermeister Macklen einen Orden als Held des Staates Kalifornien verliehen, während Great White mit verschränkten Armen neben dem Bett stand und sein kahler Schädel im Scheinwerferlicht der Kameras schimmerte.

»Jimmy? Hörst du mir zu? Ich habe gesagt, die VC Boyz waren Spezialisten für Raubüberfälle auf Privathäuser, wobei sie sich auf ihre eigene Gemeinde beschränkten. Wieso haben sie sich diesen Honky-Tonk-Laden vorgenommen?«

»Das ist Schnee von gestern, Desmond.«

»Ein Freund von mir vom Revier in Garden Grove sagt, er hätte später gehört, dass die VC Boyz ihre Ware an Macklen verkauft haben, also haben sie sich vielleicht über Preise und Prozente in die Haare gekriegt.« Desmond wartete darauf, dass Jimmy ihn belog, aber Jimmy sagte kein Wort. »Hast du schon mal von einem Restaurant in Little Saigon gehört, das sich Nha Trang Café nennt?«

Jimmy harkte weiter.

»Netter kleiner Laden … gutes Essen, gute Leute«, sagte Desmond. »Mein Kumpel hat mir erzählt, dass die VC Boyz da früher rumhingen und den Laden fast ruiniert hätten, bevor sie zu Tode kamen. Etwa einen Monat nach der Schießerei war ich da und hab dein Foto rumgezeigt – nur so aus Neugier, du verstehst …«

Jimmy wartete.

Desmond lehnte sich auf seine Harke. »Niemand dort hatte dich schon mal gesehen. Sie haben dein Foto kaum eines Blickes gewürdigt. Haben sich nur umgedreht und den Kopf geschüttelt. Konnten plötzlich kein Englisch mehr.«

*Tran bekreuzigte sich, als er die Schale mit der Krebs-Spargel-Suppe abstellte, neigte leicht den Kopf, und erst dachte Jimmy, er wolle nur ein guter Katholik sein. »Sieh nicht hin, Jimmy«, zischte Tran.*

*Aber Jimmy drehte sich natürlich zur Tür des Nha Trang Cafés um, sah diese drei asiatischen Schläger hereinspazieren, Jungs in schwarzem Leder, mit Gesichtern wie Rasiermesser, das lange Haar zurückgegelt und an den Seiten ausrasiert. Die anderen Gäste im Café interessierten sich alle ganz plötzlich ungemein für ihre Teller, und die Gespräche verstummten, als hätte jemand den Stecker rausgezogen.*

*Jimmy war mit Macklen in Kontakt geblieben, nachdem er in ihm Samuels Mörder erkannt hatte, war regelmäßig im Club aufgetaucht, hatte mit ihm Bier getrunken. In der Woche zuvor hatte er gesehen, wie diese drei Lederjungs aus Macklens Büro im Rhinestone Cowboy kamen, und gleich gedacht, dass sie nicht wie Country-Fans aussahen. Aber er selbst ja auch nicht.*

*Der kleinste von den VC Boyz sah Jimmy dort sitzen – die einzige Langnase im Nha Trang … und starrte ihn an. Er kam an Jimmys Tisch, und seine hohen Stiefelabsätze klickten wie Sekundenzeiger.*

*Tran hob beide Hände, als der Typ näher kam, flehte ihn auf Vietnamesisch an.*

*Der Typ schlug ihn mit dem Handrücken beiseite, hielt seinen Blick starr auf Jimmy gerichtet. Jimmy wollte aufstehen, aber der Typ war schneller, schnappte sich die unbenutzten Stäbchen vom Tisch und rammte sie Jimmy in die Nase, eins in jedes Nasenloch. Jimmy stöhnte vor Schmerz, und Tränen liefen über seine Wangen. Er versuchte sich zu wehren, aber der Typ stieß die Stäbchen immer weiter rein, zwang ihn, halb aufzustehen. Er sah, dass der Typ eine Pistole im schwarzen Hosenbund stecken hatte.*

*»Willst du mich ficken, Joe?«, fragte der Typ freundlich. Er roch nach Klebstoff.*

*»Nein«, sagte Jimmy und versuchte sich nicht zu bewegen, fühlte, wie die Spitzen der Stäbchen immer tiefer in seine Stirnhöhle vordrangen. Blut tropfte aus seiner Nase.*

*»Wenn du mich nicht ficken willst, Joe, wieso glotzt du mich dann an?«*

*Jimmy antwortete nicht. Wenn er was sagen wollte, musste er das Gesicht bewegen.*

*»Claude! Lass das Gespenst in Ruhe. Dein Essen wird kalt.«*

*Langsam, ganz, ganz langsam zog Claude die Stäbchen aus Jimmys Nase, fischte damit ein Stück Krebsfleisch aus der Suppenschale und schob es Jimmy in den offenen Mund. Dann schlenderte er durch die Totenstille zu dem Tisch hinüber, an dem seine Freunde schon bedient wurden.*

*Jimmy stand regungslos da. Blut tropfte gleichmäßig auf den Resopaltisch, bis Tran angelaufen kam und ihm einen Stapel Papierservietten brachte. Jimmy spuckte das Krebsfleisch aus und hielt sich die Servietten an die Nase. Er setzte sich, sah aber nicht zum Tisch der VC Boyz hinüber. »Wer … wer sind diese Typen?«*

*»Das willst du nicht wissen«, flüsterte Tran, während er mit einem feuchten Lappen auf dem Tisch herumwischte und alles verschmierte.*

*»Doch, will ich.«*

*»Die sind böse, Jimmy.«*

*»Was du nicht sagst.«*

*»Die VC Boyz sind total durchgeknallt. Sie brechen in Häuser ein, nehmen mit, was sie haben wollen, und fackeln den Rest ab. Die würden dich umbringen wegen nichts.«*

*Da wusste Jimmy, was die VC Boyz in Macklens Büro zu suchen hatten. Entweder waren sie dort gewesen, um Drogen zu kaufen, oder um loszuwerden, was sie am Abend zuvor geklaut hatten. Jimmy lächelte, zwang sich, Claude nicht anzusehen. Desmond hatte gesagt, das Gesetz könne Macklen nichts anhaben, aber diese VC Boyz, die waren echt durchgeknallt.*

Die Harke in Desmonds Händen zuckte nach vorn, und langsam zog er sie zurück, wiederholte die Bewegung immer wieder. »Es gibt wohl keinen Cop, der den Abschaum nicht gern aus der Welt schaffen würde«, sagte er und behielt seinen Rhythmus bei, »aber wenn man damit erst anfängt, wo hört man auf? Das Gesetz ist langsam und wankelmütig, aber ohne das Gesetz regiert der Mob, und das führt nur dazu, dass einige Leute von Ästen baumeln, während andere jubeln und sich gegenseitig auf die Schulter klopfen.« Er sah Jimmy an, und seine Augen schimmerten im Zwielicht. »Das jedenfalls habe ich immer geglaubt, Jimmy. Inzwischen bin ich mir nicht mehr so sicher.«

»Falls du dich damit besser fühlst: Was in Macklens Büro passiert ist … so war es nicht geplant.«

»Samuel sollte auch nicht so sterben, wie er gestorben ist. Er war mein Kind, mein *einziges* Kind, und ich konnte rein gar nichts für ihn tun, nicht als er lebte und auch nicht als er tot war. Aber du –«

»Was immer ich getan habe, habe ich nicht für Samuel getan. Ich dachte, es wäre so, aber …« Jimmy schüttelte den Kopf. »Es passiert so viel Scheiße auf der Welt, dass man seinen Verstand nur bewahren kann, wenn man sich um seine eigenen Angelegenheiten kümmert und die Scheiße jemand anderem überlässt – den Cops, den Gerichten, Gott selbst, wenn alles andere daneben geht –, aber manchmal, Desmond, manchmal …« Wieder schüttelte er den Kopf.

»Ich hoffe, du kommst davon.«

Jimmy bückte sich und fuhr mit den Fingern durchs Gras, fühlte die Wärme des Tages, den letzten Rest. »Keiner kommt davon.«

»Ja, das Rad dreht sich immer weiter, und du stehst mittendrin und kannst dich nicht verstecken. Deshalb bist du nach Europa abgehauen, oder?«

»Ich beklage mich nicht.« Jimmy stand auf. »Ich habe mich nie bei dir dafür bedankt, dass du mich in Italien rausgehauen hast, Desmond. Ich weiß nicht, wie du es erfahren hast –«

»Wovon redest du?«

»Rom … ich weiß nicht, was es dich gekostet hat, aber ich bin dir sehr dankbar.«

»Ich weiß nichts von Rom, nur das, was ich in diesem *Gla-*

*diator*-Film gesehen habe, in den du mich geschleppt hast. Ist nicht so meine Stadt.«

Jimmy nickte. »Wie du meinst.«

Desmond legte Jimmy die Hand auf die Schulter. »Wenn Samuel so war, wie du ihn am Ende beschrieben hast, hätte ihn nicht froh gemacht, was du Macklen angetan hast. Halt die andere Wange hin – so steht es im Buch der Bücher.«

»Ich hinke mit dem Lesen etwas hinterher.«

Desmond lächelte, und Jimmy sah Samuels Gesicht, älter und weiser, aber dennoch Samuels Gesicht. »Ich glaube, ich auch«, sagte Desmond.

## 22

Vorcek sah auf seine Uhr, eine goldbesetzte Rolex. »Ich hab nicht viel Zeit«, sagte er mit schwerem Akzent.

»Für jemanden, der es eilig hat, hast du reichlich lange gebraucht, mir von den Speicherchips zu erzählen«, bellte Macklen.

»Ich tu dir nur Gefallen«, knurrte Vorcek, ein bulliger, weißhaariger Tschetschene mit einem Gesicht von der Farbe einer Blutwurst und so vielen Tätowierungen auf den Händen, als trüge er schwarze Spitzenhandschuhe. Er schnippte mit den Fingern. »Erst zahlst du mir fünftausend Dollar.«

»Du solltest mich anrufen, sobald dir jemand die Chips anbietet«, erwiderte Macklen und stampfte mit einer Krücke auf den Boden. »Das sage ich nun seit einem Jahr. Sobald man dir Dyak-128-Ram-Chips anbietet, rufst du mich an, und zwar *pronto*. Weißt du, was pronto heißt, du versoffener Kommunistenpenner?«

»Jungs, ich glaube, wir sollten lieber nicht persönlich werden«, sagte Great White.

»Meinst du, ich hab nix besser zu tun, als dich anzurufen?« Vorcek grinste Macklen höhnisch an. »Ich tu dir ein Gefallen, wenn ich dein Geld nehm. Du sagst, mein Information kommt zu spät? Gut, steig ich wieder in mein Wagen und mach mich auf den Weg. Du kannst ja hier an frische Luft bleiben und winken.«

Die drei standen mitten auf einem stinkenden Ölfeld in Huntington Beach, einem der letzten aktiven Ölfelder im ganzen Orange County, achtzehn Morgen Land voll kleiner Grashüpferpumpen, die Tag und Nacht vor sich hin quietschten und Rohöl mit niedrigem Schwefelanteil förderten. Vorceks schwarzer Lincoln Town Car parkte an der schmalen Zufahrtsstraße, die sich durch das Gelände schlängelte. Stanislaw, sein Bodyguard, stand an den Kühlergrill gelehnt und reinigte seine Fingernägel mit einem Streichholz. Macklens mächtiger Dodge Ram, eine Spezialanfertigung mit sämtlichen Bedienelementen am Lenkrad, stand rückwärts eingeparkt vor einer der schmierigen Pumpen. Das flache Land war von Öllachen und rostigen 50-Gallonen-Fässern übersät, und trotz Pforten und Stacheldrähten sah man überall Graffitis und Bierdosen.

Macklen blickte Vorcek düster an, schwankte auf seinen Krücken, zertrat den kümmerlichen Löwenzahn, der hier überall wild wuchs. Seine Beine waren schwach, fast nutzlos, und trotzdem trug er jeden Tag Cowboystiefel aus Straußen- oder Gürteltierleder und klemmte die Boots an seinen Jeans fest. Seine Stiefelspitzen schleiften durchs Unkraut, wenn er schwankte.

»Entscheide dich«, sagte Vorcek. »Stanislaw und ich wollen noch Frau besuchen. Blond, praller Arsch wie Victoria Secret. Wir geben ihr dein Geld, und sie nuckelt uns, bis nicht mehr geht.« Er drehte sich zu seinem Bodyguard um.

»Victoria *Secret*«, wiederholte Stanislaw strahlend, ein großer, grobknochiger Schläger mit gelben Zähnen und dem gleichen billigen, braunen Anzug wie sein Boss.

»Bezahl ihn«, sagte Macklen.

Great White trat vor.

»Bezahl *ihn*«, knurrte Vorcek. »Ich rühr eure stinkenden Dollars nicht an.«

Great White ging zum Lincoln Town Car hinüber, reichte Stanislaw einen Umschlag mit Hundertern und wartete, während der Leibwächter langsam zählte, wobei er die Lippen bewegte und das Streichholz einen kleinen Squaredance von einen Mundwinkel zum anderen aufführte.

»War ein *Junge*, der mir die Chips verkauft hat«, sagte Vorcek zu Macklen. »Schlauer Bengel, hat dauernd von Film geredet, immer nur von Film, als ob mich interessiert. Heißt Rollo. Du kennst ihn?«

»Ich kenne ihn«, erwiderte Macklen. »Für wen hat er sie verkauft? Die Chips können unmöglich von ihm gekommen sein. Nie im Leben hat der Zappelphilipp ein ganzes Jahr auf so was Wertvollem gehockt und stillgehalten.«

»Die Chips sind heute nichts mehr wert«, sagte Vorcek. »Vor ein Jahr schon, aber heute sind die überholt und kaum den Aufwand wert. Rollo, der Idiot, nimmt meine erste Angebot an, sagt, der Typ, dem sie gehören, ist verzweifelt, und also hab ich doppelt Glück, Macklen. Erst fick ich ihn, dann fick ich dich.« Er drehte sich zu seinem Bodyguard um und lachte. »Und dann fick ich Victoria Secret.«

»Das ist *dreifaches* Glück«, korrigierte Great White.

Vorcek kratzte seinen prallen Wanst, schob eine Hand in die Hose und rückte seine dicken Eier von einer Seite zur anderen, behielt Great White dabei im Auge. Im Bürgerkrieg gegen die Russen war er Oberst gewesen, hatte in Grosny den Rückzug im Häuserkampf angeführt und eigenhändig dreiundvierzig feindliche Soldaten getötet. Manche davon hatte er erschossen, andere mit Granaten in die Luft gesprengt und wieder andere zu Tode gefoltert, um Informationen zu bekommen, für die er sich nicht mal interessierte. Er ließ sie glühende Kohlen aus dem Ofen holen und roch, wie sie stanken, wenn der Schließmuskel versagte. Den Krieg zu verlieren, war furchtbar gewesen, aber Russen zu töten … es gab nichts Schöneres. Kalifornien war eine neue Welt, eine erstaunlich fremde Welt, aber auch hier gab es Angenehmes.

Macklens Krücken sanken leicht in den sandigen Boden vor Vorceks Füßen ein, und Macklen verlagerte sein Gewicht, damit er sicherer stand. Die Krücken waren High-Tech-Wunderdinger aus Titan-Aluminium, wie kopfstehende Ls, aber er hatte sie überarbeitet, hatte die Griffe um je sechs Kilo Blei beschwert. Täglich zwei Stunden hatte er im letzten Jahr mit einem japanischen Stockkampf-Meister trainiert. Vor einem Monat hatte er dem Mann das Schlüsselbein gebrochen und drei Rippen gestaucht. Macklen fand sowieso, er hatte genug gelernt.

»Weißt du, wo Rollo jetzt ist?«, wollte Macklen wissen. »Hast du dir von Rollo eine Telefonnummer geben lassen, wo man ihn erreichen kann?«

»Ich bin doch kein Sekretärin«, schnaubte Vorcek. »Die Leute kommen zu *mir*, wenn sie was wollen. Ich geh nicht zu *denen*.«

»Du hättest ihn nach seiner Nummer fragen sollen«, sagte Macklen. »Du hättest fragen sollen, wem die Chips vorher gehört haben. Wir sind hier in den Vereinigten Staaten von Amerika. Hier *verdienen* wir uns unser Geld.«

»Komm zu mir und arbeite für mich«, sagte Vorcek zu Great White. »Ich zahl dir das Doppelte von dem, was du von diese jämmerliche Figur kriegst.«

»Junge, Junge, stell dir bloß mal die vielen Buntstifte vor, die ich mir dafür kaufen könnte«, sagte Great White. »Da komm ich jetzt aber echt in Versuchung, Macklen.«

»Frag Stanislaw, wie gern er für mich arbeitet«, sagte Vorcek. »Es gibt was zu ficken … wir haben unseren Spaß –«

»Rollo ist keine fünftausend Dollar wert«, schimpfte Macklen. »Nicht, solange ich ihn nicht finden und fragen kann, von wem er die Chips hatte.«

»Wieso arbeitest du für diese Kerl, der sich in Hose scheißt?«, sagte Vorcek zu Great White. »Er braucht dich nicht. Er braucht eine Kindermädchen, die ihm den After pudert.«

Stanislaw lachte hinter ihm.

»Gib mir das Geld zurück«, sagte Macklen zu Vorcek. »Wenn du eine Belohnung willst, such Rollo und bring ihn –«

Vorcek spuckte zwischen Macklens gespreizte Beine, traf einen seiner Stiefel. »Guck auf dein Uhr, Scheißkrüppel! Deine Zeit ist um. Du machst niemand mehr Angst, und niemand hat Respekt, und auch kein –«

Macklen warf seine rechte Krücke in die Luft, fing sie an der Spitze, dann holte er weit aus und schlug sie Vorcek mit voller Wucht gegen den Kopf, so dass der Mann ins Taumeln geriet. Macklen stützte sich auf die andere Krücke, holte noch einmal mit der Rechten aus und traf Vorcek an der Schläfe, was ihn zu Boden schickte. Wieder ging die Krücke knirschend auf den Kopf des Tschetschenen nieder, als dieser aufstehen wollte, und warf ihn bäuchlings in den Dreck. Blut rann aus seinen Ohren. »Meine Zeit ist um?« Macklen humpelte näher. »Bist du ganz sicher?«

Stanislaw hatte seine 9-mm-Glock gezückt und hielt sie auf Macklen gerichtet, als Great White in die Schusslinie trat. Der Bodyguard zögerte keinen Moment, sondern feuerte, als Great White näher kam, traf ihn ein-, zwei-, drei-, viermal in die Brust, so dass die Wucht den Riesen beinahe ins Wanken brachte.

Stanislaws Augen wurden groß, als Great White die Hand mit der Waffe packte und sie langsam umbog.

Great White lächelte, während sich der Bodyguard gegen ihn wehrte, die Gesichter nur Zentimeter voneinander entfernt, die beiden in einer Art Tanz vereint, wobei die Überraschung auf Stanislaws Gesicht schon bald nackter Angst wich. Wie alle starken Männer war Stanislaw daran gewöhnt, bei körperlichen Auseinandersetzungen überlegen zu sein. Great White roch die Zwiebeln und den Hamburger, die der Mann zu Mittag gegessen hatte, während er Stanislaw die Hand verbog, bis die Pistole dem Bodyguard ins Gesicht zeigte. Great White sah ihm in die Augen, während er ihn zwang, abzudrücken, suchte nach etwas, wartete, was passieren würde.

Stanislaw versuchte auszuweichen, und der erste Schuss streifte nur seine Wange, zog eine grellrote Furche über seinen Knochen. Der zweite Schuss traf ihn in den Mund und brach ihm ein paar gelbe Zähne heraus. Der dritte traf ihn mitten in die Stirn. Stanislaw sank in sich zusammen, aber Great White griff fester zu, schoss dem Mann noch das ganze Magazin ins Gesicht. Dann warf er ihn beiseite. Great White hatte die Waffe nicht mal berühren müssen.

Es war nur ein kleines Detail, aber Great White war stolz darauf, wie er auch stolz auf den Keramik-Panzer war, den er von morgens bis abends trug. So einen Panzer gab es sonst nur für Leute beim FBI. Die Weste war in der Lage, ein Hochgeschwindigkeitsgeschoss aufzuhalten, was Great White aber keineswegs daran gehindert hatte, sie einem Agenten der Drogenfahndung abzunehmen, wenn auch erst, nachdem er dem Mann das Genick gebrochen hatte …

Dieses feuchte Knirschen, das Great White hinter sich hörte … da gab es wirklich nichts Vergleichbares. Er wandte sich um und sah, dass Macklen es zu Ende brachte, dass er sich auf eine Krücke stützte. Die andere war voller Hirnmasse. Das Titan war verbogen, allen Ernstes. Vorcek lag am Boden. Sein Kopf sah aus wie ein Halloween-Kürbis, der aus dem zehnten Stock geflogen war. »Puh«, machte Macklen und versetzte Vorcek einen letzten Hieb, etwas außer Atem, aber glücklich.

Great White stieß gegen Vorceks Schuh. »Das könnte Ärger geben, Mack.«

»Wo gehobelt wird, fallen Späne«, sagte Macklen. Ein Büschel weißer Haare klebte noch an seiner Wange. »Pack die beiden in den Kofferraum des Lincoln. Den lassen wir dann in Santa Ana stehen. Sollen sich die Bohnenfresser um die Leichen kümmern. Dafür können sie den Wagen behalten.« Er stach mit der Krücke nach Vorceks zertrümmerter Rolex, schlug ein letztes Mal auf den zertrümmerten Schädel des Mannes ein. »Wie spät, Arschloch?«

Jimmy sah auf seine Uhr. Einunddreißig Minuten hatte die Fahrt von Perfection Enhancement in Newport zum alten Haus seiner Eltern in Anaheim gedauert. Er war knapp über der Geschwindigkeitsbegrenzung geblieben, wollte keinen Strafzettel riskieren. Es war kaum Verkehr auf dem Freeway, aber so musste es auch etwa um die Zeit gewesen sein, als Jonathan – nach Michelles Angaben – die Party verlassen hatte. Einunddreißig Minuten. Zeit genug, zum Poolhaus zu fahren und wieder zurück zu sein, bevor man ihn vermisste.

Jimmy versuchte sich Jonathans Gesicht vorzustellen, als seine kostbaren Polaroids dort überall verstreut lagen. Er wünschte, er hätte es sehen können. Wahrscheinlich wollte Jonathan sie instinktiv aufsammeln, jedes einzelne, aber sein Verstand arbeitete auf Hochtouren – diese eiskalte Yoga-Ruhe. Er hätte gestutzt und seine Möglichkeiten überdacht. Jonathan hätte gewusst, dass diese Eggman-Fotos seinen Bruder angewidert hatten, aber er hätte auch gewusst, dass er früher oder später wiederkommen würde, um sie sich zu holen. Was hatte Jonathan am Strand gesagt? »Niemand stellt eine solche Herausforderung dar wie du, James.« Indem er die Blowjob-Bilder liegen ließ, wollte er Jimmy eine Botschaft übermitteln, ihm eine direkte Herausforderung zukommen lassen. Jimmy machte sich auf den Heimweg, sang beim Fahren vor sich hin.

»Du bist gut drauf«, sagte Great White, während er Vorcek neben dem Reserverad verkeilte. Er drückte Stanislaws Beine herunter und knallte den Kofferraum des Lincoln zu.

»Ich hab dir immer gesagt: Der Tag wird kommen. Ich hatte die Hoffnung nie aufgegeben.« Macklen wandte sich auf seinen Krücken um, vollführte eine unbeholfene Pirouette, umgeben von quietschenden Pumpen. »Erst suchen wir Rollo. Egal wie … wir finden ihn. Der Bengel wird uns erzählen, wer ihm meine Chips gegeben hat. Er kann es bestimmt gar nicht erwarten, mir zu verraten, wer mich um meine Beine gebracht hat.« Macklen hüpfte vor nickenden Ölpumpen über den schlammigen Boden, warf seinen Kopf in den Nacken, wirbelte die Krücken herum, während in ihm finstere Fantasien brodelten.

## 23

Olivia schlug Golfbälle vom Übungsgrün, knallte sie über die 230-Meter-Marke hinaus, athletisch, maschinengleich, schnurgerade. Diverse andere Golfer waren da, arbeiteten an ihrer Technik, schwangen die Schläger, aber selbst die Besten unter ihnen sahen im Vergleich zu ihr plump und unbeholfen aus. Man schien es zu wissen und ließ ihr reichlich Platz.

Olivias großer Balleimer war schon halb leer, aber sie hielt ihren Rhythmus. So machte sie es, seit Jimmy sie kannte: ein Eimer für Hölzer, ein anderer für Eisen, eine frustrierende Stunde auf dem Putting Green, dann eine Achtzehner-Runde. Ihr dunkles Haar glänzte in der Morgensonne. Sie trug einen cremefarbenen Kaschmir-Sweater gegen die Feuchtigkeit, Kakis mit aufgerollten Beinen und Schuhe mit Spikes – stilvoll und praktisch, ohne sich bewusst zu sein, wie makellos sie war.

»Olivia?«

Olivia sah zu ihm hinüber, legte den nächsten Ball auf, stellte sich in Positur. Der Ball segelte das Fairway entlang und rollte immer weiter. Sie sah ihm den ganzen Weg lang nach.

»Wir müssen reden.«

Olivia bückte sich nach dem nächsten Ball, und er sah den Schweiß auf ihrer Oberlippe. Ihr nächster Schlag ging nicht ganz so weit und flog auch nicht so schnurgerade. Schließlich wandte sie sich zu ihm um. »Fast hätte ich am Sonntag einen großen Fehler begangen. Ich würde es am liebsten auf das Gras schieben – du weißt, wie geil ich werde, wenn ich stoned bin … aber das ist keine Entschuldigung.«

»Dein einziger Fehler am Sonntag war, dass du gegangen bist.« Jimmy wollte ihre Hand nehmen, aber sie schüttelte ihn ab.

»Ich dachte, ich kenn dich, aber diese … Nummer, die du da am Montagmorgen abgezogen hast – die Polizei anzuschleppen … ich hätte dich für klüger gehalten.«

»Was hat Jonathan dir erzählt?«

»Alles.«

»Wer's glaubt, wird selig. Ich hätte *dich* für klüger gehalten.«

»Jane Holt war gestern bei mir.« Olivias dunkle Augen blitzten. »Sie sieht müde aus – hast du sie um den Schlaf gebracht?« Sie schob den Driver in ihre Golftasche und zog ein Vierer-Holz heraus. »Du hast ihr erzählt, dass wir zusammen im Tiki Room waren.«

»Ich habe es ihr nicht erzählt. Sie hat es sich zusammengereimt.«

»Ich entschuldige mich in aller Form dafür, dass ich Ihnen diese Frage stellen muss, Mrs. Gage«, sagte Olivia und imitierte Holts nasalen Yankee-Akzent, »aber haben Sie auf dieser Party Ihrem Mann gegenüber erwähnt, dass Sie gerade von einem … Stelldichein mit Jimmy im Poolhaus kamen? Ein *Stelldichein?* Wer redet denn so?«

»Ich wusste nicht, dass sie dir Fragen stellen würde ...«

»Jonathan wusste es.« Olivia strich ihr Haar zurück. »Er hat mir prophezeit, dass deine Lieblingspolizistin reinschauen würde, um ein paar unangenehme Andeutungen fallen zu lassen, und genau das hat sie getan.« Sie kam ein Stück näher, aber Jimmy rührte sich nicht von der Stelle. »Ich weiß alles über die Polaroids, falls du gekommen bist, um mir davon zu erzählen. Jonathan hat sie mir gezeigt. Jetzt hat er nichts mehr zu verbergen.«

»Er hat dir die Eggman-Fotos gezeigt?«

»Sehr witzig. Du weißt, welche Fotos ich meine.«

»Oh.«

»Ja, *oh*.«

»Du bist sauer auf *mich*, weil Jonathan seine gelungensten Blowjobs gebunkert hat?«

»Dass du am Sonntagabend diese Polaroids gefunden hast, kam ja wirklich sehr gelegen. Habe ich es dir vermasselt, weil ich früher als erwartet weggelaufen bin? Jonathan mit diesen anderen Frauen zu sehen ... sollte ich in deine Arme sinken und dir sagen, dass alles vergeben und vergessen ist?«

»So war das nicht. Die Blowjob-Bilder waren mir vollkommen egal. Ich habe Holt mit zum Poolhaus genommen, weil sie sich die Eggman-Fotos ansehen sollte, denn sie sagte, die könnten ihr vielleicht bei ihren Ermittlungen helfen.«

»Es gibt keine Ermittlungen mehr. Alle Welt weiß das. Früher warst du ein besserer Lügner.« Olivia tat, als wollte sie den nächsten Ball auflegen. »Dein Versuch, mich zurückzugewinnen, ist eine Sache. Möglicherweise fand ich es sogar schmeichelhaft, aber Jane Holt dazuzuholen ...« Sie hielt ihren Blick auf den Ball gerichtet, holte halb aus. »Hast du erwartet, dass sie die Polaroids konfisziert und einen offiziellen Bericht schreibt? Jonathan hat einen Ruf zu verlieren. Verachtest du ihn so sehr, dass du ihn sogar ruinieren würdest?«

»Ich hab damit nicht angefangen.«

»Es ist kein Wettstreit, Jimmy. Werd erwachsen und sieh es endlich ein.« Olivia holte wild aus, toppte den Ball, so dass er dreißig Meter weit hüpfte.

»Hübscher Schlag.«

Unwillkürlich musste Olivia lachen.

»Schon besser.«

»Nein, überhaupt nicht«, erwiderte Olivia. »Du hast ihn *verletzt*, Jimmy. Er hatte solche Angst vor meiner Reaktion, dass er weinen musste.«

»Jonathan hat geweint? Ich hoffe, du hast es auf Video.«

»Er glaubt, du willst unsere Ehe zerstören, und ich muss zugeben, diese Fotos von ihm mit diesen anderen Frauen zu sehen und zu wissen, dass er sie aufbewahrt hat … das war schon erschütternd.« Olivia klopfte mit dem Schläger den Rasen von ihren Spikes. »Ich war stinksauer, wenn du es genau wissen willst … aber verheiratet zu sein, verändert einen Menschen.«

»Ich weiß. Früher hast du mir besser gefallen.«

»Meinst du, *du* hast dich nicht verändert?«, fuhr Olivia ihn an, kümmerte sich nicht darum, ob jemand sie hörte. »Sieh dich doch mal an: Du bist so verbittert.«

»Soll ich weinen? Was würde es ändern? Soll ich den Kopf hängen lassen und jammern? Soll ich dir vielleicht einen Stoffteddy vor die Tür legen oder ein Flugzeug mieten, das eine Botschaft an den Himmel schreibt? Diese Kleiner-Junge-mit-gebrochenem-Herzen-Nummer mag ja bei Jonathan funktionieren, aber ich glaube, das bringe ich nur, wenn ich mir vorher selbst eine aufs Maul haue.«

»Nein, betteln steht dir nicht«, sagte Olivia, und beide waren überrascht, wie traurig ihre Stimme dabei klang. »Wieso bist du gekommen, Jimmy?«

»Du fehlst mir.«

»Das freut mich.« Olivia zog eine Grimasse. »Ich weiß noch, wie du abgehauen bist und deine Mutter gesagt hat, du wärst weg, weil du so verzweifelt warst wegen dieser Eggman-Sache, dass du dir die Schuld an allem geben würdest, was passiert war. Dein Vater sagte, eine Frau in meinem Alter sei bereit für die Ehe, aber du würdest die Verantwortung scheuen … wie immer.«

»Was hat Jonathan gesagt?«

»Du hättest mich nicht verlassen dürfen, Jimmy.«

»Ich hab dir doch gesagt, ich hatte Angst, dass du –«

»Genau: Du *musstest* weglaufen, weil dich irgendwas eingeholt hat, was du angestellt hattest, und du wolltest mich beschützen.« Olivia schüttelte langsam den Kopf. »Blödsinn.«

»Es stimmt.«

»Warum hast du mich dann nicht gefragt, ob ich mitkomme? Du hättest mich wenigstens fragen können. Ich dachte, du liebst mich. Hattest du Angst, ich könnte *ja* sagen?«

Jimmy antwortete nicht. Das Ganze lief kein bisschen so, wie er es geplant hatte.

»Schon gut.«

Sie fehlte Jimmy jetzt nur umso mehr. Sie stand direkt neben ihm, so nah, dass er ihre Körperwärme spürte, aber im Augenblick drang er nicht zu ihr durch.

»In den letzten Monaten, bevor du abgehauen bist, kam es mir vor, als könnten wir nur streiten.« Der Wind fuhr durch ihr Haar, dass die Strähnen um ihre Wangen tanzten. »Deine Freunde, meine Freunde – es kam mir vor, als könnten wir nur glücklich sein, wenn wir allein waren.«

»Damit könnte ich leben.«

Wieder schüttelte Olivia den Kopf. »Du willst mich nicht wiederhaben. Du willst mich nur Jonathan wegnehmen.«

»Das ist nicht –«

»Es *ist* wahr.« Olivia brachte ihn zum Schweigen, mit dem Finger an den Lippen. »Ich bin nicht gekränkt. Wirklich nicht. Ich bin über dich hinweg, Jimmy.«

»Okay.«

»Es war nicht leicht. Selbst noch als ich merkte, wie es zwischen Jonathan und mir anfing, habe ich versucht, Kontakt zu dir aufzunehmen –«

»Ich sagte: *okay.*«

»Ich weiß nicht, ob ich dir eine letzte Chance geben oder eigentlich nur erzählen wollte, was los war«, sagte Olivia, ignorierte ihn. »Ich habe in Berlin, Stockholm, Tokio Nachrichten hinterlassen ... ich weiß nicht, wie oft ich anrufen musste, bis mich der Tourmanager zurückrief. Er sagte, du hättest dich in Rom abgesetzt. Du hast dir nicht mal die Mühe gemacht, mir Bescheid zu geben.«

»Ich konnte nicht.« Jimmy zögerte. »Ich saß im Gefängnis. Mein Anwalt sagte mir, man würde mich bald entlassen, aber als es dann endlich so weit war, hatte ich fast drei Monate gesessen.«

»Was hast du angestellt?«

»Ich war auf dem Weg nach *Hause* – witzig, oder? Ich hatte mein Gepäck am Flughafen in Rom aufgegeben und wartete darauf, dass sie meinen Flug aufrufen, als ich verhaftet wurde. Man hatte in meinem Gepäck eine Waffe gefunden. Sie gehörte mir nicht. Und Fingerabdrücke waren keine drauf.«

»Wieso hast du mich nicht angerufen? Ich wäre mit der nächsten Maschine gekommen.«

»Ich dachte die ganze Zeit, die Sache wäre bald geklärt, aber das italienische Rechtssystem ist genauso mies wie unseres, und es zog sich einfach hin ...«

»Trotzdem hättest du mich anrufen sollen.«

»Hätte es was geändert?«

Olivia hielt seinem Blick stand, bis er sich abwenden musste.

»Ja, das habe ich mir schon gedacht.«

»Guck nicht so traurig«, sagte Olivia. »Du hast bekommen, was du wolltest. Wir beide.«

»Ja, fühlt sich an wie Scheißweihnachten.«

Olivia lachte aus vollem Hals, klar wie der neue Morgen. »Du fehlst mir *auch* manchmal. Niemand bringt mich so zum Lachen wie du.«

Jimmy küsste sie, hielt seinen Mund an ihre Lippen, dann wich er langsam zurück. »Ich will dich nicht mehr zum Lachen bringen.« Er sah Tränen in ihren Augen, oder vielleicht waren es auch seine eigenen Augen, die da glänzten. »Ich will nicht, dass wir Freunde sind.«

»Sag nicht so was.«

»Aber so will ich es haben. Anders könnte ich es nicht ertragen.«

Olivia nickte, dann wandte sie sich ab.

## 24

»Ich bin Ihnen sehr dankbar, dass Sie mich so kurzfristig empfangen«, sagte Holt. »Ich weiß, Sie müssen sehr beschäftigt sein.«

»Freitags ist immer viel los, aber ich will Ihnen gern helfen, wenn ich kann, Detective.« Michelle kam hinter ihrem antiken rosa-weißen Schreibtisch hervor.

»Bitte nennen Sie mich Jane.«

Michelle winkte sie auf das Blümchensofa in ihrem Anwaltsbüro, und die beiden setzten sich so, dass sie einander ansehen konnten. »Sie sehen aus, als könnten Sie eine Tasse Kaffee vertragen.«

»Danke, nein.« Holt schlug die Beine übereinander. Michelle Fairfields Kanzlei war plüschig und gemütlich: voller Pflanzen und Makramees, persische Teppiche am Boden und überall Kinderfotos. Holt versuchte, sich nicht allzu aufdringlich umzusehen. Sie war die High-Tech-Sterilität großer Anwaltskanzleien gewöhnt, aber es schien, als könnte man sich dem Familienrecht hier angemessen widmen. Es war ein hübscher Schlupfwinkel, in dem man die Auflösung seiner Ehe betreiben konnte und gleichzeitig daran erinnert wurde, was die zerstrittenen Parteien hinter sich zurückließen.

Michelle schüttelte ein kleines, besticktes Kissen auf und lehnte sich zurück. »Hat Jimmy Schwierigkeiten?«

Holt gab sich neugierig amüsiert. »Ich habe gesagt, ich wollte mit Ihnen über Jimmy und Jonathan Gage sprechen. Wieso glauben Sie, dass Jimmy Schwierigkeiten hat?«

»Worum genau soll es hier gehen … Jane?«

»Ich versuche nur, die beiden etwas besser zu verstehen«, erwiderte Holt erstaunt, denn Michelle ließ sich nicht aus der Reserve locken. Die gemütliche Umgebung war trügerisch. »Sie waren beide sehr hilfreich, was meine momentanen Ermittlungen angeht. Ich dachte mir, alles, was Sie über die beiden wissen, könnte nützlich sein.«

Kühl blickte Michelle an ihrer makellosen Nase entlang. Sie war eine wirklich hübsche Frau, aber ihr durchdringender Blick passte nicht zu ihren ebenmäßigen Zügen. Ein Covergirl-Gesicht mit blonder Mähne mochte einem Türen öffnen und den besten Tisch verschaffen … so ein Gesicht erleichterte manches. Aber einen furchtlosen Blick wie diesen bekam man nur, wenn man sich erkämpft hatte, was man besaß.

»Ich hoffe, Sie haben nichts dagegen«, sagte Holt.

Michelle zuckte nicht mit der Wimper. »Wieso ich?«

»Ich habe Anfang der Woche die Gästeliste für Jonathans Party vom Sicherheitsdienst bekommen«, sagte Holt. »Soweit ich weiß, kam es zwischen den beiden Brüdern auf dem Fest zu einer Auseinandersetzung, aber deshalb bin ich nicht hier. Ich habe mit Olivia Gage gesprochen, und sie sagte, Sie seien mit den beiden zur Schule gegangen. Danach möchte ich Sie fragen.«

Michelle besaß ein erdiges Lachen, was zu ihrer eleganten Erscheinung nicht recht passte. »Sie wollen mich über die

Highschool befragen? Sind Sie auch sicher, dass Sie Polizeibeamtin sind, Jane?«

»Ziemlich sicher.« Holt erwiderte ihr Lächeln. »Ich versuche nur, die beiden zu verstehen. Jonathan und Jimmy hüllen sich beide in Nebel – unterschiedlichen Nebel, aber dennoch Nebel. Meiner Erfahrung nach ist sich ein Mensch selbst nie näher als während der Highschool, bevor er lernt, sein wahres Ich zu verbergen.«

»Das ist eine interessante Theorie«, sagte Michelle.

»Wie würden Sie Jonathan und Jimmy beschreiben, als Sie die beiden damals kannten?«

»Ich war mit keinem von beiden befreundet. Damals hatte ich nicht viele Freunde.«

Holt nickte überrascht. »Was immer Sie beizutragen haben, könnte helfen.« Sie rückte etwas näher an Michelle heran. »Es ist wichtig.«

Michelle betrachtete sie, zeichnete mit einem manikürten Fingernagel beiläufig das Muster auf dem bestickten Kissen nach. »Na ja«, sagte sie schließlich, »Jonathan war immer der stille, fleißige Typ. Er hielt sich von allen anderen fern – ich auch, aber ich hatte nicht die Wahl.« Ein Lächeln zuckte um ihre Mundwinkel. »Bei Jonathan war es eher seine Art zu sein, ich weiß nicht, etwas besser als wir anderen, etwas klüger, ganz sicher erheblich motivierter. Jonathan wusste immer, was er wollte.« Sie wandte sich ab und hob eine Hand, um an ihrem Kinn entlang zu streichen.

»Und Jimmy?«, fragte Holt. »Wie war er?«

»Jimmy …« Michelle schüttelte den Kopf. »Er war eher … in seiner eigenen Welt. Man musste nur sehen, wie er den Flur entlangkam, wie er sich bewegte, alles um sich herum aufsog, und schon wusste man, dass er anders war. Jimmy war beliebt, ohne sich darum bemühen zu müssen, und klug genug, dass die Lehrer ihn in Ruhe ließen. Die Mädchen mochten ihn … jedenfalls weiß ich, dass *ich* ganz verrückt nach ihm war.«

»Oh, ich verstehe«, sagte Holt.

Michelle errötete.

»Hatte Jimmy auf der Highschool Probleme im Zusammenhang mit Aggressivität?«

»Ich weiß nicht, was Sie damit meinen«, erwiderte Michelle ausdruckslos.

»Die Highschool kann eine ausgesprochen stressige Zeit sein«, sagte Holt. »Die vielen Hormone, die verrückt spielen …« Sie wartete vergeblich auf eine Reaktion von Michelle. »Ich habe gestern mit Jonathan gesprochen, und er erwähnte, dass Jimmy in seinem Abschlussjahr eine gewaltsame Auseinandersetzung hatte. Sie muss schwer wiegend gewesen sein, wenn man bedenkt, dass er daraufhin der Schule verwiesen wurde.«

Michelles Blick wurde kälter.

»Heute Morgen habe ich versucht, die Schulakten einzusehen, aber die sind nicht zugänglich«, erklärte Holt. »Ich dachte, Sie könnten mir vielleicht helfen. Auf der Highschool gibt es keine Geheimnisse.«

»*Darüber* wollten Sie eigentlich mit mir sprechen?«

»Ja.« Holt hatte herausgefunden, dass Ehrlichkeit im Umgang mit Menschen nicht nur die beste, sondern im Grunde die *einzige* Methode war.

»Jimmy ist ein Freund von mir«, sagte Michelle.

»Ich sehe Jimmy auch als Freund«, erwiderte Holt.

Michelle nickte, als hätte sie eine Entscheidung getroffen. »Hätten Sie mich letztes Jahr gefragt, hätte ich Ihnen überhaupt nichts darüber sagen können, nur dass Jimmy eine Schlägerei mit drei Footballspielern hatte. Aber vor ein paar Monaten bekam ich einen Anruf von Greg, einem der Jungen. Er arbeitet heute in einer Autovertretung und sagt, er sei dort der beste Verkäufer. Ich hatte seit der Highschool nicht mehr mit ihm gesprochen. Eigentlich kann ich mich gar nicht erinnern, überhaupt jemals mit ihm gesprochen zu haben.«

»Weshalb hat er Sie angerufen?«

»Er wollte etwas wieder gutmachen.«

»Ich verstehe nicht.«

»Greg hatte sich kurz vorher den Anonymen Alkoholikern angeschlossen und begann das 12-Stufen-Programm«, sagte Michelle, wobei sie immer wieder ihren Rock glatt strich. »Auf Stufe Neun soll man sich bei jemandem entschuldigen, den man vor langer Zeit verletzt hat.«

»Auf der Highschool hat dieser ... Greg Sie also verletzt? War das der Grund, weshalb Jimmy ihn verprügelt hat?«

»Er hat mich nicht verletzt. Jimmy hat ihn vorher daran gehindert.« Michelle holte tief Luft, dann atmete sie langsam aus, versuchte, ihre Haltung wiederzufinden. »Greg sagte, die drei hätten sich verabredet, mich nach der Schule zu vergewaltigen. Er musste weinen, als er es mir erzählte. Er sagte, sie hätten mich beobachtet, wie ich auf meinem Heimweg von der Schule immer die Abkürzung über den Sportplatz nahm ... da sind sie auf die Idee gekommen. Wissen Sie, es war die erste Woche im neuen Schuljahr, und wir spielten gegen unsere großen Rivalen, die Bulldogs. Deshalb haben sie mich rausgepickt.« Sic fuhr sich mit einer Hand durchs Haar. »Ich wirkte damals selbst wie eine Bulldogge«, sagte sie leise.

Holt starrte sie nur an.

»Irgendwie muss Jimmy rausgefunden haben, was sie vorhatten. An diesem Nachmittag hat er sie überrascht, als sie hinter dem Handballfeld auf mich gewartet haben.« Michelle schüttelte den Kopf. »Ich war nicht mal da – ich war an diesem Tag früher nach Hause gegangen, weil mir übel war. Von der Schlägerei habe ich erst erfahren, als ich am Montag wieder in die Schule kam.« Sie stellte beide Füße auf den Boden und beugte sich zu Holt vor. »Ich habe versucht, mit Jimmy darüber zu sprechen, als ich ihn letzte Woche zufällig auf dieser Party traf, aber er tat, als wüsste er nicht, wovon ich rede. Können Sie das glauben?«

»Jimmy hat den Jungen aufgelauert? Allen dreien?«

»Oh ja.« Michelle grinste. »Er hat ihnen *ordentlich* in den Arsch getreten.«

## 25

Mit dem dumpfen *Wump* einer Tresortür fiel die Tür der Limousine zu, und Jimmy ließ sich auf dem schwarzen Ledersitz neben Antonin Napitano nieder, während der Fahrer vorn um den Wagen ging. Er hatte sich von Napitano in Belmont Shore abholen lassen, einem protzigen, etwas heruntergekommenen Viertel südlich von Long Beach, eine Gegend, in der die Koksdealer keine Pitbulls, sondern blaue Siamkatzen hielten und vor den Bankschaltern Mädchen im String-Bikini kaugummikauend Schlange standen und *Marie Claire* lasen. Langsam fuhren sie die Second Street entlang und sahen einem tätowierten Teenager nach, der mit seinem Skateboard an ihnen vorbeirollte, auf der Schulter einen Ghettoblaster, der durch die dicken, dunklen Scheiben der Limo nur gedämpft zu hören war.

»Ich hoffe, du hast ordentlich Appetit mitgebracht.« Napitano bleckte seine winzig kleinen, weißen Zähne und musterte Jimmy mit kaum verhohlener Freude. Wie immer trug er einen schwarzen Seidenpyjama, und seine Füße steckten in Seidenslippern. Er war ein kleiner Mann, kaum eins sechzig, mit überdimensionalem Kopf und hinterlistigem Blick, das Gesicht eines habgierigen Kleinkinds. »Du hast noch gar nichts zu meinem neuen Wagen gesagt. Ich bin gekränkt.«

Jimmy sah sich um. Der geräumige Fahrgastraum war mit weichem, schwarzem Leder ausgeschlagen und dick gepolstert. Direkt vor ihnen gab es zwei Fernseher. Eine Bar, ein Kühlschrank, eine Computerkonsole und drei Telefone waren in diversen Nischen untergebracht. »Sieht genauso aus wie deine andere Limo, vielleicht sogar noch größer ... ist aber nichts, wenn man Frauen aufgabeln will«, sagte er und wünschte, er hätte das Treffen mit seinem ehemaligen Arbeitgeber verschoben, denn noch immer war er genervt, dass Olivia ihn hatte abblitzen lassen. Sie wollte nichts von dem glauben, was er ihr über Jonathan erzählt hatte. Genau wie alle anderen. Er beugte sich vor und deutete auf etwas, das sich neben dem rechten Notsitz befand. »Nino, was ist *das*?«

Napitano hob einen kleinen, flauschigen Hund vom Seidenkissen. »Das ist Tina. Sag Jimmy Hallo, Tina.« Tina hechelte Jimmy an, und ihre Zunge hing heraus. »Sag Hallo, Jimmy. *Bitte!* Du willst doch ihre Gefühle nicht verletzen.«

»Bist du sicher, dass es ein Hund ist? Sieht eher aus wie ein Ewok.«

Napitano schmuste mit dem Köter herum. »Tina ist ein Yorkshireterrier, stimmt's, Tina? Ja, das bist du.« Sie rieben ihre Nasen aneinander, und die grauen Barthaare kitzelten Napitanos rosige Wangen.

»Vorsicht, Nino. Ich glaube, die Viecher wurden ursprünglich für die Rattenjagd gezüchtet.«

»Ich sehe, du hast nichts von deiner großen Klappe eingebüßt.« Napitano küsste dem Hund die Schnauze, dann warf er ihn wieder auf sein Kissen. Er drückte einen Knopf an der Konsole. »*Avanti!*« Die Limousine beschleunigte die Rampe zum Freeway 701 hinauf.

Napitano nahm eine Flasche Dom Perignon aus dem Eiskübel, schenkte zwei Champagnerflöten voll – zerbrechlich wie Seifenblasen – und reichte eine davon Jimmy. »Auf die Rückkehr des verlorenen Sohnes!« Er trank Jimmy zu, nahm einen großen Schluck, gurgelte geräuschvoll, bevor er schluckte. Er lächelte mit seinen Milchzähnen, und Jimmy fragte sich, wie groß der Vorrat an Beißern in seinem Schädel eigentlich war, denn bei seinem unstillbaren Appetit müssten sie eigentlich nach wenigen Monaten abgewetzt sein ... nie zufrieden, immer hungrig wie er war.

Bei ihrer ersten Begegnung hatte Napitano hinter seinem mächtigen Schreibtisch bei *SLAP* gesessen, mit den nackten Füßen auf dem Tisch, eine Kilo-Dose Kaviar auf dem Schoß, während er Jimmy zwischen seinen wackelnden Zehen hindurch betrachtete. Keiner von beiden hatte etwas gesagt. Nach einer Weile hatte auch Jimmy seine Schuhe ausgezogen und die Füße auf den Tisch gelegt, noch immer ohne ein Wort. Es war das verrückteste Vorstellungsgespräch, das er je geführt hatte, aber Nino engagierte ihn vom Fleck weg und sagte, er könne schreiben, was er wolle. Dann hatte er ihm einen Löffel Beluga angeboten, um den Deal zu besiegeln.

Eines der Handys piepte. Napitano nahm es wortlos, lauschte nur.

Während Napitano telefonierte, trank Jimmy seinen Champagner aus, der sogar noch besser war als das Zeug, das Jonathan bei seiner Party ausgeschenkt hatte. Der Wagen schwankte leicht, als der Fahrer Gas gab, und Jimmy fühlte sich auf seinem beheizten Ledersitz etwas benommen. Er gähnte.

»Ist wie im Mutterschoß hier drinnen, hab ich Recht?«, sagte Napitano, als er das Telefon weglegte. »Warm und weich, zufrieden wie die Zwillinge sitzen wir friedlich in unserer mobilen Fruchtblase und zupfen uns gegenseitig an den Schwänzen. Da möchte man doch glatt –«

»Wenn das kein Bild ist, das ich mir chirurgisch aus meiner Erinnerung entfernen lassen möchte ...«

»Amerikaner sind so prüde«, prustete Napitano. »Du siehst erschöpft aus, mein Junge. Mach die Augen zu und ruh dich aus. Wir sind bald da.«

Jimmy gähnte erneut. »Ich bin nicht müde.« Die Mittagssonne spiegelte sich auf den vorbeifahrenden Autos, aber im Innenraum der Limo herrschte stilles Zwielicht, während Jimmy beim Summen des Motors döste.

»Wach auf, Jimmy.« Napitano rüttelte an seiner Schulter.

Jimmy streckte sich vorsichtig, achtete auf seine Rippen. Er glaubte zwar nicht, dass Blaine ihm welche gebrochen hatte, aber jedes Mal, wenn er tief Luft holte, tat es weh.

»Stell dich darauf ein, wie ein Kaiser zu speisen«, sagte Napitano.

Jimmy warf einen Blick aus dem Fenster und sah Scherben glitzern. Am Ende des Blocks stand ein hoher Zaun um einen Autofriedhof, und am Straßenrand parkten überall Schrottautos, die Windschutzscheiben eingeschlagen, die Räder abmontiert, als hätten sie versucht, den Schrottplatz zu erreichen, aber nicht mehr die Kraft dazu gehabt. Eine verrostete Waschmaschine lag umgekippt auf einem leeren Grundstück, neben einem Sofa, dessen Polsterung ins Unkraut hing. Nur wenige Meter entfernt stand *Lorraine's Bar BQ*, ein eckiger Betonklotz mit vergitterten Fenstern und zwei hölzernen Picknicktischen auf einer geborstenen Terrasse. Drei junge Latinos mit weißen Hemden und Krawatten saßen an einem der Tische, beugten sich über ihr Essen, behielten die Limo zwischen den Bissen im Blick.

Es klopfte an der Scheibe. Napitano machte auf und nahm einen Arm voll Papiertüten von seinem Fahrer entgegen, einem großen, kräftigen Schwarzen im Smoking. Jimmy konnte sein Schulterholster sehen, als sich der Mann hereinbeugte.

»Hast du auch an dich gedacht, Carlton?«, fragte Napitano.

»Mr. Napitano, Sie wissen doch, dass ich Vegetarier bin.«

Napitano schloss das Fenster, und der Fahrer ging draußen vor dem Wagen in Positur, mit verschränkten Armen und finsterem Blick hinter der Sonnenbrille. Napitano riss die Tüten auf, holte Schachteln mit Spareribs, gebackenen Bohnen, Chicken Wings, Keksen mit brauner Soße, Würstchen und Maisbrot mit Jalapeños heraus. »*Iss*, Jimmy«, drängte er. Der Hund sprang auf Napitanos Schoß, während dieser in die Tüten tauchte, dass das Fett nur so spritzte und die ganze Limousine vom Duft nach Räucherfleisch und Honig-Barbecue-Sauce erfüllt war. Er holte ein großes Rippchen hervor und reichte es an den Yorkie weiter, der es auf sein Kissen zerrte.

Jimmy machte sich über einen Hühnerflügel her, und der Saft lief ihm übers Kinn, als er daran herumnagte. »Gefällt mir, dass du vier Monate nach dem dritten Bypass wieder deine Scheiß-auf-Cholesterin-Diät begonnen hast. Es zeigt ein gewisses Maß an Unbekümmertheit von deiner Seite.«

»Dann hast du also von meiner kleinen Operation gehört?« Napitano nagte das Fleisch geräuschvoll vom Knochen. »Da wandert er durch Europa, der Vagabundenprinz, und interessiert sich trotz allem noch für Nino. Ich wusste, dass ich dir fehlen würde.«

»Der Nachricht von deiner Operation konnte man nicht entgehen. In sämtlichen Zeitungen Roms war dein Gesicht abgebildet. Ich habe gesehen, wie ein alter Mann mit einer Ausgabe von *La Stampa* zur Toilette ging, und als er wiederkam, fehlte das Titelblatt mit deinem Bild.«

Ninos kleine Nagezähne tänzelten an der Rippe entlang. »Als du im Gefängnis warst?«

Jimmy hörte auf zu kauen, mit dem Hühnchenknochen halb im Mund. »Wie hast du das denn rausgefunden?«

Napitano hatte das Rippchen abgenagt und warf es beiseite. »Was meinst du, wer dich rausgeholt hat?«

»Ich dachte … ich dachte, es war jemand anders.«

»Wie schön, so viele Freunde zu haben, dass du gar nicht weißt, wem du zu danken hast. Wieso hast du mich nicht gleich angerufen, als du Probleme hattest? Es war reiner Zufall, dass ich von deiner Lage erfahren habe.«

»Ich hatte einen der besten Anwälte der Stadt. Ich dachte nicht, dass man noch mehr tun könnte.«

»Man kann *immer* noch mehr tun. Dein Stolz hat dich drei Monate deines Lebens gekostet.«

»Er hat mich viel mehr als das gekostet.«

Nach drei frustrierenden Monaten mit zwei Mal täglich Pasta hatte Jimmys Anwalt eines Nachmittags draußen vor der Zelle gestanden, rasend schnell italienisch gesprochen und eine Verfügung geschwenkt, die mit goldenen Siegeln gepflastert war. Der Wachmann hatte gefurzt und in aller Ruhe den Papierkram durchgelesen, dann hatte er die Tür aufgeschlossen. Jimmy war in ein Hotel gezogen, hatte einen Flug für den nächsten Tag reserviert und Olivia angerufen. Angesichts des zehnstündigen Zeitunterschieds hatte er es im Country Club versucht. Der Verkäufer im Pro-Shop hatte gesagt, sie habe am Tag zuvor geheiratet und befinde sich auf Hochzeitsreise. Jimmy dachte, die Verbindung sei schlecht, und bat den Mann, es noch mal zu wiederholen. Er hielt den Hörer noch lange in der Hand, nachdem der Verkäufer aufgelegt hatte, und überlegte, ob es irgendwo auf der Welt eine Zeitzone gab, in der noch immer gestern war, in der er anrufen und Olivia sprechen konnte, bevor es zu spät war.

Napitano nahm ein Stück durchgekautes Fleisch aus dem Mund und warf es dem Yorkie zu. »Ich bin enttäuscht von dir, dass du dich wie ein dummer Junge hast verhaften lassen. In italienischen Flughäfen werden *alle* Gepäckstücke gecheckt, nicht nur das Handgepäck. Ich dachte, das wüsste jeder. Wieso musstest du überhaupt mit einer geladenen Pistole reisen? Europa ist doch nicht der Wilde Westen – die *polizia* nimmt so etwas sehr ernst, besonders nach den Bombenanschlägen dieser Terroristen.«

»Es war nicht meine Waffe.«

»Natürlich.«

»Jemand wollte mir was anhängen. Irgendwer muss einen der Gepäckträger bestochen haben, damit er mir die Waffe unterschiebt. Kofferschlösser sind einen Dreck wert. Ich habe versucht, es der Polizei zu erklären –«

»Die Polizei hört nicht sonderlich gut.« Wie ein Dirigent

winkte Napitano mit einem frischen Rippchen. »Hast du eine Ahnung, wem du es zu verdanken hast?«

»Ich hatte Streit mit dem Sänger dieser Band, mit der ich unterwegs war. Deshalb wollte ich nach Hause. Er könnte es gewesen sein … eine Waffe ließe sich ohne weiteres ins Equipment schmuggeln, aber ich bin nicht sicher. Er war stinksauer auf mich, aber ich glaube nicht, dass er sauer genug war, so etwas zu tun.«

»Die Welt ist voller Pygmäen.« Napitano nagte den Knochen geschickt ab und griff sich sein Champagnerglas. »Riesen wie wir machen sich bei jedem Schritt neue Feinde.«

»Was hat es dich gekostet, dass die Anklage fallen gelassen wurde?«

»Es war keine Frage des Geldes, obwohl natürlich Geld geflossen ist. Es gibt noch immer Leute, die mir einen Gefallen schuldig sind, und wenn ich die Wahrheit sagen soll, sind Verbrechen gegen den Staat relativ leicht zu verzeihen. Unversöhnlich ist nur der Steuereintreiber. Hat der dich erst mal am Arsch, lass alle Hoffnung fahren.«

»Ich stehe in deiner Schuld, Nino.«

»*Natürlich* tust du das, mein Junge. Oh, sieh mal!«

Die jungen Männer am Picknicktisch standen auf, warfen ihr Essen beiseite und zerstreuten sich, als ein paar Homeboys von einem ausgebrannten Gebäude auf der anderen Straßenseite herübergeschlendert kamen, die Bandannas tief in die Stirn gezogen.

Nino leckte seine Finger. »Carlton«, sagte er ins Mikrofon.

»Ich sehe sie, Mr. Napitano«, sagte Carlton zu seinem Revers gewandt.

»Carlton war früher bei eurem Secret Service«, erklärte Napitano. »Ich habe ihm einen Blankoscheck geboten, damit er mir ein paar fiese, kleine Geheimnisse von euren Präsidenten verrät, aber er will nicht. Euch Leutchen werd ich *nie* verstehen.«

Die fünf Homeboys verteilten sich, kamen näher.

Carlton stieß sich von der Kühlerhaube der Limousine ab und baute sich vor Jimmys Scheibe auf, breitbeinig, die Pistole gezückt – eine richtige Kanone, eine 44er Magnum mit 6-Zoll-Lauf. Beidhändig ging er in Stellung und richtete die Waffe auf Jimmys Kopf. Dann spannte er den Hahn.

Jimmy schrie Napitano an und warf sich auf den Boden, kauerte dort, versuchte, sein Gesicht in den Teppich zu drücken. Selbst noch im hermetisch abgeschlossenen Innenraum der Limousine dröhnten die Schüsse laut. Drei in schneller Folge: *POP-POP-POP.* Er hörte Nino lachen, aus voller Kehle. Langsam setzte sich Jimmy wieder auf. Er sah, wie die Homeboys zurückwichen, wobei Carlton sie im Auge behielt und wartete, bis sie wieder in dem Gebäude verschwunden waren. Dann erst steckte er seine Waffe weg. Jimmy starrte die Scheibe an. Carlton hatte keine Platzpatronen abgefeuert. Jimmy sah die Geschosse, gefangen im Glas wie Fliegen im Honig.

»Erstaunlich, was?« Napitano klopfte an die Scheibe. »Neueste Technik, von der NASA entwickelt – so eine Art Epoxidharz, acht Zentimeter dick und absolut bruchfest. Netter kleiner Scherz, nicht? Dein Gesicht, Jimmy! Ich wünschte, du hättest es sehen können. Ist das ganze Leben vor deinen Augen abgelaufen? Alles, was du schon vergessen glaubtest, von der Muttertitte bis zum ersten Kuss?« Er schaufelte sich einen Löffel gebackener Bohnen in den Mund, wobei ihm ein paar Hülsenfrüchte auf den Schoß fielen.

Eines Tages würde Jimmy auf diesen Moment zurückblicken und lachen. Eines Tages … ungefähr eine Stunde, nachdem die Sonne zur Supernova geworden war.

»Wie schnell kannst du wieder an die Arbeit gehen?«

»Je eher, desto besser.« Jimmys Herz raste noch immer. »Ich muss mir zehntausend Dollar leihen – du kannst sie im Lauf des nächsten Jahres vom Lohn abziehen. Ich würde nicht darum bitten, aber ein Freund von mir steckt in der Klemme.«

»Ach, wie schön, wenn man einem Freund in Not helfen kann.« Napitano schnippte Krümel von seinem Bauch. »Ich werde dir einen Scheck auf deinen Schreibtisch legen.«

»Danke.« Jimmy klopfte an das dicke Glas. »Was hat es mit dem Panzer hier auf sich? Vor wem hast du Angst?«

»Vor *Gott und der Welt*, mein Junge ... vor Gott und der Welt.« Napitano pflückte ein saftiges Stückchen Fleisch von seinem Schoß und warf es sich in den Mund. »Ob nun aus Versehen oder absichtlich ... die Tragödie des Todes war mir unerträglich. Aber jetzt nicht mehr. Nino hat keine Sorgen, keine Ängste, keinen Kummer. Sex ist schön, Essen und Trinken ist göttlich, aber *Sicherheit* ist der ultimative Luxus.« Er klopfte an die Tür der Limousine. »Verstärktes Kevlar oben und unten, drüber und drunter. Carlton könnte über eine Panzermine fahren, und sie würde nicht mehr Schaden anrichten als ein Sylvesterknaller.«

»Da gibt es nur ein Problem, Nino: Dieses Ding ist für direkte Angriffe konstruiert, für Entführungen, Bomben, Beschuss, aber die schlimmen Finger, die wirklich Fiesen, halten sich nicht an den Ablauf, den die Verkäufer, die dir die Limo angedreht haben, oder die Ingenieure, die sie gebaut haben, vor Augen hatten. Sie fallen aus dem toten Winkel über dich her, von irgendwo, wo du es nie erwarten würdest. Es gibt keine Sicherheit.«

»Wir werden sehen.« Napitano deutete mit einem Stück Kartoffelkuchen auf ihn, dann biss er ab. »Ich möchte, dass du bei der Zeitschrift noch ein paar andere Aufgaben übernimmst. Es wäre ein Fehler, wenn wir versuchen wollten, an deine früheren Erfolge anzuknüpfen.« Er kaute mit offenem Mund. »Der Eggman hat *SLAP* wunderbar ins Gespräch gebracht«, sinnierte er. »Selbst als die Task Force ihren abschließenden Bericht veröffentlicht hat, waren wir noch im Spiel. Als du in Rom im Gefängnis saßt, war ich drei Abende nacheinander bei *Geraldo* und hab mit den üblichen Schlaumeiern über die polizeilichen Ermittlungen diskutiert.« Er rümpfte die Nase. »Diese schrille Braut von CNN hat ekelhaft nach Schweiß gestunken, aber sie hat mir eine halbe Stunde Larry King verschafft. Leider sind solche Gelegenheiten rar gesät, und ich denke, es wäre an der Zeit, unseren Eggman in Rente zu schicken. Vielleicht könnten wir dein Talent am besten mit einer Reihe von Täterprofilen ausschöpfen –«

»*Unseren* Eggman?«

»Der Todeshauch, der dich umweht, war deinem Ansehen förderlich.« Napitano wackelte vor Vergnügen mit den Zehen, dann sah er Jimmys Miene. »Was ist los?«

Jimmy beobachtete, wie Napitano die Beine hin und her baumeln ließ, und seine Gedanken standen Kopf. »Nino ...« Er wusste nicht, wie er seine plötzlichen Zweifel in Worte fassen sollte. »Ich kann verstehen, dass du den Eggman-Brief für dich nutzt. Ich bin kein kleiner Junge mehr. Aber du musst mir sagen, ob du diesen Brief auch *geschrieben* hast. Ich muss es wissen. Sag mir die Wahrheit, denn falls ich feststellen sollte, dass du mich belogen hast, kann dich auch diese Konservenbüchse nicht mehr retten.«

Napitano biss noch mal von seinem Kuchen ab, dann rülpste er. Es roch nach Zimt. »In meinem gepanzerten Streitwagen fürchte ich nichts und niemanden. Ich reite über die Freeways, sicherer als der Papst persönlich.«

»Der Papst wurde angeschossen, als er die Menschen auf dem Petersplatz gesegnet hat.« Jimmy machte seine rechte Hand zur Schusswaffe und drückte seinen Finger gegen Napitanos Schläfe. »*Bäng*. Es könnte einfach so passieren. *Bäng*, und schon ist alles voller Hirn auf deinen hübschen Lederpolstern.«

Wie ein pummeliger Waschbär wich Napitano zurück. »Das finde ich überhaupt nicht komisch.«

»Hast du mir diesen Brief geschickt?« Jimmy setzte seinen gespannten Zeigefinger zwischen Napitanos Augen. »Die *Wahrheit*, Nino. Dieses Ding könnte losgehen.«

»Mr. Napitano?« Carltons Stimme kam dunkel und sonor über die Gegensprechanlage.

Napitano machte sich los. »Ist schon in Ordnung, Carlton.« Er strich seinen schwarzen Seidenpyjama glatt, behielt Jimmy dabei im Auge. »Ich erschaffe keine Monstren, Jimmy. Ich nutze sie zu meinem Vorteil. Aber ich habe wohl verstanden, was du mir sagen willst. Man ist nirgendwo sicher, da hast du völlig Recht.«

## 26

»Neue Adresse«, sagte Jimmy.

»Melrose war ein Loch«, schnaubte Ian, der an einem schwarzen Kunststoffding von der Größe und Form eines Sarkophags lehnte. Er war ein bleicher, hagerer Dandy mit schmalem Oberlippenbärtchen, der in seinem weiten Overall mit den vielen Reißverschlüssen an Ärmeln, Brust und Oberschenkeln wie ein unterernährter Astronaut aussah.

Gallery Inferno hatte sich gut entwickelt, seit Jimmy vor ein paar Jahren darüber geschrieben hatte. Bei der grandiosen Eröffnung war es nur ein schmuddeliger Waschsalon gewesen, und die üblichen Wichtigtuer und Tagediebe fielen über das Büfett her, das sich aus Bier und Käsewürfeln auf Zahnstochern zusammensetzte. Zur ersten Ausstellung hatten das Drehbuch für die Originalversion von *Psycho* gehört, signiert von Tony Perkins, eine Sammlung von Cockpitaufzeichnungen aus abgestürzten Verkehrsflugzeugen und ein paar Weihnachtskarten von Serienkillern. Jimmys Kritik war vernichtend, aber trotzdem wurde alles verkauft. So viel zur Macht der Presse. Die neuen Lokalitäten lagen in Santa Monica, nur ein paar Blocks vom Strand entfernt, teuer und elegant, mit hohen Decken und Museumsbeleuchtung.

Jimmy blieb vor einem großen Acrylbild von John Wayne Gacy stehen, einem farbenfrohen Gemälde von Pogo, dem Clown, der zwischen Ian und seiner Frau Cleo stand, einer großen, spröden Frau im schwarzen schulterfreien Kleid. Ian trug einen schwarzen Anzug mit roter Fliege. Pogo stand mit seiner weißen Halskrause da, mit spitzem rotem Hut und gestreiftem Anzug. Alle drei hatten das gleiche, aufgemalte Lächeln.

»Das ist leider unverkäuflich – es stammt aus unserer Privatsammlung«, sagte Ian. »John hat das Porträt erst zwei Tage vor seiner Hinrichtung fertig gestellt. Es war ein echtes Rennen gegen die Zeit. Cleo und ich hatten es schon in Auftrag gegeben, als die Galerie noch gar nicht existierte ... wir *wussten* es einfach.«

»Du, Cleo und Gacy.« Jimmy klatschte in die Hände. »Ein Tisch für drei Personen in der Hölle. Vielleicht mit Blick aufs Fegefeuer, Monsieur?«

»Ian?« Cleo trat aus einem der zahlreichen Alkoven hervor, im Schlepptau ein aufgewecktes Pärchen, das Händchen hielt. Cleo trug ein schwarzes Kleid mit großen Punkten, das ihre Knie umwehte. Ihr orange leuchtender Pagenkopf war wie ein Helm geformt, und der Pony reichte über die halbe Stirn. »Die Andersons würden gern die große Ramirez-Zeichnung erwerben. Ich habe ihnen gesagt, sie dürften sie mit nach Hause nehmen.«

»Wir geben heute Abend ein Essen«, erklärte Mr. Anderson schüchtern, ein Internetfreak in Chinos und Jeanshemd, dessen Frau blass und farblos wie eine Motte war. »Cleo sagte, Sie wollten das Bild bis zum Ende der Ausstellung hier behalten, aber –«

»Unsinn, Christopher«, murmelte Ian. »Sie beide bekommen alles, was Sie wollen.« Er winkte und wartete, bis ein Assistent die goldgerahmte Bleistiftzeichnung einer Riesenratte brachte, die sich an einem ausgeweideten Leichnam gütlich tat.

»Sehen Sie hier. Er hat mit Richard Ramirez signiert und *The Night Stalker* in Klammern hinzugefügt«, sagte er und tippte auf die rechte, untere Ecke. »Das macht Richard nur mit ganz besonderen Stücken.«

Die Andersons beugten sich über die Zeichnung.

Jimmy ging in den hinteren Teil der Galerie, bewegte sich sehr vorsichtig, denn noch immer tat ihm der Rücken weh, nachdem er auf Blaines Knie gelandet war. Einige metallene Frühstücksboxen standen auf einem Balsamierungstisch aus dem neunzehnten Jahrhundert. Die Donald-Duck-Box – signiert von Jeffrey Dahmer und mit einem Echtheitszertifikat versehen – kostete nur sechstausend Dollar. Ein Nebenraum war Gegenständen aus Jonestown vorbehalten, darunter das Foto eines glückseligen Jim Jones, der seinen Blick über verschimmelte Bibeln und geflochtene Palmenhüte schweifen ließ. Ein Krug mit billigem Traubensaft stand auf einem Podest. Jimmy duckte sich in den nächsten Alkoven, doch auch dort gab es kein Erbarmen. Hier hingen offizielle Fotos aus der kalifornischen Gaskammer. Caryl Chessman war mit fünfzehntausend Dollar ausgezeichnet.

»Gaskammerfotos sind eine großartige Investition«, sagte Cleo, als sie hinter ihn trat und ihr Kleid an seinem Bein entlangraschelte. Die Punkte auf ihrem Kleid gaben ihr etwas Jugendliches und Lebendiges, aber ihr Gesicht war starr vor Make-up, eine Mumienmaske von undefinierbarem Alter. »Angebot und Nachfrage – heutzutage verwendet man kein Gas mehr, und eine Injektion ist einfach *viel* weniger dramatisch. Injektionen werden kaum verkauft, aber Gas ist bombensicher.«

»Was ist mit dem Galgen?«

»Strangulieren spricht eher den historischen Sammler an, nicht so sehr den Connaisseur abwegiger Kunst, was ein gänzlich anderer Markt ist – weit weniger einer Eigendynamik ausgesetzt«, erklärte Cleo, wobei ihr Armband aus kleinen, goldenen Totenköpfen klimperte. »Es sei denn, natürlich, man sieht die Erektion. Was vorkommt. Wenn jemand gehängt wird, wird sein Ding … es gleicht einem Stemmeisen.« Sie beugte sich zu ihm herüber. »Wenn man die Erektion sieht, kannst du fast jeden Preis verlangen.«

»Da fragt man sich doch, wozu die Leute ihre Zeit damit verplempern, in Immobilien oder Aktien zu investieren«, sagte Jimmy.

»Wir haben schon darauf gewartet, dass du kommst. Ian hat dich erst gar nicht wiedererkannt, aber ich.«

Jimmy hatte keine Ahnung, wovon sie redete. »Ich wollte dich nach ein paar Fotos fragen, die ihr möglicherweise verkauft habt. Der Eggman –«

»Die sind hinten, Dummchen«, sagte Cleo und nahm seinen Arm mit einer Hand, die sie anscheinend in der Tiefkühltruhe aufbewahrte, wenn sie damit nicht gerade kleine Kätzchen erdrosselte. »Du spielst gern Spielchen, was? Ich wette, niemand weiß, was du so treibst.«

Jimmy zögerte, dann folgte er ihr durch den schwarzen Samtvorhang ins hintere Büro.

»Hier drüben.« Cleo winkte ihn zu einem langen Holztisch voller Eggman-Fotos, Dutzende in ordentlichen Reihen, jedes Einzelne mit einem geprägten, goldenen Totenkopf auf dem Passepartout. »Hast du einen Stift, mit dem du am liebsten signierst?« Sie wartete. »Ich biete dir dreißig Dollar pro Stück«, sagte sie. »Wir haben vierundneunzig Fotos – sagen wir: drei Riesen. Weil du es bist.«

Jimmy starrte die Toten nur an. Verbrechensfotos sehen alle gleich aus – von billigen Schwarz-Weiß-Aufnahmen von Paul Castellano, wie er mit dem Kopf im Rinnstein liegt, bis zu den Weegee-Bildern im Museum of Modern Art. Weshalb also war Cleos Ausstellung so viel schlimmer? Der Unterschied bestand darin, dass Jimmy die Gesichter auf den Fotos kannte, ihre Kinder, ihre Eltern, dass er bei ihnen im Wohnzimmer gesessen und sich mit den Menschen, die ihnen am nächsten standen, unterhalten hatte. Er wusste, dass sich Denise Fredericks ein Britney-Spears-Kostüm für eine Halloween-Party geliehen hatte, die sie nie erreichen sollte. Er wusste, dass William Hallberg einen Stephen-King-Roman halb durchgelesen hatte, als man ihn ermordete. Das Buch lag auf dem Nachtschrank, mit einem Eselsohr in der Seite, auf der er war.

»Unsere Eggman-Retrospektive wird in drei Wochen eröffnet.« Cleo lachte. »Ich habe es so geplant, dass sie mit dem Nationalen Milchmonat zusammenfällt.«

Jimmy widerstand dem Impuls, ihr das Lachen in den Hals zu stopfen.

»Du bist ein böser Junge«, tadelte Cleo, »dass du mich bis zum letzten Augenblick warten lässt. Ich dachte schon, wir müssten unsere Ausstellung ohne den Lieblingsautor des Eggman eröffnen. Zwei oder drei Briefe habe ich an *SLAP* geschickt, aber sie kamen alle wieder zurück. Ich habe angerufen und Nachrichten hinterlassen. Du hast nie geantwortet.«

Die meisten Fotos waren große Farbabzüge, von außerhalb der Polizeiabsperrung aufgenommen und körnig aufgeblasen, oder kleine 35-mm-Schnappschüsse von Cops mit Gummihandschuhen, die mit Bleistiften an den Opfern herumbohrten. Es gab ein paar Nahaufnahmen, aber nicht viele Polaroids und überhaupt keine Polaroids vom Laguna-Mord. Kein einziges. Wie Holt gesagt hatte: Sie passte an ihren Tatorten gut auf.

»Spiel ruhig den Unnahbaren«, warnte Cleo, »aber übertreib es nicht.«

Jimmy fiel ein Bild von William Hallberg im Rinnstein auf, in dem man ihn am nächsten Morgen gefunden hatte. Es war unübersehbar ein offizielles Foto, aufgenommen von einem der Spurensicherungsexperten, gestochen scharf. Die Papiertüte mit dem Müll, den Hallberg bei sich gehabt hatte, lag neben ihm und war ausgekippt, eine halbe Grapefruit voller Kaffeepulver neben dem, was von seinem Kopf noch übrig war. Jedes Kaffeekörnchen war deutlich zu erkennen.

»Das ist ein wirklich schönes Stück«, sagte Cleo.

Jimmy starrte sie an. Wer glaubte, die Außerirdischen seien nicht unter uns, war Cleo nie begegnet. Er nahm ein Polaroid von Carlos Mendoza, auf dem er neben seinem Wagen am Boden lag, mit einer Hand am Weißwandreifen, als wollte er sich daran hochziehen. Es sah aus wie das Bild, das er in Jonathans Zigarrenkiste gefunden hatte – derselbe Blickwinkel, dieselbe Haltung. Jimmy spürte, wie sein Gesicht heiß wurde.

»Das ist eine sehr beliebte Aufnahme«, erklärte Cleo. »Wir haben bestimmt drei oder vier Mendozas im letzten Jahr verkauft. Hat ein Fotograf erst Zugang, schießt er – wenn möglich – fünf bis zehn identische Polaroids. Wir versuchen Mehrfachfotos zu verhindern, aber man kann es dem Fotografen nicht verdenken. Die Polizisten zu bezahlen, kann teuer werden. Das hier ist unser letztes Exemplar.«

Jimmy deutete auf den Tisch. »Sind das alle Polaroids, die ihr habt?«

»Es ist die umfassendste Sammlung, die sich finden lässt«, sagte Cleo leicht pikiert. »Polaroids sind *sehr* schwer zu bekommen.«

Jimmy reichte ihr ein kleines Foto. »Das hier ist mein Bruder, Jonathan Gage. Habt ihr je mit ihm Geschäfte gemacht?«

»Jimmy hat einen Bruder.« Cleo begutachtete das Foto.

»Er ist Schönheitschirurg, falls das hilft. Extrem weiße Haut, weißer als Milch – das Foto ist nicht sehr gut, aber ich hab kein anderes.«

Cleo schüttelte den Kopf. »Nein, den kenne ich nicht, aber einige unserer Kunden benutzen Mittelsmänner, um ihre Anonymität zu wahren. Ich glaube, sie genießen das Schamgefühl.« Sie sah Jimmy an. »Wusstest du, dass Chirurgen ihre Skalpelle ›Klingen‹ nennen? Ich finde das sehr erotisch.«

Jimmy nahm ihr das Foto von Jonathan aus der Hand. »Ich

wüsste gern den Namen des Fotografen, der dieses Bild von Carlos Mendoza gemacht hat. Vielleicht hat Jonathan das Polaroid direkt von ihm erworben.«

»Das ist streng vertraulich. Ausgeschlossen.«

Jimmy tippte auf eine Vergrößerung von Holt neben Kinnesons Leichnam. »Diese Frau ist Polizistin. Wenn ich sie anrufe, kann sie euch zwingen, den Namen des Fotografen zu nennen.«

Cleos Augen blitzten. »Ich liebe es, wenn mir Männer drohen, aber da musst du dir schon was Besseres einfallen lassen. Jane Holt war bereits hier.«

Jimmy starrte sie an. Holt hatte so überrascht getan, als er ihr von dem Markt für Splatter-Fotos erzählte. »In den letzten zwei Tagen?«

»Nein, Detective Holt war hier, kurz nachdem deine Geschichte erschienen war«, erwiderte Cleo. »Erst dachte ich, sie wollte Geld anlegen. Sie sah aus, als hätte sie einiges davon. So zugeknöpfte Leute haben oft den abartigsten Geschmack und das entsprechende Kleingeld dafür.« Sie seufzte, und ihr Armband klimperte. »Ich war richtig enttäuscht, als sie sagte, ihr Interesse sei rein beruflicher Natur.«

»Ja, ich auch«, sagte Jimmy, ohne wirklich zuzuhören, da er sich zu erklären versuchte, was es Holt genützt hatte, ihn zu belügen. »Was wollte sie?«

»Polaroids.«

»Du meinst Nahaufnahmen«, korrigierte Jimmy. »Sie hat sich für Nahaufnahmen interessiert, auf denen vielleicht etwas zu sehen war, was den Polizeifotografen entgangen war.«

Cleo schüttelte den Kopf. »Sie hat sich nur für Polaroids interessiert. Ich habe ihr alle geliehen, die ich zum damaligen Zeitpunkt hatte, und sie hat sie ein paar Tage später zurückgebracht und gefragt, ob ich noch an andere herankommen könnte.«

Mittlerweile war Jimmy völlig durcheinander. »Wieso nur Polaroids?«

»Na, die kann man besser sammeln, weil es kein Negativ gibt, und sie haben so etwas Rohes an sich, aber ich denke nicht, dass sie dafür ein Auge hatte.« Cleo hielt zwei Stifte hoch. »Sagen wir dreitausendzweihundert. Rot oder schwarz?«

»Was hat sie mit den Polaroids gemacht, die du ihr geliehen hattest?«

»Wer weiß? Ich habe ihr gesagt, dass sie keine Kopien anfertigen darf. Ich habe sehr deutlich gemacht, dass ich sie wegen Verstoßes gegen das Urheberrecht verklagen würde, wenn sie es täte.«

Jimmy warf einen Blick auf den Tisch. »Wieso habt ihr keine Polaroids vom Tatort in Laguna Beach?«

»Keiner der Fotografen bekam Zugang zur Leiche«, klagte Cleo. »Ich habe Jane gefragt, ob sie uns nicht ein paar Kinnesons aus der Gerichtsmedizin ... zuschanzen könnte, da ich ihr schließlich geholfen hatte. Sie hat mich angesehen, als ob ich es auf ihre Eierstöcke abgesehen hätte.«

»Also habt ihr *nie* ein Polaroid von Philip Kinneson zum Verkauf angeboten?«

»Hätten wir gern. Es gibt Sammler, die würden *gewaltige* Summen zahlen, um ihre Eggman-Sammlung zu komplettieren.« Cleos Stimme wurde sanfter. »Jimmy, hast du etwa Zugang zu einem Kinneson-Polaroid?«

Jimmy starrte einen großen Farbabzug an, der auf einem Regal gelandet war. Das Bild sah aus wie eine abstrakte Komposition mit einem Kreis aus blauen Punkten vor weißem Hintergrund, dazu ein zittriger, gelber Strich um die blauen Punkte und noch mehr weiße und braune Punkte am Rand. Es dauerte einen Moment, bis ihm klar wurde, dass es sich um den Tatort in Laguna Beach handelte, von den umliegenden Felsen aus betrachtet. Die blauen Punkte waren Uniformen, der gelbe Strich war die Tatortabsperrung, und die braunen und weißen Punkte waren Gaffer. Es sah aus wie eine Zielscheibe. Er nahm das Foto in die Hand. »Das ist interessant.«

»Für dich vielleicht, für mich nicht. Außerdem dachte ich, du interessierst dich nur für Polaroids. Genau wie Detective Holt.« Cleo fuhr mit dem Zeigefinger an ihrem Lippenstift entlang. »Signier die Fotos, und ich erhöhe auf dreitausendfünfhundert. Mein letztes Wort.«

Die anderen Bilder waren drastischer, aber dieses hatte etwas außergewöhnlich Beunruhigendes an sich, so eine Art Arroganz. Vielleicht lag es an dem erhöhten Blickwinkel, aber es vermittelte den Eindruck, als hätte der Fotograf eine Perspektive wie kein anderer auf der Welt, nicht mal die Polizei. Jimmy hielt das Foto hoch. »Wer hat das gemacht?«

»Es ist gerade erst reingekommen, aber nicht mal das Rahmen wert. Man sieht nicht … *genug*«, sagte Cleo verächtlich. »Ich habe diverse andere Eggman-Bilder vom gleichen Fotografen. Er kann alles beschaffen, aber anscheinend kratzt er mal wieder den Boden seiner Aktenschränke aus.«

»Wie heißt er? Es ist wichtig, Cleo.«

»Wenn das kein Alphatier ist, das sich da an die Brust schlägt und Forderungen stellt …« Cleo winkte mit den Stiften. »Leuten Gefallen zu tun, ist nicht mein Ding.«

Der Mörder, der zum Tatort zurückkehrt, war das älteste Klischee der Polizeiarbeit, aber es war auch etwas Wahres dran. Kluge Detectives ließen die Zuschauer am Tatort fotografieren, und manchmal fanden sie darauf sogar den Mörder, der sein Werk bewunderte. Jimmy starrte die Fotos an. Vielleicht hatte der Fotograf da oben nicht allein zugesehen, wie sich die Cops an der Leiche zu schaffen machten. Vielleicht hatte er Gesellschaft gehabt, jemanden, der am Gang der Dinge emotional beteiligt war.

Jimmy schob das Bild in einen braunen Umschlag und nahm Cleo den Stift aus der Hand. »Behalt dein Geld. Sag mir nur, wie der Fotograf heißt, wo er wohnt, und seine Telefonnummer.« Er fing an zu schreiben, kritzelte »Du kranker Wichser« und seine Unterschrift, so schnell er konnte.

Cleo las über seine Schulter hinweg. »Oh, das ist *wunderbar*«, sagte sie und klatschte vor Freude in die Hände, bis die goldenen Totenköpfe an ihrem Handgelenk wie Glöckchen klingelten.

## 27

Wieder sah sich Jimmy die Adresse des Fotografen an, der die Panoramabilder vom Tatort in Laguna Beach aufgenommen hatte (»Er heißt ATM, wie der Geldautomat«, hatte Cleo gesagt). Gestern war er direkt von Gallery Inferno zu dessen Wohnung gefahren und hatte stundenlang vergeblich gewartet. Als Jimmy heute aus dem Haus gegangen war, hatte der Mann noch immer nicht zurückgerufen, aber vielleicht hatte er trotzdem Glück. Das Zweifamilienhaus an der 1705 Pierson Street lag im verwahrlosten Teil von Long Beach, ein einstöckiger Bau, angestrichen mit Farbe aus dem Army-Shop und mit Reifenspuren auf dem Rasen. Die beiden Wohnungen hatten die Veranda, eine Wand und ihr verwahrlostes Erscheinungsbild gemeinsam. Die Farbe blätterte ab und hatte dunkle Flecken. Ein Kinderdreirad war ans schmiedeeiserne Geländer der Veranda gekettet.

Musik plärrte aus dem Apartmentgebäude nebenan, als Jimmy aus dem Wagen stieg – Limp Bizkit wollte eine Nummer schieben. Er trat auf die Veranda und hielt inne, während er sich zwischen den beiden Türen zu entscheiden versuchte. Das Dreirad war an die linke Seite gekettet, also klopfte er an die rechte Tür. ATM war kein Name für einen Daddy. Oder vielleicht wurde Jimmy auch nur alt.

Nachdem er eine ganze Weile geklopft hatte, ging die Tür auf, und ein fettleibiger Mann schob seinen Kopf heraus. Sein Gesicht blieb hinter Unmengen von Zöpfen verborgen.

»ATM?«

»Kommt drauf an.« Der Mann sog lautstark an einem Milchshake, war schon am Becherboden angekommen, ließ sich aber davon nicht abhalten. »Hast du einen fahrbaren Untersatz, Pilger?«

Zwanzig Minuten später rasten sie die Rettungsspur auf dem Freeway Nr. 5 entlang, auf dem schmalen Streifen zwischen dem stehenden Samstagnachmittagsverkehr zu ihrer Rechten und der Betonbande zu ihrer Linken.

»Prinzessin Di! Prinzessin Di!«, kreischte ATM, als Jimmy in seinem rostigen schwarzen Saab unter der Überführung durchkam, genau so, wie er schon bei den letzten fünf Überführungen gekreischt hatte, während sie den blinkenden roten und blauen Lichtern folgten, die ihnen weit voraus waren.

»Hör *auf* damit!« Jimmy wünschte, ATM und er hätten sich einfach in der Wohnung unterhalten können, aber nichts war mehr einfach. Jeder hatte seinen Preis, und der ging rauf, wenn man Interesse zeigte. »Wenn du das noch mal machst, läufst du zu Fuß nach Hause.«

»Hey, *du* hast an *meine* Tür geklopft.« ATM kratzte sich, ein unrasierter Rüpel mit einem Wust von Zöpfen, einem Fast-Food-Wanst und drei Kameras um den Hals. »Wenn du einen Journalistenkollegen nicht in deinem Wagen mitnehmen möchtest ... meinetwegen.« Er machte eine Geste, als ziehe er seinen Mund mit einem Reißverschluss zu.

»Ich fahr dich doch, oder nicht? Aber hör auf zu schreien.«

ATM rülpste. »Fahr lieber *schneller*. Die hauen uns ab.«

Jimmy gab Gas, und Dreck und Papier wehten im Fahrwasser des Saab auf. In den stehenden Autos zuckten die Köpfe herum, wenn sie vorbeiröhrten, nur Zentimeter neben der Betonbande. Sie fuhren fast hundertvierzig, und das Lenkrad vibrierte so heftig, dass Jimmy fürchtete, es würde ihm gleich in den Händen zerbrechen. Jetzt wusste er, wieso ATMs Wagen mit geplatztem Motor in der Werkstatt stand. »Ich wollte nur wissen, ob du auf dem Felsvorsprung allein warst, als du den Tatort fotografiert hast. Wieso ist das so eine schwierige Frage?«

»Fragen sind einfach. Antworten kosten Geld. ATM nimmt nur Bargeld, keine Schecks.«

Jimmy sah, dass die blauen und roten Lichter des Krankenwagens in der Ferne verblassten. Laguna Beach war der erste Eggman-Mord gewesen, und wenn der Mörder die Auswirkungen seiner Tat bewundern und sich ansehen wollte, wie die Polizei am Tatort ausschwärmte, dann boten die Felsen den perfekten Ausblick. Cleo mochte finden, dass auf ATMs Foto nicht genug zu sehen war, aber Jimmy fand, dass man ziemlich viel sah. Blieb nur die Frage: Sah der Eggman auch zu?

ATM wickelte eine Rolle Tabletten gegen Sodbrennen aus, warf sich ein paar davon in den Mund und hielt Jimmy die Rolle hin.

Jimmy schüttelte den Kopf, wollte sich nicht von der Straße abwenden.

Mit dem Daumen schob sich ATM noch ein paar Tabletten in den Mund. Sein »*Ron Jeremy for President*!«-T-Shirt war voller Ketchup und Soße, Reste von Big Macs und Jumbo Jacks. »Dieser Job bringt mich um. Das ewige Lauern auf Prominente und die Autounfälle haben mir meine Verdauung komplett ruiniert. Ich hab Blähungen, das glaubst du nicht.«

Jimmy kurbelte sein Fenster ein Stück weiter herunter, bis der Wind durch den Saab heulte. In dem Versuch, was anderes zu probieren, langte er in seine Jacke und holte das kleine Foto von Jonathan hervor. »Zwanzig, wenn du mir sagst, ob du dem hier Eggman-Polaroids verkauft hast. Zwanzig Dollar für ein schlichtes Ja oder Nein.«

ATM rieb die Fingerspitzen aneinander. »Kohle, Alter.«

Jimmy fischte einen 20-Dollar-Schein aus seiner Jeans und gab sich alle Mühe, dabei die Straße im Blick zu behalten.

ATM nahm das Geld und das Foto. »Komisches Licht.«

»Es liegt nicht am Licht. Er ist einfach der weißeste Mann, den man je gesehen hat. Erkennst du ihn wieder?«

»Ich hab Unmengen Eggman-Fotos verkauft ... sag bloß Cleo nichts davon, denn sie will mich unbedingt exklusiv.«

»Ja oder nein? Hast du *ihm* Eggman-Polaroids verkauft?«

»Vielleicht ... er kommt mir bekannt vor.«

Jimmy drängte nicht weiter. Jonathan war ihm gar nicht mehr so wichtig. »Dieses Foto, das du da oben von der Klippe aus gemacht hast, war hübsch komponiert. Die Perspektive hat mir gut gefallen. Es war, als würde man beim Super Bowl in der Kamerabox sitzen und hätte die Spieler alle unter sich. Die meisten Fotografen hätten wahrscheinlich versucht, näher ranzukommen –«

»Hab ich auch versucht, aber dieser Cop – eine Frau – hat es verhindert«, erklärte ATM. »Die blöde Kuh hat gedroht, mich zu verhaften. Das sagen Cops zwar immer, aber *ihr* hab ich es geglaubt.« Er schniefte lautstark. »Wenn sie mich an ihrem Strand nicht haben wollte, meinetwegen ... da musste ATM eben von oben gucken.«

»Muss ganz schön voll gewesen sein da oben, bei dem Ausblick.«

»Netter Versuch.« ATM hielt ein tragbares Polizeifunkgerät an sein Ohr und lauschte.

»Ich hab nicht mehr viel Bargeld bei mir, aber morgen zahl ich dir alles, was angemessen ist.«

»Instinkt, Pilger ... er hat mich zu dem gemacht, was ich heute bin. Du willst so dringend wissen, ob da oben jemand bei mir war, dass ich es fast riechen kann, und das wird dich was kosten. Nicht morgen, *heute.*« ATM schwenkte das Funkgerät vor Jimmys Gesicht herum. »Verdammte Scheiße, da ist noch ein Krankenwagen am Unfallort. Wenn der uns entkommt, mach ich keine Kohle.«

Jimmy lehnte sich auf die Hupe, als vor ihnen ein Geländewagen auf die Rettungsspur wechseln wollte, so dass der Saab nach links ausweichen musste und der Mauer so nah kam, dass Jimmys Außenspiegel abgerissen wurde.

ATM kreischte, schlug seine Faust in die Luft. »Ich mach noch einen richtigen Geier aus dir. Wahrscheinlich würde dir ein kleiner Jobwechsel gut tun. Ich hab dein Zeug früher immer gelesen. Hab gehört, Napitano ist komplett durchgeknallt.«

»Ich schreib wieder für ihn.«

»Ist das dein Ernst?«

»Er hat mich gerade neu eingestellt.«

ATM hob seine Kamera und machte ein Bild von Jimmy, so dass der Blitz ihn einen Moment lang blendete.

»Lass das!«

ATM machte noch ein Bild. »Regel Nummer eins: Hör nie auf das, was dir irgendwer erzählt.« Noch ein Blitz. »Ich mach dir davon auch einen –«

Jimmy packte die Kamera und riss daran, so dass der Riemen ATM nach vorn warf und er mit dem Kopf ans Armaturenbrett stieß. Wie ein wild gewordener Wischmopp flogen seine Zöpfe durch die Gegend.

ATM rieb sich den Kopf. »Das war unnötig. Ich wollte nur ein Erinnerungsfoto machen. Das hat echt wehgetan. Vielleicht hast du eine Disk oder irgendwas angeschlagen. Ich könnte dich verklagen, bis auf den letzten Cent.« Zum zehnten Mal checkte er seine Kameras. »Ein Gehaltsscheck von *SLAP*, das muss nett sein. Ich hab schon immer versucht, meine Sachen bei den Leuten mit den tiefen Taschen unterzubringen, aber der Art-Director steht nicht auf mich. Der wollte sich meine Mappe nicht mal ansehen. Der erste Eindruck, den die Leute von mir kriegen, ist nicht so toll, weil mein Stoffwechsel nicht richtig funktioniert, aber das ist doch kein Grund, mich auszugrenzen.« Unsicher zog er das verschwitzte T-Shirt über seinen Wanst. »Stell du dich ruhig mal sieben Stunden draußen vor die Lizard Lounge und warte darauf, dass Leo DiCaprio auftaucht. Mal sehen, was passiert, wenn du dich nur von Junk Food ernährst.«

»Der Art-Director ist kein so übler Typ«, sagte Jimmy lässig. »Ich könnte den Code für dich knacken.«

ATM fummelte an den Kameras herum, um seine Aufregung zu verbergen. »Yeah … vielleicht könntest du ein Vorstellungsgespräch für mich einfädeln. Das würde gerade noch in meinen Zeitplan passen.«

Jimmy fuhr weiter.

ATM leckte sich die Lippen. »Okay, du hast richtig geraten, was diese Klippen anging. Ich war da oben nicht allein.«

»Erzähl mir nicht, was ich hören will. Sag mir einfach nur die Wahrheit.«

»Da war richtig was los … sieben oder acht Leute haben sich da am Geländer gedrängelt. Wie bald könntest du mit dem Art-Director sprechen?«

Das Lenkrad vibrierte schon wieder, und es schien, als würde der Saab gleich auseinander fallen, aber Jimmy trat das Gas noch weiter durch, bis der Wind heulte. »Könntest du jemanden beschreiben? Oder dich vielleicht mit einem Phantombildzeichner hinsetzen und …?«

ATM nahm das Bild von Jonathan. »Er war da oben. Glaube ich zumindest. Vorhin dachte ich, du wolltest mich für dumm verkaufen, um die Antwort billig zu bekommen.« Blinzelnd betrachtete er das Foto. »Es ist ein Jahr her, und seitdem habe ich viele Gesichter gesehen, aber er kommt mir definitiv bekannt vor. Wenn es wirklich wichtig für dich ist, könnte ich in meinen Akten nachsehen.«

»Was heißt das?«

ATM ließ seine Kameras baumeln. »Hey, das hier sind keine Liebesperlen. Ich hab *Fotos* von allen, die da oben bei mir waren. Ich mach ständig Porträts. Zehn Dollar pro Abzug, was kaum meine Kosten deckt, selbst wenn ich nur im Kleinbildformat fotografiere. Keiner von den Geizhälsen auf dem Kliff hatte Interesse. Kein Geschäft zu machen. Die wollten sich alle nur die Show mit den Cops da unten ansehen und –«

»Und wozu hast du die Fotos aufbewahrt?«

»Ich werf nie irgendwas weg – man weiß nie, wen man da aufnimmt, also behält man sie alle. Wie dieser Zapruder. Der wollte nur einen Urlaubsfilm drehen, als er zufällig aufgenommen hat, wie Kennedy abgeknallt wurde. Weißt du, wie viel er für diesen Film bekommen hat?«

»Jonathan – der Mann auf diesem Foto ... bist du sicher, dass er an dem Tag da oben war? Sein Bild war schon oft in der Zeitung. Vielleicht kennst du ihn deshalb.«

»Vielleicht.« ATM sah sich das Foto noch einmal an. »Ich glaube, das war der Typ, der sich nicht fotografieren lassen wollte. Hat einen Riesenaufstand gemacht und mir den Rücken zugedreht.«

»Also hast du *kein* Foto von ihm?«

ATM lachte. »Das hab ich nicht gesagt. Ich hab nur gesagt, dass er sich von mir nicht fotografieren lassen wollte.« Er trommelte mit den Fingern auf dem Armaturenbrett herum. »*SLAP* hat jeden Monat diese doppelseitigen Fotostrecken: kommende Filmstars, aufstrebende Politiker, Eurobabes ... Muss nett sein, so einen Auftrag an Land zu ziehen.«

»Gib mir einfach die Bilder, die du an diesem Morgen auf den Klippen gemacht hast. Ich möchte alle sehen, die du fotografiert hast.«

»Es wird ein paar Tage dauern. Ich werf nichts weg, aber was Hausarbeit angeht, bin ich nicht so toll.« ATM tippte am Funkgerät herum. »Verdammt! Gerade fährt der erste Krankenwagen voll beladen ab. Gib Stoff, Pilger! Der ganze Highway ist voller Hackfleisch, und du fährst wie meine Oma.«

# 28

Als Jimmy seinen Wagen dem Parkservice überließ und die lange Treppe aus pinkfarbenem Marmor zum Gold Coast Opera House hinaufsprintete, war er noch immer nicht sicher, ob er einen Fehler beging. ATM hatte gesagt, er hätte Jonathan vom Kliff in Laguna Beach wiedererkannt. Wäre Jimmy schlau gewesen, hätte er gewartet, bis ATM das Foto fand, wäre dann zu Jonathan nach Hause gefahren und hätte es ihm vor den Latz geknallt. Wäre Jimmy schlau gewesen, hätte er Holt das Foto gegeben und *sie* Jonathan danach fragen lassen, was er an jenem Morgen dort oben zu suchen hatte. Jimmy war in Eile, nahm immer zwei Stufen auf einmal. Schlaue Leute hatten keine Ahnung, wie man sich amüsierte.

»Ihre Einladung, Sir?« Ein schlanker Mann trat aus einer Nische hervor, ein hochnäsiger Kakadu mit paillettenbesetzten Strumpfhosen, Umhang und Federhut. Er musterte Jimmys Jeans und das weiße Smokinghemd mit aufgerollten Ärmeln. »Ihre Einladung?« Das »Sir« hatte er ziemlich schnell abgelegt.

»Jimmy Gage. Ich müsste auf der Gästeliste stehen.«

Der Kakadu fuhr mit dem Finger an seiner Liste entlang, als täte er Jimmy einen Gefallen. Verblüfft sah er von seiner Liste auf. »Anscheinend sitzen Sie im Bereich A-Sieben, dem besten Platz im Haus. Perfection Enhancements hat den ganzen Tisch gekauft.« Er öffnete schwungvoll die Doppeltüren, ließ Musik heraus, grandiose, sinfonische Klänge. »Fünfzigtausend Dollar für einen Tisch, und man darf noch nicht mal das Besteck behalten. Das ist doch irgendwie nicht fair, oder?«

Eine junge Frau nahm Jimmy in der Lobby in Empfang. Sie war gekleidet wie ein Rehkitz, Arme und Gesicht umbrabraun und gelb getupft. »Kann ich Ihnen behilflich sein, Sir?«

»Tisch A-Sieben.«

»Na, wenn Sie kein Glückspilz sind, was?«, sagte Bambi, nahm ihn beim Arm und führte ihn den mit Fresken verzierten Gang entlang.

Der Ballsaal war groß und schwach beleuchtet, das Orchester saß hinter den Kulissen. Auf der Bühne stand eine junge Frau, die sang, was beim Lärm der Gespräche kaum zu hören war. Die blassrosa Wände waren mit üppigen Wandgemälden verziert, die große Augenblicke von Verdi, Puccini, Bizet, Wagner, Mozart und anderen vom gleichen Kaliber darstellten. Ultramaskuline Frauen mit gehörnten Helmen ragten über den Perücken italienischer Aristokraten auf, während sich ein französisches Waisenkind gegen einen rundlichen Clown mit Rouge auf den Wangen wehrte. Jimmy wusste über Opern nur, dass sie ihm mit geschlossenen Augen am besten gefielen.

Männer und Frauen in kunstvollen Kostümen saßen an langen, rechteckigen Tischen, die meisten in leuchtender, mittelalterlicher Pracht, die Frauen in rüschenbesetzten, tief ausgeschnittenen Kleidern, das Haar hoch gesteckt wie spanische Galeonen, die Männer in Strumpfhosen und Gehröcken, während das Personal in Tierkostümen Getränke und Horsd'œuvres reichte. Die Sopranistin auf der Bühne arbeitete sich durch eine Reihe von Puccini-Highlights. Sie hatte eine hübsche Stimme, aber niemand beachtete sie – die Kunstliebhaber waren viel zu sehr mit Schmatzen und Schlemmen beschäftigt; ihre Handys piepsten, während sie sich um Immobilien stritten oder darum, wer es als Pendler am schwersten hatte, und beim wem der beste japanische Gärtner arbeitete (»Sato ist ein absolutes Genie, wenn es um Dichondra geht!«). Mit ein paar Body Slams und einem Ringansager mit schiefem Toupet hätte es wie in der Big Orange Arena am vergangenen Sonntagabend ausgesehen.

»Von hier aus finde ich allein weiter«, sagte Jimmy, als er Jonathan ganz vorn an seinem Tisch sah. Sein Bruder saß der Sängerin zugewandt, widmete ihr seine ganze Aufmerksamkeit, hatte sein Essen nicht angerührt. Die Sängerin erwiderte seinen Blick, sang ihn direkt an, die Stimme hoch und klar und voller Schmerz. Olivia saß neben Jonathan in einem flickenbesetzten Zigeunerkleid, mit goldenen Ohrringen, goldenen Armbändern, und tat, als lauschte sie dem, was ein wortreicher Mann im samtenen Gehrock zu ihr sagte. Am Ende des Tisches hielt Michelle Hof, im roten Flamenco-Kleid mit schwarzer Perücke, plauderte mit einem gut aussehenden, französischen Kavalier, wobei der Mann ihr Handgelenk berührte, während er sprach. Michelle bemerkte Jimmy und winkte.

»*James.*« Jonathan stand auf. Er trug die weiße Paradeuniform eines Offiziers, mit steifem Kragen, goldenen Knöpfen und glitzernden Schulterstücken. Eine weiße Mütze lag neben seinem Teller auf dem Tisch. »Welch angenehme Überraschung!«

»Du hast mich eingeladen.«

»Ja, aber ich dachte nicht, dass du wirklich kommen würdest.« Jonathan zog neben sich einen leeren Stuhl hervor. »Schatz?«, rief er laut über die Musik hinweg. »Schau mal, wer da ist.«

Olivia sah Jimmy mit leerem Lächeln an, dann wandte sie sich wieder dem Höfling im Gehrock zu. Jimmy setzte sich neben Jonathan. Er nahm die Gespräche der anderen wahr, auch das Orchester und die Sopranistin, aber irgendwie hörte er alles gedämpft – es war, als säße er mit Jonathan in einem Kokon verstrickter DNA, als wären sie beide mit ihren Geheimnissen allein.

»Ich hätte wohl erwähnen sollen, dass Kostüme heute Abend Pflicht sind«, sagte Jonathan. »Ich hoffe, du fühlst dich nicht unwohl.«

»Ich komme gerade von einem schweren Verkehrsunfall auf dem Freeway. Da muss schon mehr passieren, wenn ich mich unwohl fühlen soll.«

Jonathan legte seinen Arm auf Olivias Stuhllehne.

»Eine Frau war in ihrem Honda mit dem Kopf gegen die Windschutzscheibe geprallt, ist aber nicht durchgeflogen. Ich hab dagestanden und zugesehen, wie die Feuerwehrleute sie rauszogen. Im Dunkeln sah es aus, als würde sie schlafen, aber dann kam sie ins Licht des Krankenwagens, und ich konnte die Splitter in ihrem Gesicht sehen ... Im Licht sah sie wie ein glitzerndes Mosaik aus.« Er schüttelte den Kopf. »Wie kann etwas so Furchtbares so schön sein? Wieso können Dinge nicht ›entweder oder‹ sein?«

Jonathan musterte ihn, dann nahm er seinen Arm langsam vom Stuhl und beugte sich vor, damit er nicht so laut sprechen musste. »Was willst du mir damit sagen, James? Deshalb bist du doch gekommen, oder? Um mir was zu sagen.«

»Wozu die Eile? Du hast doch sonst so gute Manieren.«

Jonathan gab sich amüsiert. »Ich hoffe, du hast nicht vor, mir den Abend zu verderben.«

»Oh, ich werde dir weit mehr als nur den Abend verderben.« Jimmy schnippte gegen einen von Jonathans goldenen Knöpfen. »Wen willst du überhaupt darstellen? Du siehst aus, als solltest du einen Eiswagen fahren.«

Jonathan reagierte nicht. »Ich bin Leutnant Pinkerton aus *Madame Butterfly*. Das ist eine ziemlich berühmte Oper.«

»Oh, ja. Pinkerton war aber ein echtes Schwein, oder? Er hat Butterfly ein Kind angehängt und ist abgehauen. Zwei Jahre später kam er wieder, mit seiner amerikanischen Frau. Ein falscher Fuffziger in weißer Uniform – du hast für heute Abend eine interessante Wahl getroffen.«

»Es ist keine Frage der *Moral*«, sagte Jonathan sanft und ließ das Wort klingen, als wäre es ihm widerlich. »Pinkerton und Butterfly spielen nur unterschiedliche Spiele.«

»Und welches Spiel spielen wir?«

»Na, das, was wir immer gespielt haben: Schisser.« Jonathan lächelte. »Also mach du nur, aber vergiss nicht, dass ich auch noch an die Reihe komme.«

Jimmy fühlte, wie ihm das Blut die Wangen wärmte, während um sie herum die Musik anschwoll. »Nervt es dich manchmal?«

»Mich nervt nie was. Das weißt du doch. Es ist einer meiner besten Charakterzüge.«

»Zu verlieren nervt dich.« Jimmy sah, dass er ihn ins Mark getroffen hatte. »Ich erinnere mich noch an dein Gesicht, wenn ich dich bei irgendwas übertroffen habe – Kreuzworträtsel, Wettrennen, was auch immer. Du hast dich weder beklagt noch Ausflüchte gesucht, das muss man dir lassen, aber der Ausdruck in deinen Augen – es war, als bräche dir das Herz. Je älter wir wurden, desto besser konntest du es verbergen, aber ich schätze, diese Miene werde ich wohl bald wieder zu sehen bekommen.«

»Ich enttäusche dich nur ungern, aber es wird nie mehr passieren.« Jonathan nickte zu der Sopranistin hinüber, die gerade zu einer neuen Arie übergegangen war. »Wieso nimmst du dir nicht etwas von dem Hummer und einen Drink und genießt die Show? Ich weiß nicht, ob du mit diesem Stück vertraut bist. Es ist *›Si, mi chiamano Mimi‹* aus *La Boheme.* Mimi trifft Rodolfo, einen jungen, verarmten Dichter, der ihr Nachbar in Paris ist –«

»Sie stirbt am Ende.«

»Ja, aber es ist ein glorreiches, bewegendes Erlebnis.« Jonathan hatte die Augen halb geschlossen. »Meinst du nicht auch, dass man sich mehr wohl kaum erhoffen kann?«

»Du hast einen Fehler gemacht, Jonathan.«

Träge dirigierte Jonathan das Orchester mit einer Hand. »Nichts Schwerwiegendes, möchte ich vermuten.«

Jimmy beugte sich vor. »Diese Leute heute Abend, als sie in die Krankenwagen verladen wurden … ich habe sie stöhnen und schreien gehört, sofern sie noch am Leben waren. Ich habe sie gehört und konnte nur daran denken, dass sie sich noch fünf Sekunden, bevor es passiert ist, einzig und allein dafür interessiert haben, was es zum Abendessen geben oder was im Fernsehen kommen würde oder wie ihr Kind beim letzten Diktat abgeschnitten hat, all diese banalen Dinge, die unsere Aufmerksamkeit in Anspruch nehmen, und dann ... dann, im Bruchteil eines Augenblicks, war alles anders. Alles hatte sich verändert.«

Jonathan schlug die Augen auf. »Du bist so melodramatisch. Du solltest Opern *schreiben*, statt sie dir anzuhören.«

»Ist es das, was dir dabei gefällt? Die Eggman-Morde waren extrem emotionslos, zack und vorbei. Eben haben sie noch gelebt, schon waren sie tot. Holst du dir darauf einen runter? Auf die Macht über Leben und Tod?«

Jonathan nahm seine weiße Offiziersmütze vom Tisch, wirbelte sie an seinem Finger herum. »Oje, das klingt aber ernst. Ich merke schon, wie mir der kalte Schweiß ausbricht.«

»Absolut wahllos, ohne erkennbares Muster. Das war einer der Gründe, wieso die Task Force deinen Brief einfach abgetan hat, aber wir beide wissen es besser. Der Rausch war nicht das Töten, sondern die Auswahl – *der* hier, nicht der da, *hier,* nicht dort, *jetzt,* nicht später. Die Zufälligkeit, das war der Teil, den du am liebsten mochtest.«

Jonathan grinste breit, wirbelte die Mütze immer schneller um seinen Finger.

»Ist alles in Ordnung?«, fragte Olivia.

»James assoziiert nur frei, Schatz.« Jonathan ließ Jimmy nicht aus den Augen.

Jimmy erwiderte sein Lächeln. »Gib mir deine Hand.«

»Wie bitte?«

Jimmy hielt ihm die Hand hin. »Was ist los? Hast du Angst?«

Jonathan zögerte, dann legte er seine Hand in Jimmys Rechte. »Du machst immer noch diese Liegestütze auf den Fingerspitzen, oder? Ich konnte fühlen, wie stark du bist, als wir uns bei meiner Praxisparty die Hand gegeben haben.« Seine Haut war kühl und starr in Jimmys Hand. »Ich wette, du schaffst immer noch hundert am Stück.«

»Die menschliche Hand besteht aus siebenundzwanzig Knochen.« Jimmy sah Jonathan in die Augen, während er langsam die Finger um die Hand seines Bruders schloss. »Früher habe ich deine Anatomie-Bücher gelesen, wenn ich allein im Poolhaus war ... komisch, was einem so im Gedächtnis bleibt.«

Jonathans Hand blieb, wo sie war, ruhte in Jimmys Griff, der sich langsam, aber stetig schloss. »Kraft ist gut, aber man opfert seine Feinmotorik.« Jonathan nickte zu Michelle hinüber. »Zauberhaft, nicht? Eines meiner besten Werke.«

»Sie war hübsch, *bevor* du sie in die Finger bekommen hast.«

Jonathan lachte. »Frag *sie*, ob sie das auch findet.« Er schüttelte den Kopf. »Wir streben doch alle nach Perfektion, James. Nimm nur dich und das endlose Feilen an deinen Texten. Aber ich arbeite auf einer elementareren Ebene als du. Ich erschaffe Mutter Natur höchstpersönlich neu, und sie kann *so* eine schludrige Schlampe sein.«

Jimmy drückte immer fester. »Siebenundzwanzig Knochen, hübsch arrangiert, präzise aufeinander abgestimmt – Endglied, Mittelglied, Grundglied, fünfter Mittelhandknochen ... und das ist nur dein kleiner Finger.«

Die Sopranistin war zu Turandots Eröffnungsarie übergegangen, in der sie ihren Freiern drei Rätsel aufgab. Wer richtig antwortete, gewann ihre Hand und wurde Kaiser von China. Wer versagte, wurde hingerichtet. In der hohen, klaren Stimme der Sängerin klang es wie ein Angebot, dem kein Mann widerstehen konnte.

Jimmy drückte Jonathans Hand, sah Schweißperlen an seinem Haaransatz, während er immer fester zudrückte. »Und dann die Handwurzelknochen: Kopfbein, Dreiecksbein, Mondbein, Kahnbein, kleines Vieleckbein, großes Vieleckbein, Erbsenbein, Hakenbein … auf dem Röntgenbild sehen sie wie abgebrochene Zähne aus, nicht?«

Jonathan wurde in Jimmys festem Griff noch schlaffer, er atmete durch die Nase.

»Du hast wunderschöne Hände«, sagte Jimmy und ließ die Knochen knirschen. »Weich und geschmeidig, fähig zu denkbar größter Sensibilität …«

Jonathan kniff den Mund zusammen, als Jimmy fester drückte, aber er wich nicht zurück. »Ich kann mit zwei Fingern Seide verknoten, mit links oder rechts. Soll ich es dir zeigen?«

»Die vielen zarten Nervenenden … sie machen Hände so sensibel, nicht? Hände wie deine müssen doch *viele* Nervenenden haben.«

Jonathan stöhnte auf, sah Jimmy aber weiterhin in die Augen, bot ihm keinen Widerstand. »Diese meine Hände haben Macht über Leben und Tod, James, also pass auf, was du tust. Du weißt, dass meine Arbeit nicht die reine Eitelkeit ist. Das war dein Knüller. Weißt du noch? Ich bin letzte Woche von meiner Party ins Krankenhaus gerufen worden. Da hatte es einen …« Er neigte den Kopf, denn er spürte Jimmys Schreck, als die Stimme der Sopranistin immer höher stieg. »Du hast von einem Unfall heute Abend gesprochen? Nun, genau damit hatte ich es am Sonntagabend auch zu tun: ein schwerer Unfall auf dem Santa Ana Freeway, ein Kleinbus voller Kinder, die von ihrer Chorprobe nach Hause fuhren. Keiner von denen war angeschnallt.«

»Du lügst.«

Jonathan tat, als verstünde er nicht.

»Du hast die Party verlassen, um zum Poolhaus zu fahren.«

»Ach, ja. Jimmy und seine kostbaren Polaroids.« Jonathan schüttelte den Kopf. »Tut mir Leid, aber ich war die ganze Nacht im Operationssaal. Ich dachte, das wüsstest du.«

»Ich … ich glaub dir nicht.« Jimmy ließ seine Hand los.

Jonathans Schultern entspannten sich leicht, aber seine Hand lag einen Augenblick unbeweglich auf dem weißen Tischtuch, bis das Gefühl in sie zurückkehrte. »Ich glaube, du baust zu sehr auf diese Polaroids.« Er wischte über seine Jacke, zupfte etwas Unsichtbares von einem seiner Schulterstücke und ließ es fallen.

Zum ersten Mal zog Jimmy die Möglichkeit in Erwägung, dass die Eggman-Polaroids nicht existierten, dass Holt Recht damit gehabt hatte, dass er an diesem Abend im Poolhaus einfach nur gesehen hatte, was er sehen wollte. »Ich brauch die Polaroids nicht, weil du mir die nötigen Beweise schon geliefert hast«, sagte er und zitterte plötzlich vor Kälte. »Du musstest vom Kliff aus zusehen – tja, *bitte lächeln*, Sackgesicht, du bist bei *Versteckte Kamera*.«

»Wovon redest du?«

»Es ist nicht nur ein Spiel, Jonathan.«

»Ich mache mir Sorgen um dich.« Jonathan ließ seine Mütze um den Finger kreisen, wieder und immer wieder. »Die meisten älteren Brüder haben Zeit zu wachsen, ein separates Leben zu führen, bevor die glückliche Familie Zuwachs bekommt, aber du und ich, wir sind nur ein Jahr auseinander. Ich kann mich nicht erinnern, dass es dich irgendwann nicht gegeben hätte. Du warst *immer* da, mit in meinem Zimmer, mir gegenüber am Tisch … wir hätten ebenso gut Zwillinge sein können.« Immer schneller rotierte die weiße Mütze. »Anfang der Woche war ich mit Detective Holt auf ein paar Cocktails unterwegs, und sie hatte *so* viele Fragen über dich. An deiner Stelle würde ich mein Alibi dreimal überprüfen.« Er setzte Jimmy seine Mütze auf den Kopf.

Jimmy riss sich die Mütze herunter und schlug sie Jonathan ins Gesicht.

»Ich dachte, du wärst gerne der schneidige, junge Offizier«, sagte Jonathan lässig, unbeeindruckt. Er winkte Jimmy heran. »Es war schön, mit dir vorhin Händchen zu halten, Haut an

Haut. Solcherart Intimität lasse ich nicht oft zu, aber schließlich haben wir beide ja keine Geheimnisse voreinander.« Jetzt war er an der Reihe, und seine Augen leuchteten im trüben Licht des Saales. »Es gab in den letzten Monaten Gelegenheiten, bei denen Olivia und ich uns geliebt haben und ich spüren konnte, dass sie an dich dachte, und weißt du, James ... es hat mir überhaupt nichts ausgemacht.«

»Das ist aber nett.«

»Sie ist sehr athletisch«, fuhr Jonathan fort. »Etwas muskulöser, als meinem Geschmack entspricht, aber ein ganz gesundes Geschöpf, wild und ungezähmt. Ich habe sie *immer* noch nicht ganz gezähmt, aber lass mir noch etwas Zeit.«

Jimmy versuchte, sich auf die Stimme der Sopranistin zu konzentrieren. Turandots Ruf hallte in makelloser Akustik.

Jonathan fummelte an seinen Goldknöpfen herum. »Gestern Nacht war wirklich etwas Besonderes. Olivia und ich haben uns geliebt, und ich konnte spüren, dass sie an dich dachte, die Augen geschlossen, den Kopf in den Nacken geworfen, offensichtlich ganz und gar ihren Sinnen ergeben. Gestern Nacht waren wir zu dritt in unserem Bett, aber du warst nur ein Gespenst, James, und ich habe sie gestoßen und zum Stöhnen gebracht.«

Jimmy hielt sich zurück. Er war sich darüber im Klaren, dass Olivia sie beobachtete und versuchte zu belauschen, was gesagt wurde.

»Weißt du«, schnurrte Jonathan, »wenn es so weit ist, dass sie irgendwann nicht mehr an dich denkt, wenn wir nur noch zu zweit allein in unserem Ehebett sind, dann werde ich mich ihrer entledigen müssen.« Er zeigte seine Zähne. »Ich werde es tun, James. Ich werde es tun.«

Jimmy packte ihn beim Kragen, und Jonathans Stuhl kippte um, so dass beide zu Boden fielen. Er hörte Olivia schreien.

Jonathan lächelte zu ihm auf, und ihre Gesichter waren so nah beieinander, dass sie sich hätten küssen können. »Schon *wieder* verloren«, höhnte Jonathan und machte sich von ihm los. »Na ja, jedenfalls bist du konsequent.«

## 29

»Was macht dein Kopf, Mann?«, fragte Blaine schon zum dritten Mal. Der Robo-Surfer trug an diesem Montagmorgen grüne Spandex-Gewichthebershorts und ein ärmelloses WWF-T-Shirt. Er sah sich um und senkte die Stimme. »Tut mir echt Leid, dass ich dich letzte Woche an die Wand geklatscht hab, aber man weiß nie genau, was Pilar vorhat. Sie ist der Boss. Aber sie mag dich, Jimmy.«

»Das hör ich von allen Seiten.«

»Da hast du's.« Blaine strahlte. »Dann muss es wohl stimmen.«

Pilar kam aus dem Hinterzimmer hereinspaziert, sprach Spanisch in ihr Handy, mit mädchenhafter Stimme und eisenhartem Blick. Sie trug ausgestellte Jeans mit Silbernieten an den Seiten und dazu ein reich besticktes Cowboyhemd mit roten und gelben Papageien auf den Passen. Sie wandte sich auf ihren hohen Stiefeln um, die Stimme leise und verführerisch. Sie sah Jimmy an und zwinkerte.

Als er am Samstagabend schäumend von der Operngala nach Hause gekommen war, hatte Jimmy zuallererst bei ATM angerufen. Es war keiner da, also hinterließ er eine Nachricht, dass ATM ihn zurückrufen sollte, sobald er die Fotos vom Kliff in Laguna gefunden hatte. Die nächsten paar Stunden versuchte er zu schlafen, bis er schließlich aufgab und nach dem Telefon griff.

Die Nachtschicht der *Times* bestätigte, dass es am Sonntagabend auf dem Santa Ana Freeway einen Unfall gegeben hatte, an dem vier Autos beteiligt waren. Man hatte die Opfer ins Newport Hills Hospital gebracht. In der Notaufnahme des Krankenhauses sagte eine Schwester mit schlimmem Husten, Jonathan habe an jenem Abend operiert, aber sie wisse nicht, wann er gekommen und wann er wieder gefahren sei. Sie bellte trocken in den Hörer, schniefte irgendwas von vertraulichen Informationen und legte auf. Jimmy lauschte dem Freizeichen und fragte sich, ob Jonathan trotzdem genug Zeit gehabt hätte, zum Poolhaus zu fahren, bevor Holt und er am nächsten Morgen dort waren. Er lag in seinem Bett, starrte die verzweigten Risse und Nebenflüsse an der Decke an, während die Morgendämmerung das Zimmer langsam erhellte, und grinste bei dem Gedanken an Great Whites Miene, als er ihm vom Orinoco erzählt hatte. Die Morgenzeitung landete mit einem dumpfen Schlag auf dem Rasen, aber Jimmy reagierte nicht. Er hatte beschlossen, sich um Jonathans Südamerikareisen zu kümmern.

»Falls dir vom Kahuna Drop der Rücken wehtut … ich hab da dieses Zeug aus China. Nennt sich Tigerbalm und hilft total gut«, sagte Blaine. »Ist wie Ben Gay, nur viel stärker. Ansonsten haben wir noch Percodan.«

Jimmy schüttelte den Kopf, sah Pilar auf und ab laufen, mit dem Telefon am Ohr. Sein Spanisch war lückenhaft, aber er verstand, was sie sagte. Sie erkundigte sich bei jemandem von der Polizei in Cervaca, Venezuela, ob es zwischen dem 4. und 18. Juni vergangenen Jahres ungelöste Morde gegeben hatte. In den letzten zwanzig Minuten hatte sie sich von einem Beamten zum nächsten durchgeschmeichelt und -gebettelt, tat so, als besuchte sie ein amerikanisches College und studiere lateinamerikanische Polizeipraktiken. Die Art und Weise, wie diese Frau »*por favor*« sagte, war zum Steinerweichen.

In der Zeit zwischen dem 4. und 18. Juni hatte Jonathan seine Klinik für Wiederherstellungschirurgie in Cervaca betrieben. Am Morgen hatte Jimmy Jonathans Presseagenten angerufen und gebeten, man möge ihm eine Auflistung von

Jonathans karitativer Arbeit der letzten fünf Jahre an seine Adresse bei *SLAP* faxen. Pilar hatte nichts gesagt, als Jimmy kurz vor Mittag auftauchte und ihr die Reiseroute nannte. Etwaige Hinweise auf Jonathan waren unkenntlich gemacht. Pilar fragte weder, wer in diese kleinen Dörfer gereist war, noch wieso Jimmy etwas über Morde in Venezuela wissen wollte. Sie sagte kein Wort über Rollo, nichts von Geld oder Rückzahlungen. Kein »Eine Hand wäscht die andere«. Sie sagte nur zu Blaine, er solle ihnen Kaffee kochen, setzte sich und sah die Unterlagen durch.

»Sie ist echt der Hammer, oder?«, sagte Blaine, als Pilar vorbeikam. »Sie ist nicht nur klug wie die meisten Mädchen, nein, Pilar ... ich hab gesehen, wie sie ihr doppeltes Körpergewicht stemmt.«

»Ja, sie ist echt der Hammer.«

Nachdem der Eggman-Brief gekommen war, hatte Jimmy alles über Serienkiller gelesen, was er finden konnte. Massenmörder teilten sich in zwei Kategorien: Amokläufer und Serienkiller. Amokläufer waren Versager wie Charles Whitman, der Heckenschütze vom Texas Tower, Verlierer, die plötzlich ausrasteten, ihre Opfer wahllos aussuchten, einfach *bäng, bäng, bäng,* bis sie selbst erschossen oder festgenommen wurden. Serienkiller wie Ted Bundy waren viel gefährlicher. Sie gingen methodisch und mit Umsicht vor ... gesellschaftliche Chamäleons, die jahrelang ihrer Entdeckung entgehen konnten. Der typische Serienkiller war ein Sexualpsychopath, der seine Opfer gezielt auswählte, sie nach Geschlecht, Beruf, äußerem Erscheinungsbild oder – wie im Fall des »Son of Sam« – danach beurteilte, wie sie sich den Scheitel kämmten. Im Gegensatz zum Amokläufer waren die Taten eines Serienmörders von einer Abkühlungsphase zwischen den Morden geprägt, einer Auszeit, die Wochen oder Jahre dauern konnte, bis sich der Drang wieder meldete ... was der Drang *immer* tat.

Blaine nahm die Mossberg und versuchte, den Lauf der Pumpgun auf einem Finger zu balancieren. »Ich hab das Video von meinem Kampf noch immer nicht von Mr. Macklen bekommen«, sagte er und wackelte unsicher herum, mit der schwankenden Pumpgun auf der Fingerspitze. »Meinst du, du könntest für mich ein gutes Wort bei Mr. Macklen einlegen?«

Jimmy sah sich nach Pilar um. »Hältst du das wirklich für eine gute Idee?«

Blaine legte den Kopf in den Nacken, während er langsam durch den Raum lief und die Pumpgun balancierte. »Ich weiß, was ich tue.«

Das Problem mit den Eggman-Morden – und einer der Gründe, wieso die Task Force zu dem Schluss gekommen war, dass Jimmys Brief eine Finte sein musste – bestand darin, dass sie Charakteristika von beiden Massenmörder-Typen zeigten. Wie beim Amokläufer waren auch die Eggman-Opfer wahllos ausgewählt. Es gab weder sexuelle Gewalt noch zeitliche Intervalle zwischen den Taten, aber wie ein Serienmörder hatte sich auch der Eggman alle Mühe gegeben, seine Morde zu verbergen, und keinerlei forensische Beweise zurückgelassen. Amokläufer konnten sich nicht beherrschen, aber der Eggman hatte nach wenigen Wochen abrupt aufgehört und sein Territorium einzig und allein mit dem Brief an Jimmy abgesteckt.

Jimmy wusste, dass Jonathan – falls er tatsächlich der Eggman sein sollte – nicht erst im Orange County mit dem Morden angefangen hatte. Er hätte irgendwo geübt, die Fertigkeit auf seinen Reisen perfektioniert, und die regelmäßigen Exkursionen nach Südamerika und Afrika wären eine willkommene Abwechslung gewesen, nach der Abkühlungsphase in Kalifornien. Weshalb also hatte Jonathan mit seinem Verhaltensmuster gebrochen und mordete nun dort, wo er zu Hause war? Es musste an Jimmy liegen. *Sieh mich an, sieh mich an.* Nun, Jimmy sah ihn an, und er war noch immer nicht sicher. Er würde sich besser fühlen, wenn ATM mit einem Foto auftauchte, das Jonathan am Tatort in Laguna Beach zeigte. Er würde sich besser fühlen, wenn Pilar auf eine Reihe ungelöster Morde stieß, die zeitlich mit Jonathans Hilfsprojekten übereinstimmten. Er würde sich besser fühlen, wenn er es *wüsste.*

Blaine musste sich immer schneller bewegen, wollte eigentlich stehen bleiben, aber die Pumpgun auf seiner Fingerspitze geriet ins Wanken.

Jimmy warf sich auf den Boden, als die Flinte losging. Er hob den Kopf und sah ein faustgroßes Loch in der Wand, wo der Putz rieselte.

Blaine hob die Pumpgun auf, sagte lautlos »'tschuldigung« zu Pilar, die ihm von der anderen Seite des Raumes einen finsteren Blick zuwarf.

Jimmy stand auf, nahm Blaine die Pumpgun weg und legte sie auf den Kaffeetisch. Es gab nicht viel im Fernsehen, aber er zappte trotzdem durch die Kanäle, bis er endlich einen Bugs-Bunny-Cartoon fand. Blaine setzte sich neben ihn auf die Couch, beugte sich vor, lachte über den frechen Hasen, der dem gefräßigen tasmanischen Teufel davonlief und immer genau einen Schritt vor ihm blieb.

Pilar klappte ihr Handy zu, und Jimmy stand auf. »Die Akten der Polizei in Cervaca sind nicht besonders gut geführt, aber Sergeant Enriquez sagt, wenn ich ihn morgen anrufe, weiß er vielleicht mehr.« Sie lächelte. »Er möchte, dass ich ihm sage, was ich anhabe, wenn wir uns das nächste Mal unterhalten.«

»Cervaca ist doch nur ein Fischerdorf«, sagte Jimmy. »Wie viele ungelöste Morde könnte es da geben?«

Pilar schüttelte den Kopf. »Es zeigt nur deine Ahnungslosigkeit, verwöhnter Gringo. Im Polizeirevier von Cervaca gibt es wahrscheinlich keine Klimaanlage, keinen Computer, keine Spurenanalyse, kein Mikroskop, kein ballistisches Labor, nicht mal Fingerabdruckpulver. Höchstwahrscheinlich müssen sich die Beamten Pistolen und Munition selbst kaufen. Ich habe Sergeant Enriquez erklärt, dass ich mich weder für Verbrechen aus Liebe noch für Raub oder Racheakte interessiere. Ich habe ihm erklärt, dass der Mann, nach dem wir suchen, jemand ist, der … *sanfter* mordet.«

Jimmy schluckte. Er hatte ihr nicht erzählt, dass es um den Eggman ging.

»Ich habe den Sergeant gebeten, nachzusehen, ob es in den zwei Wochen solche Morde gab«, sagte Pilar. »Wenn ich mit meinen Sachen durch bin, setz ich mich noch mal für dich ans Telefon.«

»Danke, Pilar.«

»Bleibst du noch ’n bisschen, Jimmy?«, fragte Blaine, der nach wie vor am Fernseher klebte.

»Ich hab heute Nachmittag eine Pressevorführung«, sagte Jimmy mit einem Blick auf den Roadrunner-Cartoon, den sich Blaine gerade ansah. »*Beep-beep*.«

»*Beep-beep*, Mann.«

## 30

Gene und Hector, die beiden Angestellten hinter dem Tresen von Scarecrow Video, hörten auf zu streiten, als Macklen in der Tür des kleinen Ladens auftauchte.

»Schatzinsel«, sagte Hector und machte den ersten Punkt.

»Ich suche den Geschäftsführer«, sagte Macklen und schwang sich auf seinen Krücken vorwärts.

Bis unter die Decke stapelten sich in dem kleinen Laden obskure Videos, Laser Disks und DVDs. Die Gänge waren aufgeteilt in Abteilungen wie »Nazi Zombies«, »Beach Blanket Babe-O-Rama«, »Psychokiller«, »Mythische Cowboys«, »Kinder mit übersinnlichen Kräften« und »Verliebte Rechtsanwälte«. Jeder Quadratzentimeter Wand war mit Filmplakaten gepflastert – Kriegsfilme mit donnernden Kanonen, billige Science-Fiction-Klassiker aus den Fünfzigern, Gladiatorenfilme mit Victor Mature und in der Mitte – wie die Jungfrau von Guadeloupe. Marilyn Monroe in *Das verflixte siebente Jahr*, inklusive fliegendem Kleid.

»*Fenster zum Hof*«, erwiderte Gene, ein dürrer, gelangweilter Teenager in Shorts und Ren-&-Stimpy-T-Shirt und mit so dicken Brillengläsern, dass er einen Waldbrand entfachen konnte, wenn er einfach nur draußen durch den Sonnenschein spazierte. Was allerdings nicht zu befürchten stand.

»*Mein linker Fuß*«, sagte Hector, ein pausbäckiger Fünfziger im Batikhemd, das lange Haar von Grau durchzogen.

»*Dr. Seltsam*«, sagte Gene.

Macklen ruderte näher heran. »Was ist los? Seid ihr zwei taub oder einfach nur zurückgeblieben?«

»*Larry Flynt*«, sagte Hector.

Gene gähnte. »*Sonne über Campobello.*«

»*... Zeugin der Anklage*«, sagte Hector.

Gene hörte das Zögern in Hectors Stimme und schlug zu. »*Was geschah wirklich mit Baby Jane*?«

Mittlerweile stand Macklen vor ihnen, und seine Muskeln spannten sich unter dem orangefarbenen Bowlinghemd, so dass die aufgestickten Kegel an den Passen hüpften, als hätte er eben einen Treffer gelandet. Es hatte Zeiten gegeben, in denen er damit die Ladys amüsierte, sie zum Lachen brachte, um ihre Höschen zu lüpfen. Heutzutage konnte er nicht mal diese beiden Schwachköpfe dazu bewegen, dass sie ihn beachteten. Na ja, wenigstens Great White lachte sich darüber schlapp.

»*Der Mann, der zum Essen kam*«, sagte Hector.

»*Ist das Leben nicht schön?*«, sagte Gene.

Hector biss sich auf die Lippe. »Jetzt kommst du.«

Lakonisch putzte sich Gene die Brille an seinem T-Shirt. »Mr. Potter, Großmaul.«

Hector schlug sich an die Stirn.

»Sieger und *neuerlicher* Champion«, sagte Gene, während Hector zum Schokoautomaten watschelte, um einen auszugeben.

»Yeah, Hippie, du siehst wie ein echter Sieger aus«, sagte Macklen. »Kennt ihr einen Jungen namens Rollo?«

Gene nahm die Rolle Starbursts von Hector entgegen und riss sie am Ende auf.

»Ich bin auf der Suche nach Rollo«, sagte Macklen.

»Willkommen im Club«, sagte Gene und kaute mit offenem Mund, so dass seine Zahnspange zu sehen war. »Der Typ hat noch sechs überfällige DVDs.«

Macklen langte in seine Jacke und warf sechs DVDs auf den Tresen. »Die hab ich in Rollos Wohnung gefunden, mit eurem Sticker drauf. Sah aus, als wäre er Stammkunde.«

Gene stapelte die DVDs. »Wir leihen Rollo Videos oder was immer er will. Er dreht einen Film über uns. Wie *Clerks*, nur besser.«

»Wie *High Fidelity*, nur besser«, erwiderte Hector. »Er soll heißen *Bitte zurückspulen*.«

»*Bitte zurückspulen, Arschloch*«, korrigierte Gene.

»Habt ihr eine Ahnung, wo ich Rollo finden könnte?«, fragte Macklen und gab sich alle Mühe, gut gelaunt zu klingen.

Gene beugte sich über den Tresen. »Schuldet er Ihnen Geld? Denn wenn ja, stehen Sie damit nicht allein da.«

»Sein Konto zu überziehen ist das Privileg des Künstlers«, meinte Hector. »Sam Peckinpah hatte auch nie Bargeld dabei.«

»Francis Ford Coppola war bei *Einer mit Herz* bankrott«, sagte Gene.

»Fangt nicht wieder mit dem Scheiß an«, warnte Macklen und wankte dabei vor und zurück, musste sich sehr beherrschen, um aus den beiden Traumtänzern nicht Hackfleisch zu machen. »Rollo kam mit einer Geschäftsidee für diesen Film, den er drehen wollte, und ich will ihm nur grünes Licht geben. Hab den Scheck hier in meiner Brieftasche.«

»Rollo kriegt grünes Licht?«, sagte Gene. »Irre.«

Hector nickte Macklen zu. »Festus flippt gleich aus«, sagte er zu Gene. »Rollo ist grandios, aber Dokumentarfilme haben kein kommerzielles Potenzial.«

»Freund der Sonne, ich könnte grandios nicht von grausam unterscheiden«, knurrte Macklen. »Ich hab es nur auf Steuererleichterungen abgesehen.«

»Hab ich dir doch gesagt, dass Rollo eines Tages groß rauskommt«, sagte Gene zu Hector. »*Der Mann von La Mancha.*«

»*Rocky*«, erwiderte Hector.

Macklen schlug seine Krücke auf den Tresen, zertrümmerte den Stapel DVDs. »Sprecht Englisch, verflucht!«

Die beiden wichen gegen das Plakat der *Hammer*-Version von *Die Mumie* zurück, auf dem sich die Mumie eine Kugel einfing, dass es Bandagen regnete.

»Ich muss Rollo finden.« Wieder tanzten die Kegel auf Macklens Hemd.

Hector rümpfte die Nase. »In seiner Wohnung in Huntington Beach haben Sie es wahrscheinlich schon versucht.«

»Erraten.« Macklen stützte sich auf eine Krücke, wirbelte die andere herum. »Vielleicht solltet ihr zwei Schlaumeier mal eure Hirne einschalten, ordentlich schütteln und sehen, was dabei rauskommt.«

»Er hatte eine Bude irgendwo in der Pampa, oder, Gene?«, fragte Hector, ohne die Krücke aus den Augen zu lassen. »Irgend so ein runtergekommener Trailerpark. Ich glaube, du hast ihn mal hingefahren, als sein Wagen nicht mehr wollte.«

»Vielleicht hab ich das, vielleicht auch nicht.« Gene zeigte Macklen seine Zahnspange. »Wenn Sie auf der Suche nach Steuererleichterungen sind … ich hab da auch ein paar Drehbücher, die Sie vielleicht interessieren könnten, Mister.«

Macklen beugte sich vor. »Wo genau ist dieser Trailerpark?«

# 31

»Das stinkt ja jetzt schon nach Eselpimmel«, flüsterte Rollo, kaum dass der Vorspann begonnen hatte.

»Das wird meine Schlagzeile«, sagte Jimmy und lehnte sich in den weich gepolsterten Sessel des noblen Vorführraums zurück. »›Chaz Presleys *The Last Caper* stinkt nach Eselpimmel.‹«

»Schschscht«, zischte Carlotti, der Kritiker von der *L.A. Weekly,* der ein paar Reihen weiter kauerte und sich mit einem Leuchtstift im Dunkeln Notizen machte, ein Spesenritter in roter Planet-Hollywood-Jacke.

Rollo warf Carlotti einen Milk Dud an den Kopf. »Wir sollten hier abhauen und uns bei Scarecrow ein paar Jet-Li-Videos holen. Bei ChromoGenesis steht ein Player, den wir benutzen können – ich zeig dir den azurblauen Raum.«

»Geht nicht. Ich hab diese Woche ein Interview mit Chaz, und ich muss irgendwas über seinen neuen Film sagen.«

»*Chaz?* Was ist los? Seid ihr jetzt schon Busenfreunde, oder was?«

Jimmy sah sich die Action auf der Leinwand an, ohne wirklich zuzuhören. Er hatte noch einmal in der chirurgischen Abteilung des Newport Hills Hospital angerufen, aber immer noch keine genauen Angaben dazu bekommen, bis wann Jonathan am Sonntagabend im OP gewesen war. ATM hatte sich auch nicht gemeldet. Die Macht der Presse war schon erstaunlich.

Chaz Presley glitt im engen Lederdress durch einen schmalen Lüftungsschacht, und seine gestählte Brustmuskulatur zuckte. Ein unerklärliches Licht hob seine Wangenknochen hervor, so dass die Schweißperlen schimmerten.

»Noch zehn Minuten, bis wir ihn in Unterhosen sehen«, sagte Rollo. »In zehn Minuten zeigt er uns seinen Waschbrettbauch.«

Chaz Presley kämpfte sich durch das High-Tech-Security-System des Getty Museum, näherte sich dem Ellison-Diamanten, dem »größten lupenreinen Brillanten der Welt«. Im Lauf der folgenden 144 Minuten würde man den Diamanten stehlen, darum kämpfen, ihn wiederbekommen, er würde durch ein Duplikat ersetzt werden, und das Ganze in einem Gewirr von Handlungssträngen, die so verstrickt waren, dass selbst die Schauspieler nicht sicher sein konnten, wo sich der Edelstein nun eigentlich befand. Der Film würde allein in den USA 150 Millionen einspielen. Minimum.

»Hat Pilar auch ganz *bestimmt* gesagt, dass sie mich in Frieden lässt?«, fragte Rollo.

»Das hat sie gesagt.«

»Na ja, denn heute Früh hab ich in meiner Wohnung in Huntington Beach angerufen, und da war gerade jemand.« Rollo drehte sich um, sah zum Ausgang. »Ich hab meinen Anrufbeantworter so eingestellt, dass ich die Wohnung abhören kann, und da waren Geräusche.«

»Wahrscheinlich ist Pilar nur vorsichtig. Morgen löse ich Napitanos Scheck ein und statte ihr einen Besuch ab.«

»Wieso kaufst du dir nicht auch gleich ein neues Handy? Ich musste es heute Morgen vier- oder fünfmal bei dir versuchen.«

»Noch irgendwelche Wünsche?«

»Ja, ich wünsch mir, dass Madonna aufhört, Filme zu drehen.« Rollo schüttete sich die letzten Milk Duds in den Mund. »Kommst du denn *nachher* mit zu Scarecrow? Wenn wir uns durch dieses Epos gequält haben, muss ich mir was Gutes ansehen. Gene und Hector haben gesagt, sie kriegen *Citizen Kane*-Outtakes rein.«

»Kann nicht. Ich muss zu einem Typen, den ich am Sonntag kennen gelernt hab, ein Fotograf.«

Rollo rutschte auf seinem Sessel herum. »Jimmy, ich möchte dir nur sagen … wegen Pilar …«

»Ich weiß. Sollte ich je eine Niere brauchen –«

»Ich klau dir eine, Mann, wirklich.«

Jimmy sah, wie Chaz Presley eine Brille aufsetzte, die es ihm ermöglichte, im Stockwerk unter sich das Sicherheitssystem zu sehen, das aus einem Lasernetz bestand. Kein Wunder, dass alle Welt Techno-Thriller liebte. Jeder Plan war so kompliziert wie möglich, was eine unendliche Vielfalt cooler Posen und computeranimierter Effekte ermöglichte, und doch brauchte man am Ende nur die richtige Hardware und den richtigen Haarschnitt, um Erfolg zu haben. Jimmy wusste es besser. In der Realität waren zur Ausübung eines Verbrechens vor allem ein simpler Plan und mangelnde Sorge um etwaige Konsequenzen im Falle eines Scheiterns nötig. Jimmy hatte Macklen und die VC Boyz mit zwei Blendgranaten von der Army und seiner Leck-mich-am-Arsch-Haltung niedergemacht.

Chaz Presley entfernte das Gitter des Lüftungsschachts und ließ eine Nylonschnur zu der Vitrine hinunter, die den Diamanten beherbergte. Kaum hatte er sich aus dem Lüftungsschacht gezwängt, als ein Schweißtropfen von seiner Nase rann, in Zeitlupe herunterfiel und nur um Haaresbreite einen der Infrarot-Laserstrahlen verfehlte. Chaz Presley zog sich wieder in den Lüftungsschacht hinauf, wischte sich die Stirn, dann schälte er sich aus dem engen, schwarzen Leder-Overall und ließ sich anmutig an der Nylonschnur zum Diamanten herab, in seiner knappen, weißen Unterhose.

Rollo hob die Hand. »Waschbrett!«

»Geht's noch?«, zischte Carlotti.

Chaz Presley schwebte kopfüber oberhalb des Diamanten, furchtlos, absolut Herr der Lage. So was nannte man wohl »Star Power«. In der Nacht, als Jimmy Macklen abgezogen hatte, dröhnten Johnny Cashs Greatest Hits aus der Anlage – noch heute konnte er »Ring of Fire« nicht hören, ohne dass ihm die Knie zitterten.

*Jimmy und Rollo hatten in Rollos Van gewartet, ein Stück abseits vom Rhinestone Cowboy, wie die Big Orange Arena damals hieß. Jimmy sah vom Beifahrersitz aus hinüber, während Rollo herumzappelte und immer wieder fragte, ob Jimmy wirklich sicher war, dass er diese schwachsinnige Nummer abziehen wollte. Es war eine gute Frage.*

*Tran, der Kellner im Nha Trang Café, hatte Jimmy erzählt, dass die VC Boyz jedes Mal, wenn sie ein Ding gedreht hatten, im Café feierten, nur das Beste vom Besten bestellten und Personal und Gäste bedrohten. Dann zogen sie dicke Packen mit Bargeld aus den Taschen und spielten bis drei oder vier Uhr morgens Karten, während die Köche warteten. Manchmal kamen die VC Boyz nur zur Tür hereingestürmt und fingen an, Befehle zu erteilen, aber wenn Claude eine Kaiserente wollte, ein Gericht, für das man acht Stunden brauchte, wenn man es richtig zubereiten wollte, rief er Tran schon im Lauf des Tages an. Und da hatte Tran dann bei Jimmy angerufen, mit so leiser Stimme, dass Jimmy ihn kaum hören konnte. Zwei Mal hatte Jimmy nach so einem Anruf vor dem Rhinestone Cowboy auf der Lauer gelegen, und beide Male waren die VC Boyz aufgetaucht, und man hatte sie in Macklens Büro geführt. Als Tran zum dritten Mal anrief, hatte Jimmy Rollo Bescheid gesagt, dass es jetzt losging.*

*»Bist du sicher?«, fragte Rollo. »Vielleicht sind sie gar nicht –«*

*Jimmy hob die Hand, als er die drei VC Boyz um die Ecke kommen sah. Er sprang hastig aus dem Van, während sie zum Eingang schlenderten, sich Zeit ließen, das schwarze Haar in die Höhe gesprayt wie geflügelte Kriegshelme. Einer von ihnen trug einen Aktenkoffer. Sie schoben sich an den Rausschmeißern vorbei, als gehörte ihnen der Laden, wobei Claude, der Junge, der Jimmys Nebenhöhlen mit Stäbchen gereinigt hatte, einen UC-Fullerton-Footballspieler beiseite stieß, der dort nebenher schwarz jobbte und doppelt so groß war wie Claude.*

Jimmy bog in die kleine Seitenstraße neben dem Rhinestone Cowboy ein, löste das Fenstergitter, das er im Lauf des Tages abgeschraubt hatte, und stieg hinein. Im Halbdunkel bahnte er sich einen Weg zum Büro, während die Country-Band auf der Bühne irgendwas von einer Frau in engen Blue Jeans heulte.

Jimmy stand im Schatten und sah, wie Claude vor der Tür zu Macklens Büro herumschlich. Er stellte sich vor, wie ihn Great White jeden Augenblick an der Kehle packen würde – oder Claude, voll auf Klebstoff und mit allen möglichen spitzen Gegenständen in der Tasche. Ein Schauer lief Jimmy über den Rücken, und seine Finger waren furchtbar kalt – sie hätten auch aus Eis geschnitzt sein können. Noch war Zeit abzuhauen, aber er wusste, dass er nicht gehen würde. Noch nicht.

Macklen hatte Samuel Terrell ermordet und war davongekommen. Das Gesetz konnte ihm nichts anhaben, aber Jimmy. Allerdings nur, wenn er bereit war, etwas zu riskieren – und da gab es einige Risiken, von denen manche zu sehen waren, andere aber nicht. Diesen Streit führte Jimmy mit sich selbst, seit Desmond ihm erklärt hatte, dass die Polizei nichts unternehmen konnte. Manchmal wünschte er, er wäre Samuel Terrell nie begegnet. Er wünschte, er wäre an diesem parkenden Wagen vorbeigegangen, die Treppe rauf und ab ins Bett. Ein paar Tage später hätte er einen Blick aus dem Fenster geworfen, die vielen Streifenwagen gesehen und sich gefragt, was wohl passiert war.

Die Johnny-Cash-Coverband verbrannte sich noch immer die Finger am Ring of Fire, aber Jimmy achtete nur auf Claude, der eine Zigarette rauchte, zwischen Daumen und Zeigefinger, und sich die Cowgirls ansah. Claude blieb immer draußen, während die anderen drinnen das Geschäft abwickelten. Er sah, wie Claude in seine Jacke griff und die Waffe in seinem Hosenbund zurechtrückte. Noch kannst du abhauen, Jimmy.

*Jimmy atmete langsam aus. Man konnte einen Plan aushecken, sich alles genau überlegen, sogar ein paar Probeläufe absolvieren, aber früher oder später kam man an einen Punkt, an dem man es entweder machte oder nach Hause ging und Ausflüchte suchte. Jimmy rief Rollo auf seinem Handy an. Rollo war bereits auf seinem Posten, wartete auf den Anruf, hoffte vermutlich, dass Jimmy sagen würde: »Abgeblasen, aus Gründen der Vernunft.« Stattdessen hörte er: »Los geht's.«*

*»Yeah, mach mir den Gary Gilmore«, sagte Rollo. »Bist du sicher?«*

*Jimmy klappte das Handy zu, schob die Hände in die Taschen, spürte die beiden Blendgranaten, fünfzehn Zentimeter lange, weiße Zylinder aus Presspappe, mit Schwarzpulver gefüllt. Rollo hatte die Granaten von einem Kunden in der Nationalgarde, hatte sie gegen eine Videokamera getauscht. Sie waren strikt dem Militär und der Polizei vorbehalten, 145 Dezibel laut und grell, aber nicht tödlich, nur dafür gedacht, jemanden still zu stellen und ihm die Orientierung zu nehmen. Er schob sich an der Menge vorbei, rückte näher.*

*Abrupt ging das Licht im Rhinestone Cowboy aus, als Rollo den Strom abstellte. Die Lautsprecher erstarben mit statischem Knistern. Die Menge blieb erstaunlich ruhig, schimpfte, geriet aber nicht in Panik. Das war gut so. Seine Handschuhe trug Jimmy schon. Im Dunkeln stopfte er sich seine Stöpsel in die Ohren, dann riss er am Zünder der Granate, zählte leise vor sich hin. Ihm blieben viereinhalb Sekunden.*

*Claude machte sein Feuerzeug an und hielt es in die Luft, hämmerte an die Bürotür. Seine Zigarette war ihm aus dem Mund gefallen, und sie glühte noch am Boden.*

*Die Tür ging auf, und Jimmy sah Great White rahmenfüllend dort stehen. Er warf die Granate, versuchte sie ins Büro zu schleudern, aber sie prallte von Great Whites Schulter ab und landete vor seinen Füßen. Was okay war. Jimmy schützte seine Augen, als die Granate mit grellweißem Licht explodier-*

*te und Great White rückwärts ins Büro taumeln ließ. Er hörte, wie Claude durchs Dunkel stolperte und lauthals fluchte, während winzige Fetzen von brennendem Papier wie Glühwürmchen zu Boden segelten.*

*Dann hörte er das Publikum. Die Leute schrien, Tische wurden umgekippt. Einer der Notausgänge wurde aufgerissen, dann noch einer, und die Menge drängte den leuchtenden Ausgangsschildern entgegen.*

*Jimmy zog eine Skimaske über. Sein Herz schlug so laut, dass er fürchtete, sein Brustkorb würde platzen. Scheiß drauf. Er knipste die Taschenlampe an, rannte los und warf die zweite Granate ins Büro, dann knallte er die Tür zu. Die Druckwelle ließ das dicke Holz erbeben. Benommen sank Claude gegen die Wand, versuchte aufzustehen. Jimmy schlug ihn nieder, riss ihm die Pistole aus dem Gürtel und trat die Bürotür aus den Angeln.*

*Jimmy sah hinein und merkte, dass er keine Maske brauchte – da drinnen konnte keiner mehr was sehen oder hören. Macklen und die beiden VC Boyz lagen benebelt am Boden, und weißer Rauch und brennendes Konfetti wehten durch die Luft. Great White stand gebückt da und würgte. Blut lief ihm aus Ohren und Nase. Die Augenbrauen waren versengt.*

*Jimmy holte tief Luft und schob sich an Great White vorbei, mit der Pistole in der Hand. Die Taschenlampe drang kaum durch den Rauch. Keine Angst mehr, kein Zittern. Er wusste, was er tat. Der Aktenkoffer stand offen auf dem Tisch, randvoll mit kleinen, rechteckigen Metalldingern. Jimmy hatte keine Ahnung, was das war. Es interessierte ihn nicht. Er richtete die Waffe auf Macklens Brust, während Macklen noch hustete und rein gar nichts sehen konnte.*

*Schieß, Jimmy. Deshalb bist du hier. Drei schnelle Schüsse in die Brust. Drei Schüsse auf Macklen, dann wirf die Pistole weg und hau ab. Sollen die Bullen sich damit auseinander setzen.*

*Einer der VC Boyz war auf allen vieren und suchte den Boden nach seiner Waffe ab, die er auch fast fand. Die Granate hatte Great Whites Zirkuszeichnungen in Brand gesetzt, und Löwen und Tiger verkohlten in der Nacht. Macklen schwankte, Rotz lief über sein Gesicht, hilflos gefangen im Licht von Jimmys Taschenlampe.*

*Bring ihn um, Jimmy. Tu es. Wozu bist du hier, wenn du ihn nicht erschießen willst? Die Pistole zitterte in seiner Hand. Jimmy hörte etwas hinter sich und sah Claude in der Tür stehen, der etwas auf Vietnamesisch rief. Jimmy verstand nur Macklens Namen, immer wieder, immer wieder. Jimmy wandte sich erneut Macklen zu. Tu es! Stattdessen ließ Jimmy die Pistole fallen. Nie war er so enttäuscht von sich gewesen. Er starrte Macklen an, dann trat er an den Schreibtisch, klappte den Aktenkoffer zu und stellte sich vor, was die VC Boyz sagen würden, wenn sich der Rauch verzogen hatte und ihre Ware nicht mehr aufzufinden war.*

*Claude stieß einen Schrei aus, ein hohes, wütendes Kreischen, und tastete sich ins Zimmer. Inzwischen hatte er eine Waffe – ein Typ wie er hatte immer eine in Reserve, wie im Kino. Die Hand mit der Waffe schwenkte hin und her, suchte wahllos nach einem Ziel, und Jimmy dachte an die Fühler der lebenden Hummer im Nha Trang Café.*

*Plötzlich antwortete einer der anderen VC Boyz auf Vietnamesisch, und Claude trat vor, blinzelte nur Zentimeter von Jimmy entfernt. Er feuerte mehrere Schüsse aus seiner Halbautomatik, streute sie in alle Richtungen. Trotz der Stöpsel klingelte es in Jimmys Ohren, aber er war unverletzt. Einer der anderen VC Boyz stand einen Moment ganz still, bewegte lautlos die Lippen, während Blut aus einem Loch in seiner Kehle spritzte. Macklen fluchte, stieß in seiner Eile an den Tisch. Great White stand wieder auf den Beinen und rieb sich die Augen. Jimmys Taschenlampe ließ den Rauch im Raum erglühen, so dass sie alle in der Dunkelheit von wirbelndem*

*Licht umfangen waren. Macklen hatte es geschafft, eine seiner Schreibtischschubladen aufzuziehen, und holte eine Waffe hervor. Er hielt sie nah am Körper, rief nach Great White.*

*Jimmy schob sich an Claude vorbei, passte auf, dass er ihn nicht berührte, aber Claude hatte wohl gespürt, dass da jemand war, und drehte sich zu ihm um. Jimmy schlug mit dem Aktenkoffer zu. Kugeln prasselten neben ihm in die Wand, und Jimmy konnte sehen, dass Macklen in ihre Richtung starrte, noch immer halb geblendet. Jimmy hielt Macklen die Taschenlampe ins Gesicht, so dass dieser blinzeln musste, und Claude sah das Licht und ging darauf zu, schoss bei jedem Schritt. Jimmy sah, wie Macklen mindestens zwei Mal getroffen wurde. Die Kugeln erzeugten einen dumpfen Laut, und Macklen ächzte jedes Mal, wenn er getroffen wurde. Jimmy hielt das Licht auf ihn gerichtet, während sich Macklen an den Schreibtisch lehnte, was eher lässig als schmerzerfüllt aussah. Dann stürzte sich Great White auf Claude, mit fliegenden Fäusten, und Jimmy zog sich zur Tür zurück, drehte sich um und rannte dem Ausgangsschild entgegen. Hinter sich hörte er Schüsse.*

Das Maschinengewehrfeuer auf der Leinwand holte Jimmy ruckartig wieder in den Vorführraum zurück, wo Automatikwaffen in Dolby Surround ratterten, lauter als in Wirklichkeit. Er sah, dass Rollo friedlich eingeschlafen war, mit Chaz Presleys Spiegelbild in seiner Kinderbrille. Unser Held fuhr sein rotes Ferrari-Cabrio durch eine Reihe von Explosionen, ohne dass seine Frisur dabei gelitten hätte.

Jimmy sah auf seine Uhr. Wenn *The Last Caper* zu Ende war, wollte er rüber zu ATMs Wohnung fahren, in der Hoffnung, die Wahrheit über Jonathan herauszufinden. Gleichzeitig hoffte er, dass niemals jemand die Wahrheit über *ihn* herausfand. Er würde niemals einen Orden für moralische Vorbildlichkeit verliehen bekommen. Pech. Er sah zu Rollo, der leise schnarchte. Hätte Jimmy eine Decke dabeigehabt, hätte er den Jungen damit zugedeckt. Das zählte doch auch irgendwie.

## 32

»Was willst du hier, Pilger?« Mit hängenden Schultern stand ATM in der Tür zu seiner Wohnung.

»Du solltest mich anrufen, wenn du Jonathans Foto gefunden hast.«

ATM schlürfte an einem McDonald's-Milkshake. »Wer ist Jonathan?«

»Der Mann auf dem Kliff in Laguna.«

»So heißt er?« ATM hielt den Milkshake hoch. »Willst du?«

»Ich hab's eilig.«

»Ja, ich hab auch reichlich zu tun. Hab die letzte Nacht vor der Viper Lounge auf der Lauer gelegen und mir jeden vorgeknöpft, der rauskam. Kotzende Stars ... das gibt reichlich Asche von der Yellow Press.«

»Wieso fangen wir nicht an? Ich helf dir, deine Negative durchzusehen.«

»Ich hab schon Abzüge gemacht. Du solltest ruhiger werden, Pilger, sonst kriegst du noch ein Magengeschwür.« ATM rülpste in seine Faust, und seine fettigen Zöpfe flatterten wie Bänder um einen Maibaum, als er Jimmy in die Wohnung ließ. »Bist du sicher, dass du keinen Milkshake willst?« Lautstark schlürfte er an seinem Strohhalm. »Chocolate Shake mit drei Löffeln Magnesiamilch. Danach kannst du scheißen wie ein Elefant im Paradies.«

»Wir haben sehr unterschiedliche Vorstellungen vom Leben nach dem Tode«, sagte Jimmy und stieg über Haufen von schmutziger Wäsche und offenen Pizza-Kartons.

»Heute Morgen hat mich der Art-Director von *SLAP* angerufen. Du bist schnell.«

»Ich hab doch gesagt, dass ich mich drum kümmern will.«

»Mir erzählen dauernd Leute, sie wollen sich um irgendwas kümmern.« ATM warf den Milkshake in Richtung eines Müllhaufens, traf daneben und spritzte Eiscreme an die Wand. Er teilte den schweren, schwarzen Vorhang, wo früher eine Schlafzimmertür gewesen war, und hielt ihn für Jimmy offen. »Die meisten quatschen nur.«

Jimmy sah sich in ATMs Schlafzimmer um und staunte über die Ordnung. Tische aus rostfreiem Stahl standen an den Wänden, die Fotos darauf ordentlich arrangiert, darunter Aktenschränke. Wäscheleinen liefen kreuz und quer durch den Raum, mit Dutzenden farbiger und schwarzweißer Abzüge, die an Wäscheklammern hingen. Auf einem Leuchttisch glühten Farbdias, und in der hinteren Ecke summte ein Luftfilter. Sämtliche Flächen waren makellos, der Boden war poliert. Die lichtdichte Tür zum Badezimmer stand offen. Ein hochmoderner Entwicklungs- und Vergrößerungsapparat füllte den Raum komplett aus.

»Ich muss meine Entwicklerschalen beiseite räumen, wenn ich aufs Scheißhaus will«, sagte ATM und nickte zum Badezimmer. »Das hast du doch gerade überlegt, oder?«

Jimmy trat an eine der Wäscheleinen und pflückte einen schwarzweißen Abzug herunter. Es war eines der Fotos, die ATM am Samstagabend aufgenommen hatte, durch die geborstene Windschutzscheibe des Honda, das Gesicht der Frau, von gezackten Linien durchzogen.

»Das war vielleicht eine Tour«, sagte ATM. »Du fährst ganz gut, aber als du die Braut gesehen hast, dachte ich, du kotzt dein Mittagessen gleich wieder aus. So viel Bindfaden gibt es gar nicht, dass man die wieder zusammennähen könnte.«

Jimmy hängte das Foto zurück.

Sie waren sehr plötzlich bei der Unfallstelle angekommen,

drei Autos hinter einer Kurve, und Jimmy war voll auf die Bremse gestiegen, so dass das Heck des Saab ins Schleudern geriet und einer der Cops hinter seinen Streifenwagen springen musste. Der Cop kam angerannt, sobald Jimmy den Motor abgestellt hatte, mit gezückter Waffe, aber ATM war rausgesprungen, hatte seinen Presseausweis von den Golden Globes geschwenkt und angefangen zu fotografieren, wobei er mit dem Cop herumalberte, ihn vor dem Wrack aufnahm und ihm einen Abzug für seine Frau versprach. Der Cop sagte, er sei nicht verheiratet, aber ATM warf sich für sein nächstes Foto auf die Straße, mitten zwischen die Scherben und das Öl und sagte, er würde ein halbes Dutzend Abzüge machen, für alle Freundinnen, die der Cop so hatte.

Es war ein echter Auftritt. ATM plauderte mit den Krankenwagenfahrern, erzählte irgendeinen Scheiß über Filmstars, die er mit Hosen und Höschen in den Kniekehlen erwischt hatte, und schob sich immer näher zum Mittelpunkt des Geschehens. Einmal hatte er seinen Kopf ins Fenster eines brennenden Volkswagens gesteckt, und einer seiner Zöpfe fing Feuer, aber er hatte sich das angesengte Haar nur in den Mund gesteckt und weiter fotografiert. ATM war angstbefreit und hochprofessionell, aber Jimmy konnte nur an diese Frau im Honda denken, und an dieses Kind, das da irgendwo schrie.

»Wo sind die Fotos, die du in Laguna gemacht hast?«, fragte Jimmy.

»Moment«, sagte ATM und ging neben einem Aktenschrank in die Knie, zog Schubladen auf. »Hier irgendwo.« Er schob die eine Schublade wieder hinein, zog die nächste heraus.

Jimmy ignorierte die meisten Farbabzüge. Die Bilder der Opfer waren ihm zu real, aber es gab da ein paar andere Fotos, Schwarz-Weiß-Bilder, die eher als Kompositionen durchgingen, nicht so sehr als Horrorshow: eine Lache aus schwarzem Blut im Licht der Straßenlaternen, die Nahaufnahme eines zerbrochenen Rücklichts, das wie ein Maul aus gezacktem Plastik aussah, eine eingedellte Radkappe, die an einen bösen Traum erinnerte.

»Kein kommerzielles Potenzial«, sagte ATM mit Blick auf die Schwarz-Weiß-Bilder, als er mit einem Ordner in der Hand herüberkam, »aber *irgendwas* muss ich auch für mich machen.« Er strich die Zöpfe zurück und winkte Jimmy an einen Tisch, auf dem er einen Stapel Farbbilder verteilt hatte.

Jimmy musste sich beherrschen, um nicht darüber herzufallen, und beugte sich stattdessen nur über den Tisch. Es war ein schöner Morgen in Laguna gewesen, als man Philip Kinneson am Strand fand, der Himmel ein wolkenloses Blau, das Meer ein dunkles Grün, der perfekte Hintergrund für die Gaffer, die sich den Tatort vom Kliff aus ansahen.

»Guck dir mal das glückliche Pärchen hier an.« ATM tippte auf das oberste Foto – zwei hinreißende, blonde Kalifornier, die für die Kamera posierten. Der Wind wehte das lange Haar der Frau um ihre Schultern; der Mann sah so hirnlos aus wie ein Model in einer Fick-ihn-und-vergiss-ihn-Parfüm-Werbung. »Die beiden blieben nicht lange. Die Frau sagte, sie könne das Blut auf die Entfernung nicht richtig sehen.«

Das nächste Foto zeigte eine korpulente Frau in einem Kleid mit Paisleymuster, die sich über das Geländer beugte und dem hageren Mann an ihrer Seite einen genervten Blick zuwarf.

»Die Lady war genervt, weil ihr Mann dauernd sagte, sie kämen zu spät zu seinem Arzttermin, und sie wollte noch bleiben.« ATM schnalzte mit der Zunge. »Kann man ihr nicht verdenken – sie war ja nicht diejenige, die grünen Schleim kotzte.«

Jimmy breitete die Fotos aus, sah aber nirgends Jonathan. »Wo ist er?«

ATM tippte auf eines der Fotos. »Bist du blind oder was?«

Ein blasser, schlanker Mann starrte direkt in die Kamera, mit großen Augen und ernster Miene. »Das ist nicht Jonathan.« Es gab eine gewisse Ähnlichkeit, aber das war auch alles.

»Guck ihn dir an. Das ist der weißeste Mann, den ich je gesehen habe.«

»Das ist ein Scheißtourist. Jonathan ist *weiß*. Du hast gesagt, du erkennst ihn auf dem Foto wieder, das ich dir gezeigt habe.«

»Ich habe gesagt, er kommt mir bekannt vor. Hey, es ist ein Jahr her, und ich hatte reichlich zu tun.«

Jimmy dachte an den Samstagabend in der Oper, wo er so laut und anmaßend gewesen war, so liebend gern bereit, Jonathan das Schlimmste zuzutrauen, dass er den Beweis gar nicht erst abgewartet hatte. Er hatte sich nur selbst davon überzeugt, dass er genau das war, wofür Jonathan ihn hielt: ein schlechter Verlierer.

»Ich hab dich nicht abgezockt«, erklärte ATM. »Ich dachte wirklich, das ist der Typ, den du suchst.«

»Du hast gesagt, er wollte nicht fotografiert werden.« Jimmy wedelte das Foto des Touristen vor ATMs Gesicht herum. »Der Typ sieht direkt in die Kamera.«

ATM blätterte in den restlichen Aufnahmen von den Klippen. »An *den* hier hatte ich gedacht.« Er hielt das Foto eines muskulösen jungen Skinheads in T-Shirt und Tarnhosen hoch, dessen Arme vom Handgelenk bis zum Ellenbogen komplett tätowiert waren. »Das ist der Arsch, der nicht fotografiert werden wollte. Ich hab ihn mit dem Touristen durcheinander gebracht. Tut mir Leid.«

Jimmy nahm das Foto. Der Skinhead stützte sich auf einem niedrigen Maschendrahtzaun ab und starrte etwas an, das sich unterhalb des Bildes befand, und obwohl nur sein Profil zu sehen war, konnte man doch deutlich erkennen, dass ihm das, was er dort sah, gefiel.

»Er hat gedroht, mich über die Kante zu stoßen, wenn ich ihn fotografiere«, sagte ATM. »Hat dauernd gefragt, ob ich eine Schwuchtel bin, und ob ich meinem Schwuchtelfreund da unten Gesellschaft leisten will.«

»Er hat gesagt, der Mann am Strand sei eine Schwuchtel?«

»Ja. Er hatte ein echtes Problem mit Schwulen.«

»Weißt du, wie er heißt?«

»Na klar. Seine Schuhgröße hat er mir auch gesagt.«

Great White kannte den Skinhead wahrscheinlich mit Namen, Rang und Seriennummer, aber *den* zu besuchen, damit hatte Jimmy es wirklich nicht eilig. Vielleicht hätte Holt mehr Glück. Ihr würde nicht gefallen, was dieses Foto andeutete, denn ein Skinhead, der sich beim Anblick eines Ermordeten amüsierte, passte zum Schwulenhasser-Szenario ihres Lieutenants, aber dennoch würde sie der Sache nachgehen. Sollte sich herausstellen, dass der Eggman-Brief tatsächlich eine Ente war, dann war es eben so. Sie und Jimmy konnten gemeinsam enttäuscht sein. »Darf ich es haben?«

»Nimm es, aber ich habe meinen Copyright-Stempel auf der Rückseite. Wenn's gedruckt wird, seh ich Kohle.« ATM blickte Jimmy eindringlich an. »Was ist los, Pilger? Bist du immer noch sauer, weil ich kein Hochglanzfoto von diesem Jonathan habe?«

»Ein bisschen.« Jimmy zuckte mit den Schultern. »Ich sollte froh sein, dass du keins hast.«

»Du siehst aber gar nicht froh aus.«

»Ich hab böse Gedanken, ATM.«

ATM rülpste. »Scheiß drauf. Ist doch egal, solange man sie dir nicht ansieht, oder?«

# 33

Holt begutachtete Jonathans Penis – zumindest das, was sie davon sehen konnte. Das meiste steckte im Rachen der Blondine. Jonathan hatte seinen Kopf in den Nacken geworfen, verzog das Gesicht, und sie fragte sich, was er wohl gerade sagte. Ob er überhaupt etwas sagte.

Während ihrer glücklicherweise kurzen Zeit in der Abteilung für Sexualverbrechen hatte sie gelernt, dass sich die meisten Männer, die Prostituierte besuchten, eher für Oralsex als für Geschlechtsverkehr interessierten. Als ihr Sergeant sie nach ihrer Meinung gefragt hatte, woran das liegen mochte, hatte sie geantwortet, es sei vermutlich eine Frage der Bequemlichkeit, da man Oralsex vorn im Auto haben konnte, ohne dass der Freier seine Hose runterlassen musste. Der Sergeant hatte gelacht und ihre Antwort einigen anderen Cops von der Sitte erzählt, die sie ebenfalls zum Brüllen fanden. »Sie waren noch nicht verheiratet, was, Jane?«, hatte er gefragt. Natürlich nicht. »Na ja, Jane«, sagte der Sergeant und legte ihr seinen kräftigen Arm um die Schulter. »Die meisten verheirateten Männer hatten seit den Flitterwochen keinen richtig guten Blowjob mehr. Sie suchen sich ein fleißiges Bienchen … na ja, den Rest können Sie sich denken.«

Jonathan hatte einen Stapel privater Polaroids aufbewahrt, Fotos, auf denen ihn Dutzende junger Frauen oral befriedigten, und er war noch kein Jahr verheiratet. Was sagte das über die Theorie des Sergeants aus? Holt griff nach ihrem Glas, aber ihren Martini hatte sie schon ausgetrunken. Den vierten. Oder war es ihr fünfter? Nun war es ja nicht so, als müsste sie am Morgen aufstehen. Suspendiert. Interessante Wortwahl – sie sah sich über einem Abgrund hängen, mit Klippen unter sich, und sie hing an einem Seil, das sich schnell abwickelte – was ihrer Karriere entsprach. Vorsicht mit dem Selbstmitleid, Jane.

Holt beugte sich über den Arbeitstisch in ihrem umgebauten Gästezimmer, dessen Fenster schwarz verhängt waren, damit sie sich nicht von ihrem Millionen-Dollar-Ausblick ablenken ließ. Eine Wand war mit Korkplatten verkleidet, und Dutzende Fotos reihten sich ordentlich aneinander – Philip Kinneson, Denise Fredericks, William Hallberg, Carlos Mendoza, Elice Santos, Steve DeGerra – Tatort- und Autopsiefotos, die Bilder kopiert und zu unterschiedlichen Mustern angeordnet: chronologisch, geografisch, ballistisch, forensisch. In ihren Aktenschränken hatte sie vollständige Hintergrundberichte zu den Opfern und eine Reihe von Aufnahmen, die – auf ihr Betreiben hin – vom Epizentrum der jeweiligen Tatorte aus gemacht worden waren, ein kompletter Rundumblick, damit sie alles sehen konnte, was Opfer und Täter gesehen hatten. Jeder Detective führte zu den Morden, die er bearbeitete, jeweils ein Buch mit Fotos und Diagrammen, Zeugenaussagen und Autopsieberichten. Holt hatte einfach reichlich Platz.

Noch einmal betrachtete sie die vollen Lippen der Blonden, dann sah sie sich das Polaroid näher an, versuchte, Jonathans Geschlechtsteil einzuschätzen. Männer machten sich solche Sorgen um die Größe. Holt lachte und dachte: Das sollten sie auch. Das Polaroid verschwamm, und sie blinzelte, bis das Bild wieder scharf wurde, sah Jonathans Gesicht, sein Lächeln zu einer Art grausamem Vergnügen verzerrt, und ihr fiel dieses französische Restaurant wieder ein, letzte Woche, als er ihr gestanden hatte, dass er sich immer schon von seinem Bruder überschattet und eingeschüchtert gefühlt habe, und sie staunte über die vielen parallel existierenden Aspekte des menschlichen Wesens: Dominanz und Unterwerfung, Arroganz und Bescheidenheit. Es war ein Wunder, dass wir überhaupt herumlaufen konnten, ohne ständig mit unseren eigenen Widersprüchen zusammenzustoßen.

Das Fellatio-Foto zitterte in ihrer Hand. Dank Holt hatte

Maria Sinoa ihren ersten Verweis seit zweiunddreißig Jahren bekommen, aber Sinoa hatte das Polaroid trotzdem untersucht, entgegen der ausdrücklichen Anweisung von Dr. Chakabarti, und hatte es mit dem Laguna-Polaroid auf mikroskopisch kleine Schrammen verglichen. Holt legte das Fellatio-Foto wieder auf den Tisch, peinlich berührt von ihrem Interesse, nachdem es mittlerweile nicht mehr als potenzielles Beweismittel dienen konnte. Kein Grund mehr, es in einem Plastikumschlag zu verwahren. Überhaupt kein Grund mehr, es aufzubewahren. Maria Sinoa hatte am Morgen aus der Spurensicherung angerufen, um ihr das Ergebnis mitzuteilen. »Es tut mir Leid, Jane, es gibt keine Übereinstimmung«, hatte Maria gesagt. Mir tut es auch Leid, Maria, hatte Holt gedacht.

Sie blätterte in dem Dossier herum, das sie über Jonathan angelegt hatte. Es war nicht viel – randvoll mit beruflichen Leistungen, aber dünn, was persönliche Details anging. Serienmörder wurden in ihrer Kindheit geformt, auch wenn die Anzeichen erst im Nachhinein zu erkennen waren, aber Holt hatte in den letzten Tagen die Nachbarn befragt, die Jonathan von früher kannten, die Grundschullehrer und Little-League-Trainer, die vielleicht etwas Aufschlussreiches zu erzählen hatten. Im Falle einer Übereinstimmung mit dem Laguna-Polaroid hätte sie sofort alles andere stehen und liegen lassen, um dem nachzugehen, aber was machte das für einen Sinn, wenn es keine Übereinstimmung gab?

Holt warf Jonathans Akte auf den Tisch, und sie landete neben Jimmys dickerer Mappe mit Verhaftungsprotokollen, Bankunterlagen und Telefonlisten. Nach dem Gespräch mit Jonathan hatte sie alles noch einmal gelesen, aufgeschreckt von seinen Andeutungen über Eifersucht und Gewalt in Jimmys Vergangenheit. Sie fragte sich, was sie bei ihren anfänglichen Ermittlungen sonst noch übersehen hatte. Gleich nach ihrem Gespräch mit Michelle Fairfield hatte sie sich am Freitagmorgen erneut damit beschäftigt.

Sie wollte in die Küche und torkelte gegen einen Stuhl, genervt von ihrer eigenen Ungeschicklichkeit. Sie setzte sich hin, und der Raum drehte sich um sie. Vielleicht würde sie noch eine Zeit lang sitzen bleiben müssen. Sie verbrachte hier sowieso fast ihre ganze Zeit. Eric hatte das Zimmer »Horrorkabinett« genannt, was bemerkenswert kleingeistig von ihm war und ihre Arbeit herabwürdigte. Er fehlte ihr nicht – fast nie jedenfalls, nur am Sonntagmorgen, wenn sie allein aufwachte und niemanden hatte, mit dem sie Zeitung lesen oder über Politik streiten konnte. Trotz allem, was ihre Mutter sagte, waren ihre Ansprüche *nicht* zu hoch. Von einem Mann erwartete sie nur, dass er gut küssen konnte, ihr hin und wieder die Füße massierte und sie nicht fragte, was sie dachte, niemals. War das denn zu viel verlangt? Sie rieb sich die Augen. Offensichtlich war es das.

Holt sah die Notizen und Tatortfotos durch, mit denen ihre Wände gepflastert waren, und räumte im Stillen ein, dass dieses Zimmer manchmal tatsächlich wie ein Horrorkabinett aussah. Die Eggman-Task-Force hatte nach Verbindungen zwischen den einzelnen Morden gesucht, Gemeinsamkeiten, die irgendetwas über den Täter preisgaben – ein übereinstimmendes Opferprofil, ein bevorzugter Schauplatz oder eine identische Mordmethode, irgendeine *Signatur.* Falls der Eggman jedoch eine Signatur haben sollte, schrieb er sie mit Zaubertinte.

Die Opfer waren unterschiedlicher Rasse, unterschiedlichen Geschlechts, und vom Alter und Lebensstil her reichte die Spanne von einem siebzehnjährigen Leichtathleten bis zu einem dreiundsechzigjährigen, pensionierten Imbissbesitzer. Zu den Tatorten zählten ein öffentlicher Strand, ein Bürgersteig im Barrio und die Seitenstraße eines Yuppie-Vororts. Die Morde wurden allesamt nach Einbruch der Dunkelheit verübt, aber die Todeszeit variierte vom frühen Abend bis kurz vor Morgengrauen. Es gab weder Fuß- noch Fingerabdrücke, keine Spuren von Fasern oder Reifen, keine Anzeichen für sexuelle Motive. Es waren keinerlei persönliche Gegenstände entwendet worden.

Kurz gesagt, es gab nichts, was die Morde miteinander in Verbindung gebracht hätte, abgesehen davon, dass die Opfer alle mit einem einzigen Kopfschuss getötet worden waren, aus einem Revolver vom Kaliber 38. Bei der letzten Zählung hatte es im Orange County und in Los Angeles zusammen 23.455 registrierte Revolver vom Kaliber 38 gegeben, und vermutlich gab es noch mal doppelt so viele, die nicht registriert waren. Wäre da nicht dieser Brief gewesen, den Jimmy Gage vom Eggman bekommen hatte, wäre die Polizei nie auf die Idee gekommen, dass eine Verbindung zwischen den Verbrechen bestand.

Die anderen fünf Detectives der Task Force hatten den Eggman-Brief mit einiger Skepsis betrachtet, und allein Holts Enthusiasmus und das Drängen der Medien zwangen sie zu gemeinsamen Ermittlungen. Der Brief klang glaubwürdig (die Aufschneiderei, der verletzte Stolz und die unterschwellige Drohung, dass der Verfasser wieder morden würde, waren allesamt typisch), aber mittlerweile waren Serienkiller – wie der FBI-Profiler erklärt hatte – aus Filmen und Büchern nicht mehr wegzudenken. Jeder, der eine Büchereikarte und einen kranken Sinn für Humor besaß, hätte diesen Brief verfassen können.

Selbst wenn man den Brief für eine Fälschung hielt, so hatte Holt argumentiert, gäbe es doch ballistische Beweise: Jedes der sechs Opfer war mit *Glaser Safety Slugs* erschossen worden, Sprengmunition, die beim Aufprall deformierte.

Ein ballistischer Vergleich war bei Glaser-Munition nicht möglich, weil schlicht und einfach nicht mehr genug übrig war, um eine Patrone mit der anderen zu vergleichen, aber ihre Verwendung an sich sei definitiv eine Signatur, hatte Holt gesagt. Solche Munition kostete zwei- bis dreimal so viel wie

Hohlspitzgeschosse und kam bei Verbrechen auf der Straße nicht oft vor. Sechs verschiedene Morde innerhalb von zwei Wochen, alle mit Deformationsgeschossen, alle mit einem einzigen Schuss … es musste eine Verbindung geben.

Imeki hatte ihrer Theorie den Gnadenstoß versetzt. Holt war Einsatzleiterin gewesen, aber Lieutenant Carolyn Imeki, die das Sheriff's Department vertrat, hatte das letzte Wort. Während des ersten Monats hatte sich Imeki zurückgehalten, ließ Holt ihren Kopf hinhalten und wartete, ob es in dieser Sache für sie was zu gewinnen gab, bevor sie etwas unternahm. Aber dann, an einem strahlend schönen Sonnentag, hatte Imeki die Task Force aufgelöst, und sie hatte es sichtlich genossen.

*Holt war fünf Minuten zu spät zum wöchentlichen Meeting gekommen und entschuldigte sich, sie sei auf ihrem Weg von Laguna im Verkehr stecken geblieben. Imeki saß auf ihrem üblichen Platz am Kopfende des Tisches – eine gewaltige Frau, halb Samoanerin, mondgesichtig und aggressiv, die großen Hände im Schoß gefaltet –, aber als Holt sie lächeln sah, war klar, dass sie in Schwierigkeiten steckte. Die anderen Detectives wichen ihren Blicken aus, was den Verdacht nur noch bekräftigte.*

*Vor jedem Detective lag eine Ausgabe der Zeitschrift* Handgun Fanatic, *auf deren Umschlag eine vollbusige, halb nackte Frau eine 44er Magnum zärtlich mit beiden Händen hielt. Holt hatte die Zeitschrift noch nie gesehen und auch noch nie davon gehört. Sie setzte sich, nahm ihr Exemplar und schlug es dort auf, wo man es mit einer Büroklammer markiert hatte. »Mörderische Munition: Der Ultimative Terminator« lautete die Überschrift, und in dem Artikel wurde detailliert die enorme Durchschlagskraft der Glaser Safety Slugs beschrieben.*

*»Beachten Sie das Erscheinungsdatum, Jane.« Imeki wartete nicht mal ab, bis Jane nachgesehen hatte. »Zwei Monate,*

*bevor Ihre Eggman-Morde anfingen. Ich habe etwas Recherche betrieben, denn dafür werden wir hier bezahlt, wie Sie wissen. 2455 Exemplare dieser Ausgabe von* Handgun Fanatic *wurden allein im Orange County verkauft. Das waren die Zeitschriftenkioske. Außerdem gingen 312 Exemplare an Abonnenten.« Sie drehte Däumchen. »Es gibt keinen Eggman, Leute – wir haben es hier mit einem Verkaufsphänomen zu tun, nicht mit einem Serienkiller. Ein paar Tausend Waffennarren lesen den Artikel, geben ihn weiter, und dann rennen sie los und kaufen eine Kiste Glaser. Im Laufe der folgenden zwei Monate benutzt jeder, der jemanden umnieten will, die angesagte Munition. Das halbe Dutzend vom Eggman war nur die Spitze des Eisbergs, bis die Finstermänner wieder zu ihren verlässlichen, billigeren Hohlspitzgeschossen mit Kupfermantel zurückkehren –«*

*»Es gab vor den Eggman-Morden keinen erhöhten Verkauf von Glaser-Munition«, unterbrach Holt. »Ich habe mir die Zahlen auch angesehen.«*

*»Waffenshows und Tauschbörsen, Jane.« Imeki gähnte. »Gänzlich unkontrolliert und unbeachtet.«*

*»Das ist Unsinn!«*

*»Bleiben wir doch professionell, Detective.« Imeki trommelte mit ihrem Bleistift auf dem Tisch herum. Alle anderen waren still. »Ich denke, wir können die Verwendung von Glaser-Munition bei den sechs Morden als Ausdruck einer kurzlebigen Verbraucher-Präferenz betrachten. Und was den Brief angeht, den Jimmy Gage bekommen hat, so sollten wir ihn als schlechten Scherz von Unbekannt ansehen.«*

*»Was ist mit dem Polaroid, das in der Nähe des Laguna-Tatorts gefunden wurde?«, fragte Holt, obwohl sie wusste, dass es längst zu spät war. »Das FBI hat bestätigt, dass es mit Blitz aufgenommen wurde –«*

*»Ah, ja, Detective Holts großartiges Polaroid, das Foto, mit dem die ganze Geisterbahnfahrt angefangen hat.« Imeki lach-*

*te gemeinsam mit den Jungs. »Ich sehe keinen Grund, an Ihrer Schlussfolgerung zu zweifeln, dass dieses Foto von der Person stammt, die Mr. Kinneson ermordet hat, aber, Jane, man muss kein Serienkiller sein, nur weil man seine Taten dokumentiert.« Sie sah sich am Tisch um. »Kinneson war homosexuell, zweifellos mit zahlreichen Liebhabern gesegnet, mancher davon eifersüchtig, wie ich vermute. Vielleicht hat einer davon Kinneson ermordet und als Souvenir ein letztes Foto aufgenommen, oder er hat ihn ermorden lassen und das Foto als Beweis verlangt, dass der Job auch ordentlich ausgeführt wurde. Wenn Sie rausfinden wollen, wer Kinneson ermordet hat, Detective, lassen Sie die Finger von der Psychologie und versuchen Sie es mal mit altmodischer Polizeiarbeit.« Sie klopfte auf den Tisch. »Das County spendiert uns heute allen was zum Mittagessen.«*

Holt riss die Ausgabe des *Handgun Fanatic* von der einen Wand und schleuderte sie an die andere, harkte mit den Händen über die Fotos, riss sie vom Kork, brach sich einen Fingernagel ab, was ihr vollkommen egal war. Bald ging ihr die Luft aus, und sie bekam Kopfschmerzen. Kein Alkohol mehr. Sie hatte Jonathan erklärt, dass sie nicht trank, und vielleicht war das eine gute Idee. Zumindest für eine Weile. Sie bückte sich und hob ein Farbfoto auf, das zu Boden gefallen war, ein großes Bild von Jimmy, das sie in ihrem Frust grob in der Mitte durchgerissen hatte. Sein halbes Gesicht hing herab, die andere Hälfte war zu sehen. Es war ein Publicity-Foto von *SLAP*, und Jimmy grinste darauf schief und hintergründig.

Holt hatte solche Kopfschmerzen, dass sie schon Sirenen hörte. Jimmys Foto fiel ihr aus den Händen und segelte zu Boden. Es war keine Sirene, die sie da hörte. Es klingelte. Und es war auch nicht der Summer für den Eingang unten: Jemand stand vor ihrer *Wohnungstür*. Niemand hatte einen Schlüssel für ihr Gebäude. Nicht mal Eric hatte sie einen gegeben.

Vorsichtig wankte Holt aus ihrer Mörderkammer, nahm Geschwindigkeit auf, als es immer weiter klingelte. Ihr Kopf fühlte sich an, als wollte er ihr gleich von den Schultern fallen und den Flur hinunterrollen. Sie warf einen Blick auf die 9-mm-Halbautomatik, die in ihrem Holster auf dem Küchentresen lag, zögerte, dann sah sie durch den Spion. Jimmy winkte ihr zu.

## 34

Holt starrte Jimmy durch das Guckloch an, noch immer nicht sicher, ob er wirklich real war. Sie sah zu ihrer Handtasche hinüber, richtete stattdessen ihre Frisur vor dem Spiegel. Ihre Augen waren rot, aber daran konnte sie so schnell nichts ändern. Sie machte die Tür auf. »Wie haben Sie rausgefunden, wo ich wohne?«

»Sind Sie die Dame des Hauses? Ich nehme an einer Arbeitsbeschaffungsmaßnahme teil und verkaufe halbe Rinder aus ökologischem Anbau. Dürfte ich Sie für ein paar Hundert Pfund T-Bone-Steaks vormerken, Ma'am?«

»Wie sind Sie so einfach durch die Lobby gekommen?«, wollte Holt wissen, immer noch etwas beschwipst.

»Darf ich reinkommen?«

»Es ist schon spät.«

»Ich sag's nicht weiter.«

Widerwillig trat Holt einen Schritt zurück und ließ ihn herein, dann warf sie einen Blick in den Flur, bevor sie die Tür wieder schloss. Sie erwischte Jimmy dabei, wie er sich die Reste ihres Abendessens ansah, die Hühnchenbrust mit Brokkoli und kaltem, überbackenem Käse, die sie kaum angerührt hatte.

»Ich habe mich schon immer gefragt, wie Ihre Wohnung

wohl aussieht.« Jimmy schlenderte durch das unaufgeräumte Wohnzimmer, blieb vor den Panoramafenstern stehen und musterte mit fragendem Blick die Fitnessgeräte, die sich in der Ecke stapelten.

»Was kann ich für Sie tun, Jimmy?«

Jimmy schlenderte weiter im Wohnzimmer herum, blieb vor einem Kupferstich stehen, der über dem Sofa hing und einen Vielfraß zeigte, eine Abbildung aus John James Audubons Sammlung *Lebend gebärende Vierbeiner Nordamerikas.* Der Vielfraß war in Schwarz und Braun wunderschön dargestellt, machte einen krummen Rücken, fletschte die Zähne und zeigte mit seiner aggressiven Haltung, wie hartnäckig er sein Territorium verteidigte. Der Kupferstich von Audubon war das Einzige, worum sie gebeten hatte, als sie bei ihren Eltern auszog. Jimmy deutete mit dem Daumen auf das Tier. »Ein Verwandter von Ihnen?«

Unter anderen Umständen hätte Holt gelacht, aber im Moment wollte sie am liebsten sitzen und sich einen kalten Lappen in den Nacken legen.

»Ich war vor ein paar Tagen bei Gallery Inferno ... Cleo lässt schön grüßen.« Falls Jimmy eine Reaktion erwartet hatte, so wurde er enttäuscht. »Wieso wollten Sie so dringend rüber zu unserem alten Haus, um sich die Polaroids anzusehen, wenn Sie doch wussten, dass davon reichlich auf dem Markt sind? Ich hab mich ganz umsonst so aufgeregt. Und ich hab mich echt zum Arschloch gemacht – zwei Mal.«

»Wollen Sie es dreimal hintereinander schaffen?«

»Seien Sie nett. Ich habe Ihnen was mitgebracht. Aber regen Sie sich nicht auf. Es wird Ihnen nicht gefallen.«

Das weckte Holts Aufmerksamkeit, aber Jimmy sah aus, als wollte er noch etwas warten. »Möchten Sie einen Kaffee?«, fragte sie.

Jimmy folgte ihr in die Küche und stand herum, während sie frische Kaffeebohnen mahlte und Wasser in die Maschine gab. Sie war dankbar, dass er sich die Schränke aus Kiefernholz und das Gewürzregal ansah, so tat, als merkte er nicht, dass sie die leeren Extra-Dry-Martini-Dosen einsammelte und in den Mülleimer unter der Spüle warf.

Es war nett dort in der Küche, zu hören, wie die Kaffeemaschine leise vor sich hin gluckerte – heimelig irgendwie, ohne gleich zur Postkartenidylle zu werden. Holt wünschte, sie hätte einfach nur dasitzen, Kaffee trinken und warten können, bis die Sonne aufging. Vielleicht ein bisschen Scrabble spielen. Eine Pyjama-Party unter … Freunden. Vielleicht lag es an den Martinis, aber sie fühlte sich in seiner Nähe wohl. Sie schenkte zwei Steingutbecher voll, fragte nicht, ob er Sahne oder Zucker wollte. Sie wusste, wie er seinen Kaffee mochte. Sie nahm einen Schluck, zuckte zusammen und sah, dass er ebenfalls zuckte. »Sie haben gesagt, Sie hätten mir was mitgebracht.«

Jimmy stellte seinen Kaffee ab, langte in seine Jacke und reichte ihr ein Farbfoto.

Holt hielt es hoch. Ein Skinhead stand an einen Maschendrahtzaun gelehnt und starrte auf irgendetwas. Seine Unterarme waren so stark tätowiert, dass sie ganz blau aussahen. »Wer ist das?«

»Das könnte der Mann sein, der Philip Kinneson ermordet hat.«

Holt lehnte sich an den Küchentresen, verbarg ihr Schwindelgefühl.

»Ich weiß nicht, ob er es getan hat, aber ich dachte, Sie sollten es sehen. Das Foto wurde vom Kliff über dem Laguna-Tatort aus aufgenommen. Da oben standen einige Leute, die Ihnen bei der Arbeit zugesehen haben, aber der Skinhead schien ganz besonders interessiert zu sein. Außerdem war er der Einzige, der sich nicht fotografieren lassen wollte.«

»Viele Menschen wollen sich nicht fotografieren lassen …«

»Er war als Erster da oben. Der Fotograf hat den Aussichtspunkt erst bemerkt, als er den Skinhead dort stehen sah. Die anderen Gaffer sind später aufgetaucht, aber der Skinhead wusste genau, wohin er wollte.«

Holt fiel die lässige Haltung des Mannes auf dem Foto auf, die Narben an den Knöcheln seiner Hände. Obwohl man das Gesicht nur im Profil sah, war klar, dass er sich amüsierte.

»Er wusste, dass Philip Kinneson schwul war, und schien kein Freund alternativer Lebensweisen zu sein – zumindest nach Aussage des Mannes, der das Bild gemacht hat.«

Holt hatte von Philip Kinnesons sexueller Orientierung erfahren, als sie sich an jenem Morgen umhörte, aber erst am Nachmittag, als die Zeitungen erschienen, war der Umstand allgemein bekannt geworden. Vielleicht hatte der Skinhead es nur erraten. Oder vielleicht war es tatsächlich ein Schwulenmord gewesen, und Lieutenant Diefenbacher hatte Recht gehabt.

»Ich bin nach wie vor nicht bereit, den Eggman-Brief als Fälschung anzusehen, aber ich dachte mir, Sie wollten der Sache vielleicht nachgehen. Name und Telefonnummer des Fotografen stehen auf der Rückseite. Er kannte den Skinhead nicht.«

»Es würde mich nicht wundern, wenn dieser Mann schon irgendwo registriert wäre«, sagte Holt mit Blick auf das Foto. »Ich werde es gleich morgen Früh einem Freund von mir beim organisierten Verbrechen faxen. Die haben ein Tätowierungsregister im Computer, das keine Minute braucht, um festzustellen, ob es da einen Treffer gibt.«

»Dann sollten Sie sich freuen. Eventuell haben Sie Ihren Mörder.«

»Sie sollten sich ebenfalls freuen. Wenn das unser Mörder sein sollte, wäre es für Sie eine große Geschichte. Nicht so groß wie der Eggman, aber wahrscheinlich würden Sie Ihren Job zurückbekommen.«

»Ich *habe* meinen alten Job schon wieder.« Jimmy musterte

sie, und sie erwiderte seinen Blick, wobei die Küche immer enger wurde. »Haben Sie noch mehr von diesen Dosencocktails? Wir könnten auf unseren Triumph anstoßen.«

Holt machte den Kühlschrank auf. »Martini Dry, Manhattan oder Rob Roy?«

»Wow, ein Sortiment wie beim *Dünnen Mann*.«

»Ich warte.«

»Rob Roy.«

Holt wollte den Cocktail in ein Highball-Glas gießen, aber er nahm ihr sanft die Dose aus der Hand. Mr. Macho. Sie sagte sich zwar, dass sie schon genug getrunken hatte, riss aber trotzdem noch einen trockenen Martini auf. »Wollen wir uns ins Wohnzimmer setzen?«, fragte sie.

»Ich bleib lieber hier stehen.« Jimmy nahm erst einen vorsichtigen Schluck, dann einen richtigen. »Kommt mir vor wie beim Campen – etwas beengt, aber gemütlich, wie in einem Airstream.«

»Airstream?«

»Ein Aluminium-Wohnwagen. Amerikanischer Klassiker.«

»Da, wo Sie herkommen, vielleicht.« Holt biss sich auf die Zunge. »So habe ich es nicht gemeint.«

»Keine Sorge, Jane. Ich mag mich ganz gern.«

»Ich Sie auch.« Holt wandte sich ab. Sie hatte *definitiv* einen zu viel gehabt.

»Cleo sagte, Sie hätten sich sämtliche Eggman-Polaroids ausgeliehen, die sie auf Lager hatte, und sie dann ein paar Tage später zurückgebracht ... wonach haben Sie gesucht?«

»Zerstören Sie nicht den Augenblick.«

»*Ist* das hier denn so ein Augenblick, Jane?«

Holts Fingernagel tippte die Antwort an das kristallene Martini-Glas. Sie hoffte, dass er nicht morsen konnte.

»Tut mir Leid, ich kann so schwer loslassen«, sagte Jimmy. »Sie hätten mich an diesem Abend im Poolhaus sehen sollen, wie ich Jonathans Schatztruhe durchstöbert habe – Neugier,

Jane, kostet eine Katze das Leben, wie man so sagt, und mir persönlich hat sie auch nicht eben gut getan.« Er nahm noch einen Schluck Rob Roy. »Im Poolhaus bin ich etwas übers Ziel hinausgeschossen, aber am *Samstag* habe ich mich wirklich zum Affen gemacht. Ich bin bei diesem Wohltätigkeitsball aufgetaucht und habe Jonathan mehr oder weniger beschuldigt, der Eggman zu sein.« Er trank aus und warf die Dose durch die Küche. Holt hörte, wie sie klappernd im Mülleimer landete. »Sie hätten Olivias Gesicht sehen sollen, als mich die Sicherheitsleute aus dem Opernhaus geführt haben.« Er schüttelte den Kopf.

»Olivia war nicht die Richtige für Sie. Das dachte ich vom ersten Moment an, als ich sie in Ihrer alten Wohnung in Laguna kennen gelernt habe.« Holt bremste sich, aber es war zu spät. »Nicht, dass es mich was anginge.«

»Gibt es noch etwas, das Sie sich von der Seele reden möchten?«

Holt nippte an ihrem Martini, ließ den kühlen Alkohol durch ihre Kehle laufen, dann stellte sie das Glas ab. Sie hatte genug. »Man hat mich vorübergehend beurlaubt. Möglicherweise werde ich suspendiert. Deshalb muss ich morgen Früh nicht im Büro sein.«

»Was haben Sie angestellt?«

»Es war mein eigener Fehler. Lieutenant Diefenbacher hatte mir den Befehl gegeben, die Ermittlungen im Eggman-Fall einzustellen, und ich habe es nicht getan. Schlimmer noch war, dass ich ihn deswegen belogen habe. Das fällt in die Kategorie ›Insubordination‹.«

»Hat Diefenbacher Ihnen die Marke und Ihre Waffe abgenommen und beides in seinem Schreibtisch verstaut? So machen sie es immer mit Dirty Harry.«

»Nein, ich durfte Marke und Waffe behalten.«

»Tut mir Leid.«

Holt nickte.

»Tut mir Leid, dass Sie erwischt wurden.«

Holt lachte zuerst, dann lachte Jimmy, und keiner von beiden wollte aufhören, aber irgendwann mussten sie doch nach Luft schnappen.

»Sie hatten Recht mit dem Poolhaus, falls es Sie tröstet«, sagte Jimmy. »Die Eggman-Polaroids … ich muss mir da wohl was eingebildet haben. Jonathan wurde zu einer Operation gerufen, am Abend bevor –«

»Ich weiß«, sagte Holt. »Es hatte einen Unfall gegeben, ein Kleinbus voller Kinder hatte sich überschlagen … es war grauenvoll, nach allem, was ich weiß. Ich habe mit den Ärzten gesprochen, die ihm assistiert haben. Jonathan war über neun Stunden im OP. Er hatte kaum Zeit, sich umzuziehen, bevor er am nächsten Morgen zum Poolhaus kam. Es gab keine Eggman-Fotos. Es war dunkel … und Sie haben Gespenster gesehen.«

»Wahrscheinlich.« Jimmy zögerte. »Haben Sie mit den Ärzten direkt gesprochen?«

»Ja.« Holt legte ihm eine Hand auf die Schulter. »Falls Sie sich damit besser fühlen: Jonathan hat sich auch getäuscht, was Sie angeht. Er wollte mich vor Ihnen warnen. Er hat gesagt, Sie seien gefährlich, man hätte Sie von der Highschool geworfen, weil Sie einen anderen Schüler krankenhausreif geschlagen haben. Einen Footballspieler.«

»Die Highschool ist lange her.«

»Jonathan sagte, er hätte gehört, der Footballspieler sei mit einem Mädchen ausgegangen, das Sie sitzen gelassen hatte. Er deutete an, Sie seien eifersüchtig gewesen und hätten die Kontrolle verloren … aber ich weiß, was wirklich passiert ist. Ich habe mit Michelle gesprochen.«

Jimmy versuchte, seine Überraschung zu verbergen. »Michelle? Die weiß überhaupt nichts.«

Holt schüttelte den Kopf. »Sie hat es erst letztes Jahr rausgefunden. Einer der Footballspieler hat es ihr gestanden. Sie sagte, sie hätte Sie auf Jonathans Party darauf angesprochen, aber Sie hätten getan, als wüssten Sie nicht, wovon sie redet. Warum sollten Sie so was tun?«

»Es ist lange her. Vielleicht hatte ich es vergessen.«

Holt rückte näher. Er wich nicht zurück. »Warum sind Sie nicht zur Polizei gegangen, als Sie gehört haben, dass Michelle überfallen werden sollte? Oder zum Direktor?«

»Zum *Direktor?* Das Schwein, das im Krankenhaus gelandet ist, war der beste Quarterback der Schule.«

»Sie hätten etwas unternehmen sollen.«

»Ich *habe* etwas unternommen!«, fuhr Jimmy sie mit roten Wangen an, und Holt wurde klar, wieso Jonathan ihn für gefährlich hielt. Er strahlte Gewalt aus. »Ich habe sie im Umkleideraum belauscht«, erklärte er ruhiger. »Einer sagte, sie sollten ihr eine Papiertüte über den Kopf ziehen, um sie nicht ansehen zu müssen, aber der Quarterback meinte, eine Flagge sei besser. Da könnten sie das Mädchen im Namen von Frieden und Freiheit ficken.« Er sah Holt an, und sie hätte sich nicht abwenden können, selbst wenn sie es gewollt hätte. »Das durfte ich nicht geschehen lassen.«

»Drei gegen einen. Für wen halten Sie sich? Superman?«

»Na ja, ich kämpfe nicht fair, Jane.«

»Das kann ich mir vorstellen. Wusste Jonathan, worum es bei dieser Schlägerei wirklich ging?«

»Ich glaube nicht. Mein Vater und sein Anwalt haben es geheim gehalten.«

»Ich frage mich, ob Jonathan mich absichtlich belogen hat.«

»Ich habe nie mit ihm darüber gesprochen, was passiert ist. Ich habe es nie irgendwem erzählt.«

»Es ist schön, einem Menschen zu begegnen, der Geheimnisse für sich behalten kann«, sagte Holt und hielt weiter Augenkontakt. Sie hatte bereits vergessen, wie lange sie so dort standen, kaum eine Handbreit voneinander entfernt. Sie holte tief Luft. »Würden Sie gern über Nacht bleiben?«

Jimmy blinzelte.

»Wenn Sie es sich erst überlegen müssen –«

»Ich möchte nur nicht die Situation ausnutzen, das ist alles.«

Holts Lachen war klar und rein wie ein Wasserfall. »Das würde auch nichts werden.«

Jimmy lächelte. »Ja, Jane, ich würde gern über Nacht bleiben.«

»Gut.«

»Gut«, bestätigte Jimmy. Er legte seine Arme um sie, drückte sie nicht, Gott sei Dank, hielt sie nur mit den Händen an den Hüften.

Holt küsste ihn. Er schmeckte süß nach dem Rob Roy, aber ihre gemeinsame Trauer, diese gemeinsame Sache, die sie verloren hatten, schmeckte süßer als alles andere.

»Das war … interessant«, sagte Jimmy, während sein Gesicht im Kerzenschein flackerte.

»›Interessant‹?«

Jimmy küsste sie noch einmal, strich mit den Fingerspitzen über ihren Hals, und sie erschauerte. »Ich glaube, wir sind beide etwas aus der Übung.«

Holt schlang ihre Beine um seinen Bauch, genoss seinen animalischen Trieb. »Liebst du Olivia noch immer?« Sie spürte, wie er leicht zurückwich. »Die Wahrheit, Jimmy.«

Jimmy stützte sich auf einen Ellbogen. »Es ist aus.«

»Das habe ich nicht gefragt.«

»Diese Frau, die ich vor einem Jahr verlassen habe, liebe ich noch immer … aber die neue Olivia ist mir fremd.«

»Aber wenn sie Jonathan verlässt, würdest du sehen wollen, ob noch was zwischen euch ist. Du müsstest es einfach rausfinden, hab ich Recht?«

»Stimmt. Ich müsste es rausfinden.«

Holt setzte sich auf ihn. »Ich bin froh, dass wir noch ehrlich miteinander sein können. Das geht manchmal verloren, wenn Menschen …« Sie spürte, wie er sich gegen sie presste. »Ich möchte nur nicht, dass es da Missverständnisse gibt.«

## 35

Rollo leckte immer schneller, aber das Joghurteis mit Guavegeschmack lief ihm am Handgelenk herab, tropfte auf das Tarnmuster seiner Desert-Storm-Shorts. Er sah auf, dann schaltete er abrupt herunter, trat mehrmals auf die Bremse, so dass der VW-Bus heftig nickte, versuchte, langsamer zu werden, trat erneut auf die Bremse, bis die Reifen quietschten und der Bus schließlich mitten auf der Kreuzung zum Stehen kam.

Hupen plärrten von allen Seiten, und ein Fettsack beugte sich aus seinem Volvo, brüllte irgendwas und zeigte Rollo den Finger.

Als Rollo ihm *seinen* Finger zeigte und ihn dabei *drehte*, rutschte ihm die Waffel mit dem Joghurteis aus der Hand und landete auf seinem nackten Knöchel, so dass ihm der kalte Joghurt in seine Schnürstiefel lief. Rollo war die Sauerei egal. Er hatte den Rohschnitt von *Coma Patient* hinten im Van, vollständig, Stunde für Stunde, und dazu einen Kurzfilm, der schon völlig in Vergessenheit geraten war, einen Cartoon, den er in der siebten Klasse gemacht hatte, *Bipolar Disneyland*. Deswegen war er von der Schule beurlaubt worden. Als wäre es ihm nicht egal gewesen: Er hatte sich die Zeit bei einem Kurosawa-Festival in Little Tokyo vertrieben.

Gestern war er nach der Pressevorführung noch bei Scarecrow Video gewesen, aber der Laden war geschlossen, von Gene und Hector keine Spur. Eigentlich sollte bis neun Uhr offen sein, es sei denn, die beiden hatten was Besseres zu tun, was bedeutete: Wenn Rollo nicht seine Zeit damit vergeudet hätte, sich Chaz Presley anzusehen, wäre er rechtzeitig dort gewesen und hätte mit Gene und Hector gehen können. Das war wirklich Pech. Sie waren scheinbar auch in aller Eile abgehauen, denn auf dem Tresen lagen Videos herum. Wahrscheinlich hatten sie von einer Privatvorführung bei jemandem zu Hause Wind bekommen und einfach alles stehen und liegen lassen, beide zugekifft bis oben hin, sahen sich mexikanische Biker-Streifen an, während Rollo im azurblauen Raum rumhockte und sich derart langweilte, dass ihm wahrscheinlich bald das Stammhirn wegfaulen würde. Irgendwann reichte es mit der Gelassenheit.

Der VW rasselte wie eine Kaffeemühle, als Rollo mit Zwischengas in den Zweiten schaltete. Der Van war ein Klassiker, aber Ventile und Bremsen müssten eingestellt werden, und die Ölpumpe leckte. Trotzdem würde er es damit zum Shady Rest und wieder zurück schaffen.

Es war viel zu früh, gar nicht Rollos Uhrzeit, aber Fisher hatte ihn heute Morgen überrascht, hatte das Licht im azurblauen Zimmer angeknipst, ohne vorher zu klopfen. Rollo hatte erst zwei Stunden geschlafen, aber er wusste sofort, dass es Ärger gab, denn Fisher brachte ihm keinen doppelten Mokka zum Aufwachen. Fisher sagte, es täte ihm Leid, aber Rollo müsse ausziehen. *Sofort.* Rollo hörte zu laut Musik, ließ überall Fast-Food-Kartons rumliegen und trocknete sich die Hände an allem ab, was in greifbarer Nähe war. Der Typ klang wie Rollos Mutter. Ab in den mintgrünen Raum, Fisher.

Rollo hatte fast die ganze Nacht nach Clara gesucht – oder Nikki Sexxx, um genau zu sein. Er war durchs San Fernando Valley gekurvt, hatte bei fünf verschiedenen Drehs nach ihr gefragt und war von einem abgelegenen Haus zum nächsten geschickt worden. Kurz vor Sonnenaufgang hatte ihm Mavis, der zweite Kameramann von *Bück dich und bete 5*, erzählt, Nikki sei vor ein paar Tagen nach Hawaii gezogen. »Ich hab gehört, sie hat Geld geerbt«, sagte Mavis, während er die Filmrollen wechselte, »oder vielleicht war es auch nur ein Bukkake-Video zu viel.« Mavis fragte ihn, ob er Arbeit suche, sagte, sie könnten immer einen Kamerajockey gebrauchen, aber Rollo winkte ab.

Er trommelte ein Schlagzeugsolo auf sein Lenkrad, während der Van durch Schlaglöcher holperte. Rollo vermisste sie, aber nicht jede Liebesgeschichte war eine Vorstadtromanze, und außerdem hatte Clara seine Filme in den Lagerraum zurückgebracht, und das sagte doch wohl alles. Von Fisher vor die Tür gesetzt zu werden, war auch nicht so schlimm – Rollo hatte noch einen Wohnwagen im Shady Rest Mobile Home Haven stehen. Und das Beste war, dass Jimmy ihm bei Pilar etwas Zeit erkauft hatte.

Überlass nur alles Jimmy … der hatte das richtige Händchen, das Gespür und auch das richtige Timing, um Türen zu öffnen. Bei allem High-Tech-Equipment, das Rollo zur Verfügung hatte, war Jimmy ganz allein in den Rhinestone Cowboy eingedrungen, hatte sich wie der verdammte Gläserne Mann an Macklens Security vorbeigeschlichen. Rollo saß währenddessen auf der anderen Straßenseite in seinem Van, hatte den Verteilerkasten von diesem Country-&-Western-Laden angezapft und wartete darauf, dass Jimmy das Kommando gab. Country-Songs heulten durch die Nacht, und Rollo hatte dauernd daran denken müssen, dass Jimmy nicht mit dieser beschissenen Musik im Kopf sterben sollte.

Niemand hätte überraschter als Rollo sein können, als Jimmy mit einem Aktenkoffer voller Speicherchips zum Treffpunkt gerannt kam – es mussten Tausende gewesen sein, kostbare Chips, wertvoller als Gold. Rollo hätte sie in zwei Tagen verkaufen können, aber Jimmy bestand darauf, dass sie die Dinger noch in derselben Nacht vom Pier in Huntington Beach warfen. Sie streuten die Chips in die Brandung, glitzernd wie Sterne. Wäre Rollo ein besserer Mensch gewesen, hätte er sie *alle* reingeworfen. Er hätte sich nicht zwei Hände voll in seine Cargo-Hosen gestopft, als Reserve für schlechte Zeiten. Jimmy war schlau, aber irgendjemand musste ihm mal sagen, dass es *immer* schlechte Zeiten geben würde.

Fünf Minuten etwa lauschte Jimmy Holts gleichmäßigen Atemzügen, um sicherzugehen, dass sie schlief, bevor er langsam aus dem Bett kletterte. Sie schlief mit einem langen, nackten Bein auf der Decke. Trotz der dicken Vorhänge leuchtete ihre Haut warm und weich im morgendlichen Sonnenlicht, und unwillkürlich blieb er stehen und genoss ihren Anblick.

Fast die ganze Nacht lang hatten sie sich geliebt, und dann, kurz vor Morgengrauen, war Holt aufgestanden und hatte ihm gesagt, sie käme gleich zurück. Er dachte, sie würde vielleicht Frühstück machen, aber kurze Zeit darauf hörte er ein Faxgerät. So viel zu seinen Kochbuch-Fantasien. Ein paar Minuten später kam Holt vorsichtig wieder ins Bett zurück, und Jimmy dankte ihr, dass sie ihn in ihren vollen Terminkalender eingepasst hatte, und fragte, ob sie ihre Dokumente kollationiert habe. Sie kniff ihn in die Brustwarze, erklärte, sie habe der Gang-Einheit das Skinhead-Foto gefaxt. Sie kniff ihn fester, kletterte auf seine Brust, blickte auf ihn herab und sagte, er sehe sexy aus, wenn er sich bedroht fühlte. Jimmy wollte ihr widersprechen, aber er hatte den Mund voll.

Jimmy lächelte, als er sich daran erinnerte, dann schlich er zur Tür hinaus und den Flur entlang zum Gästezimmer. Wie die meisten Innentüren besaß auch diese ein simples Schloss, das er nach wenigen Sekunden mit einer aufgebogenen Büroklammer geknackt hatte. Jane war am Abend auf dem Weg zu ihrem Schlafzimmer vorausgegangen, hatte die Tür zugemacht und im Plauderton erklärt, er solle darüber hinwegsehen, was für eine schlechte Hausfrau sie sei. Jimmy strich ihr über die Hüfte und versprach, er wolle nicht über sie urteilen, so lange sie nicht über ihn urteilte. Dabei war längst klar, dass er wissen musste, was in diesem Zimmer war, sobald sich die Gelegenheit dazu ergab.

Draußen schrien Möwen, als er die Tür aufdrückte, und Jimmy schreckte zurück. Er war *viel* zu schreckhaft. Eine Karte des Orange County füllte eine ganze Wand aus, mit kleinen, roten Stecknadeln um die sechs Eggman-Tatorte herum. Eine andere Wand war Tatortfotos gewidmet, reihenweise. Ein Arbeitstisch nahm den größten Teil des Raumes ein. Notizen und Fotos lagen darauf verstreut.

Jimmy trat ein und ging zu dem Tisch, fühlte sich unbehaglicher als erwartet, weil er in ihre Privatsphäre eindrang. Er blieb stehen und wandte sich zum Flur um, lauschte, dann fing er an, die braunen Briefumschläge zu durchforsten, merkte sich genau, wohin er sie zurücklegen musste. Ein Polaroid lugte aus einem Papierstapel hervor, und er zog es hervor, sah das Bild von Jonathan bei seinem Blowjob, das Jane im Poolhaus hatte mitgehen lassen. Jimmy hätte sich die Frau ansehen sollen, aber seine Aufmerksamkeit galt Jonathan, den gebleckten Zähnen, dem triumphierenden Blick. Er wusste immer noch nicht, was Jane mit dem Polaroid wollte, und war froh, als er es wieder dorthin zurückstecken konnte, wo er es gefunden hatte.

Im Laufe des Tages wollte er bei Pilar reinschauen. Vorher würde er Napitanos Scheck einlösen und dann mit einem Stapel Hunderter und einem signierten Foto von Farrah Fawcett bei ihr vor der Tür stehen. Das müsste Rollo den Arsch retten. Dann würde er Pilar fragen, ob Sergeant Enriquez wegen irgendwelcher mysteriöser Morde in Cervaca zurückgerufen hatte. Es machte eigentlich keinen Sinn mehr, aber Jimmy wollte sie trotzdem fragen.

Inzwischen arbeitete er schneller, fürchtete, Holt würde aufwachen und merken, dass er nicht mehr neben ihr lag. Er machte sich am nächsten Ordner zu schaffen und betrachtete ein anderes Polaroid in einem kleinen, durchsichtigen Plastikumschlag, ein Tatortfoto von Philip Kinneson am Strand. Er öffnete den Umschlag und nahm das Foto heraus, hielt es an den Rändern. Es war ziemlich beschädigt, zerknittert und voller Wasserflecken. Er sah sich die Wand an und fand mindestens ein Dutzend ähnlicher Polaroids und Abzüge vom Tatort in Laguna, aber die waren allesamt in makellosem Zustand. Er starrte das ramponierte Polaroid an, dann die Rückseite. Dort fand sich weder ein Datum noch die Unterschrift eines Spurensicherungsexperten, was ungewöhnlich war, aber vorkommen konnte. Er zog die Jalousien auf, hielt das Foto ins Licht und überlegte, wieso dieses Bild besonderen Schutz genoss. Er drehte sich um.

Holt stand in der Tür, mit einem Handy am Ohr. Sie trug ein hauchdünnes, weißes Nachthemd. Was mehr war, als Jimmy trug. »Das ist eine wunderbare Nachricht, Edgar, und ich bin Ihnen wirklich sehr dankbar, dass Sie sich so schnell gemeldet haben.« Sie hörte zu, behielt Jimmy im Blick. »Ich werde selbst Kontakt zum Büro des Sheriffs in San Diego aufnehmen. Ja, ich gebe Ihnen Bescheid. Auf Wiederhören.« Sie klappte das Handy zu. »Guten Morgen, Jimmy.«

»Ich habe … rumgeschnüffelt.«

»Ein nackter Einbrecher … wenn das kein erkennbarer Modus Operandi ist.«

»Entschuldige«, sagte Jimmy. Holt sah keineswegs so böse aus, wie er erwartet hatte. »Bei verschlossenen Türen werde ich immer neugierig, was dahinter ist. Das hätte ich nicht tun sollen.«

»Du hast Glück, denn in diesem besonderen Augenblick fällt es mir besonders leicht, dir alles zu verzeihen.« Sie schüttelte den Kopf, als Jimmy lächelte. »*Das* hatte ich jetzt gar nicht gemeint.« Sie hielt ihr Handy hoch. »Der Skinhead auf dem Foto wurde eben identifiziert.«

Jimmy kam näher. »Die Tätowierungen haben es gebracht?«

Holt nickte. »Er heißt Vaughn Sparks.«

»Willst du ihn dir holen?«

»Das hat sich schon erledigt.« Holts Lächeln blendete beinahe. »Mr. Sparks residiert momentan im Gefängnis von San Diego, wegen versuchten Mordes, und der Bezirksstaatsanwalt überlegt, ob ihm nicht noch was anderes einfällt. Vor zwei Wochen, an seinem achtzehnten Geburtstag, war er mit drei Typen saufenderweise auf dem Weg nach Tijuana, und sie haben in Del Mar zum Tanken angehalten. Auf dem Rückweg zum Freeway kamen sie an einer Schwulenbar vorbei und haben sich über die vielen Männer, die da draußen herumstanden, so aufgeregt, dass sie zu schießen anfingen. Zwei Männer wurden verwundet, aber die Umstehenden konnten sich das Kennzeichen merken. Mr. Sparks und seine Kumpane wurden an der Grenze festgenommen. Mr. Sparks hat immer nur wiederholt, er habe schließlich Geburtstag, als wäre das ein Grund für mildernde Umstände.«

»Klingt ... viel versprechend.« Jimmy küsste sie. »Ich gratuliere.«

»Mehr als viel versprechend. Ich gratuliere *dir*, Jimmy – du hast bei mir was gut.«

Jimmys Gesicht verdüsterte sich. »Ich wünschte, es *wäre* Jonathan gewesen.«

»Weil du dann Chancen bei Olivia hättest?«

»Nein, Jane. *Nein.* Es ist nur ... irgendwie glaube ich, dass er schuldig ist.«

»Der Eggman war ein Schwindel«, sagte Holt. »Ich habe mich auch von dieser Idee eines Serienkillers mitreißen lassen – ein diabolisches Monster scheint einem so viel interessanter als ein wütender Verlierer wie Vaughn Sparks. Aber Sparks hat Philip Kinneson ermordet, nicht der Eggman.«

»Das weißt du nicht.«

»Es ist alles gelaufen, nur die Anklageerhebung noch nicht«, sagte Holt fast heiter. »Als die Beamten Sparks' Haus durchsucht haben, fanden sie ein Fotoalbum voller ›Fight Club‹-

Polaroids – Skinheads, die ihre Fäuste in die Kamera halten und Messer und Schießeisen blitzen lassen, sogar ein paar Opfer, denen das Blut aus der Nase schießt. Ich werde darum bitten, dass man dieses Album umgehend an Maria Sinoa bei der Spurensicherung weiterleitet.«

»Was soll das bringen?«

Holt zuckte mit den Schultern und trat an den Schreibtisch, suchte etwas. »Es kann nicht schaden, wenn ich es dir jetzt sage.« Sie fand das zerknitterte Polaroid von Philip Kinneson und hielt es hoch. »Hast du das gesehen?«

In der Ferne konnte Rollo das Shady Rest Mobile Home Haven in der Ebene jenseits von La Palma ausmachen, rostige Wohnwagen, zu ineinander verzahnten Ringen aufgestellt, wie ein Benzolmolekül. Rollo richtete das kleine Stellfenster ein, lenkte die warme Brise in sein Gesicht. Es war kaum neun Uhr morgens und schon sengend heiß. Der gestrige Wolkenbruch rauschte durch die Flutkanäle dem Pazifik entgegen und führte tote Katzen, Altöl und Plastikbecher mit sich. Was der Asphalt nicht hielt, wurde vom Sand aufgesogen und ging verloren. Der Süden Kaliforniens war nach wie vor eine Wüste, so viel Wasser man auch importierten oder klauen oder herankarren mochte. Man hätte den ganzen Colorado River umlenken können, und es hätte nichts gebracht, auch wenn Rollo wünschte, man würde es versuchen.

Rollo schwitzte im Nacken. Er hatte keine Klimaanlage im VW – er hielt ihn streng im Originalzustand – und auch keine mehr im Wohnwagen, seit das Klapperding im Fenster vor zwei Monaten kaputtgegangen war, und das war echt mies. Ohne Klimaanlage war der Wohnwagen nur ein zehn Meter langer Aluminium-Ofen. Er hätte ebenso gut Alec Guinness in *Die Brücke am Kwai* sein können. Nur hätte Rollo alles getan, was Sessue Hayakawa wollte, und wäre dem Schwitzkasten so von vornherein entgangen.

Rollo nahm die Ausfahrt, und der Van hüpfte durch die Schlaglöcher. Er würde die Fenster im Trailer offen lassen müssen. Damit konnte er seinen REM-Schlaf vergessen. Umzingelt von kreischenden Gören, kläffenden Kötern und den Rednecks von Platz 23, die Limp Bizkit auf ihrer beschissenen Billiganlage immer voll aufgedreht hatten, fand man im Shady Rest sowieso keine Ruhe. Aber es würde gehen müssen, bis Jimmy Pilar eine Anzahlung auf Rollos Schulden gegeben hatte.

Der Trailer hing in der Mitte durch und war nicht zu bewegen, ohne auseinander zu brechen. Er war schmal und eng und roch wie abgestandene Honey Nut Cheerios, aber es gab einen vollen Kühlschrank und saubere Klamotten im Schrank, einen Trinitron neben dem Bett und ein paar DVDs von John Ford und den Coen-Brüdern. Hier konnte er es ein paar Tage aushalten, bis Jimmy wusste, wie Pilar drauf war.

Rollo bog in den Trailerpark ein. Sechsundvierzig Stellplätze drängten sich auf einem Morgen festgetretener Erde, eingezäunt von einer Graffiti-beschmierten Betonmauer. Er fuhr an den Verkaufsautomaten und den Duschen vorbei, sah Mrs. Haggerty zu ihrem Trailer gehen, ihr Kopf ein Nest aus rosaroten Lockenwicklern. Sie lebte schon seit Ewigkeiten hier, ihr Wohnwagen war von Blumen umsäumt, *echten* Blumen, und an ihrem Vorderfenster klebte ein »*Have a Nice Day!*«-Sticker. Eins von den Redneck-Kids spielte im Sandkasten mit seinen Tonka-Trucks, ein verdreckter kleiner Junge mit einem Mund voll schiefer Zähne. Er blickte auf, als Rollo vorbeifuhr, riss an seinem Overall, und hellblaue Augen starrten dem VW-Bus nach.

Rollo hätte selbst eine Dusche gebrauchen können, und seit zwei Tagen hatte er sich nicht rasiert, weil seine Haut vom Sonnenbrand noch so empfindlich war. Zwei Wochen, und er war noch immer wund – wer hätte gedacht, dass die Sonne in Costa Rica noch viel heißer als in L. A. sein würde? Die sollten einen am Flughafen warnen und Sonnenschirme verteilen, wenn sie die Gäste in ihrem hübschen Land willkommen hießen. Da ließ sich die Tourismusbehörde von Costa Rica eine echte Gelegenheit durch die Lappen gehen.

Sein Sonnenbrand erinnerte ihn wieder an Clara, und schon war jede Hoffnung auf Entspannung dahin. Im Grunde dachte er nicht an Clara – Clara war eine Art Intellektuelle, fragte ihn dauernd nach seiner Meinung zu Bosnien und Ruanda, Länder, die nicht mal Filmfestivals hatten –, sondern eher an ihre Leinwandpersönlichkeit Nikki Sexxx, die ihm gar nicht aus dem Kopf gehen wollte. Nikki Sexxx. Die war geil und schmutzig und total filmisch. *Sie* war Schuld an dem ganzen Ärger, in dem er steckte, nicht Clara. Ohne Nikki Sexxx und ihre winzigen Titten hätte er Clara nie eingeladen, mit ihm nach Costa Rica zu fahren.

Der VW wirbelte Staub auf, der wie Nebel durch die Fliegentüren der Trailer wehte. Es gab im Park eine Geschwindigkeitsbegrenzung von fünf Meilen, aber Rollo hatte sich in seiner privaten Fantasie verloren. Da gab es keine Geschwindigkeitsbegrenzungen.

Die meisten Pornoqueens hatten Silikon-Zeppeline, aber die von Nikki Sexxx waren klein und natürlich, genau wie er sie mochte. Rollo hatte es für reines Glück gehalten, als er ihr vor zwei Monaten auf dem Set begegnet war – sein erster Tag bei einem Pornodreh, bei dem er sich hinter der Kamera etwas dazuverdienen wollte. Es sei auch *ihr* erster Tag, hatte sie ihm erzählt und dabei den Blick gesenkt. Er hatte gewusst, dass es Quatsch war, aber er wollte ihr gern glauben, während er sie durch die Linse beobachtete und sie für ihre Großaufnahme langsam heranzoomte. Superpink. Die anderen Jungs aus der Crew hatten über seinen Ständer gelacht und gesagt, die Latte würde nicht ewig halten. Wenn du Pornos drehst, sagten sie, hilft dir nach ein paar Wochen auch alles Viagra der Welt nichts mehr. Wichser.

Rollo dachte an den Valentinsgruß, den Clara mit Lippenstift an das Schließfach gemalt hatte, als sie seine Filme zurückbrachte. Damit sagte sie ihm, dass es Nikki Sexxx gewesen war, die ihn abgezockt hatte, nicht sie. Clara hatte ihm erzählt, sie sei auf einer Farm in Georgia aufgewachsen, und erklärte ihm das Prinzip der Vierfelderwirtschaft, während er so tat, als würde es ihn interessieren. Sie hatte seine Arbeit gemocht und ihm geraten, er solle die Filmschule besuchen, um noch besser zu werden. In Clara hatte er sich verliebt, aber ihr grelles, zungengepierctes Pornoqueen-Ich – Nikki Sexxx – hatte er nach Costa Rica mitgenommen. Sein Lehrer in der siebten Klasse hatte gesagt, Rollo sei bei einem IQ-Test auf 163 gekommen. Die Schule wollte gern, dass er den Test wiederholte, aber das interessierte Rollo herzlich wenig. Er wusste selbst, wie schlau er war. Erstaunlich nur, wie jemand, der so schlau war, auch so blöd sein konnte.

Ein neuer Wagen parkte gegenüber von seinem Trailer, ein achtzehn Meter langer Roadmaster mit Kennzeichen aus Vermont und einer Satellitenschüssel auf dem Dach – vermutlich pensionierte Wandervögel auf dem Weg nach Palm Desert. Wer sich einen Roadmaster leisten konnte, würde nur so lange im Shady Rest bleiben, bis er seine Abwassertanks leer gepumpt und den Costco-Laden in der Nähe beehrt hatte. Rollo fuhr auf seinen Platz und parkte rückwärts ein, während er sich noch Gedanken über Clara machte, die gefickt werden wollte, und Nikki Sexxx, die ihn ficken wollte.

Die Vordertür zum Trailer quietschte, als er sie aufschloss. Er steuerte auf direktem Weg den Kühlschrank an, riss eine Dose Inca Cola auf und nahm einen ordentlichen Schluck. Es war sprudeliger als Coke und auch süßer. Rollo trank noch etwas, und das Zeug lief ihm übers Hemd. Er sah sich nach etwas um, mit dem er es abwischen konnte, da läuteten bei ihm sämtliche Alarmglocken! Die Schranktüren standen offen, seine Sachen lagen am Boden verstreut.

Rollo stürzte zur Tür, dann blieb er stehen. Er hatte reichlich Lärm gemacht. Falls noch einer von Pilars Jungs da sein sollte, wäre er vermutlich längst mit schwingenden Fäusten aus dem Schlafzimmer gekommen. Er konnte sich nicht erklären, wie Pilar ihn hier gefunden hatte. Sein CD-Player stand noch da, wo er ihn zuletzt gesehen hatte, aber jemand hatte beide Lautsprecher eingetreten. Der Fernseher stand auf dem Kopf, seine Videos und DVDs lagen verstreut herum. Es musste Blaine oder irgendein anderer von Pilars Jungs gewesen sein. Es sah nicht nach einem Einbrecher aus. Er ging zum Vorratsschrank und entfernte die obere Verschalung. Die Digitalkamera war noch da und auch noch angeschlossen. Er nahm das Video heraus, sah, dass es durchgelaufen war – auf dem Band würde er sehen können, wer seinen Trailer auf den Kopf gestellt hatte. Er wollte das Video schon in der Recorder schieben, als er aus dem Augenwinkel eine Bewegung wahrnahm.

Enoch, der größte und dümmste der Redneck-Brüder, schlich sich an den Trailer heran, lief gebückt, versuchte, seine fleischigen Massen hinter Mrs. Haggertys dekorativer, holländischer Windmühle zu verstecken – »*Souvenir aus Solvang*«. Durch das Fenster gegenüber konnte Rollo sehen, wie Enochs Bruder Esau den Weg entlang geschlendert kam, mit den Händen im Overall. Er trug seine *Dallas Cowboys*-Mütze umgedreht auf dem Kopf und pfiff vor sich hin. Er sah in alle Richtungen, nur nicht zu Rollos Trailer. Pilar hatte sich wahrscheinlich umgehört, nachdem sein Trailer durchwühlt worden war, hatte die beiden Arschgesichter gefunden und eine Belohnung auf ihn ausgesetzt. Klappe zu, Affe tot.

Rollo trat an die Tür, kehrte um und holte das Video, dann sprintete er aus dem Trailer, riss die Tür fast aus den Angeln. Er sah, dass Esau nun in seine Richtung rannte. Der Typ bestand nur aus Muskeln und Knochen. Seine Mütze war ihm vom Kopf geweht, und das blonde Haar flatterte wie ein verdreckter Mopp in seinem Nacken. Rollo sprang in seinen Van und verriegelte die Tür.

Enoch stolperte über die Windmühle, als Rollo seinen Schlüssel ins Zündschloss rammte; der Anlasser jammerte, während Rollo ihn verfluchte und versprach, er würde der Scheißkiste von jetzt an nur noch Super Extra spendieren, wenn sie bloß anspringen wollte. Bitte-bitte-bitte! Der Motor verreckte. Enoch kam angerannt, mit siegessicherem Grinsen.

Wieder drehte Rollo den Zündschlüssel und gab vorsichtig Gas. Er hörte den Motor stottern, dann sprang die Kiste röhrend an.

Esau erreichte den Van vor seinem Bruder und zerrte am Türgriff auf der Fahrerseite. Er riss ihn ab und kippte rückwärts in den Dreck.

Rollo winkte ihm zum Abschied zu, trat das Gaspedal durch, so dass die Reifen Staub und Steine aufwirbelten.

Enoch stürzte sich von der anderen Seite auf den Bus und schlug allen Ernstes die Windschutzscheibe mit dem Schädel ein, klammerte sich an die Wischer, versuchte sich festzuhalten, während der Bus den Kiesweg hinunterraste. Rollo lehnte sich auf die Hupe, und Enochs Mund ging auf, so dass die Zahnstümpfe zu sehen waren. Rollo trat auf die Bremse, und der Redneck geriet ins Taumeln; dann gab er wieder Gas und fuhr ihn über den Haufen. Im Rückspiegel sah er, dass Enoch auf dem Weg lag und seinen nackten Fuß festhielt.

Aber Esau kam immer näher, rannte dem VW-Bus hinterher, mit rudernden Armen, und das Haar peitschte wild hin und her.

Rollo rammte den zweiten Gang rein, nahm die Bodenschwelle, ohne abzubremsen, so dass der kleine Bus kurz abhob und ächzend landete und schlingerte, während Rollo alle Mühe hatte, die Kontrolle zu behalten. Er sah noch einmal in den Rückspiegel: Esau war zurückgefallen, rannte aber immer noch, so schnell er konnte. Als sich Rollo der Einfahrt näherte, sah er, dass der kleine Redneck-Junge noch im Sandkasten hockte und einen der Spielzeug-Trucks an seine Brust drückte. Sie sahen einander in die Augen, als Rollo vorbeiröhrte, und es war, als fiele er in einen vergessenen Brunnen.

Rollo zog sein Handy hervor, steuerte einhändig und tippte mit dem Daumen Jimmys Nummer aus dem Adressbuch ein. Jimmy hatte ihm gesagt, was Pilar anging, sei alles cool. Er hatte es *versprochen*. Geh ans Telefon, Jimmy! Heute ist mal wieder ein schlechter Tag, Mann.

## 36

Blaine drückte den Summer für das Tor zur Straße und öffnete die Haupttür, stolperte die Treppe hinunter, weil er es eilig hatte, Macklen und Great White noch auf dem Weg in Empfang zu nehmen.

Macklen drehte sich auf der einen Krücke, wirbelte die andere mit seiner Rechten herum, wie ein Tambourmajor, der eine Parade anführte. Great White stand starr in seinem schwarzen Leder-Trenchcoat da, und sein kahler Schädel schimmerte in der Nachmittagshitze. Er musterte Blaine mit demselben milden Lächeln, mit dem er sich am Sonntagabend in der Umkleidekabine auch die Kämpfer angesehen hatte, so als könnte ihm niemand das Wasser reichen, während die Jungs noch an ihren Kostümen herumzupften.

Great White war nicht mal so schwer, 340 Pfund vielleicht, aber es war ungewiss, wie trainiert er war, solange er seinen Trenchcoat trug. Wahrscheinlich versteckte er darunter eine Wampe und seine schlaffen Muskeln. Blaine wog nur 247 Pfund, aber er hatte kaum sechs Prozent Körperfett an sich und beherrschte außerdem den *Montana Death Lock*. Er beschloss, Great White zu ignorieren. »Mr. Macklen.« Er reichte ihm die Hand, dann zog er sie zurück wegen der Krücken. »Meine Güte, Sir, Sie hätten das Video doch nicht persönlich überbringen müssen.«

Macklen starrte erst Blaine an, dann Great White. »Weißt du, wovon der Typ redet?«

Great White wischte sich mit der Hand über den Schädel und schnippte den Schweiß zu Boden. Blaine spürte, wie er über seine Füße spritzte, warm und widerlich. »Wir haben das Video von dir und Kongo Kid nicht dabei«, sagte Great White. »Es wird noch bearbeitet. Wir bauen ein paar Spezialeffekte ein.« Noch immer hatte er dieses Ich-könnte-dir-in-den-Arsch-treten-Grinsen im Gesicht.

Blaine sah Macklen an. »Was machen Sie dann hier?«

»Wie wär's, wenn wir reingehen würden, Sportsfreund?« Macklen stützte sich auf eine Krücke, wischte sich mit dem Arm über die Stirn. Er trug Jeans und ein ärmelloses T-Shirt, das seine harten Muskelstränge zur Geltung brachte. »Die Sonne weicht mir das Hirn auf.«

»Ich darf nicht ... Pilar erlaubt nicht ...« Blaine überdachte die Lage, dann grinste er. »Ich verstehe. Sie haben gelesen, was über mich in der Zeitung stand, und wollen mich schnell unter Vertrag nehmen. Ich bin wirklich dankbar für die Gelegenheit, die Sie mir bieten, aber ich denke, ich sollte lieber keinen langfristigen Vertrag unterzeichnen. Ich warte noch darauf, dass sich Mr. Vince McMahon von der WWF bei mir meldet.«

»Ja, genau«, sagte Macklen. »Vielleicht sollten wir reingehen und über einen Sonderdeal sprechen, einen einmaligen Kampf, der deine große Karriere nicht behindert.«

»*Cool*«, erwiderte Blaine. »Ich meine, ich hab noch nicht mal einen Manager, aber wenn Pilar sagt, dass es okay ist, bin ich zu allem bereit. Sie ist hinten.«

Macklen stieß ihn mit der Spitze seiner Krücke an. »Zeitverschwendung. Lassen wir die kleine Schlampe außen vor. Du kannst gleich unterschreiben.«

Blaine führte sie den Weg hinauf, wurde immer langsamer, je näher sie der Haustür kamen, dann drehte er sich schließlich um. »Mr. Macklen … Pilar hat es nicht gern, wenn man so über sie redet.«

»Guck ihn dir an, Mack«, sagte Great White. »Unser kleines Mädchen.«

Blaine sah Great White an, überlegte, ob er ihm eins über seine kahle Rübe ziehen sollte, dachte aber auch, dass er diesen Sonderdeal nicht gefährden wollte, den Mr. Macklen ihm anbot. Während er versuchte, zu einer Entscheidung zu kommen, spazierte Great White an ihm vorbei ins Haus, stieß ihn einfach beiseite. Blaine war selbst schuld, denn er stand nicht mit beiden Füßen fest auf dem Boden – man musste immer bereit sein, das schrieb The Rock in seiner Autobiografie. Blaine würde es sich doppelt unterstreichen müssen. Er sah Great Whites Rücken nach, wünschte, er würde es noch einmal versuchen, dann wandte er sich Macklen zu. »Vorsicht, Stufe, Sir.«

Macklen schob sich problemlos auf die Veranda. Er war knorrig, nicht riesig, aber mit irren Blutgefäßen. Seine Adern traten hervor wie Linguini. Er klopfte Blaine auf die Schulter. »Ich mach dich zum Star, Junge. Komm, bringen wir Pilar die gute Nachricht.«

Blaine ging voraus, aber Macklen hielt mühelos Schritt. Sie fanden Great White im Fernsehraum, mit Blaines Mossberg lässig über der Schulter. Als er ihn mit der Pumpgun sah, bekam Blaine ein flaues Gefühl in der Magengrube und dachte, dass es vielleicht ein Fehler gewesen war, die beiden ins Haus zu lassen, ohne Pilar vorher zu fragen.

Great White nickte zu einem Samtgemälde an der Wand hinüber, einem Aztekenkrieger mit freiem Oberkörper und Leopardenfellumhang. »Das da ist ein Meisterwerk. Ich bin selbst Künstler. Ich weiß, wovon ich spreche.«

Blaine sah sich das Samtbild an. »Wenn du meinst.«

Great White zog den Schlitten durch, richtete die Waffe auf ihn. »Magst du Zirkusbilder?«

Blaine sah Macklen an, dann wieder Great White. »Ich weiß nicht –«

»Zirkusbilder sind meine Spezialität«, erklärte Great White mit dem Finger am Abzug. »Zirkuszeichnungen, Zirkusgemälde, Zirkusaquarelle ...«

»Wie die bärtige Dame und das Nilpferd, das Blut schwitzt?«, fragte Blaine.

»Das ist Freak-Show-Scheiße, du blöder Ficker.« Great White hielt die Pumpgun einhändig, wie eine Pistole, und hob sie langsam an, bis sie auf gleicher Höhe mit Blaines Gesicht war. »Hältst du dich für komisch?«

Blaine starrte in den Lauf der Mossberg. Da drinnen war es ziemlich dunkel.

Great Whites Finger spannte sich um den Abzug. »*Bumm*!«, sagte er.

Blaine zuckte zusammen.

Macklen lachte. »Hör auf, dem Kleinen Angst zu machen.«

»Ich hatte keine Angst.« Blaine wünschte, er hätte sein volles Robo-Surfer-Outfit an, nicht nur diese Hose. Er wünschte, er hätte sich die Zeichen frisch auf die Brust gemalt, Kraftsymbole volle Kraft voraus.

»Checken wir doch mal deine Jockey-Shorts«, sagte Great White zu Blaine, wobei er nach wie vor die Pumpgun auf ihn gerichtet hielt. »Ich wette, du hast 'nen ganzen Haufen Schokoladenpudding in der Hose.«

»Ich sag doch, ich *hatte* keine –«

»Fang!« Great White warf Blaine die Pumpgun zu und lachte, als der damit herumwackelte. »Wenn du eine Pumpgun brauchst, um Herr der Lage zu bleiben, will ich dich daran nicht hindern. Mir persönlich haben Schusswaffen noch nie gefehlt, wenn ich keine hatte.«

»Wir spielen nur mit dir.« Macklen grinste Blaine an. Seine

Augen erinnerten Blaine an einen Hund, der ihn mal gebissen hatte. »Sei nicht sauer, hm?«

Blaine checkte die Mossberg und war so wütend, dass seine Hände zitterten. Die Pumpgun war geladen und entsichert.

»Er denkt drüber nach, Great White«, krächzte Macklen. »Jetzt kriegst du Ärger.«

Great White starrte Blaine an. »Das möchte ich bezweifeln.«

»Scherz beiseite, Kleiner«, sagte Macklen. »Wie wär's, wenn du uns zu Pilar bringen würdest?«

Blaine führte die beiden zur Hintertür hinaus. Er schwenkte die Mossberg mit einer Hand, aber sie war zu schwer, als dass er sie hätte richtig halten können. Great White erwischte ihn dabei, wie er es versuchte, und grinste höhnisch.

Macklen sah sich auf dem Hof um, sah sich alles ganz genau an – den gepflegten Rasen, die Obstbäume voller Orangen, Zitronen und Mandarinen. Manche Bäume standen direkt am drei Meter hohen Eisenzaun, so dass die Mandarinen schon an den Stacheldraht stießen. Pilar stemmte Gewichte. Der Trainingsbereich war eine Betonplatte mitten auf dem Rasen. Sie hatte versprochen, sie würde einen Kampfring anlegen, hatte ihn bereits bestellt, aber er war noch nicht gekommen. Blaine wünschte, der Ring wäre aufgebaut – er würde Great White einladen, es mal mit ihm zu versuchen, und ihm zeigen, wo der Hammer hing.

Pilar sah die Männer kommen, hielt die Stange mit den Gewichten mitten in der Luft. Langsam setzte sie sie auf den Gabeln ab und kam hoch. »Was soll das, Blaine?«

»Das ist Mr. Macklen«, sagte Blaine.

»Ich weiß, wer das ist«, erwiderte Pilar. »Und den anderen kenn ich auch.« Sie stand auf und wischte sich die Hände an einem Handtuch ab. Sie trug Gewichtheber-Shorts aus rotem Lycra und einen entsprechenden Sport-BH. »Ich will wissen, was die beiden *hier drinnen* machen.«

»Ich dachte, sie bringen mir mein Video«, sagte Blaine. Er

hob die Mossberg an, um ihr zu zeigen, dass er alles unter Kontrolle hatte. »Es gibt noch kein Video, weil sie noch Spezialeffekte einbauen, aber Mr. Macklen will mir einen neuen Deal anbieten. Einen Hauptkampf.«

Pilar beobachtete, wie Macklen erstaunlich schnell zu einem der Bäume humpelte und eine reife Orange pflückte. »Du hättest mich trotzdem fragen sollen, bevor du sie reinlässt, Blaine.«

»Ich wollte dem Jungen keine Schwierigkeiten machen«, sagte Macklen. Er biss in die Orange, spuckte die Schale ins Gras und fing an, den Saft herauszulutschen. »Ist ja wirklich allerliebst hier hinten, Pilar, ein echter Garten Eden.« Er warf die Schale in ein Blumenbeet. Dann humpelte er zur Bank hinüber und tippte mit der Spitze seiner Krücke an die Gewichte. »Wie viel stemmst du, Pilar? Zwei-zwanzig?«

»Zwei-sechzig«, sagte Blaine stolz.

»Halt den Mund, Blaine«, sagte Pilar und spannte ihre Schultern so sehr an, dass Blaine sie am liebsten massiert hätte. Sie nickte zu Great White und seinem schwarzen Leder-Trench hinüber. »So ein Mantel ist bei dem Wetter nicht das Richtige.«

»Ich bin empfindlich«, erwiderte Great White. »Wie eine Primel.«

Macklen legte sich auf die Bank, packte die Stange und hob sie zehn Mal schnell hintereinander an. »Wieso steckst du mir nicht ein paar Fünfundvierziger drauf, Pilar?«

»Ich hol sie dir.« Great White schlenderte zum Ständer mit den Gewichten hinüber, nahm zwei 45-Pfund-Scheiben und trug sie, als wären es Untersetzer.

Macklen begann seine Übungen, ließ es ruhig angehen, atmete gleichmäßig. »Ich hab mich umgehört«, sagte er beim Anheben. »Es heißt, du würdest Rollo und sein High-Tech-Spielzeug decken. Wenn er was verkauft, steht dein Name drauf. Das erzählt man sich.«

»Welcher Rollo?«, fragte Pilar.

»Welcher Rollo?« Macklen lachte. Dann legte er die Hantel wieder auf den Ständer. Er setzte sich auf, griff nach seinen Krücken.

Blaine sah, dass die beiden zotteligen Teenager von nebenan durch den Zaun glotzten, zwei Punks von der Junior High, halb vom Laub verdeckt. Great White schien sie ebenfalls entdeckt zu haben, denn plötzlich hob er eine 10-Pfund-Scheibe auf und warf sie nach den Kids. Die Scheibe traf den Zaun knapp über ihren Köpfen, so dass sie eilig zurückwichen.

»Es wird Zeit, dass du dich mit deinem hässlichen Freund auf den Weg machst«, sagte Pilar zu Macklen.

»Rollo hat letzte Woche ein paar Speicherchips verschoben«, erklärte Macklen und bohrte seine Krücken in Pilars makellosen Rasen. »Ich denke, er hat es in deinem Auftrag getan.«

»Was ist ein Speichership?«, fragte Blaine.

Macklen beugte sich ganz nah an ihr Gesicht. »Du bist im Arsch, Lady.«

»Ich bin keine Lady«, entgegnete Pilar.

»Hattest du es auf *mich* abgesehen oder auf die VC Boyz?«, fragte Macklen. »Eigentlich macht es keinen Unterschied, ich bin nur neugierig. Waren es eigentlich mal *deine* Chips? Haben dich die Schlitzaugen zuerst gelinkt? Ich kann verstehen, dass du sauer warst, aber das ist keine Entschuldigung für –«

»Du langweilst mich«, sagte Pilar. »*Adiós, pendejo.*«

»Ich will schon *lange* wissen, wer mich abgezockt hat«, sagte Macklen und wiegte sich sanft vor und zurück. »Great White hat gesagt, ich soll aufgeben, aber ich wusste, wenn ich lange genug warte, ist irgendwann Weihnachten.« Er grinste sie an. »Sieh dich um, Lady. Es schneit.«

»Blaine?«, sagte Pilar vorsichtig und behielt Macklen dabei im Auge. »Ich möchte, dass du Great White erschießt, wenn er nicht auf der Stelle zur Tür geht. Schieß das Magazin leer.

Dann ruf die Polizei. Sag ihnen, wir hätten einen Einbrecher erschossen.«

»Was ist mit mir?«, fragte Macklen. »Bin ich es nicht wert, erschossen zu werden?«

»Um dich kümmere ich mich persönlich«, erwiderte Pilar.

»Ich brauch keine Kanone, um mit Great White fertig zu werden«, sagte Blaine.

»Oh doch, die brauchst du, Kleiner«, höhnte Great White.

»Tu, was ich dir sage«, befahl Pilar.

Widerwillig richtete Blaine die Pumpgun auf Great White, stützte sie auf der Hüfte ab. »Ja, Pilar.«

»Ja, Pilar«, äffte Great White ihn nach. Er trat näher an Blaine heran und breitete die Arme aus, um ihm ein leichtes Ziel zu bieten. »Ist das eine Hilfe?«

Macklen schnüffelte. »Riechst du was, Great White?«

Great White beugte sich zu Blaine vor und schnüffelte ebenfalls. »Das ist kein Schokoladenpudding, Mack.«

Blaine schüttelte langsam den Kopf, dann legte er die Pumpgun weg. »Ich hab keine Angst vor dir.«

»Blaine!«, schrie Pilar. »Nicht!«

»Hab doch ein bisschen Vertrauen in mich, Pilar. Ich weiß, was ich tue.« Blaine streckte sich, lockerte sich, zum Kampf bereit. »Du wirst so stolz auf mich sein, wenn du siehst, was ich mit ihm mache.«

»Da hast du ja einen ganz erstaunlichen Knaben«, sagte Macklen zu Pilar und wiegte sich inzwischen immer schneller. »Er wird bald abtreten, aber *du?* Allein schon mir meine Ware zu stehlen, würde dich das Leben kosten« – sein Gesicht verzog sich, bis es kaum wiederzuerkennen war – »aber zu stehlen, was *du* mir genommen hast, du beschissene *Fotze* … du bist jetzt schon toter als tot.«

# 37

Die Klimaanlage war die zweitbeste Erfindung des Menschen, besser als das Rad oder das Feuer, sogar noch besser als der Yamaha-330-X-Schneidetisch. Rollo stand im Warehouse Electronics Superstore und spürte, wie der Schweiß auf seiner Stirn trocknete. Sein Hemd war im segensreichen Bann der Klimaanlage am Rücken ganz klamm. Die Welt da draußen war ein Hochofen, der Asphalt glühte noch am späten Nachmittag, und auf den Freeways herumzufahren fühlte sich an, als steckte man auf den Ölfeldern von La Brea fest. Drinnen allerdings ... drinnen herrschten konstant neunzehn Grad Lufttemperatur, Tag und Nacht, Winter wie Sommer. Ein wohliger Schauer durchfuhr ihn, er atmete nur ein und aus, sah noch immer diese Redneck-Bande vor sich, wie sie ihm in der Hitze hinterhergerannt war, blöd und barfüßig im Rückspiegel, wie Krustenechsen, die keine Hitze spürten.

»Kann ich Ihnen helfen?«

Rollo musterte den Verkäufer mit den spitz zulaufenden Captain-Kirk-Koteletten und einem Namensschild an seinem zerknitterten, weißen Hemd, auf dem *Terence* stand. »Das möchte ich bezweifeln, Mann«, sagte er, schob sich geradewegs an ihm vorbei, steuerte Big Mom und Barbie an, die sich drüben in Gang 12 bei den Kompaktanlagen stritten. Rollo spielte an Preisschildern herum, schlich sich langsam an. Der Streit drehte sich darum, ob es ein Sony mit Dreifach-CD-Wechsler oder ein JVC mit Karussell-Wechsler sein sollte. Barbie wollte den JVC, damit sie Dance Party spielen konnte, bis ihr das Hirn wegflog. Big Mom wollte den billigeren Sony.

»Kann ich Ihnen helfen?«, fragte Rollo.

»Ja, wir wollen den JVC«, sagte Barbie trotzig in ihren knallengen, limettengrünen Hosen und dem Trägertop. Ihr Bauchnabel war fester verknotet als eine Herznaht.

»Das wollen wir ganz sicher nicht.« Big Mom umarmte ihre Handtasche, trug einen rosa Hosenanzug aus Acryl, wie man ihn nur noch in Stripshows und Wiederholungen von *Cagney und Lacey* zu sehen bekam. »Wir nehmen diesen hübschen kleinen Sony.«

Barbie stampfte mit dem Fuß auf. Sie hatte eine gepiercte Nase, rosarote Akne und blondierte Haare.

Rollo beugte sich zu Big Mom vor. »Lady, der JVC ist der bessere Deal. Mehr Power, klarerer Sound, dazu Dolby B und C. Ich weiß, er kostet etwas mehr –«

»*Erheblich* mehr, Junior«, knurrte Big Mom.

Rollo schob seine Brille hoch. »Kein Problem«, sagte er, auch wenn ihm der Scherz mit »Junior« ganz und gar nicht passte. »Können Sie bis morgen warten, wenn Sie dabei ein bisschen Geld sparen?«

»Oh, ist dann schon Schlussverkauf?«, fragte Big Mom.

»Ist eher so was wie ein Sonderangebot«, sagte Rollo. »Geben Sie mir Ihren Namen und die Telefonnummer, und ich garantiere Ihnen den JVC für den Preis des Sony. Ich leg sogar noch die Lieferung obendrauf.«

»Das wäre aber nett …« Big Mom suchte an Rollos Brust nach einem Namensschild.

»Rollo«, sagte er und reichte ihr eine von Fishers ChromoGenesis-Visitenkarten. »Schreiben Sie einfach Namen und Nummer auf die Rückseite.«

Barbie riss ihrer Mutter die Karte aus der Hand, kritzelte Namen und Telefonnummer darauf, dann gab sie sie Rollo zurück und klimperte mit den getuschten Wimpern. »Wie wär's, wenn Sie noch ein paar CDs drauflegen?«

»Das könnte ich machen«, sagte Rollo und wandte sich dann wieder Big Mom zu. »Frei Haus, wie gesagt, allerdings müssen wir auf Bargeld bestehen. So sind die Geschäftsbedingungen.«

»Es sind die Geschäftsbedingungen, Mutter«, wiederholte

Barbie. »Sind in dem Sonderangebot auch Kopfhörer enthalten?«

»Äh … klar«, erwiderte Rollo.

»Ich verstehe nicht, wieso ich meine Kreditkarte nicht benutzen kann«, sagte Big Mom.

»Bei Bargeldzahlung können wir Ihnen unsere Einsparungen direkt weitergeben«, erklärte Rollo.

Barbie führte Big Mom aus dem Laden. »Rufen Sie mich an, wenn Sie kommen«, rief sie Rollo zu.

Rollo winkte. Er war neunzehn, sie war höchstens fünfzehn … wenn man beides zusammenzählte und durch zwei teilte, wäre es legal. In Arkansas vielleicht.

»Was geht ab, Mann?«, sagte ihm jemand ins Ohr.

Rollo zuckte zusammen. »Schleich dich nicht so von hinten an.«

»Du machst mir doch nicht meine Kunden abspenstig, oder?«, grinste Dickson, ein Exsportler, der jetzt fett und im mittleren Management war. Als stellvertretender Geschäftsführer bei Warehouse Electronics war er berechtigt, eine schwarze Clip-Krawatte zu tragen, auf der mit imitiertem Goldfaden das Firmenlogo abgebildet war.

»Lügen und betrügen – du kennst es ja … aber du kriegst dein übliches Honorar. Ich möchte diese JVC-Anlage hier. Pack sie nach Feierabend in den Kofferraum von deinem Toyota, und ich hol sie heute Nacht ab.«

»Geht nicht«, sagte Dickson und sah sich um wie ein Kandidat bei *Die dümmsten Verbrecher der Welt*. »Die Firma hat draußen an der Rampe gerade diese neuen Weitwinkel-Kameras installiert. Jetzt können sie den toten Winkel beim Müllcontainer sehen.«

»Das ist verfassungswidrig, Mann.«

»Inventarkontrolle ist einer der sieben Schlüssel zur Rentabilität«, zitierte Dickson, der selbst bei kühlen, frisch klimatisierten neunzehn Grad schwitzte.

»Was ist das? Seite eins in eurem Firmenhandbuch? Du solltest etwas mehr Selbstachtung aufbringen, ja?« Ein monströser Geländewagen rollte draußen vor den Scheiben vorbei. Barbie winkte Rollo, und er winkte zurück. »Habt ihr einen digitalen Minirecorder? Ich hab hier ein 8-Millimeter-Band, das ich mir ansehen muss.«

»Das dauert doch nicht lange, oder?«, fragte Dickson ein paar Minuten später, als er den Digitalrecorder an die Fernseher im Schauraum anschloss.

»Ich will nur sehen, wer meinen Trailer auseinander genommen hat«, sagte Rollo. »Falls es dieser Schwachkopf Blaine war, kann er mich vergessen, wenn ihm jemand die nächste *Wrestlemania* entschlüsseln soll.«

»Das kannst du?« Dickson steckte den letzten Stecker rein und blickte auf. »Wie steht es mit dem Playboy-Channel?«

Rollo drückte auf Start und sah, wie auf achtundvierzig Fernsehgeräten gleichzeitig der Innenraum seines Wohnwagens erschien. Es war hypnotisierend, überall dasselbe dunkle Bild von der Eingangstür zu seinem Trailer zu sehen.

»Das wird hier jetzt aber kein Porno, oder?« Dickson zog seine Krawatte gerade.

Rollo ließ die Bildschirmwand nicht aus den Augen, als alle achtundvierzig Türen aufflogen, absolut synchron, wie beim Wasserballett …

»Was zum Teufel ist das?«, sagte Dickson.

Rollo konnte nicht sprechen. Er konnte sich nicht bewegen. Er konnte nur hinsehen.

»Das ist das Hässlichste, was ich je gesehen habe«, sagte Dickson.

Achtundvierzig Bilder von Great White in der Tür, der kahle Schädel vorgebeugt, damit er nicht an die Decke stieß. Achtundvierzig Great Whites, die sich im Trailer umsahen, die kleinen Augen wie schwarze Löcher in der unermesslichen, ausdruckslosen Weite seines Gesichts.

Hinter sich hörte Rollo ein kleines Mädchen weinen, aber er musste sich nicht umdrehen, um nachzusehen, was ihr Angst machte. Er wusste es.

Great White stieß mit dem Kopf an den Deckenventilator des Wohnwagens, dann riss er ihn herunter, als würde er nach einer Fliege schlagen, ohne den leisesten Anflug von Zorn auf dem Gesicht, nur eine unerbittliche Vorwärtsbewegung.

Rollo zückte sein Handy, während Great White den Türrahmen ausfüllte.

## 38

Als Jimmy näher kam, sah er Kinder, die mit den Armen voller Orangen aus Pilars Hinterhof gelaufen kamen, und im warmen Abendlicht rollten immer mehr Orangen über den Bürgersteig. Er parkte den Wagen, wusste, dass er zu spät kam. Pilar würde das Geld, das er ihr bringen wollte, nicht mehr ausgeben können.

Männer und Frauen kamen aus dem Haus gelaufen, schleppten Samtgemälde und stapelweise Videorecorder. Das Tor wurde von einem Küchenmixer offen gehalten. Eine grauhaarige Frau in einem langen Kleid taumelte mit einem Fernsehapparat die Stufen herab, schnaufend und keuchend. Sie stolperte über einen Pflasterstein, der Fernseher fiel herunter, und der Bildschirm implodierte mit einem dumpfen Knall. Sie stand wieder auf, grinste Jimmy zahnlos an und hastete mit wehendem Kleid ins Haus zurück.

Auch das Sicherheitstor zum Hinterhof stand weit offen, und Jimmy beschloss hineinzugehen. Er sah sich um. Die Bäume waren geplündert, die Äste abgebrochen, um an die höher hängenden Früchte zu gelangen. Orangen und Mandarinen lagen breitgetreten und ausgequetscht auf der Erde. Er keuchte unwillkürlich, als er Pilar auf der Bank liegen sah, mit dem Kopf im Nacken, ihr Körper eigenartig verdreht.

Jimmy beugte sich über sie und berührte sanft ihr Gesicht. Sie war tot. Er sah einen dunklen, runden Abdruck an ihrer nackten Mitte, von der eine blaue Prellung ausging, aber das hatte sie nicht umgebracht. Ihr Kopf war seitlich eingedrückt. Klumpen aus Blut und Haar klebten am Rand der Gewichte, auf die sie gestürzt war. Oder – was wahrscheinlicher war – auf die man sie geworfen hatte. Jimmy richtete sich auf, etwas wacklig auf den Beinen, dann setzte er sich auf die Bank und holte tief Luft.

Pilar hatte Feinde, Geschäftsrivalen ... oder vielleicht waren es Leute gewesen, die gehört hatten, dass sie Bargeld im Haus hatte, eine Bande, die keine Gefangenen machte, so was wie die VC Boyz. Jimmy sah sich nach Blaine um. Wo war er nur? Man hörte Lärm aus dem Haus, Schubladen, die jemand zu Boden warf, Kartons, die aufgerissen wurden. Jimmy stand auf, noch immer angeschlagen, und wollte schon zur Treppe hinüber, um nach Blaine zu suchen.

»*Jimmy.*«

Jimmy blieb stehen, sah sich um, unsicher, ob er wirklich seinen Namen gehört hatte.

»Hier.«

Jimmy sah eine Hand, die unter dem Haus hervorkam. Eilig lief er hinüber und sah Blaine im Kriechgang liegen, wo er einen Teil der Verschalung hochhielt. Das Stück war so geschnitten, dass es sich, wenn es zuklappte, perfekt in die Blende einfügte, die das Fundament umgab. Jimmy wollte ihn herausziehen, aber Blaine schrie schon bei der bloßen Berührung und schüttelte den Kopf. Blaine trug nur seine Shorts, so dass Jimmy sehen konnte, dass er keinen Schnitt, keinen Kratzer oder sonst irgendwelche Wunden hatte, aber es war nicht zu übersehen, dass ihm etwas ... Gewaltiges zugestoßen war. Seine Haut war klamm und violett, von geplatzten

Adern überzogen. Er sah aus, als wäre er aus blauem Marmor gehauen.

»Alles … alles in mir ist kaputt«, flüsterte Blaine.

»Nicht bewegen.« Jimmy holte sein Handy hervor, bekam aber kein Freizeichen. »Moment. Ich geh rein und ruf einen Krankenwagen.«

Blaine umklammerte sein Handgelenk.

»Ich bin gleich wieder da.«

Blaine klammerte sich noch fester an ihn, wimmerte vor Schmerz, ließ aber nicht los. »Lass mich nicht allein. *Bitte*.«

»Du brauchst Hilfe.«

Blaines Zähne klapperten. »Ich will nicht allein sterben, Jimmy.«

»Du wirst schon nicht sterben.«

Blaine schüttelte langsam den Kopf. »Ich bin nicht schlau … aber dumm bin ich auch nicht.« Seine Augenlider flatterten. »Ich hab nur hier drunter gelegen und die Schritte gehört. Junge, die Nachbarn feiern echt 'ne Party.« Jetzt hatte er die Augen offen. »Pilar ist tot, oder?«

»Ja.«

»Pilar war immer darauf vorbereitet, dass was Schlimmes passiert …« Blaine deutete auf den Kriechgang. »Sie hat überall im Haus Ecken vorbereitet, wo wir uns verstecken konnten, falsche Schränke und Geheimtüren. Als ich zerquetscht war … als ich kaum noch Luft kriegte, hab ich mich verdrückt. Die beiden waren mit ihr beschäftigt, und ich bin hier reingeklettert und hab mich eingeschlossen.« Er wandte sich ab. »Ich hab sie im Stich gelassen, Jimmy. Ich hab mir die Ohren zugehalten, aber ich konnte trotzdem hören, was da vor sich ging.«

»Du hättest ihr nicht helfen können –«

»Erzähl niemandem, dass ich mich versteckt hab.«

»Weißt du, wer sie ermordet hat?«

»Versprich mir, dass du es niemandem erzählst«, bettelte Blaine.

»Du hast getan, was du konntest. Niemand kann dir einen Vorwurf machen, dass du dich retten wolltest.«

»Ich *hab* versucht, sie zu beschützen ...« Ein Blutstropfen hing an Blaines Nase. »Ich hab nach ihm getreten, um ihm die Rippen zu brechen, aber er hatte irgendwas an, Jimmy ... so was wie 'ne Rüstung.«

»Weißt du, wer dir das angetan hat? Hast du sie erkannt?«

»Das ist doch nicht fair, oder? Ich meine, man darf doch im Ring keine Rüstung tragen.«

»Ja, natürlich, Blaine. Das ist nicht fair.«

»Ich hab ihm trotzdem wehgetan.« Blut rann aus Blaines Lächeln. »Ich habe ihm ein paar Finger gebrochen. Ich hab sie knacken hören.« Sein Lächeln erstarb. »Keinen Laut hat er von sich gegeben. Dann hat er mich in die Arme genommen ... wie ein Baby hab ich mich gefühlt.« Tränen traten ihm in die Augen. »Er hat mich einfach *zerquetscht*, Jimmy.«

Jimmy starrte Blaine an, und ihm wurde kalt. Er kannte nur einen Menschen, der Blaine wie ein Baby durch die Gegend werfen konnte. »Blaine«, sagte er vorsichtig, »hat Great White dir das angetan?«

»Ich hab Pilar im Stich gelassen«, heulte Blaine. »Der Robo-Surfer ... was für ein Witz.«

»Blaine, red mit mir. War es Great White?«

Blaine sah an Jimmy vorbei. »Pilar hat seine blöden Chips gar nicht genommen. Wieso hat sie es ihm nicht einfach *gesagt?* Vielleicht wären sie wieder gegangen. Mr. Macklen ... der ist doch kein schlechter Mensch.«

Jimmy setzte sich neben Blaine, zu schwach, um sich zu bewegen. Er fühlte sich, als hätte ihm jemand tief ins Herz geschnitten. Er hatte Great White und Macklen schon im Verdacht gehabt, als er sah, dass keins von Pilars Sicherheitstoren eingerissen war und niemand geschossen hatte. Die mexikanische Mafia oder ein Rollkommando wäre mit einem Möbelwagen durch den Zaun gebrochen und wild schießend herausgesprungen. Es wäre ein wildes Rumgeballer gewesen, nicht so ein … grausamer, stiller Mord.

»Ich weiß nicht mal, was ein Speicherchip ist«, schluchzte Blaine.

Jimmy saß neben ihm, hielt seine Hand, sah zu, wie sein Körper immer dunkler anlief, weil er in seinem Blut ertrank. Der blonde Bürstenschnitt des Jungen war an den Haarwurzeln schon rot. »Es war meine Schuld, nicht deine«, sagte er.

»Bestimmt nicht. Sie wollten Rollo.«

»Es tut mir Leid, Blaine.«

»Pilar wollte ihnen nicht erzählen, wo Rollo ist. Sie wollte ihnen überhaupt nichts sagen, und Mr. Macklen wurde immer wütender, hat mit seiner Krücke auf sie eingeschlagen … er ist schnell, Jimmy. Dann hat Great White sie geschubst, und Pilar ist hingefallen und hat sich den Kopf gestoßen, und Mr. Macklen ist *völlig* durchgedreht, als er gesehen hat, dass sie tot war. Ich konnte ihn durch einen kleinen Spalt sehen.«

»Es tut mir Leid«, sagte Jimmy. »Es tut mir so –«

»Mr. Macklen hat Great White angeschrien, hat mit seiner Krücke auf ihn eingeprügelt, und Great White hat den Kopf hängen lassen und stand nur da. Das … das hat mir irgendwie gefallen.«

Jimmys Telefon klingelte. Er ging ran, und die Verbindung war gut.

»Ich bin's.« Rollo hörte sich an, als wäre er gerade einen Marathon gelaufen. »Ich hab Scheiße gebaut.«

»Ich weiß.«

»Nein, ich hab *echt* Scheiße gebaut. Ich hab an dem Abend nicht alle Speicherchips weggeworfen. Ich hab ein paar davon behalten … ich hab sie vor einer Woche verkauft. Macklen muss es rausgefunden haben.«

»Ich *weiß*.« Jimmy bemerkte, dass Blaine sich in den Kriechgang zurückzog und nun auf dem Rücken lag. Seine Nase hatte aufgehört zu bluten. Er sah beinahe friedlich aus.

»Ich brauchte Geld, und ich dachte, das wäre kein Problem, und … Was meinst du damit: du weißt?«

»Können wir mein Interview jetzt machen?«, murmelte Blaine.

Jimmy strich über Blaines Haar. »Du musst 'ne Weile untertauchen, Rollo. Macklen sucht dich.«

»Was du nicht sagst, Sherlock. Great White hat schon meinen Trailer auf den Kopf gestellt. Tut mir Leid wegen der Chips, Jimmy.«

»Nein, du kannst nichts dafür. Ich hab dich mit reingezogen.«

»Ja … das stimmt.«

»Du solltest dir lieber was suchen, wo du dich eine Weile verstecken kannst.« Jimmy blickte zu Pilar hinüber, die in den Ruinen ihres Hinterhofs lag, sah das Blut im Gras und musste sich abwenden. Pilar hatte einiges auf dem Gewissen, aber Macklen hatte sie nie etwas getan. Der gehörte Jimmy Gage, dem Mann, der nicht mal nass wurde, während alle um ihn herum in der Scheiße erstickten. »Versteck dich *gut*, Rollo«, sagte er und spürte den Kloß in seinem Hals. »Ich räum den Scheiß auf, den ich angezettelt habe.«

»Was willst du machen?«

Jimmy schüttelte den Kopf. »Ich habe keine Ahnung.«

»Wo soll ich mich verstecken?« Rollos Stimme knisterte. Die Verbindung wurde schlechter. »Kann ich bei dir bleiben?«

»Keine gute Idee.«

»Was hast du gesagt?« Rollos Stimme wurde immer leiser.

»Ruf einen Krankenwagen«, sagte Jimmy laut. »Sag ihnen, sie sollen zu Pilars Haus kommen. Ich ruf dich bald von einem anderen Apparat zurück. Ich weiß, wo du dich verstecken kannst. Kannst du mich hören?«

»Ich bin ja nicht taub«, erwiderte Rollo und klang, als stünde er gleich neben Jimmy.

Jimmy klappte das Telefon zu und nahm Blaines Hand. »Der Notarzt ist auf dem Weg. Der kümmert sich um dich.«

»Können wir erst mein Interview machen?«

Jimmy starrte ihn an. »Klar.«

»Okay … okay, also, erst mal steh ich total auf das Training der natürlichen Kraft, keine Steroide oder so was, nur manchmal vielleicht ein bisschen Speed. Am liebsten …« Ein Schauer durchfuhr Blaine, und seine Hand hielt sich an Jimmys fest. »Am liebsten surfe ich in Trestles, aber ich war noch nie außerhalb der USA. Ich hab gehört, die Wellen in Fiji sollen irre sein, also vielleicht …«

Blaines Mund bewegte sich noch immer, aber Jimmy konnte nicht verstehen, was er sagte. Er beugte sich vor, bis Blaines Lippen sein Ohr berührten.

»Ich möchte, dass ihr kleinen Wrestler«, hauchte Blaine, »dass ihr kleinen Jungs auf eure Mom und euren Dad hört. Enttäuscht sie nicht, sie ziehen euch groß. Und, oh ja, vergesst nicht …«

Jimmy wartete auf den Rest, aber es war zu spät.

## 39

Es war dunkel, als Jimmy von Pilar nach Hause kam. Solange er konnte, hatte er bei Blaine gewartet, hatte neben seinem Leichnam gesessen und zugehört, wie die Nachbarn das Haus plünderten. Es war das absolute Chaos gewesen, als Notarzt und Streifenwagen eintrafen. Aus Fenstern und über Zäune kletterten die Leute, schleppten so viel sie konnten und ließen alles andere einfach fallen. Jimmy hatte das Seitentor genommen, mit gesenktem Kopf, war einmal um den Block spaziert, um sich dann unter die Neugierigen zu mischen und die Uniformierten zu fragen, was denn eigentlich passiert sei.

Jimmy hatte Pilar und Blaine den Tod gebracht – das war passiert. Man nannte es das »Gesetz der unbeabsichtigten

Konsequenzen« oder den »Verliererführer durch das Universum«. In den 1980er Jahren beispielsweise gab die CIA den afghanischen Mudschaheddin Stinger-Raketen, mit denen sie russische Kampfhubschrauber abschießen und dem Reich des Bösen schaden konnten. Dann hatten die Mudschaheddin ihre Stinger-Raketen auf den großen Satan gerichtet. Jimmy hatte Macklen für den Mord an Samuel Terrell bestrafen wollen, wild entschlossen, das Gleichgewicht der Waagschalen wieder herzustellen, und auch die VC Boyz waren nicht sein Fall gewesen. Es schien eine gute Idee zu sein, selbst dann noch, als alles schief gegangen war, und Jimmy hatte den Plan nie bereut, bis heute, denn jetzt mussten die falschen Leute dran glauben.

In Desmonds Wohnzimmer brannte Licht, aber er war längst nicht mehr da. Sein donnerstäglicher Polizisten-Poker begann um Punkt sechs Uhr, und wer zu spät kam, musste den ganzen Abend auf einem klapprigen Stuhl hocken. Jimmy stützte seinen Kopf aufs Lenkrad. Er war mehr als nur müde – er war niedergeschlagen und am Boden zerstört. Ein Schlaumeier, der sich selbst ausgetrickst hatte und den Auswirkungen bisher entkommen war. Pilar und Blaine waren tot, Rollo befand sich auf der Flucht, aber keiner suchte Jimmy. Zum Glück.

Jimmy stieg aus dem Wagen, schleppte sich zu seiner Wohnung hinterm Haus und öffnete die Tür. Noch bevor er Licht gemacht hatte, wusste er, dass er nicht allein war. Einmal, auf einem Flug nach Las Vegas, war Jimmys Maschine in extreme Turbulenzen geraten, und sie wurden so sehr durchgeschüttelt, dass die Gepäckfächer aufklappten und das Handgepäck auf die Gänge geschleudert wurde. Das Flugzeug sackte mehr als tausend Fuß ab, bis der Pilot alles wieder unter Kontrolle hatte. Das hier fühlte sich schlimmer an. »Great White ... was machst du hier?«

»Du bist echt gut, Jimmy.« Great White schloss die Tür, und der Holzboden knarrte unter seinem Gewicht. Der Raum lag im Halbdunkel. »Hab ich dir nicht gesagt, dass er gut ist, Mack?«

Macklen stand im Schatten. Sein Gesicht war nicht zu sehen, aber das Mondlicht, das durchs Fenster fiel, schimmerte auf seinen Krücken. »Ich hoffe, du hast nichts dagegen, dass wir hier so reinschneien, Sportsfreund. Die Tür war nicht abgeschlossen, und da haben wir uns gedacht, wir gehen schon mal rein und warten.«

»Ich hab die Tür nicht offen gelassen.«

»Na, dann bin ich aber besonders froh, dass wir vorbeigekommen sind«, erwiderte Macklen. »Da muss wohl jemand eingebrochen sein und hat sich von Great White verscheuchen lassen.« Er wandte sich Jimmy zu und hielt ihm seine Rechte hin. Sie gaben sich die Hand. »Ich hab gehört, du warst letzten Sonntag beim Kampf. Du hättest im Büro reinschauen und kurz mal Hallo sagen sollen.«

»Nächstes Mal«, sagte Jimmy und spürte noch immer Macklens schwieligen Hornhautgriff. Sie wussten es nicht – zumindest *noch* nicht.

»Kann ich Licht machen?«, fragte Great White Macklen.

Jimmy kam ihm zuvor, stellte die Lampe auf ihre niedrigste Stufe, so dass der Raum wie ein Aquarium beleuchtet war. Er konnte die Rap-Poster erkennen, Eddie Murphy und Ice Cube und Dr. Dré, aber Samuels Abschlussfoto war dunkel. Er wusste nicht, ob Macklen in dem zuversichtlichen jungen Mann mit Hut und Umhang den ausgemergelten Exjunkie erkennen würde, den er ermordet hatte, aber Jimmy wollte es nicht darauf ankommen lassen.

Macklen stützte sich auf seine Krücken, und seine Nackenmuskeln wölbten sich, als er sich in dem kleinen Zimmer umsah. Er war noch kräftiger gebaut, als Jimmy ihn in Erinnerung hatte. »Echt gemütlich.«

»Ich freue mich zu sehen, dass du nicht mehr im Rollstuhl sitzt«, sagte Jimmy.

»Na ja, ich bin noch immer nicht wirklich fit, aber scheiß drauf … wie das Leben so spielt, oder?«

Ein Striemen lief über Macklens Unterkiefer, und eines seiner Augen war halb zugeschwollen. »Was ist mit deinem Gesicht passiert?«, fragte Jimmy und freute sich, dass Pilar nicht wehrlos zu Boden gegangen war.

Macklen rieb sich das Kinn. »Frauenstress.«

Jimmy konnte sehen, dass Great White in seinem schwarzen Ledermantel an der Tür stand, riesengroß und bedrohlich, drei Finger mit Klebeband umwickelt. »Schicker Mantel. Auf dem SS-Flohmarkt erstanden?«

»Ich *sag* es doch, Great White.« Macklen lachte donnernd und fing an zu husten. »Genau das Gleiche hab ich auch gesagt, Jimmy«, krächzte er, während Great White weiter ungerührt dastand. »Wir zwei scheinen auf derselben Wellenlänge zu sein.«

»Ein beängstigender Gedanke«, erwiderte Jimmy. »Wie habt ihr rausgefunden, wo ich wohne?«

»War überhaupt nicht schwer.« Macklen schnalzte mit der Zunge. »Dein Kumpel Rollo hat es uns gesagt.«

»Yeah?« Jimmy drückte die Knie zusammen, damit sie nicht zitterten.

»Yeah.« Macklen wiegte sich vor und zurück, so dass sein Gesicht immer wieder in den Schatten tauchte. »Wir haben uns mal kurz den verrosteten Trailer angesehen, den Rollo da draußen in der Wüste stehen hat. Der kleine Wichser war nicht da, aber er hatte deinen Namen mit der Telefonnummer aufgeschrieben, und mehr brauchten wir ja nicht.«

»Es scheint, als wolltet ihr mich ziemlich dringend sprechen.«

Macklen zuckte mit den Schultern. »Es geht nicht um dich. Wir suchen Rollo. Ich dachte, du könntest uns helfen.«

»Leih ihm kein Geld. Einen besseren Rat kann ich dir nicht geben«, sagte Jimmy. »Schuldet er dir auch was?«

»Reichlich«, antwortete Macklen.

»Verdammt«, sagte Jimmy. »Er hat mich beim Kampf um mein gesamtes Bargeld angeschnorrt.«

»Wieso hängen hier so viele Schwarzbrote an der Wand?« Great White tippte an ein Foto von Malcolm X. »Bist du einer von diesen durchgeknallten Typen, die ich bei Jerry Springer gesehen hab, und die am liebsten schwarz sein wollen?«

»Springer schau ich mir nicht an«, antwortete Jimmy. »Das ist nur was für Schwachköpfe.«

Die tätowierten Blitze an Great Whites Hals zuckten, aber er sagte kein Wort.

»Du musst Great White entschuldigen«, sagte Macklen. »Er gehört der Arischen Bruderschaft an. Ich persönlich muss meinen Laden voll kriegen, und die einzige Farbe, die mich interessiert, ist Grün. Hey, ich kenn ein paar gute Schwarze und ein paar üble, genau wie bei den Weißen, den Schlitzaugen, den Bohnenfressern. Man muss offen bleiben, wenn man sich in der Gastronomie bewegt.«

Jimmy lachte. Er konnte nichts dagegen tun.

»Du lachst, Jimmy, aber ich habe keine Vorurteile«, beharrte Macklen. »Erinnerst du dich noch an diesen Arzt, den ich hatte, Great White? Der beste Orthopäde in L.A. – und schwarz wie die Nacht.«

»Wenn der Nigger so gut war, wieso kannst du dann nicht tanzen?«, entgegnete Great White.

Macklen sah ihn düster an, und Great White wich seinem Blick aus.

»Ich hab keine Ahnung, wo Rollo steckt«, sagte Jimmy. »Der treibt sich überall und nirgends rum. Aber wenn er anruft, richte ich ihm aus, dass ihr ihn sucht.«

»Kein Sterbenswörtchen wirst du sagen.« Macklen stieß Jimmy eine seiner Krücken gegen die Brust, stieß fest zu, dann versuchte er, einen Scherz daraus zu machen. Er legte ihm die Krücke auf beide Schultern. »Ich taufe dich auf den Namen

›Sir Sportsfreund‹ ...« Seine Freude am Humor versandete. »Tut mir Leid. Hör zu: Finde einfach raus, wo Rollo steckt, und ruf mich an.«

Jimmy rieb sich die Brust.

»Kommst du auf ein Bier mit vor die Tür?«, fragte Macklen. »Ich hab mich noch immer nicht für den Artikel bedankt, den du letzte Woche über den Kampf geschrieben hast. Ich hatte massenweise Anrufe, als das Ding erschienen ist. Jetzt wollen alle meinen Laden mieten.«

»Danke, aber ich bin müde. Es war ein langer Tag.«

»Komm schon, Jimmy. Ich sag doch, es tut mir Leid.« Der Striemen an Macklens Unterkiefer wurde dunkler. »Sieht dir gar nicht ähnlich, so nachtragend zu sein.«

»Verschieben wir es auf nächste Woche. Dann aber bestimmt«, sagte Jimmy.

»Abgemacht.« Macklens Krücke rutschte auf dem polierten Holz weg, als er die Tür ansteuern wollte, so dass er fast hinfiel.

In der Eile, seinem Boss zu helfen, streifte Great White die Wand und riss einen Bilderrahmen herunter, und das Glas zersprang.

»Gottverdammt, Great White, pass doch mit Jimmys Sachen auf!«

»Ist schon okay«, sagte Jimmy hastig. »Ich feg nachher zusammen.«

Macklen beugte sich über das Abschlussfoto und starrte es an. Die Spitzen seiner Cowboystiefel zerrten am Teppich.

Jimmy ging in die Knie, griff nach dem Bild. »Mach dir keine Sorgen –«

Macklen drückte Jimmys Hand mit der Spitze seiner Krücke in die Scherben. »Nicht so hastig.« Er drückte fest zu, legte sein ganzes Gewicht hinein, nahm Jimmys Heulen gar nicht wahr. »Dieses Bild hab ich doch schon mal gesehen.«

Jimmy befreite sich und wollte zur Tür, aber Great White

versperrte ihm den Weg, schloss ihn in seine mächtigen Arme und hielt ihn so fest, dass ihm die Luft wegblieb. Jimmy sah Sterne, als er die gepanzerte Brust unter Great Whites weichem Ledermantel fühlte. Wie Blaine gesagt hatte: Es war nicht fair.

Mit undurchdringlicher Miene hob Macklen das Foto auf.

Great White lockerte seinen Griff etwas, und Jimmy konnte wieder atmen. Great White roch wie Öl in der Fritteuse, altes Öl, das erneuert werden musste.

Macklen nickte dem Foto zu. »Das ist der Junkie, den ich platt gemacht hab. Dieses Foto war in der Zeitung, an dem Tag, als er unter die Erde kam.« Er strahlte Jimmy an. »Als ich ihn zuletzt gesehen habe, sah er schon nicht mehr ganz so gut aus.«

»Was ist los, Mack?«, fragte Great White.

Macklen starrte Jimmy an. »Ich weiß nicht genau.«

»Was ist schon dabei?«, sagte Jimmy. »Ich hab das Foto auf dem Flohmarkt gekauft, zusammen mit den Postern. Es war billiger, als was Neues zu kaufen.«

»Woher die Panik?«, fragte Macklen.

»Du hättest mir fast die Hand gebrochen«, erwiderte Jimmy. »Ich wusste ja nicht, was du vorhast. Wir haben uns so lange nicht gesehen. Woher sollte ich wissen, was du denkst?«

Macklen hielt das gerahmte Bild fest in der Hand. »Nehmen wir unseren Freund mit ins Büro, Great White.«

»Mit dir gehe ich nirgendwohin«, sagte Jimmy leise.

Macklen grinste Jimmy an. »Hey, an deiner Stelle würde ich mit mir auch nirgendwohin gehen wollen.«

# 40

»Ich *weiß*, dass du wach bist, Sportsfreund.«

Jimmy schlug die Augen auf. Er lag am Boden in Macklens Büro, spürte die Fingerabdrücke in seinem Genick. Great White hatte ihn aus der Wohnung gezerrt und eine Weile ignoriert, dass Jimmy um sich trat und schlug, dann hatte er ihn mit einem Kopfstoß zum Schweigen gebracht. Als Jimmy wieder zu sich kam, hörte er eine Coverversion von Bob Marleys *No Woman No Cry* und dachte einen Moment lang, er sei tot; dann merkte er, dass heute Reggae Night in der Big Orange Arena war. Unbeholfen setzte er sich auf, denn seine Hände waren mit Klebeband gefesselt. »Du hast einen neuen Teppich, seit ich zuletzt hier war.«

»Die Wände sind auch frisch gestrichen«, sagte Macklen, der sich über ihn beugte. »Musste sein. Hab die Blutflecken nicht rausgekriegt.«

»Irgendwo hab ich mal gelesen, dass Mineralwasser hilft.« Jimmy zog sich auf das Ledersofa und sah Great White neben der Tür auf einem Bierfass sitzen, mit einem Skizzenblock auf den Knien und Buntstiften in seiner bandagierten Hand. Ein neuer Sessel stand vor dem Fernseher, ein High-Tech-Modell mit Lendenstütze und beheizbarem Massageteil.

»Was habe ich dir je getan?«, fragte Macklen. »Es muss irgendwas verdammt Wichtiges gewesen sein. Ich würde nur gern wissen, was.«

Jimmy lehnte sich auf dem Sofa zurück, lauschte dem Reggae-Beat, der durch die Wände wummerte, während er im Büro nach etwas suchte, das er als Waffe benutzen konnte. Das Büro sah mehr oder weniger genauso aus wie vor einem Jahr. Vielleicht waren mehr von Great Whites Zirkuszeichnungen und Aquarellen mit Heftzwecken an die Wände gepinnt – Macklen als Zirkusdirektor, mit Zylinder und zwei gesunden Beinen; Macklen als Löwenbändiger, der die Peitsche knallen ließ; und hinter dem Schreibtisch ein irritierendes Porträt von Claude, einem der toten VC Boyz, als Clown geschminkt, mit traurigen Augen und grässlich blauen Lippen.

»Ich hab dich was gefragt«, sagte Macklen.

»Ich weiß nicht, was du –« Eine von Macklens Krücken knallte auf das Sofa, und Jimmy zuckte zusammen. Füllung quoll aus dem aufgeschlitzten Kissen, ein stetes Leck, beunruhigender als jede Explosion aus Schaumstoffinnereien hätte sein können.

Macklen hielt das gerahmte Abschlussfoto hoch, auf dem Samuels Gesicht von einem Spinnennetz aus Scherben überzogen war. »Ich glaube nicht an Zufälle.«

»Fünfzig Millionen Spermien schwimmen einem Ei hinterher, und der faltige Sack von deinem Daddy konnte nichts Besseres zustande bringen als dich?«, sagte Jimmy zu Macklen. »Alles ist Zufall.«

»Weißt du, ich hab mich immer gewundert, wie jemand an den Sicherheitskameras vorbeikommen konnte«, sagte Macklen. »Die Cops haben sogar die Firma gecheckt, die unsere Anlage installiert hatte, aber sie konnten nichts finden. Dann hat Great White heute Abend auf dem Weg hierher *tatsächlich doch noch* beschlossen zu erwähnen, dass du letzte Woche beim Kampf hinter den Vorhängen rausgeschlendert kamst, als würde dir der Laden gehören.« Er schlug Jimmy mit dem Foto ins Gesicht, dass die Scherben flogen. »War das auch Zufall?«

Jimmy spürte, dass Blut aus einem Schnitt an seiner Stirn rann. »Vermutlich soll das heißen, dass deine Gastfreundschaft Grenzen hat.«

Macklen beugte sich näher an Jimmy heran. »Ich hab im letzten Jahr viel Zeit damit verbracht, rauszufinden, wer mich reingeritten hat. Ich habe eine Liste von allen meinen Feinden angelegt, von allen Leuten, denen ich schlechtes Zeug angedreht habe, allen, die mir den Tod wünschen.« Er verlagerte sein Gewicht auf den Krücken. »Da standen wirklich viele Namen auf dieser Liste, aber an dich hab ich überhaupt nicht gedacht.«

»Du musst dir reichlich blöd vorkommen.«

Macklen nickte. »Aber langsam fühl ich mich wieder besser.«

Jimmy lächelte. Ihm blieb nur zu lachen oder zu weinen, und er dachte sich, er sollte lieber lachen, so lange es noch ging.

»Was ist daran so komisch?«, bellte Great White.

»Ist schon okay.« Macklen ließ sich auf das Sofa fallen, mit so präzisen Bewegungen wie ein Geräteturner. »Jimmy will uns nur zeigen, aus welchem Holz er geschnitzt ist. Wir sollen wissen, dass er keine Angst hat.« Er legte einen Arm um Jimmy und drückte so fest zu, dass er ihm fast die Lunge perforierte. »Schön für dich.«

Jimmy zuckte zusammen, bekam eine Dosis von Macklens Bitternis zu spüren. »Ihr könnt mich nur einmal töten.«

Macklen hob eines seiner Beine mit den Händen an, hievte es neben das andere. »Na, wenn wir es richtig anstellen, reicht das eine Mal ja auch.«

»Ich hab neugierige Nachbarn«, warnte Jimmy und zwang sich weiterzureden. »Die alte Mrs. Plesa hat wahrscheinlich dein Kennzeichen aufgeschrieben und längst die Bullen gerufen.«

Macklen zündete sich eine Nelkenzigarette an, klappte sein Feuerzeug abrupt zu. »Ich mach mir keine Sorgen.« Er sah zu Great White hinüber, der über seinen Zeichenblock gebeugt saß. »Great White macht sich auch keine Sorgen.«

»Wahrscheinlich seid ihr nur zwei arglose Soziopathen«, sagte Jimmy.

»Zwei was?«, fragte Great White.

»Zwei harte Hunde, denen alles ganz egal ist«, übersetzte

Macklen grinsend. Seine Zigarette knackte, und ein Stück glühende Nelke segelte auf den Teppich, aber er wandte sich nicht von Jimmy ab, blies ihm Rauch ins Gesicht. »Du wirst schon wissen, wovon du redest, Sportsfreund.«

Es klopfte an der Tür.

»Hilfe!« Jimmy versuchte aufzustehen, aber Macklen stieß ihn zurück, drückte die glühende Zigarette an seinem Hals aus. Jimmy heulte auf und schlug mit gefesselten Händen auf ihn ein, aber Macklen drehte ihm die Zigarette immer weiter ins Fleisch.

Wieder klopfte es, diesmal zögerlicher. »Mr. Macklen?«

»Verdammt, C.J.!«, rief Macklen, während er versuchte, Jimmy unten zu halten und ihm die Zigarette an den Hals zu drücken. Great White leckte einen seiner Buntstifte an und zeichnete. »Ich hab doch *gesagt*, dass ich nicht gestört werden will!«

Jimmy riss sich los und rückte ans Ende des Sofas. Sein Hals fühlte sich an, als stünde er in Flammen. Die Leichtigkeit, mit der Macklen ihn so behandelt hatte, und seine eigene Hilflosigkeit ließen ihn fast aufschreien, aber er rang den Impuls nieder. Wenn er erst zu schreien anfing, gäbe es kein Halten mehr.

Macklens linkes Auge schwoll an, wo Jimmy ihn getroffen hatte, aber es schien ihm nichts auszumachen. »Da hast du dich aber fies verbrannt, Mann. Ich fürchte, das gibt ’ne Blase.«

»Ich will auch noch drankommen, bevor du mit ihm fertig bist, Mack«, sagte Great White und fixierte Jimmy mit seinen schwarzen, ausdruckslosen Augen. »Ich möchte ihn ein paar Sachen fragen.«

Macklen rollte mit den Augen und sah Jimmy an. »Great White interessiert sich fürs Jenseits«, erklärte er. »Er hat irgendwo gelesen, dass Menschen am Rande des Todes manchmal einen Blick auf das werfen, was ihnen bevorsteht.

Great White hätte gern eine kleine Vorschau auf kommende Attraktionen.«

Jimmy wandte sich zu Great White um und zitterte, obwohl ihm gar nicht kalt war. »Hier kommt deine Vorschau: Du hockst in einer riesigen Jauchegrube und wirst bis in alle Ewigkeit nach Scheiße stinken.«

»Bleib sitzen«, sagte Macklen zu Great White, als der aufstehen wollte. »Jimmy will sich nur über dich lustig machen.« Er bohrte Jimmy seine Krücke zwischen die Rippen. »Merkst du, wie dieser Knoten in deiner Brust immer fester wird, mit jedem Atemzug? Das ist *Angst*. Witze reißen hilft, aber Angst ist schwer zu bändigen. Kaum lässt deine Konzentration auch nur einen Augenblick lang nach und macht, was sie will ... schon kannst du nur noch zittern und heulen –«

»Klingt, als wärst du Experte.«

»Könnte man so sagen«, räumte Macklen ein. »Die ersten Wochen nach der Schießerei ... die waren schlimm. Ich wusste gar nicht, wie viele Rückenwirbel so ein Mensch hat, bis der Arzt es mir erklärt hat. Der fünfte Lendenwirbel hat was abbekommen. Etwas tiefer, und ich würde mein Leben lang im Rollstuhl sitzen. Ja, mit der Angst kenn ich mich aus. Da kann ich dir noch was beibringen.«

Jimmy spannte seine Muskeln an, damit er nicht so sehr zitterte. Er dachte, es gelänge ihm ganz gut, bis er sah, dass Macklen lächelte.

»Also, weshalb hast du es getan?« Macklen stieß mit seiner Krücke gegen das Abschlussfoto. »Ich leg einen Junkie um, und ein Jahr später fällst du über mich her? Was *soll* der Scheiß?«

»Mach meine Hände los. Vielleicht fällt es mir wieder ein.«

»So oder so wird es dir wieder einfallen«, versicherte Macklen.

»Mach schon, Jimmy«, sagte Great White, während seine Hände über den Skizzenblock huschten. »Erzähl Mack von dem Fluss in Südamerika mit dem komischen Namen. Versuch das mal mit ihm. Ich möchte sehen, wie du hinterher aussiehst.«

»Dieser Junkie war echt durchgeknallt.« Macklen kicherte. »Du hättest ihn mal hören sollen, wie er mir gesagt hat, ich sollte mich von seiner Pussy fern halten, wie er mir den *Befehl* gegeben hat, als hätte er ein paar wichtige Leute hinter sich. Der Junge hat echt drum gebettelt.«

»Du hättest dich von seiner Frau und seinem kleinen Mädchen fern halten sollen, genau wie er es dir gesagt hat«, erklärte Jimmy. »Vielleicht wären *sie* wieder eine Familie geworden, und *du* könntest heute noch gehen.«

»Ich traue niemandem, der so tut, als hätte er keine Angst«, sagte Macklen. »So jemand muss ordentlich durch den Wolf gedreht werden, damit er wieder klar sieht.«

»Samuel hat nicht nur so getan.«

»Er hieß Samuel, ja? Mächtig hochtrabender Name für einen Junkie.« Macklen neigte den Kopf. Mit den Krücken sah er in dieser Haltung wie eine Gottesanbeterin aus. »Hat er dir das Leben gerettet oder was? Hat er dich aus einem brennenden Haus gezerrt?« Er pickte etwas Tabak von seiner Lippe. »Seid ihr Nachbarsjungen? Habt ihr euch zusammen mit dem *Playboy* einen runtergeholt?«

»Ich mochte ihn.«

Macklen starrte ihn an. »Da muss doch ein *bisschen* mehr dahinter stecken.«

»Ich mochte ihn«, sagte Jimmy erneut. »Ich *mochte* ihn, und du hast ihn ermordet.«

Macklen schüttelte den Kopf. »Glaubst du diesem Typen, Great White?«

»Yeah, ich glaub ihm«, sagte Great White.

»Ich auch.« Macklen lachte. »Du nimmst alles echt persönlich, Mann, und das kann ich verstehen.« Wieder stach er mit der Krücke nach Jimmy. »Revanche – so heißt das Spiel. Ich hab dich zuerst gefickt, als ich deinen Junkiefreund umgelegt hab. Dann hast du mich mit den VC Boyz gefickt, und zwar *ordentlich* gefickt – Ehre, wem Ehre gebührt. Tja, und weißt du was? Jetzt bin ich wieder an der Reihe.«

Jimmy stürzte sich auf Macklen, aber die Krücke schlug gegen sein Knie, und er taumelte rückwärts zu Boden, starrte die Spitzen von Macklens Cowboystiefeln an. Im Augenwinkel sah er, dass eine lange Scherbe aus dem zerbrochenen Bilderrahmen gleich neben ihm im Teppich steckte.

»Wieso fängst du nicht an, Macklen?«, sagte Great White, nach wie vor über seinen Zeichenblock gebeugt. »Kann doch keiner was hören, wenn die Musik läuft.«

»Ich hab es nicht eilig, und du hoffentlich auch nicht«, drohte Macklen. Er deutete auf das Porträt von Claude, dem Clown. »Diesen Jungen da habe ich an dem Abend durch den Rauch gesehen, als mir Rotz und Tränen übers Gesicht liefen, und ich wusste, dass ich sterben würde. Alle drei VC Boyz waren total durchgeknallt, aber Claude war komplett hirnamputiert. Obwohl ich halbtaub war und es in meinen Ohren gedröhnt hat wie ein Gong, konnte ich an dem Abend hören, wie er mit den beiden anderen schlitzäugig gequasselt hat. Ich hab kein Wort verstanden, nur meinen Namen, und den hat er an diesem Abend reichlich abgenutzt.« Er stand über Jimmy gebeugt, sein Gesicht vor Hass ganz fleckig. »Von den ersten paar Schüssen hab ich kaum was gespürt. Es war wie im Traum, aber der letzte Treffer, der hat *gebrannt*. Ich weiß noch, dass ich am Boden rumgezappelt und gesehen hab, wie Great White sich diesen Claude geschnappt und ihn zusammengeknüllt hat wie eine Einkaufstüte.« Er schwang die Krücke, traf Jimmy erneut am Knie. »Für das, was Claude mir angetan hat, ist er zu schnell gestorben, aber für dich nehme ich mir alle Zeit der Welt, Sportsfreund.«

Jimmy nahm die spitze Scherbe in die Hand und kam langsam auf die Beine, mit pochendem Schmerz im Knie. Was auch immer geschah: Er würde aufrecht sterben.

»Wieso hast du mich nicht einfach umgelegt?«, fragte Macklen. »Der ganze Aufwand, die VC Boyz da mit reinzuziehen –«

»Ich wollte es selbst machen.« In der hohlen Hand sägte Jimmy am Klebeband herum. »Ich hab die VC Boyz nur als Tarnung benutzt, aber –«

»Ist schwer, selbst abzudrücken, was?«, sagte ihm Macklen höhnisch ins Gesicht. »Nicht wie in den Filmen, über die du schreibst.«

Jimmy hielt Augenkontakt mit Macklen, während er am Klebeband herumschnitt. »Gib mir eine Waffe. Ich glaube, diesmal könnte ich alles richtig machen.«

»Wohl kaum«, erwiderte Macklen. »Aber wieso hast du die Speicherchips geklaut?«

»Spontane Entscheidung. Ich dachte mir, es könnte die Bullen verwirren.«

»Ich war ebenfalls ratlos«, räumte Macklen ein. »Ganz schön schlau, gut überlegt, aber ich wette, du hättest nicht gedacht, dass Great White und ich hinterher als Helden dastehen würden.« Er grinste Jimmy an. »Der Bürgermeister höchstpersönlich hat mir vor laufenden Kameras einen Orden angesteckt. Hat mir sogar die Hand geschüttelt und gesagt, dass ich ein Vorbild bin. Er hatte weiche Hände, die fühlten sich an wie warmes Hafermehl.«

Jimmys Finger verkrampften sich, während er am Klebeband herumhantierte.

»Ist alles nicht so ausgegangen wie geplant«, sagte Macklen. »Ich meine: Sieh dir an, was mit Pilar passiert ist. Sie hatte überhaupt nichts damit zu tun. Ich hab ein richtig schlechtes Gewissen deswegen.«

»Ich auch«, lachte Great White. »Ich hab ein echt schlechtes Gewissen wegen dem Robo-Surfer.«

Macklen schüttelte den Kopf. »Wieso hat Pilar mir nicht einfach gesagt, dass Rollo die Speicherchips gar nicht für sie verkauft hat? Kein Wort hat sie gesagt, nur dass ich ihr Grundstück verlassen soll.«

»Hätte es irgendwas genützt?«, fragte Jimmy.

»Scheiße, nein, aber sie hätte es versuchen sollen«, erwiderte Macklen. »Ich werde Frauen *nie* verstehen –«

Jimmy riss seine Hände auseinander. Er zielte mit der Scherbe auf Macklens Kehle, streifte aber nur seine Wange, weil ihn eine der Krücken an der Schulter traf und seine Finger davon ganz taub wurden.

»Du gibst einfach nicht auf, oder?« Macklen war nicht wütend. Er sah zufrieden aus. Blut rann über sein Gesicht. »Das ist gut so, Jimmy, denn du und ich, wir beide haben noch einen langen Weg vor uns, bis wir quitt sind. Meile um Meile … wir machen einen hübschen kleinen Ausflug, du und ich …«

Jimmy hielt die Scherbe so fest, dass er sich in die Finger schnitt.

Vorsichtig legte Great White Zeichenblock und Buntstifte beiseite. »Mack?«

»Der gehört mir ganz allein«, sagte Macklen. Blut tropfte auf seinen Hemdkragen, aber er achtete gar nicht darauf, umkreiste Jimmy jetzt, täuschte mit der Krücke einen Angriff vor.

»Ich bin *froh*, dass ich dich zum Krüppel gemacht hab«, sagte Jimmy und hielt die Glasscherbe ganz fest, wartete auf die Gelegenheit, Macklen die Halsschlagader oder die Venen in seiner Armbeuge aufzuschlitzen. »Ich war vor ein paar Monaten im Vatikan. Diese vielen Leute, die da Schlange stehen und um Vergebung bitten, und ich habe nicht mal daran gedacht, eine Kerze für dich anzuzünden.«

»Red weiter«, sagte Macklen und kam näher. »Ich wette, du hast dich dein Leben lang rausgeredet, wenn du Schwierigkeiten hattest. Nun, diesmal hast du dich echt reingeritten, mein Freund.«

»Ich wünschte nur, ich hätte dich umgelegt«, sagte Jimmy. Eine Krücke zertrümmerte das Beistelltischchen, das er als

Schutzschild benutzte. »Du hättest dich mal sehen sollen an diesem Abend. Ich hätte dich einfach so niedermachen können.«

»*Hast* du aber nicht«, erwiderte Macklen. »Das ist das Problem mit euch Klugscheißern. Ihr zieht den Job nicht durch.« Seine Krücke schlug an die Wand neben Jimmy, so dass sie im Putz hängen blieb.

Jimmy riss die Krücke heraus und schlug sie Macklen mitten ins Gesicht, so dass der Kerl wie ein Müllsack umfiel. Er holte aus, um noch einmal zuzuschlagen, als er plötzlich durch den ganzen Raum flog und gegen einen Aktenschrank prallte.

Wieder klopfte jemand an die Tür.

»C.J.! Verpiss dich endlich!«, blubberte Macklen. Er hatte eine Platzwunde am Kopf und Blut quoll aus seinem Mund. Great White versuchte ihm aufzuhelfen, aber Macklen stieß ihn weg.

Jimmy hielt sich am Aktenschrank fest.

Wieder klopfte es. »Mr. Macklen, Sir?«

»Great White, gib C.J. ein paar hinter die Ohren, damit er es begreift«, sagte Macklen, während er mit einer Krücke auf die Beine zu kommen versuchte und dabei die andere suchte.

Great White machte die Tür auf, so dass der Reggae lauter wurde und bis ins Büro drang.

Ein dürrer Mann im billigen Anzug stand in der Tür. »Es tut mir Leid, Mr. Macklen, Great White, aber ich musste es tun –«

Holt schob C.J. beiseite und richtete ihre 9-mm-Halbautomatik auf Great White. »Polizei! Treten Sie bitte zurück.« Ihre Hand zitterte leicht. »Ich sagte: Treten Sie *zurück*!«

Great White machte einen Schritt rückwärts, mit flatterndem Trenchcoat. Er sah Macklen an.

»Kommen Sie nur rein, Miss.« Macklen versuchte sich das Blut aus dem Gesicht zu wischen, verschmierte es jedoch nur zu einer roten Maske. »Entschuldigen Sie meinen Aufzug, aber ich wurde eben von diesem Mann hier angegriffen –«

»Jimmy, ist alles okay?«, fragte Holt.

»Einen Krüppel zu schlagen«, sagte Macklen. »Das ist wohl das Mieseste, was man sich vorstellen kann.«

»Kopfschuss, Jane. Kopfschuss«, keuchte Jimmy und versuchte, Luft zu bekommen.

## 41

»Das ist *sooo* cool«, sagte Rollo, als er sich umsah.

Napitano wackelte auf dem Rücksitz seiner gepanzerten Limousine mit den Zehen. »Jimmys Freunde sind auch meine Freunde, und ich freue mich, dass er deinen Schutz meinem Fahrzeug anvertraut hat.«

»Dieses Ding ist ja völlig irre.« Rollo hüpfte auf dem Ledersitz neben Napitano herum, während sie auf dem Freeway 5 in Richtung Süden rollten. Der Feierabendverkehr ließ langsam nach. »Man kommt sich vor wie in einem Schlachtschiff.«

»Das sehe ich genauso.« Napitano strahlte.

»Versenken wir die *Bismarck*, Mann.«

»Bleib, so lange du willst. Ich habe Ersatzzahnbürsten und Pyjamas im Kofferraum.« Er nahm die Flasche Cristal aus dem Eiskübel. Zwar gab es in der Limousine eine eingebaute Flaschenkühlung, aber Napitano bevorzugte die Zeremonie mit dem Kübel, das hübsche Knacken der Eiswürfel, die tropfende Flasche. »Champagner?«

»Ich steh nicht wirklich auf Alkohol, Nino – wie wär's mit so einem Mountain Dew?« Rollo klopfte an das dicke, kugelsichere Glas. »Great White, Mann … ich glaube, nicht mal er könnte hier durchbrechen. Wir sollten an der Big O Arena vorbeifahren und ihm den Stinkefinger zeigen. Ist gar nicht weit. Hast du Bock, Mann?«

Napitano zeigte ihm seine spitzen Babyzähne.

»Lass die Hände oben«, kommandierte Holt etwas zu laut.

Great Whites Finger berührten die Decke. Er schien es lustig zu finden.

Holt stand fast noch in der Tür. Sie trug ein elegantes, knielanges schwarzes Kleid mit passender Jacke, und Jimmy fragte sich, wohin sie wohl gerade unterwegs gewesen war, als sie beschloss, ihm das Leben zu retten. »Kannst du laufen, Jimmy?«

»Was ist mit mir?«, fragte Macklen. Er hatte von Jimmys Hieb eine offene Platzwunde am Kopf, schien aber eher verärgert als verletzt zu sein. »Ich bin hier überfallen worden.«

Holt schwenkte ihre Pistole zwischen Great White und Macklen hin und her. Bewegte sich zu schnell. Besser wäre es, die Waffe auf den einen zu richten und den anderen im Auge zu behalten.

»Ruf Verstärkung, Jane«, krächzte Jimmy, der sich nach wie vor am Aktenschrank festhielt.

»Verstärkung, Verstärkung«, äffte Great White ihn nach. »Alarm! Alarm!«

»Ich war drüben bei deiner Wohnung, um mit dir zu reden«, sagte Holt zu Jimmy. »Ich hab gesehen, wie sie dich in einen Wagen gestoßen haben, und war nicht sicher, was los ist.«

»Was los ist? Jimmy hat eben gestanden, dass er vor einem Jahr in genau diesem Büro ein Verbrechen begangen hat«, erklärte Macklen, während er sich zu seiner zweiten Krücke schleppte. »Ein echtes Schwerverbrechen, Lady. Sie sollten ihn verhaften, bevor er noch jemanden verletzt …«

»Wir waren als verantwortungsvolle Bürger gerade dabei, eine Verhaftung vorzunehmen.« Great White rückte näher an Holt heran. »Schon mal vom *Posse comitatus* gehört?«

Jimmy ließ den Aktenschrank los. Er war unsicher auf den Beinen, blieb aber in Bewegung.

Holt richtete die Waffe auf Great Whites Brust. »Bleiben Sie zurück.«

»Kopfschuss«, zischte Jimmy.

»Ich werde Sie nicht noch mal warnen«, sagte Holt zu Great White und hielt die Waffe noch immer auf sein Herz gerichtet.

Jimmy wartete, bis sich Macklen auf die Beine gezogen hatte, dann trat er ihm eine der Krücken weg und freute sich über das Geräusch, als er am Boden aufschlug.

»Jimmy!« Entsetzt sah Holt, was er getan hatte, war nur einen Augenblick abgelenkt. Mehr war nicht nötig.

Great White boxte ihr so fest in die Seite, dass sie gegen die Wand prallte, dann packte er sie an der Kehle und hob sie hoch, bis sie mit ihm auf Augenhöhe war.

Dennoch brachte Holt drei Schüsse an den Mann, in den Oberkörper, wie sie es auf der Akademie gelernt hatte, während ihr Great White allmählich immer mehr den Hals zudrückte. Sie schoss noch einmal, wobei ihr die Waffe nur noch in der Hand hing, der Zeigefinger im Abzugsbügel eingehakt.

Great White sah ihr in die Augen, während sie nach Luft schnappte und ihr Gesicht röter und immer röter wurde. »Kannst du was sehen?«, fragte er.

Macklen kam wieder auf die Beine, das Gesicht ganz aufgeplustert, und ein Lappen seiner Kopfhaut hing über seinem Ohr. »Verdammt, Great White, mach schon, gib ihr den Rest.«

Jimmy humpelte durch den Raum, mit pochendem Knie. Er nahm einen Stuhl und schwang ihn mit aller Kraft gegen Great Whites Rücken, aber Great White drehte sich nicht mal um, starrte nur weiter Holt an, beobachtete, wie das Licht in ihren Augen langsam erlosch. Jimmy zerrte an ihm herum, rutschte aber an Great Whites Panzer ab.

Holt bewegte die Lippen, aber es kam kein Laut heraus.

Great White hob sie höher. »Siehst du schon was? *Irgendwas?*«

»Wie soll sie dir antworten?«, sagte Macklen. »Selbst wenn

sie sprechen könnte ... da gibt es nichts zu sehen. Nichts zu sehen, nichts zu sagen.«

Great White schüttelte Holt. »Guck genauer hin. Du gibst dir keine Mühe.«

Jimmy nahm einen der Buntstifte, einen spitzen, grünen, und stach ihn Great White mit aller Kraft in den Nacken.

Great White heulte auf, ein tiefes, gutturales Brüllen, hielt Holt mit einer Hand und griff mit der anderen hinter sich, ertastete vorsichtig den Stift, der aus seinem Nacken ragte.

Jimmy trat zurück, schlug mit der Handfläche auf den Buntstift, stieß ihn tiefer in das feste, weiße Fleisch, trieb den Stift hinein, bohrte ihn in Great Whites Rückenmark.

Great White erbebte, als würden ihn zehntausend Volt durchfahren, Muskeln zuckten wie bei einer elektrischen Überladung, der Kopf flog hin und her. Er ließ Holt fallen und drehte sich langsam um, sah Jimmy an, ragte über ihm auf. Der schwarze Ledertrench umflatterte Great White wie ein Gewitter, aber er sagte kein Wort. Die Spitze des grünen Buntstifts ragte unter seinem Kinn hervor.

Jimmy sank gegen das Sofa, atemlos von der Ungeheuerlichkeit dessen, was er eben getan hatte.

Great White trat einen Schritt auf Jimmy zu, dann sank er langsam auf die Knie, mit großen Augen. So blieb er eine Weile, starrte etwas an, das sich weit jenseits des Büros befand. Dann drang ein gewaltiger, tiefer Seufzer über seine Lippen, und er kippte vornüber.

Holt saß am Boden. Sie versuchte, etwas zu Jimmy zu sagen, aber sie hatte keine Stimme mehr.

Jimmy hörte ein Geräusch neben sich, blickte auf und sah, dass Macklen gerade mit einer seiner Krücken ausholte und ihm gleich das Gehirn im Büro verteilen würde. Jimmy dachte an Olivia, wie sie einen langen Ball über das Fairway schlug. Der Schuss klingelte in seinen Ohren. Er sah, dass Holt die Waffe mit beiden Händen hielt und so sehr zitterte, dass es aussah, als würde sie applaudieren. Jimmy war ebenfalls nach Applaus zumute.

Macklen lag stöhnend auf dem Teppich. Seine rechte Schulter war aufgeplatzt.

Jimmy ging langsam zu ihr hinüber, machte einen Bogen um Great Whites Leiche, vertraute nicht darauf, dass etwas so Großes auch wirklich tot sein konnte. Er trat auf etwas, nahm seinen Fuß beiseite und sah einen von Janes Perlenohrringen.

Holt hustete, konnte nicht tief durchatmen. Aber ihren Revolver hielt sie immer noch.

Jimmy bückte sich und hob den Ohrring auf. Es kam ihm vor, als dauerte es Stunden. Er hatte reichlich Zeit zum Nachdenken.

Holt keuchte.

Jimmy starrte den Ohrring an, dann setzte er sich neben sie.

Holt nahm den Ohrring entgegen, und ihre Berührung war zärtlicher als am Abend vorher, als sie sich geliebt hatten. »Danke. Den. Darf. Ich. Nicht. Verlieren.« Sie sah aus, als würde sie gleich weinen.

Jimmy küsste sie und nahm sie vorsichtig in den Arm. »Ihr Frauen und eure Ohrringe. Immer verliert ihr sie an den unmöglichsten Stellen.«

»Die Bullen haben wohl die Koksdealer auf der Herrentoilette hochgenommen«, sagte Rollo mit Blick auf die rotierenden, rotweißen Lichter der Streifenwagen draußen vor der Big Orange Arena. Sie spiegelten sich in den dicken Scheiben der Limo. Kaviar troff von seinen Fingern. »Schade. Ich hatte mich schon darauf gefreut, Great White rausrufen zu lassen, um ihm zu sagen, dass er mich am Arsch lecken kann.«

»Hau rein«, sagte Napitano, als Rollo noch einmal in die Kilodose Beluga langte und den Kaviar mit drei Fingern nahm. »Ich mag Leute mit Geschmack.«

»Ich hab mich schon immer gefragt, wie dieses Zeug wohl

schmeckt«, sagte Rollo und leckte sich die Finger, als er Napitano die Dose reichte. »Ist gut. Schräg, aber gut.«

Napitano nahm sich selbst etwas Kaviar, drückte seine Zunge langsam gegen den Gaumen, ließ den schwarzen Rogen zerplatzen, was eine Woge salzigen Geschmacks hervorrief.

Rollo spülte den Kaviar mit einem Schluck Mountain Dew herunter. »Und jetzt?«

»Ein Freund von mir besitzt ein nicht unerhebliches Anwesen östlich von San Diego, ein wahres Wildreservat mit Zebras, Antilopen, Giraffen und anderen … interessanteren Exoten.« Napitanos Lächeln war von glänzend schwarzen Eiern gepunktet. »Ich dachte, es könnte amüsant sein, meine Limousine gegen seinen übellaunigen Nashornbullen antreten zu lassen.«

»*Demolition Derby*?« Rollo wischte sich mit dem Handrücken über den Mund. »Nino, Mann, meine Kamera ist geladen und entsichert. Los geht's!«

»Ein echter Kampf der Titanen, meinst du nicht?«

Rollo dachte einen Moment darüber nach. »Eher wie *Terminator II*.«

## 42

Jimmy schwebte, segelte über einen stillen, friedlichen Ort hinweg, als er fühlte, dass jemand seine Hand nahm, und ihn die Kälte der Berührung langsam wieder ins Bewusstsein holte. Er blinzelte, versuchte etwas zu erkennen und sah eine blaue Gestalt auf der Bettkante. »Hey, Doc …« Er leckte sich die Lippen. »Wie geht es mir?« Er blinzelte noch einmal, erkannte Jonathan, der mit demselben abwesenden Blick auf ihn herabsah wie im Traum letzte Woche. Jimmy riss seine Hand zurück.

»Du wirst mich doch nicht wieder schlagen, James, oder?«

Jimmy spürte den dicken Verband am Hals, wo Macklen ihn mit seiner Zigarette verbrannt hatte, und er sah noch einen Verband am Ballen seiner rechten Hand. Er wollte sich aufsetzen, aber Jonathan drückte ihn ohne Mühe zurück.

»Ganz ruhig. Du gehst nirgendwohin«, beruhigte ihn Jonathan, dessen fahles Gesicht im Licht der Neonröhren aseptisch aussah. Sein kurzärmeliger Chirurgenkittel raschelte, als er die Decke glatt strich. »Zumindest vorerst nicht.«

Jimmy suchte nach dem Rufknopf, aber jemand hatte ihn außer Reichweite gelegt.

»Ich hab gerade meine Runde gedreht und dachte mir, ich seh mal nach dir«, sagte Jonathan. »Mutter und Vater sind in Mexiko. Mutter wollte ihren Urlaub abbrechen, aber ich habe ihnen gesagt, dass deine Verletzungen nicht so schlimm sind.«

»Wo ist Jane?«

»Galant wie immer … bei allem Makel, James, das muss man dir lassen. Detective Holts Luftröhre war gequetscht. Wäre die Notaufnahme nicht energisch zur Sache gegangen, wäre sie vielleicht erstickt, aber man geht davon aus, dass sie in den nächsten Tagen entlassen werden kann. Sie hat geschlafen, als ich nach ihr gesehen habe.« Geschickt zog er den Verband an Jimmys Hals beiseite, untersuchte das empfindliche Hautgewebe.

»Bitte nicht –«

»Schschsch, ich weiß, was ich tue.« Jonathan beugte sich vor. »Kein Anzeichen einer Entzündung. Das ist gut. Zigarettenglut kann böse Narben hinterlassen. Ich werde die Hauttransplantation gern übernehmen, wenn du möchtest.«

»Bestimmt nicht.«

Jonathan entfernte den Verband mit so sanften Bewegungen, dass Jimmy kaum etwas davon spürte. »Was ist los? *Traust* du mir nicht?« Er wuschelte in Jimmys Haar herum, dann zog er leicht daran, aber Jimmy biss die Zähne zusammen und schrie nicht auf. »Wie hat es sich angefühlt? Ich bin wirklich neugierig.«

»Wie hat sich *was* angefühlt?«

Jonathans Augen waren hart und glänzten, so dass Jimmy unwillkürlich an den Rückenpanzer eines Käfers denken musste. »Wie fühlt es sich an, einen Menschen zu töten?«

Jimmy antwortete nicht. Noch immer sah er Great White bäuchlings vor sich liegen, mit dem grünen Buntstiftstummel, der wie eine Frühlingsknospe aus seinem Nacken ragte. Noch immer sah er Holts Perlenohrring auf dem schmutzigen Teppich. Und er wusste auch, dass Jonathan und er noch nicht miteinander fertig waren.

»Es war ja nicht so, als hättest du ihn erschossen. Deine Methode war so … intim – vielleicht sogar grotesk.« Jonathan prüfte die Stiche an Jimmys Stirn, schnalzte unzufrieden mit dem, was er sah. »Natürlich will ich dich nicht kritisieren, aber ich habe den medizinischen Bericht über Rolf Berger gelesen, diesen ›Great White‹, wie ihn die Medien nennen. Mein Wort, James, du hast ihm den Buntstift bis ins Stammhirn getrieben.« Er tippte gegen den Verband an Jimmys rechter Hand. »Es ist fast unvorstellbar, wie viel Kraft du brauchtest, um da durchzudringen.«

»Ich war hochmotiviert.«

»Der Mann hat fast zweihundert Kilo gewogen. Wenn du ein Fischer wärst, könntest du ihn dir in die Hütte hängen. Wenn du eine Hütte hättest. Das war ein Scherz.«

»Haha.«

»Es ist mir unvorstellbar, was du in diesem Büro alles durchgemacht haben musst … verbrannt und verprügelt, dem Tode nah … ich war noch nie in einer Situation, die auch nur im Entferntesten damit vergleichbar wäre. Ich möchte, dass du weißt, wie stolz ich auf dich bin.« Jonathan blickte auf ihn herab. »Würdest du es jetzt anders machen? Bereust du es?«

Jimmy beobachtete ihn. »Nein.«

»So ist es recht. Ich bin genauso – ein Chirurg, der etwas anders machen würde, hat im Operationssaal nichts zu suchen. Fehlt nur noch, dass er kein Blut sehen kann.« Jonathan setzte seine gewissenhafte Untersuchung der Verletzungen fort, zog Jimmys Decke zurück, drückte und bohrte, beugte sich weit vor, bis Jimmy das Muster der Haarwurzeln auf seiner Kopfhaut betrachten konnte. Als er schließlich zufrieden war, zog er die Decke wieder hoch. »Dr. Lan, der Orthopäde, hat dir Cortison ins Knie gespritzt, und das scheint ganz gut geholfen zu haben. Ich könnte mir vorstellen, dass du dich schwach wie ein Kätzchen fühlst, aber keine Sorge. Es liegt hauptsächlich an den Medikamenten, vor allem an den entzündungshemmenden. Ehe du dich versiehst, kannst du den nächsten Drachen aufs Korn nehmen.«

Jimmys Hand strebte dem Rufknopf entgegen.

Jonathan klopfte ihm auf die Finger und schob sie unter die Decke zurück, die er rundum fest stopfte, während Jimmy sich zu befreien versuchte. »Die Schwestern haben jetzt Schichtwechsel. Du solltest sie lieber nicht stören. Ich bin doch da. Was brauchst du denn?«

»Nichts.«

»Wie stoisch. Ich will dich ja nicht beunruhigen, aber Mr. Macklen stößt im Sicherheitsbereich wilde Anschuldigungen gegen dich aus. Er sagt, du hättest ihn vor einem Jahr im Rahmen eines Rachefeldzugs beraubt. Es klang sehr kompliziert, aber wenn ich mich an den Fall recht erinnere, kamen drei junge Männer ums Leben.« Mit seinen sauberen, rosigen Fingern strich er über Jimmys Stirn, ignorierte dessen Widerwillen. »Niemand glaubt Macklen. Er stellt dich dar wie einen mörderischen Racheengel. Trotzdem wollte ich dich warnen, für den Fall, dass du Besuch von der Polizei bekommst. Im Umgang mit den Behörden kann man nie vorsichtig genug sein.« Er berührte Jimmy leicht an der Wange. »Versteckte Andeutungen können töten, James. Wie genau darf man sich das Leben eines Menschen ansehen?«

»Das Risiko gehe ich ein. Wie steht's mit dir?«

»*Touché.*« Jonathan tätschelte seinen Arm. »Olivia lässt dich übrigens grüßen. Sie hätte sicherlich mal reingeschaut, aber sie bereitet sich auf ein Turnier vor. Sie denkt daran, sich der Pro Tour wieder anzuschließen, und ich glaube, diesmal meint sie es ernst. Es könnte ihr gut tun. In letzter Zeit wirkt sie … zerstreut. Ist dir das aufgefallen?«

»Ich bin müde, Jonathan.«

»Ja, das kann ich mir vorstellen, wenn man so daliegt und sich nicht mal aufsetzen kann. Du musst dich sehr verletzbar fühlen.«

»Nicht, solange mein großer Bruder da ist.«

Jonathan strahlte. Seine Freude wirkte aufrichtig. »Das bewundere ich an dir am meisten, James, dieses unerschütterliche Selbstvertrauen – bei allem, was dagegen sprechen mag, bewahrst du doch deine Haltung.«

»Toll, danke.«

»Ich habe unser Gespräch auf meiner Opernparty sehr genossen, aber du musst zugeben, dass du an dem Abend gezuckt hast.« Jonathan sah zur Tür, drehte sich wieder um. »Was wir da zueinander gesagt haben … kannst du es glauben?«

»Ich bin nicht sicher. *Hätte* ich dir glauben sollen?«

Jonathan deutete auf einen roten Striemen an seinem Unterkiefer. »Sieh dir an, wie du mich geschlagen hast. Den ganzen Abend habe ich es herumgezeigt. Alle wollten von nichts anderem mehr reden. Ich hoffe nur, dass die Polizei nichts davon erfährt. Die stürzen sich auf jedes Anzeichen von Unbeherrschtheit oder Impulsivität und spinnen dann ihr kleines Netz. Ich möchte nicht, dass sie Mr. Macklens Märchen Glauben schenken. Man weiß nie, wohin die Fragen führen. Es gab keine Eggman-Morde mehr, nachdem du weg warst.

Ich will mir lieber gar nicht vorstellen, was die Polizei denken könnte, wenn es neue Morde gäbe.« Er lächelte. »Siehst du? Du hast schon wieder gezuckt.«

Eine hübsche, junge Krankenschwester steckte ihren Kopf zur Tür herein. »Ich habe gehört, dass Sie auf der Station sind, Doktor«, sagte sie kokett. »Wie geht es unserem Patienten?«

Jonathan stand auf, zwinkerte ihr zu. »Ich glaube, er wird es überleben, Elizabeth.«

Jimmy wartete noch etwa zwei Minuten, nachdem Jonathan gegangen war, dann hievte er sich aus dem Bett und schlurfte zur Schwesternstation, um nach dem Weg zu fragen. Erst wollten sie ihn umgehend wieder zurück ins Bett schicken, aber er blieb hartnäckig.

»Jane?« Jimmy hörte Wasser rauschen, als er die Tür zu Holts Zimmer öffnete. Er trat ein und ließ die Tür hinter sich ins Schloss fallen. Ihr Bett war leer, aber die Dusche lief. Er klopfte an die Tür des winzigen Badezimmers. »Jane? Wir müssen uns über Jonathan unterhalten.« Keine Antwort. Er machte die Tür auf, und Dampf schlug ihm ins Gesicht, was auf seinen Hautabschürfungen und Prellungen ein Prickeln hervorrief. »Jane?«

Holt spähte hinter dem Duschvorhang hervor. Ihr Haar klebte im Gesicht, ihr Hals war von roten Striemen überzogen. Man konnte praktisch Great Whites Fingerabdrücke an ihrer Kehle erkennen.

Jimmy trat ins Badezimmer, hielt seinen Krankenhauskittel hinten zu.

»Schickes Ensemble«, flüsterte Holt mit heiserer Stimme.

»Die Fotos von diesem Skinhead, die Polaroids, die die Cops in seinem Fight-Club-Album gefunden haben … hat die Gerichtsmedizin sie mit dem Polaroid aus Laguna verglichen?«

»Dein Timing ist sehr merkwürdig.«

»War es der Skinhead, Jane? Hat er Philip Kinneson ermordet?«

Holt schüttelte den Kopf. »Keine Übereinstimmung. Deshalb war ich gestern Abend bei deiner Wohnung: Ich wollte dir sagen, dass da draußen vielleicht noch immer ein Serienkiller rumrennt. Wieso fragst du?«

»Das erzähl ich dir später.« Jimmy wollte gehen, aber Holt zog ihn unter die Dusche, umarmte ihn vorsichtig. Dennoch zuckten die beiden bei jeder Bewegung zusammen.

»Wir waren fast tot«, krächzte sie.

»*Dein* Timing ist merkwürdig«, sagte Jimmy, und sein kaputtes Knie gab nach.

»Als mich dieser Mann gewürgt hat, war ich dem Tod näher als dem Leben.« Sie küsste ihn. »Man sagt, wenn man stirbt, ist es einem irgendwann egal und man fügt sich ins Unabwendbare.« Wieder küsste sie ihn. »Aber Jimmy ... ich habe *nie* aufgehört, leben zu wollen.«

»Ich hab auch nicht auf das weiße Licht zugehalten«, sagte Jimmy und küsste ganz sanft ihren gequetschten Hals. »Ich wollte lieber hier bleiben und noch etwas Ärger machen.«

Holt zog ihm das nasse Krankenhaushemd aus, und ihre Hände glitten abwärts über seinen Bauch und darüber hinaus, während beide unter der warmen Brause standen. »Du kannst so viel Ärger machen, wie du möchtest.«

Jimmy stöhnte auf, lehnte sich gegen die Duschkabine.

»Detective?« Die Tür ging einen Spaltbreit auf. »Alles in Ordnung?«, fragte die Krankenschwester.

Holt schob ihren Kopf am Duschvorhang vorbei, und Jimmy trat hinter sie, umfasste mit den Händen ihre Hüften. »Wunderbar«, sagte sie. Die Tür ging zu. »Ganz wunderbar«, knurrte sie, als Jimmy in sie eindrang.

# 43

»Ich brauche deine Hilfe«, sagte Jimmy.

»Ich bin so froh, dich zu sehen ... du hast mir einen solchen *Schrecken* eingejagt, Jimmy.« Olivia stand neben ihm am Pier von Newport Beach, während über ihren Köpfen die Möwen schrien. Sie war nach seinem Anruf sofort vom Golfplatz hergefahren. Noch immer glänzte ihr Gesicht von der Hitze, und in ihren Hosenaufschlägen steckten Blätter. Sie roch nach Schweiß und frisch gemähtem Gras. »Es hätte mich nicht überraschen sollen, dass dir etwas zustößt. Wahrscheinlich wolltest du mich schonend darauf vorbereiten, als wir das letzte Mal gesprochen haben. Du hast gesagt, dass du in Schwierigkeiten steckst –«

»Wir müssen reden. Es wird nicht leicht.«

»Als die Lokalnachrichten in Lettermans Monolog reinplatzten, wusste ich, dass irgendwas Schlimmes passiert sein musste«, sagte Olivia, hörte gar nicht zu, hatte ihm eine Hand auf die Schulter gelegt, als müsste sie sich vergewissern, dass er wirklich da war. »Wohnungsbrand ... Freeway-Jagd ... wilde Schießerei ...« Sie klang atemlos, die Worte sprudelten aus ihr hervor, als fürchtete sie, das etwas passieren könnte, wenn sie nicht weiterredete. »Dann sagte der Nachrichtenmann, dass ihr, du und Jane Holt, tot wärt. Ich hab nur geweint, aber Jonathan hat das Telefon genommen und sich gleichzeitig angezogen – anscheinend hat er die Nummern sämtlicher Krankenhäuser im Kopf. Als er von der Notaufnahme aus anrief und sagte, dass du noch lebst ...« Überschwänglich schloss sie ihn in ihre Arme, drückte ihn an sich, und er hielt sie fest. »Ich habe gestern versucht, dich im Krankenhaus zu erreichen«, schluchzte sie und klammerte sich an ihn, »aber man sagte mir, du hättest dich selbst entlassen, was heißen musste, dass es dir so weit gut ging. Es *geht* dir doch gut, oder?«

Jimmy küsste sie auf die Wange, dann machte er sich sanft von ihr los. »Ich brauche deine Hilfe.«

»Alles, Jimmy, alles, was du –«

»Hast du deinen diamantenen Ohrring wiedergefunden?«

Olivia starrte ihn an.

»Michelle hat mir erzählt, dass du ihn auf der Praxisparty gesucht hast. Ich dachte mir, falls du ihn nicht gefunden hast, bist du möglicherweise wieder zum Poolhaus gefahren, um dort nachzusehen. Anders konnte ich mir nicht erklären, was mit den Polaroids passiert ist.«

Olivia nickte nachdenklich. »Ich wusste, dass Jonathan am nächsten Tag mit jemandem von einer Baufirma dort verabredet war. Ich wollte nicht, dass er da den Ohrring fand. Er hätte Bescheid gewusst.« Sie blickte zu Boden. »Ich ... ich hab das Poolhaus schon immer gemocht. Den ›Tiki Room‹, wie du ihn früher genannt hast. Ich mochte das Malen-nach-Zahlen-Bild vom Mauna Loa und die Ananas-Basteleien, die deine Mutter aufgestellt hat, das ganze Elvis-in-*Blue-Hawaii*-Ding.«

»Wieso hast du die Eggman-Fotos mitgenommen?«

Olivias Blick wanderte übers Wasser zu den Surfern, die auf ihren Brettern saßen und auf eine Welle warteten.

»Olivia?«

»Es war so still und dunkel im Tiki Room, als ich nachts wieder dorthin kam«, sagte Olivia und sah dabei aufs Wasser. »Ich wusste, dass Jonathan noch Stunden im Krankenhaus sein würde, also habe ich es einfach nur genossen, dort zu sein und an ... andere Zeiten zu denken. Anfangs habe ich die Polaroids gar nicht gesehen. Ich habe mit der Taschenlampe meinen Ohrring gesucht, als ich das erste sah, diesen jungen Mann, den Leichtathleten. Dann fand ich ein anderes: Jonathan, der von einer Rothaarigen einen geblasen bekommt.« Sie sah Jimmy offen ins Gesicht. »Ich kann an ihrer Technik nicht viel finden, aber Jonathan schien sich großartig zu amüsieren.«

»Du hättest –«

»Da waren bestimmt zwei Dutzend Polaroids von Jonathan mit verschiedenen Frauen. Ich weiß noch, dass ich dachte, dass er wenigstens keine Favoritin hatte.« Olivia lächelte, aber es lag keine Freude darin. »Ein paar von den Liebesbriefen, die du mir geschrieben hast, habe ich bis heute aufbewahrt. Ich habe mir einzureden versucht, dass es Jonathan mit seinen Blowjob-Bildern genauso geht wie mir mit deinen Briefen, aber ich glaube nicht, dass ich wirklich überzeugt war.«

»Wieso hast du nur die Eggman-Fotos mitgenommen?«

»Ich habe sie genommen, damit Jonathan sie nicht gegen dich verwenden konnte. Diese Bilder ... sie waren widerwärtig. Ich dachte mir, du hättest sie gefunden, nachdem ich gegangen war, und sie dann vor Wut weggeworfen. Ich weiß, wie du für die Menschen empfindest, die der Eggman ermordet hat, und Jonathan weiß es auch.« Olivias Stimme wurde lauter. »Ich dachte, er wollte sie benutzen, um dich irgendwie zu verletzen – so macht ihr es doch miteinander, oder? Kratzen und beißen ... Und du bist genauso schlimm wie er.« Die Brise vom Meer war warm, aber Olivia zitterte. Jimmy spürte den Wunsch, sie in die Arme zu schließen. »Ich habe die Blowjob-Fotos liegen lassen, weil ich *wollte*, dass er sie findet. Er sollte wissen, dass er entdeckt war. Ich wollte ihn am nächsten Tag damit konfrontieren, wenn er nach Hause kam. Ich wollte ihm sagen, dass ich mit dir dort gewesen war.«

»Wieso hast du es nicht getan?«

Olivia schüttelte den Kopf. »Ich war mir meiner Sache so sicher ... aber dann kam er am nächsten Tag nach Hause und erzählte, dass er Jane Holt und dich dort angetroffen hatte, wie ihr verschwitzt und aufgeregt in seinen Sachen herumgewühlt habt.«

»So war es nicht –«

»Jonathan hat mir von allein von seinen Blowjob-Fotos erzählt. Er hat sie mir *gezeigt*, ohne dass ich überhaupt auf das

Thema kommen musste. Du und Holt, ihr habt ihn schwer erschüttert. Noch nie hatte ich ihn so aufgebracht gesehen … so am Boden zerstört. Er hat mir erzählt, du hättest Holt in den Tiki Room gebracht, und er sagte, du wolltest seinen Ruf ruinieren. Er ist mein Mann, Jimmy, und er hatte mir schon die Wahrheit über seine … Souvenirs erzählt, und es war schwer für ihn, sehr schwer.«

»Du täuschst dich, was Jonathan angeht. Er ist schlauer, als du denkst.«

»Schlauer als ich, wolltest du sagen, oder?«

»Schlauer als wir beide.«

»Hast du diese Mordfotos dort hingelegt? Du warst wütend, als ich an diesem Abend gegangen bin, und *du* bist derjenige, der vom Eggman wie besessen ist. Wahrscheinlich gibt es massenweise solche Bilder in deinen Unterlagen, und du hattest reichlich Zeit, um –«

»Das hat er dir erzählt?«

»Du kennst die Macht der Presse besser als ich.« Olivia sprach leiser, als eine Familie vorbeispazierte und Fast Food aus Tüten mampfte. Ein kleines Mädchen warf den Möwen Pommes zu, während seine Mutter ein Baby im Kinderwagen schob. »Eine kleine Andeutung in der Klatschkolumne, eine beiläufige Bemerkung vor den richtigen Leuten, und Jonathan wäre eine Witzfigur.«

»Das glaubst du nicht«, sagte Jimmy.

»Ich *muss.*«

»Nein, du musst die Polaroids Jane Holt aushändigen. Wenn es die Bilder sind, nach denen sie sucht, könnten sie dabei helfen, die Eggman-Morde zu lösen.«

»Du und Jonathan …« Olivia beobachtete eine Möwe, die dem Mädchen ein Stück Pommes aus der Hand riss, als die Kleine gerade abbeißen wollte. »Ich weiß nie, wer von euch beiden gerade die Wahrheit sagt.«

»Olivia, *bitte.*«

Sie sah ihn an. »Ich habe sie verbrannt.«

»Versuch nicht, ihn zu schützen.«

»Ich habe versucht, *dich* zu schützen. Ich habe sie sofort verbrannt, als ich an dem Abend nach Hause kam. Ich habe sie im Kamin verbrannt, bis nichts mehr davon übrig war. Ich dachte, Jonathan würde sie benutzen, um dir damit etwas heimzuzahlen. Ich weiß noch, wie ihr über die Drohbriefe gesprochen habt, die du bekommen hattest, die Bilder, die dir manche Leute zugeschickt haben –«

»Der Eggman. Holt glaubt, dass der *Eggman* Polaroids von seinen Opfern gemacht hat.«

Es dauerte einen Moment, bis Olivia klar wurde, was er da sagte, dann verzog sie den Mund. »Selbst du überschreitest damit eine Grenze. Glaubst du *wirklich*, dass dein Bruder ein Mörder ist?«

»Ich weiß es nicht. Genau das will ich rausfinden.«

»Hältst du es denn für *möglich*?«

»Du kennst ihn, Olivia. Was meinst du?«

Olivia stand lange da, aber sie antwortete nicht.

»Ich brauche deine Hilfe«, sagte Jimmy.

## 44

»Was machst du hier?«, fragte Jonathan mit hallender Stimme und den Autoschlüsseln fest in der Hand.

Die Tiefgarage der Newport Towers war so gut wie leer gefegt – die meisten Ärzte und Anwälte, die dort die Büros bevölkerten, hatten längst Feierabend. Autos fuhren vorüber, Porsche, Lincoln, Mercedes, blechgewordene Stundenhonorare. Jimmy wartete schon über zwei Stunden, atmete abgestandene Luft und lauschte dem Reifenquietschen auf dem grauen Beton. Acht Tage lag es zurück, dass Macklen ihn gekidnappt hatte, acht Tage, seit er Great White getötet hatte. Noch immer tat ihm alles weh, aber er war wieder bei Kräften.

»Ich wollte dir nur etwas bringen, was dir gehört.« Jimmy zog einen Stapel Polaroids aus seiner Jacke und mischte sie, so dass die starren Bilder wie totes Laub raschelten. »Zieh eine Karte, irgendeine«, sagte er und fächerte die Fotos auf. »Nein?« Er mischte die Bilder erneut, hob ab, dann nahm er das oberste und hielt es hoch: Steve DeGerra auf der Aschenbahn, mit offenem Mund, ein Auge aufgerissen.

»Das hab ich noch nie gesehen«, sagte Jonathan.

»Als ich sie gefunden habe, dachte ich erst, du stehst einfach nur auf Splatter.« Jimmy mischte noch einmal, führte einen kleinen Taschenspielertrick vor und zog Denise Fredericks' zerfetztes Gesicht aus Jonathans Ohr. »Wenn ich gewusst hätte, dass du diese Bilder selbst gemacht hast, hätte ich dir niemals Holt auf den Hals gehetzt. Die Lady ist ein Pitbull.«

Jonathan sah sich um. Im Licht der gelben Gaslaternen wirkte seine Haut durchscheinend.

»Es ist ein schöner Abend. Machen wir einen kleinen Ausflug. Ruf Olivia an und sag ihr, dass du später kommst.«

»Wohl kaum.«

»›Wohl kaum‹«, äffte Jimmy ihn nach. »Hör zu, Jonathan: Ich hab dich am Sack«, sagte er und mischte und mischte. »Wenn ich zudrücken wollte, hätte ich es längst getan.«

»Ich dachte, wir hätten dieses Spiel beim Opern-Benefiz beendet. Du hast verloren, weißt du noch?«

Jimmy mischte weiterhin die Tatort-Polaroids, die er sich von Jane Holt geliehen hatte. Die Polizeifotos waren nicht identisch mit den Bildern, die Olivia verbrannt hatte, aber ähnlich genug, um Jonathan damit zu täuschen, wenn er sie im grellen Licht vorzeigte. »Du musst zwei Polaroids von Philip Kinneson gemacht haben, denn hier ist eins« – er zeigte ihm Kinnesons totes Starren, dann ließ er ihn wieder im Stapel verschwinden – »und Holt hat eins, das ganz genauso aussieht. Ein kleines Kind hat es ein paar Tage nach dem Mord am Strand gefunden und der Polizei übergeben. Es ist etwas beschädigt, vom Wasser, von der Sonne, aber Holt gibt sich damit zufrieden.«

Jonathan reagierte nicht. Seine Pupillen weiteten sich nicht, er kniff den Mund nicht zusammen, runzelte nicht die Stirn. Perfekte Selbstbeherrschung. Ein roter Ferrari fuhr vorbei. Der Mann am Steuer hatte eine Halbglatze und winkte Jonathan zu, während er in den zweiten Gang schaltete.

»Jede Polaroidkamera hinterlässt eine spezielle Signatur auf ihren Bildern, verlässlich wie ein Fingerabdruck.« Jimmy hielt die Polaroids hoch und zeigte Jonathan noch einmal das Gesicht von Steve DeGerra. Dann winkte er kurz mit der Hand, und Steve DeGerra wich einem nicht minder toten William Hallberg. Noch ein Winken, und Elice Santos war zu sehen. »Deshalb war Holt so aufgeregt, als ich ihr erzählt habe, was ich im Poolhaus gefunden hatte. Sie wollte sehen, ob deine Polaroids mit dem Bild vom Strand übereinstimmen. Sie hatte schon überall nach Eggman-Fotos gesucht.« Er breitete die Bilder aus, fächelte sich damit Luft zu. »Siehst du, was ich damit meine, wenn ich sage, dass ich dich am Sack habe?« Er grinste. »Du hättest *wirklich* besser nach dem Foto suchen sollen, als du es am Strand verloren hattest. Ich hoffe nur, dass du im Operationssaal nicht genauso schlampig bist. Bist du sicher, dass du keinen kleinen Ausflug machen möchtest?«

Eine ganze Weile sah Jonathan ihn abschätzend an, dann drückte er seine Fernbedienung, und der dunkelgrüne BMW quiekte wie ein Schoßhündchen. Er wartete kaum, bis Jimmy sich angeschnallt hatte, sondern raste die Rampe hinunter, blieb vor der Ampel am Pacific Coast Highway stehen. Es war kurz nach Einbruch der Dunkelheit, und die Luft war noch warm. Ein blinkendes Neonschild spiegelte sich auf Jonathans Gesicht, und der kalte, blaue Lichtschein flimmerte auf seinen

Wangen. »Wohin möchtest du? Du hast doch sicher was im Sinn.«

Jimmy hob die Polaroids und zog Philip Kinneson hervor. »Laguna.«

Jonathan fädelte sich in den fließenden Verkehr ein, kam voran, ohne bremsen zu müssen, indem er einfach Lücken suchte und nutzte. »Dieser Macklen hat mit mehreren Zeitungen gesprochen. Eigentlich solltest *du* dir Sorgen machen.«

»Da hab ich was vermasselt. Passiert auch den Besten. Sieh dich an … Souvenirs zu behalten!« Jimmy zückte erneut die Polaroids, als Jonathan an einer roten Ampel hielt. Er mischte und nahm das oberste Bild. »Carlos Mendoza, wenn Sie bitte zu uns herunterkommen würden!« Er wedelte mit dem Foto vor Jonathan herum. »Willst du mal was Merkwürdiges hören? Carlos war am Tag vor seinem Tod in der Big Orange Arena. Es war Salsa-Abend, und er und sein Vetter Raoul wollten die Mädels anbaggern. Carlos hatte Glück. Raoul sagte, das sei immer so gewesen. Oder zumindest bis zum *nächsten* Abend, als Carlos *dir* über den Weg lief.« Jimmy stemmte einen Fuß ans Armaturenbrett. »Seine Mama hat ihm im Wohnzimmer der Familie einen Schrein gebaut … Carlos' Babyschuhe, Bilder seiner Erstkommunion, was du willst.« Wieder hielt er Jonathan kurz das Foto hin, auf dem das Gesicht des jungen Mannes mit Blut und Hirnmasse verschmiert war. »Glaubst du, *Mamacita* hätte das hier gern für ihren Schrein?«

»Ich dachte, du hättest Mitleid mit den Opfern«, sagte Jonathan. »Die rührselige Prosa, die zornigen Interviews –«

»Keiner von uns ist das, was er zu sein vorgibt, hm?« Jimmy wandte sich ab, war sich der ungeteilten Aufmerksamkeit seines Bruders gewiss. »Irgendwas muss ich mit deinen Schnappschüssen anfangen. Erst hab ich damit nur Verstecken gespielt, aber inzwischen sind sie zu gefährlich, als dass man sie behalten sollte. Holt ist schon unangemeldet bei mir aufgetaucht, und ich weiß, dass jemand da war und sich umgesehen hat … ich schätze, das warst du, oder?« Er spielte mit seinem Sitz herum, fuhr rauf und runter, hin und her, während Jonathan so tat, als machte es ihm nichts aus. »Du stehst echt auf deine Tricks. Ich war ziemlich sauer, dass du mir Olivia vor der Nase weggeschnappt hast. Der Trick war gut, sogar noch besser als die Idee, mir einen Brief vom Eggman zu schicken.«

Jonathan reagierte nicht.

»Ich kann dir nicht ankreiden, dass du vorsichtig warst. Ich würde mir selbst ja auch nicht über den Weg trauen.« Jimmy scharrte mit den Füßen. »Vor deiner Praxisparty war ich mit Olivia zusammen. Hat sie es dir erzählt?«

Jonathan packte das Lenkrad fester.

»Das hab ich mir schon gedacht.« Jimmy kicherte. »Hat mir aber nichts genützt. Ich hatte mir was erhofft, aber sie ist eine verheiratete Frau. Das hat sie gesagt. Eine verheiratete Frau … und zwar nicht mit *mir* verheiratet.« Sie fuhren schweigend, bis sie in die Außenbezirke von Laguna Beach kamen. Jimmy setzte sich auf, als sie die Paradise Lounge passierten. Die Fenster des Clubs standen weit offen, um die frische Brise vom Meer hereinzulassen, und Techno-Klänge wehten in die Nacht hinaus. »Es gibt da einen kleinen Lebensmittelladen etwa eine Meile die Straße runter. Park da, dann laufen wir den Rest zu Fuß.«

Fünf Minuten später bogen sie auf den Parkplatz ein. Jonathan wartete draußen, bis sein Bruder mit einem kalten Sechserpack Bier wieder herauskam. Dann lief Jimmy auf dem schmalen Weg mit Blick über den Strand voraus, blieb auf halbem Weg nach unten auf einem großen, flachen Felsen stehen, der auf drei Seiten von Büschen umgeben war, vom Kliff aus nicht einzusehen, aber mit guter Aussicht auf den Strand.

Jonathan kickte eine leere Bierdose über die Kante. »Sieht so aus, als wärst du schon mal hier gewesen.« Er wischte den Stein ab und setzte sich neben Jimmy.

Jimmy machte ein Bier auf, nahm einen großen Schluck und reichte es Jonathan. »Hast du deinen Chirurgenkittel getragen – als Eggman? Bist du ihnen deshalb so nah gekommen? Keines der Opfer sah aus, als hätte es sich gewehrt.«

Jonathan nahm einen Schluck, blickte den Pfad hinauf.

»Red mit mir.«

»Ich glaube nicht, dass ich das tun sollte, Jimmy.«

Unsicher kam Jimmy auf die Beine, knöpfte sein Hemd auf und warf es auf die Erde. »Hier, kein Tonband!« Er trat seine Schuhe von den Füßen, dann zog er – unter Jonathans Protest – seine Hosen aus. Mit der Hose um die Knöchel vollführte er eine langsame Pirouette. »Immer noch kein Tonband.« Jonathan lächelte, als Jimmy ihm den Hintern hinhielt. »Sehen Sie irgendwelche Drähte, Doc?« Jonathan schubste ihn, und Jimmy stolperte und kippte in die Büsche. Mittlerweile lachten die beiden laut, Jimmy zerkratzt und blutend, während Jonathan ihm wieder auf die Beine half. Jimmy zog die Hose hoch und streifte sein Hemd über, knöpfte es nur halb zu, dann setzte er sich wieder hin, und die beiden lachten noch immer.

Sie reichten die Dose Bier hin und her, bis sie ausgetrunken war, dann rissen sie die nächste auf und teilten auch diese, lauschten den Wellen unten am Strand und teilten sich den Sechserpack. Der Wind strich durch das trockene Gras.

»Das tut gut«, sagte Jimmy, »hier draußen mit dir zu sitzen. Wenn du erst ein paar Bierchen intus hast, wirst du beinahe menschlich.«

»Beinahe.« Jonathan machte noch ein Bier auf, nahm einen großen Schluck. »Du hattest Recht mit dem Chirurgenkittel«, sagte er leise. »Ich hab dich unterschätzt.«

»Gib mir was von dem Bier ab, und ich verzeihe dir.« Jimmy deutete zum Strand hinunter. »Da drüben hat das kleine Mädchen das erste Polaroid gefunden, das du aufgenommen hast. Es war reichlich ramponiert, aber die Spurensicherung konnte trotzdem noch sagen, dass es mit Blitz aufgenommen wurde. Ziemlich dumm von dir, es nicht zu behalten.«

Jonathan kaute auf seinem Daumennagel. »Es war windig in der Nacht, und ich hatte es eilig.«

»Kann passieren. Mach dir keine Vorwürfe.« Jimmy zückte den Stapel mit den Polaroids und mischte sie noch einmal durch. »Auf diesen hier sind unsere Fingerabdrücke, deine und meine, aber ich habe Alibis für die Morde. Holt hat mich bereits überprüft.« Er sah Jonathan an. »Wie steht es mit dir?«

»Was willst du dafür haben?«

Jimmy hörte nicht auf zu mischen, während er auf den Pazifik hinaussah, der jenseits der sachten Brandung bis nach Japan spiegelglatt war. Wenn der Wind leicht böig von Norden kam, wehte er Musikfetzen von der Paradise Lounge herüber, leise Eruptionen undefinierbarer Geräusche, und Jimmy stellte sich vor, wie Philip Kinneson nach dem montäglichen Football-Abend auf dem Heimweg gewesen war, bester Laune, etwas angesäuselt vielleicht – wie er die saubere Salzluft eingeatmet hatte.

»Was willst du, James?« Das trübe Licht zeichnete die Linien in Jonathans Gesicht nach, die arrogante, knochenlose Symmetrie. »Ich warte schon darauf, dass du Forderungen stellst, seit ich dich und Jane Holt an dem Morgen überrascht habe.«

Jimmy sah ihn an. »Die Staatsanwaltschaft geht Macklens Anschuldigungen nach. Man könnte mich jeden Moment des Mordes beschuldigen. Ich habe die drei VC Boyz nicht selbst getötet, aber ich hätte es ebenso gut tun können. Mit einem wirklich teuren Anwalt würde ich mich erheblich besser fühlen.«

»Du hättest mich einfach um das Geld bitten können.«

»Das habe ich gerade eben getan.« Jimmy sah auf seine Uhr, ohne es sich anmerken zu lassen. »Ich hätte Macklen erschießen sollen, als ich die Gelegenheit dazu hatte. Ich habe ihm die Waffe an den Kopf gehalten, aber ich konnte es nicht tun.«

Jonathan riss das letzte Bier auf, und Schaum rann über seine Hand. »Das erste Mal ist es am schwierigsten. Am besten geht man einfach hin und bringt es hinter sich. Danach …« Er schüttelte das Bier von seinen Fingern.

»Du verpetzt mich nicht, und ich verpetz dich nicht«, sagte Jimmy. »Genau wie früher, als wir Kinder waren.«

Jonathan reichte ihm das Bier. »Dieser Macklen, war das was Persönliches?«

»Absolut.«

»Kein Wunder, dass du nicht abdrücken konntest. Gefühle sind zu … irritierend.«

»Ich bin nicht wie du, Jonathan. Ich brauche einen Grund. Früher habe ich Macklen in seinem Büro sitzen sehen, und das ganze Universum kam mir falsch vor … schief irgendwie. Ihn umzubringen war, als würde ich ein Bild wieder gerade hängen.«

»James Gage, Geraderücker des Universums, Gottes persönliches Faktotum.« Jonathan kicherte. »Tut mir Leid, Bruder, aber die Uhr der Welt läuft ab, und es gibt keine Möglichkeit, sie wieder aufzuziehen.« Er klopfte Jimmy auf die Schulter. »Du hattest Recht auf der Opernparty. Diese sechs Leute, mein halbes Dutzend. Es war mir egal, wer sie waren … Sünder oder Heilige, Krüppel oder Könige, das war mir völlig gleich. Ich hätte auch an ihnen vorbeispazieren können, aber das habe ich nicht getan. *Ich* habe es nicht getan, und genau das war der große Unterschied.« Sein Mund verzog sich zu einem Grinsen. »Glaubst du wirklich, Gott führt eine Liste? Glaubst du, er schreibt mit?«

Jimmy lächelte. »Vielleicht sollte er. Dann müsste ich es nicht tun.«

»Wenn du Göttlichkeit anstrebst, vergiss alles Persönliche und bring sie einfach um, die Untadeligen und die Übeltäter, bring alle um. *Dann* weißt du, wie es ist, Gott zu sein.« Sie sahen einander lange in die Augen, bis Jonathan bewusst wurde, dass sein Handy summte. »Sprich langsamer«, sagte er ins Telefon. »Beruhige dich. *Beruhige* dich. Haben sie gesagt, wonach sie suchen?« Er hörte zu. »Ruf Barry Slosberg an. Seine Privatnummer steht in meinem Rolodex. Sag ihm, er soll sofort rüber zum Haus kommen.« Dann hörte er wieder zu, lange diesmal. »Bist du sicher, dass sie das gesagt haben? Ruf Barry an. Ich bin gleich da.« Er klappte sein Handy zu.

»Was ist los?«

Jonathan zupfte an seiner Unterlippe. »Das war Olivia. Detective Holt ist mit einem Durchsuchungsbefehl bei uns im Haus. Sie sucht nach Beweisen im Zusammenhang mit den Eggman-Morden.«

»Das hier sucht sie«, sagte Jimmy und hielt die Polaroids hoch. »Wahrscheinlich hat sie für meine Wohnung auch einen Durchsuchungsbefehl.« Er riss Denise Fredericks in der Mitte entzwei.

Jonathan hielt ihn auf, bevor er weitermachen konnte, nahm ihm sanft das zerrissene Bild und den Rest des Stapels aus der Hand, starrte im matten Licht der Sterne die Gesichter an, ging sie langsam durch, beinahe zärtlich. »Ich hätte sie nie behalten dürfen. Es war der reine Luxus, pure Eitelkeit.« Er neigte Steve DeGerra etwas, um besser sehen zu können. »Ich habe diesem Jungen eine Viertelstunde beim Laufen zugesehen, bevor ich zwischen den Tribünen hervorkam. Es war ein kühler Morgen, der Tau glänzte auf dem Gras, sein Atem war wie Rauch in der Luft, und es war –«

»Wir müssen sie vernichten.«

»Ich hätte sie nicht behalten müssen«, sagte Jonathan, wobei er mehr mit sich selbst als mit Jimmy sprach. »Ich brauchte keine Erinnerung an das, was ich geleistet hatte. Ich erinnere mich an jeden Mord, die Gerüche in der Luft, ihre Hautfarben, ihre Mienen, das Geräusch der Waffe …«

Jimmy nahm ihm die Fotos ab und begann sie zu zerreißen, während Jonathan ihm erst nur zusah, dann schließlich half, bis die Polaroids nur noch kleine Fetzen auf dem Boden waren. Jimmy nahm sein Feuerzeug und setzte die zerstörten Gesichter in Brand.

Jonathan beobachtete, wie die Toten in den Flammen schwarz wurden und sich kräuselten. »Irgendwie scheint es mir angemessen, dass du meine … Andenken entdeckt hast. Wir hatten nie Geheimnisse voreinander. Im Haus war nie genug Platz für Geheimnisse und auch nicht genug Platz für uns beide. ›Teilt brüderlich‹ ist gut gemeint, aber unrealistisch.« Er holte tief Luft, als würde er im Meer schwimmen und sich bereitmachen, zum Grund zu tauchen. »Trotzdem, ich glaube, wenn ich je in meinem Leben jemanden geliebt habe … dann dich. Lach nicht. Ich nehme Liebe ernst.«

»Ich auch.«

Jonathan trat die schwarzen Papierfetzen in den Sand, dann stand er auf. »Ich muss gehen. Brauchst du Geld für ein Taxi?«

Jimmy stand neben ihm. »Ich komme mit. Du und ich … wir stecken beide in dieser Sache drin.«

»Tun wir das? Welches Spiel spielen wir denn?«

»Oh, das ist jetzt das Spiel, bei dem Olivia und ich dir was in die Schuhe schieben, damit wir bis ans Ende aller Zeiten glücklich miteinander leben können.«

»Sie liebt dich nicht mehr, James. Falls du das denken solltest.«

»Ich weiß.«

Jonathan starrte ihn an, bis er sicher war, dass Jimmy die Wahrheit sagte. »Ich will noch nicht gleich nach Hause«, sagte Jonathan. Er stocherte in der Asche im Sand herum, beobachtete, wie der Wind sie mit sich trug. »Olivia hat gehört, wie sich zwei Polizisten unterhalten haben. Offenbar gibt es noch einen zweiten Durchsuchungsbefehl für ein anderes … *nicht genanntes* Gebäude.«

»Wie gesagt: Meine Wohnung werden sie sich auch ansehen.«

»Das glaube ich nicht. Sie warten auf mich. Erst dann wollen sie anfangen.« Jonathan blickte auf die schwarzen Wellen hinaus, auf die Schaumkronen im trüben Licht. »Ich war nicht ganz so vorsichtig, wie ich hätte sein sollen. Es gibt da noch ein paar andere … Andenken, die ich behalten habe.«

»Weiß die Polizei, wo sie sind?«

Jonathan antwortete nicht.

»Die Polaroids können dir jetzt nicht mehr schaden. Falls die Cops nicht wissen, wo du die restlichen ›Andenken‹ aufbewahrst, ist alles klar. Also, was willst du tun?«

Jonathan wandte sich zu Jimmy um, die Augen dunkel und traurig. »Gut, James. Ich spiele mit.«

»Es war ziemlich dumm von dir, hier was liegen zu lassen, nachdem ich die Polaroids gefunden hatte«, sagte Jimmy, als sie durch das Fenster ins Poolhaus kletterten. Es war fast elf. Die meisten Nachbarhäuser waren dunkel. Sie waren zu Fuß einmal um den Block gelaufen und hatten gelauscht, bevor sie in die kleine Gasse einbogen. »Was hast du dir nur dabei gedacht?«

»Ich wusste nicht, wo ich sie sonst lassen sollte«, sagte Jonathan, »und außerdem hast du sie beim ersten Mal übersehen, und ich hatte keinen Grund anzunehmen, dass du wiederkommen würdest.«

Der Raum war dunkler als an dem Abend, als er mit Olivia hier gewesen war. »Jonathan?«

»So viele Erinnerungen hier drinnen … der ganze Raum quillt über, nicht?« Jonathans Stimme war im Dunkeln körperlos, ein Schatten unter Schatten. »Ich sehe Bilder von dir und mir, über unsere Schreibtische gebeugt, Bilder von uns – schweißgebadet, das blitzende Messer und du mit dem Rücken an der Wand … Bilder von dir und Olivia, wie ihr zwei auf der Couch herumrollt und in diesem schmutzigen kleinen Raum laut aufstöhnt.« Jimmy hatte keine Schritte gehört, aber plötzlich befand sich Jonathans Stimme in einer anderen Ecke des Raumes. »Vielleicht sollte ich sie dir zurückgeben. Würde dir das gefallen, James?«

»Nein, danke.«

Jonathan lachte, und das Geräusch ließ Jimmy frösteln. »Früher bin ich nach der Arbeit gern hierher gekommen. Dann habe ich am Schreibtisch gesessen und Stunde um Stunde meine liebsten Bilder durchgesehen. Du hast ja keine Ahnung, welche Freude sie mir bereitet haben … ich glaube, in gewisser Weise wollte ich ausradieren, was du hier mit Olivia getrieben hast, die Tafel sauber wischen sozusagen.« Der Boden knarrte. »Hat sie dich am Abend meiner Praxisparty wirklich abblitzen lassen?«

»Eiskalt.«

»Aber wenn sie gewollt hätte?«

»Ich hätte sie gefickt, bis sie nicht mehr an dich hätte denken müssen. Bis *ich* nicht mehr an dich hätte denken müssen!«

Die Baströckchen an den Fenstern raschelten, und plötzlich war Jonathan ganz nah. »Ich glaube dir.«

»Nimm, was du hier holen wolltest, und lass uns gehen.«

»Wozu die Eile?«

Jimmy blinzelte. Langsam gewöhnten sich seine Augen an das trübe Licht, und er sah Jonathan direkt neben sich. »Ich steh nicht gern im Dunkeln herum und warte, bis die Cops kommen.«

»*Kommen* die Cops denn?«

»Entscheide dich, Jonathan. Mir wird langweilig.«

Jonathan trat an das Sofa, schob es beiseite und begann, an den Holzbohlen herumzudrücken, mit beiden Händen, kratzte mit den Fingernägeln am Boden herum. Eine der Bohlen klappte hoch, und Jonathan griff hinein und holte eine alte

Arzttasche hervor. Er hielt die Tasche für Jimmy hoch, ein grinsendes Gespenst mit seiner Trophäe. Die Veranda knarrte.

»Komm rein, Jane!«, rief Jimmy. »Hilfe!«

Das Licht einer Taschenlampe schien Jonathan ins Gesicht, als er in die Tasche langte, so dass es ihn blendete, und Jimmy dachte an Macklen, der in seinem Büro am Schreibtisch zusammengesunken war, gefangen im Licht der Taschenlampe, als Claude ihn mit Kugeln voll gepumpt hatte.

»Nehmen Sie die Hände hoch!« Holt war vom Fenster eingerahmt, hielt eine Taschenlampe in der einen Hand und eine Pistole in der anderen.

Jonathan hielt einen Arm vor sein Gesicht, um sich vor dem Licht zu schützen. Über seinen Arm hinweg sah er Jimmy finster an.

Die Tür wurde eingetreten. »Sie sind verhaftet, Dr. Gage«, sagte Desmond mit ruhiger, Respekt einflößender Stimme. »Bewegen Sie sich lieber nicht.«

Jonathan zog einen Revolver aus der Tasche und hielt ihn auf Jimmys Brust gerichtet, doch trotz seiner vielgerühmten Gelassenheit zitterte seine Hand. Er zögerte, und Jimmy stürzte sich auf ihn; die Pistole fiel klappernd zu Boden.

Jonathan schlug nach ihm. »Besser kannst du es nicht? Das ist *nichts*.«

»Ich … konnte es … nicht glauben«, ächzte Jimmy, während er versuchte, seinen Bruder festzuhalten, der sich wehrte und wild um sich trat. »Selbst nach allem, was passiert war, konnte ich es nicht glauben.« Er war außer Atem, seine Rippen schmerzten, aber er gab sich alle Mühe, durchzuhalten. »Olivia wollte diesen Anruf heute Abend nicht machen, aber sie konnte mit den Zweifeln nicht mehr leben. Jetzt wissen wir beide, wer du wirklich bist.«

»Und ich weiß auch, wer *du* bist«, knurrte Jonathan, und Jimmy spürte, wie ihm Speichel ins Gesicht spritzte. »Was du mir heute Abend am Strand erzählt hast, was du über Macklen gesagt hast ... ich habe dich beobachtet, und es war nicht gelogen. Nicht alles.«

»Nur einiges. Eines Tages erzähle ich dir auch, was.«

Jonathan hörte auf, sich zu wehren, zog Jimmy näher zu sich her, kräftiger, als Jimmy ihn in Erinnerung hatte. »Sag es mir jetzt.«

Jimmy schlug auf ihn ein, schlug immer weiter, bis Jonathan losließ.

»Ich hab nicht gezuckt, James, vergiss das nicht«, sagte Jonathan, und sein Gesicht schien im grellen Licht der Taschenlampe transparent zu sein, reglos wie eine Maske. Nur in seinen Augen war Leben, und in ihnen brannte ein grausames, eisiges Licht. »Ich habe nicht gezuckt.«

Jimmy starrte ihn an. »Ich auch nicht.«

»Armer James.« Jonathan tupfte an seiner tropfenden Nase herum, und sein schallendes Gelächter war nur noch ein Gackern, scharf und dünn. »Du lässt andere bluten, aber du gewinnst nie.«

Jimmy richtete sich auf. Er spürte Holt und Desmond hinter sich, aber deren Hilfe brauchte er nicht mehr. »Das Spiel ist aus, Jonathan.«

# Epilog

Gate 21 am Orange County Airport war geschlossen, aber Jimmy blieb im Terminal vor dem Fenster stehen und beobachtete, wie die letzten Passagiere ihre Plätze in der Boeing 777 suchten. »Was machst du hier, Jane?«, fragte er, ohne sich umzudrehen, denn er roch ihr Parfüm.

»Desmond hat mir gesagt, dass du hier bist.«

»Du kennst mich ja. Ich steh auf Abschiedsszenen.«

»Und das ist es, ja?«

Jimmy drehte sich um. Holt sah kühl und elegant aus, wie immer, aber in letzter Zeit trug sie ihr Haar kürzer, etwas offener, so dass es lockig auf die Schultern ihres Kostüms fiel. Das gefiel ihm. Sie hatten sich in den sechs Monaten seit Jonathans Verhaftung oft gesehen, und ihre Beziehung dümpelte in der trügerischen Zone zwischen Professionellem und Persönlichem herum. »Ich wollte dich heute Abend anrufen.«

Holt sah der Maschine nach, die langsam zum Start rollte. »Wohin fliegt sie?«

»Phoenix Open«, sagte Jimmy. »Dann macht sie den Rest der Tour mit. Ich habe sie letzte Woche spielen sehen, und ich glaube, sie hat eine Chance.«

Holt nickte zu einer Zeitung hinüber, die jemand auf seinem Sitz liegen gelassen hatte. BEAUTY-DOC: GESCHWORENE UNENTSCHIEDEN lautete die Schlagzeile. »Ich habe mit der Staatsanwaltschaft gesprochen. Sie wollen den Fall neu aufrollen.«

»Mir schwant, dass Jonathan erneut freigesprochen wird und ich an seiner Stelle im Gefängnis lande.«

Holt reagierte nicht – das war der professionelle Teil ihrer Beziehung, der sich immer wieder zwischen sie schob.

Jonathan anzuklagen hätte für den Bezirksstaatsanwalt eine todsichere Sache werden sollen. Die Arzttasche, die Jonathan unter dem Holzfußboden des Poolhauses hervorgeholt hatte, enthielt einen Revolver vom Kaliber 38, der mit Glaser Safety Slugs geladen war, dazu eine Etikettiermaschine und eine Polaroidkamera, alles mit Jonathans Fingerabdrücken darauf. Die Munition war vom gleichen Typ, der bei den Eggman-Morden verwendet worden war, und die Etikettiermaschine von der gleichen Marke, mit der auch der Brief an Jimmy verfasst worden war. Drei Spurensicherungsexperten, darunter auch einer vom FBI-Labor, sagten aus, mit dieser Kamera sei das Kinneson-Foto gemacht worden, welches am Strand von Laguna Beach gelegen hatte.

Jonathan allerdings hatte ein Team von Anwälten zusammengestellt, neben dem das »O.J. Dream Team« wie eine Bande von Anwaltsgehilfen aussah. Jonathans Juristen wiesen die Munition und die Etikettiermaschine als »puren Zufall« zurück, als »schlechten Scherz« oder »gefälschte Beweismittel« – ganz wie man wollte. Darüber hinaus brachten sie drei eigene Spurensicherungsexperten mit, die etwaige Übereinstimmungen zwischen dem Laguna-Polaroid und Jonathans Kamera bestritten. Die ungeklärten Morde, die aus drei südamerikanischen Dörfern – in denen Jonathan seine Hilfsaktion durchgeführt hatte – gemeldet wurden, tat man als unzulässig ab.

Jimmy hatte natürlich ausgesagt, war jedoch im Kreuzverhör auseinander genommen worden, wurde als kleiner Schreiberling und gelegentlicher Drogenkonsument dargestellt, als ein Mann, der neidisch auf den Erfolg seines Bruders und wütend über den Verlust seiner früheren Freundin war, »eine Frau, die zweckmäßigerweise am Tag nach der Verhaftung ihres Mannes die Scheidung einreichte«, wie Jonathans Hauptverteidiger den Geschworenen mit höhnischem Grinsen erklärte. Man beschuldigte Jimmy, Freunde bei den Strafverfolgungsbehörden in den Plan mit eingespannt zu haben, um seinem Bruder eine Falle zu stellen, und die Erwähnung seiner Verhaftung in Rom – »*mit einem Revolver vom Kaliber 38, meine sehr verehrten Damen und Herren Geschworenen*« – löste im Gerichtssaal spürbare Unruhe aus. In Fernsehinterviews draußen auf der Treppe des Gerichtsgebäudes deutete einer von Jonathans Anwälten sogar an, wenn der Bezirksstaatsanwalt wirklich herausfinden wolle, welcher der Brüder eines Mordes fähig war, sollte er vielleicht mal mit Lee Macklen sprechen, der momentan im Staatsgefängnis von Chino eine Strafe von dreißig Jahren verbüßte.

Jonathan dagegen war ein vorbildlicher Angeklagter gewesen, schockiert und verletzt von den Anschuldigungen, die gegen ihn vorgebracht wurden, und er flehte die Geschworenen an, seinen guten Ruf wiederherzustellen. Vom Zeugenstand aus hatte er James offen angesehen und erklärt, er verzeihe ihm. Eine ganze Palette einflussreicher Bürger hatte sich zu Jonathans makellosem Charakter geäußert, seinem wohltätigen Tun und der selbstlosen Hingabe an die Medizin. Am Ende hatten drei der Geschworenen einen Freispruch gefordert. Rollo und Napitano hatten beide korrekterweise einen Freispruch prophezeit, aber Rollo hatte die Zahl genau getroffen und von Nino eine nicht näher genannte Summe erhalten.

Mittlerweile stand Holt am Fenster neben Jimmy und beobachtete, wie die Maschine auf der Startbahn beschleunigte. »Desmond sagt, du hättest Olivia in den letzten Monaten nicht oft gesehen.«

»Desmond redet zu viel.«

»Er hat gesagt, du hättest es nicht mal versucht.«

Jimmy wartete, bis die Räder der Maschine abgehoben hatten. »Sie war nicht die Richtige für mich.«

»Nein, das war sie nicht.«

Jimmy sah der 777 nach, die in Richtung Pazifik flog und immer kleiner wurde. Er wandte sich ab, blickte Holt an. »Und jetzt?«

»Wieso gehen wir nicht erst mal ins Kino?« Holt lächelte. »Läuft irgendwas Gutes?«

## Dank

Ich möchte mich bei Mary Evans bedanken, meiner Agentin, die ebenso gern liest wie sie verkauft, und bei meinem Lektor Sonny Mehta, der immer die richtigen Fragen stellt. Mein Dank gilt außerdem William Ungerman für sein juristisches und ballistisches Fachwissen, dem Orthopäden Gregory Komenda für seine Beratung in Fragen der Rückenmarksverletzungen und Christopher Pawlik von der Galerie Lowry-James dafür, dass er mir die Audubon-Folios gezeigt hat. Vielen Dank auch an Jody, meine erste und letzte Leserin, die zwischen den vielen Worten auch den Titel gefunden hat.

STEPHEN BOOTH

»Ein großer psychologischer Spannungsroman. Booth versteht es meisterhaft, den Bewohnern eines scheinbar idyllischen Dorfes die Maske der Arglosigkeit vom Gesicht zu reißen.«
*Publishers Weekly*

45518

GOLDMANN